U0353994

酒人酒事

苗子书

夏晓虹 杨早 编

生活·讀書·新知 三联书店

图书在版编目（CIP）数据

酒人酒事 / 夏晓虹，杨早编. —北京：生活 · 读书 · 新知三联书店，2023.9
（闲趣坊）
ISBN 978-7-108-07614-4

Ⅰ. ①酒… Ⅱ. ①夏… ②杨… Ⅲ. ①散文集－中国
Ⅳ. ①I26

中国国家版本馆 CIP 数据核字 (2023) 第 069652 号

责任编辑 卫 纯
装帧设计 薛 宇
责任印制 卢 岳
出版发行 生活 · 讀書 · 新知 三联书店
（北京市东城区美术馆东街 22 号 100010）
网 址 www.sdxjpc.com
经 销 新华书店
印 刷 河北松源印刷有限公司
版 次 2023 年 9 月北京第 1 版
2023 年 9 月北京第 1 次印刷
开 本 850 毫米 × 1168 毫米 1/32 印张 14.75
字 数 268 千字
印 数 0,001－5,000 册
定 价 56.00 元
（印装查询：01064002715；邮购查询：01084010542）

出版说明

为继承中国现代文明传统，追慕闲情雅致的文化趣味，自二〇〇五年起，我们刊行“闲趣坊”丛书，赢得读者和市场的普遍认可，至今已达三十余种。这套书以不取宏大叙事、不涉形而上话题为原则，从现当代作家、学人的散文随笔中，分类汇编，兼及著述，给新世纪的中国读书人提供一些闲适翻看的休闲读物。

“闲趣坊”涉及二十世纪以来文化生活的诸多面向：饮食、访书、茶酒、文房、城乡与怀旧，表现了知识阶层和得风气之先者，有品位、有趣味的日常，继而通过平凡琐事，映射百年中国的人情世态，沧海桑田。“闲趣坊”的精神内核不在风花雪月，而是通过笔酣墨饱的文章，倡导一种朴实素雅、温柔敦厚、不同流俗的生命观，是对三联书店“知识分子精神家园”意涵的解读与发扬。

在日新月异的今天，我们认为正视和尊重这份价值仍有必要。希望新版“闲趣坊”能够陪伴新一代读者，建设“自己的园地”，有情、有趣、有追求地生活。

生活·讀書·新知三联书店

二〇二三年四月

目　录

辑二 壶边天下

辑三 酒话连篇

辑四 酒界往事

小　引

夏晓虹

三联书店的“闲趣坊”拟集谈茶、说酒的文字各为一册，由出自平原门下的一对弟子夫妇分任其事。主持者亦为其早先的学生，知平原善茶，本人贪杯（实则酒量有限），遂邀我二人各领一册，撰写书前“小引”。

我最初对于酒的认识是受了李太白的误导。“文革”中读他的“古来圣贤皆寂寞，唯有饮者留其名”（《将进酒》），便信以为真。当时，这位“法家”诗人的另几句诗也牢记不忘：“天若不爱酒，酒星不在天；地若不爱酒，地应无酒泉。天地既爱酒，爱酒不愧天。”很惭愧，这次为作文，查找出处，才发现它竟然与无人不知、无人不晓的“举杯邀明月，对影成三人”同出一源，也就是说，上引数言实为《月下独酌》第二首的前半篇。这对于古代文学出身、至今尚在此道中谋生的我，实在是一个不小的打击。

如此开篇，并不表示我野心很大，希图留名青史才餔糟歠醨，其实，我想强调的只是那种“名人好酒”的先入为主的印象，尤其是它还关联着“会须一饮三百杯”的惊人酒量。不过，此书的文章多少修正了一点我的想象，因为我发现，那些真知酒趣、文章佳妙的名家，倒很有些自认“不会喝”或“并没有好大的量”，起码周作人、老舍、张中行这三位可以为我佐证。甚至接受了中国酒文化协会委托、征稿编辑《解忧集》的吴祖光先生，也承认自己“完全算不上是个嗜酒者”（《〈解忧集〉序》）。至于坦言“对于酒，根本我便不大喜欢”的马国亮，以及“从来不知酒滋味”的姜德明（分见《酒》与《无酒斋闲话》），也在本书中留下了好文章，更证明了好酒与名气没有必然的联系。

探讨酒与文的关系将是一篇大文章，我这里想说的只是酒量大小对酒话的书写有什么样的影响。依照我的观察，撰写此类文字的最佳状态，应该是作者“爱喝酒，但是酒量并不大”（刘大杰《喝酒》）。如果完全不喜欢酒，便只能像马国亮与姜德明一样，谈一点酒事。而酒趣需要日积月累的培养与品味，于是，毋庸置疑，爱酒应该是第一位的。但鲸吸百川式的豪饮不醉，则可能因“杯莫停”，而错过了酒中味。当然，也有真正的“好酒”者感觉“妙处难与君说”，索性搁笔。所以，好酒量不见得有利撰文。被人画在大酒坛边的鲁迅，以及女儿眼中“‘泡’在酒里的老头”汪曾祺（汪朗同题文），或许都为此没有留下传世酒文。至于二十世纪七十年代方在台湾冒出、去年才引进大陆的唐鲁孙先生，确是酒道中的高手，不过，其“酒话连篇”（借用其文题）之日，却已在“举杯为敬”之时（见《说烟、话茶、谈酒》）。当年的豪举氤氲化为纸上的墨迹，追思起来才更显韵味深长。

上面说的拿捏好“醉与不醉”之间的分寸这点作文意思，古人其实已经先我而言。“不会喝酒”的胡山源在编辑《古今酒事》一书时，序言开头便称引了范成大的话：“余性不能酒，士友之饮少者，莫余若；而能知酒者，亦莫余若。”胡氏借用此言，是为了表示他的“虽不能至（酒国），心向往之”的心情。《古今酒事》的集成即为其“知酒”的凭据。

还可以略加申说的一个话题是文人与酒的关系。现代作家对于各地酿酒业的贡献实在非同小可。不便说是“一经品题，身价百倍”，但无论如何，文人的反复言说，确实积淀、造就了不同的酒格，赋予佳酿以深厚的文化意蕴。于是，讲到绍兴酒，就会想到周作人；提起北京大酒缸，也总忘不了张中行。而且，在这些文字的品鉴中，你分明可以读出绍兴老酒的文人气与北京白酒的平民味。即使是唐鲁孙这样的贵族子弟，见多识广，喝遍天下，一旦讲起绝品名酒来，照样透着几分平易亲切。

不过，酒到底与茶不同，后者一律受到文人的青睐，其为大雅之物自不待言。酒却不然，雅士固有深好，俗人更加垂涎。

因此，文人说酒也少不得道及此中恶趣。其他还有分别，最招人嫉恨的一定是劝酒。周作人谓之“苦劝恶劝”（《谈劝酒》），谌容更是专门作文痛批，呼吁饮酒的“宽松”与“自由”（《劝酒》）。不过，这仍然是见仁见智。生长于京城的肖复兴，即从中体味出“北京人淳朴古老的遗风”，被劝得尽醉方休，“这才叫喝好了酒，这才叫不把自己当外人”（《北京人喝酒》）。或许正因为酒的通俗性，谈酒的文字反不及说茶俯拾即是。编者于此愈发感激吴祖光先生的高明，由其主编的《解忧集》确是至今为止最好的现代酒话录，选文时无论如何也绕不过去。

因《古今酒事》的取材截止于清季，《解忧集》又全为二十世纪八十年代的新作，中间、后面尚有很大的空子可钻。于是，才有了《酒人酒事》这一本书。

二〇〇六年五月三十日于京西圆明园花园

尽管在本书编选、出版阶段，我们和三联书店一直在尝试多方努力，希望取得入选稿件作者的出版授权，但迄今仍有部分作者未能取得联系，请版权持有人见书后惠函三联书店，以便寄奉样书和稿酬。

编　者

二〇〇七年八月八日

辑 一

何以解忧

谈酒

周作人

这个年头儿，喝酒倒是很有意思的。我虽是京兆人，却生长在东南的海边，是出产酒的有名地方。我的舅父和姑父家里时常做几缸自用的酒，但我终于不知道酒是怎么做法，只觉得所用的大约是糯米，因为儿歌里说，“老酒糯米做，吃得变nionio”——末一字是本地叫猪的俗语。做酒的方法与器具似乎都很简单，只有煮的时候的手法极不容易，非有经验的工人不办，平常做酒的人家大抵聘请一个人来，俗称“酒头工”，以自己不能喝酒者为最上，叫他专管鉴定煮酒的时节。有一个远房亲戚，我们叫他“七斤公公”——他是我舅父的族叔，但是在他家里做短工，所以舅母只叫他作“七斤老”，有时也听见她叫“老七斤”，是这样的酒头工，每年去帮人家做酒；他喜吸旱烟，说玩话，打麻将，但是不大喝酒（海边的人喝一两碗是不算能喝，照市价计算也不值十文钱的酒），所以生意很好，时常跑一二百里路被招到诸暨嵊县去。据他说这实在并不难，只须走到缸边屈着身听，听见里边起泡的声音切切察察的，好像是螃蟹吐沫（儿童称为蟹煮饭）的样子，便拿来煮就得了；早一点酒还未成，迟一点就变酸了。但是怎么是恰好的时期，别人仍不能知道，只有听熟的耳朵才能够断定，正如骨董家的眼睛辨别古物一样。

大人家饮酒多用酒盅，以表示其斯文，实在是不对的。正当的喝法是用一种酒碗，浅而大，底有高足，可以说是古已有之的香槟杯。平常起码总是两碗，合一“串筒”，价值似是六文一碗。串筒略如倒写的凸字，上下部如一与三之比，以洋铁为之，无盖无嘴，可倒而不可筛，据好酒家说酒以倒为正宗，筛出来的不大好吃。唯酒保好于量酒之前先“荡”（置水于器内，摇荡而洗涤之谓）串筒，荡后往往将清水之一部分留在筒内，客嫌酒淡，常起争执，故喝酒老手必先诫堂倌以勿荡串筒，并监视其量好放在温酒架上。能饮者多索竹叶青，通称曰“本色”，“元红”系状元红之略，则着色者，唯外行人喜饮之。在外省有所谓花雕者，唯本地酒店中却没有这样东西。相传昔时人家生女，则酿酒贮花雕（一种有花纹的酒坛）中，至女儿出嫁时用以飨客，但此风今已不存，嫁女时偶用花雕，也只临时买元红充数，饮者不以为珍品。有些喝酒的人预备家酿，却有极好的，每年做醇酒若干坛，按次第埋园中，二十年后掘取，即每岁皆得饮二十年陈的老酒了。此种陈酒例不发售，故无处可买，我只有一回在旧日业师家里喝过这样好酒，至今还不曾忘记。

我既是酒乡的一个土著，又这样的喜欢谈酒，好像一定是个与“三酉”结不解缘的酒徒了。其实却大不然。我的父亲是很能喝酒的，我不知道他可以喝多少，只记得他每晚用花生米、水果等下酒，且喝且谈天，至少要花费两点钟，恐怕所喝的酒一定很不少了。但我却是不肖，不，或者可以说有志未逮，因为我很喜欢喝酒而不会喝，所以每逢酒宴我总是第一个醉与脸红的。自从辛酉患病后，医生叫我喝酒以代药饵，定量是勃兰地每回二十格兰姆，葡萄酒与老酒等倍之，六年以后酒量一点没有进步，到现在只要喝下一百格兰姆的花雕，便立刻变成关夫子了。（以前大家笑谈称作“赤化”，此刻自然应当谨慎，虽然是说笑话。）有些有不醉之量的愈饮愈是脸白的朋友，我觉得非常可以欣羡，只可惜他们愈能喝酒便愈不肯喝酒，好像是美人之不肯显示她的颜色，这实在是太不应该了。

黄酒比较的便宜一点，所以觉得时常可以买喝，其实别的酒也未尝不好。白干于我未免过凶一点，我喝了常怕口腔内要起泡，山西的汾酒与北京的莲花白虽然可喝少许，也总觉得不很和善。日本的清酒我颇喜欢，只是仿佛新酒模样，味道不很静定。葡萄酒与橙皮酒都很可口，但我以为最好的还是勃兰地。我觉得西洋人不很能够了解茶的趣味，至于酒则很有工夫，决不下于中国。天天喝洋酒当然是一个大的漏卮，正如吸烟卷一般，但不必一定进国货党，咬定牙根要抽净丝，随便喝一点什么酒其实都是无所不可的，至少是我个人这样的想。

喝酒的趣味在什么地方？这个我恐怕有点说不明白。有人说，酒的乐趣是在醉后的陶然的境界。但我不很了解这个境界是怎样的，因为我自饮酒以来似乎不大陶然过，不知怎的我的醉大抵都只是生理的，而不是精神的陶醉。所以照我说来，酒的趣味只是在饮的时候，我想悦乐大抵在做的这一刹那，倘若说是陶然，那也当是杯在口的一刻罢。醉了，困倦了，或者应当休息一会儿，也是很安舒的，却未必能说酒的真趣是在此间。昏迷，梦魇，呓语，或是忘却现世忧患之一法门；其实这也是有限的，倒不如把宇宙性命都投在一口美酒里的耽溺之力还要强大。我喝着酒，一面也怀着“杞天之虑”，生恐强硬的礼教反动之后将引起颓废的风气，结果是借醇酒妇人以避礼教的迫害，沙宁（Sanin）时代的出现不是不可能的。但是，或者在中国什么运动都未必彻底成功，青年的反拨力也未必怎么强盛，那么杞天终于只是杞天，仍旧能够让我们喝一口非耽溺的酒也未可知。倘若如此，那时喝酒又一定另外觉得很有意思了罢？

民国十五年六月二十日，于北京

（选自《泽泻集》，北新书局一九二七年版）

何以解忧

潘序祖

“何以解忧”，下面一句，是“唯有杜康”。曼殊大师将它翻译英文，Wine，But Wine。（不知是不是如此，译本不在手边。）

我何以不拣别的话来做题目呢？

墙上满布着，白马牌威士忌酒，黑白威士忌酒，金叶白兰地酒，三星斧头白兰地酒。Don' t say Whisky，say Johnnie Walker等。就是翻开中国古书，也还有一句：“禹恶旨酒，而好善言。”

只怪中国人太不长进，没有接受整个白人的文化。虽然是白人愿挑起他们的担子来，来拯救这莽莽神州，而我们不是半个魔鬼，却是半个顽皮的小孩。那少年老成的欧洲人挑起了这返老还童的东方民族，觉得不大容易。他们已不是婴孩，不过是返老还童的人罢了。脑筋中已充满了以前的思想习惯，口舌也硬了，也不容易像婴孩般牙牙学语时代，一教就会上口。所以中国的英语的势力，不很容易传播，除了上海及一二通商口岸以外，其余概不能通英语。况且，现在我们的中学以下，有免除英文之议呢！

我当然是不能用威士忌等等来做题目的。

至于“禹恶旨酒”，又可惜这位禹被人怀疑到他是草木鸟兽之名。虽是不为人所相信，然而大禹之名，不免受有微伤，所以我也不用他。

找了半天，找着了一个曹操的话。记得我们有句俗话说：“说到曹操，曹操就到。”

我愿读者看到此地，仿佛曹操——一个白脸乌纱红袍带剑的人物——站在面前，那这段的叙述，便格外觉得有意思！

曹操是我们社会中最受欢迎的人。我们有唱戏的，唱的是他；有说事的，说的是他；有唱大鼓词的，唱的是他；一年三百六十日，翻开记载游艺的哪一张报纸，总能找出有关于曹操的事节的。开店的人，谁不崇拜关公？许多店里，都有关公神像。他们之所以崇拜他，因为忠义彪炳，但是没有曹操，忠义是显不出的。看见关公，可以联想到曹操，曹操之势力就此增加。

所以我用他的话，是很有意义的。再就他这首诗而论，许多大文豪都传诵它。不过就是有一点不好。诗中三个“忧”字到底曹操所忧的是什么？唐人杜牧却告诉我们说：“东风不与周郎便，铜雀春深锁二乔。”换一句话说就是：“曹操得不着两个标致女人，所以就忧，何以解忧呢？就喝点酒，所以顺口说出唯有杜康了。”

诚然的，女人和酒，是人生的享乐，中国外国都是一样。Wine and Woman 谁不爱，你爱我也爱的。

不过这两个 W 支配的数量和标准是值得研究的。

我研究的结果如下：

我，女人，酒，一共是三个要素。支配方法是简单的。

1．我＋酒 V. 女人（注：V 即 Versus）

2．女人＋酒 V. 我

3．我＋女人 V. 酒

你切不可看见上面三条，就想男女醉醺的快乐。我现在告诉你几个故事。

他吃得醉了，归到家里，看见他夫人真是花枝招展的，他走上前去扑着一吻，不觉吐了他夫人一身，他夫人硬将他捺倒在床，一面不许他动，一面便去换衣服，一面口中还喃喃地骂个不绝。这是“我＋酒 V. 女人”，我看不出一点快乐。

他和他夫人赴人家筵席，他夫人被人家灌醉了，一直就哭起来，好容易将她弄回家里，一句话没有说好，又哭起来了。不知怎样会那么伤心，哄都哄不息，这是“女人＋酒 V. 我”，我看不出什么快乐。

朋友送来一坛大花雕。夫妻两人就议论处置的办法，女的主张，将这坛酒送人罢。而男的则主张，将这坛酒吃了，空坛子尚可留着泡菜。他们各持己见，结果至于争吵，女的连饭也没有吃饱，这就是“我＋女人V.酒”，我更看不出什么快乐。

我所看的，酒之所以于人者是难过。你喝醉了之后，昏昏欲吐，岂不难过么？另一方面，想饮而不得，你不难过么？

难过之男女，似乎也有分别的。我从没有听见男子醉后说他难过，他不是大笑，就是大哭，或是打人，或是睡觉，或是高谈，或是放肆。但我也从未听见过女人醉后说难过的。不过我们常常地在舞台上看见贵妃酒醉，贵妃的表演，是很神秘的，令我莫测其为快乐或难过。

去年读了我朋友的一篇创作，是描写一个少年的孀妇，在结婚的第一晚，挟着一年来的悲哀和积郁，伴了一个中年烂醉肥硕的鳏夫。这种意境，刺激我的头脑很利害的。我觉得那少妇难过。

记得一次和几个友人同席，一个陌生的客，发出了一种怪论说：“男子饮酒既醉，可以试妻子的心！”

我当时不敢问，但我老是怀疑。次日舍不得不问我那请客的朋友。他说：“你以为他说既醉是真醉么？不然的。他只喝一点，回家去装醉。他说的试妻，并不是试妻，实在是戏妻，就像秋胡戏妻的意味，是一样的。他乘着酒兴，向他夫人说出许多奇怪的话，做出许多奇怪的举动。他夫人从未见过这些奇怪的举动和听过这些奇怪的话，当然是难于应付，因为难以应付，脸上一时露出不安的颜色和难为情的状态，他便大觉其乐。”

他说着哈哈地笑。

我不断地疑心着酒之作用，有如此者。这就叫做“何以解忧，唯有杜康”么？

他接着说：“这种办法虽然好的，觉得仍旧是太费事，而且一定要人请客方用得着，而且还要使自己夫人知道是人请吃酒，因情面难却，遂而致此，方用得着。何不买一瓶酒在夫人面前，一杯杯地朝下灌，你灌一杯，夫人央求你一次，这样岂不好些？”

我说：“夫人不会央求的。”

“不央求就往下灌。”

“假设将你的酒夺过去了呢？”

他说：“大家一抢，岂不更有趣么！”

我暗想着：“何以解忧，唯有杜康。”

不觉叹了一口气。

他说：“你为什么叹气？”

我说：“我是只身在外面作客的，‘何以解忧，唯有杜康’的福是享不着了！”

两日之后，他送了我一部《陶渊明集》。

在他的意思是很好的，他以为渊明这个人是对于酒极有兴趣和研究的，我读了他的诗，或者能悟出酒的好处。其实，我对于渊明爱菊一事是表同情的，他的饮酒，我不赞同。

“郡将尝候之，值其酿熟，取头上葛巾漉酒，漉毕，还复

着之。”（萧统《陶渊明传》）

字典告诉我们：“漉者，滤也。”他拿什么滤？拿戴在头上的葛巾滤。我们知道渊明先生是个穷苦人，在他的《五柳先生传》中“环堵萧然”“箪瓢屡空”的几句看出来。漉酒那个时节，天气定然很热。这也可以证明，（一）怕饮热酒，（二）戴葛巾。我们又知道那个时候没有汽车，有汽车也轮不到他坐的，又没有柏油路。男子也没有剪发。好了，一个穷苦的老头子，扶着拐杖（好像《归去来兮辞》中说他喜欢扶杖而行），在烈日之下，奔赴友家，路上有很大的灰尘，满扑在他头巾之上。走路出汗，加之头发又没有剪，汗气油垢，久已堆集于葛巾之上了。他家里穷，只有这一顶旧葛巾，戴上去赴会的。如今被烈日一蒸，头上的热气，已经满布于巾中，巾上的油垢汗渍，都渐渐融和而润湿了。不图这位老先生又将它除下来滤酒。

我们现在闭目想想，那滤下来的，到底是不是酒呢？

然而他不管是酒不是酒，他却一口饮下了，我越想那滋味越难过，我真学不来的。

这还不是妙处，妙处在他滤过酒之后，还复戴之。又预备在烈日之下和他发上油垢汗渍去融和了。

我想那头巾几次滤过之后，非经化学师作精细的定性定量分析的研究，是不能估定其价值的。这是一件可怕的事。

他不应该叫我学陶渊明的。

他的意思是说，没有女人，有酒，也是乐的。陶渊明就是这样，应该学陶渊明，不应该像曹操。其实，他是误解陶渊明了。陶渊明之饮酒，心中又何尝没有女人。

"……茅茨已就治，新畴复应畬，谷风转凄薄，春醪解饥劬。弱女虽非男，慰情良胜无，栖栖世中事，岁月共相疏……"(《和刘柴桑》)

赵泉山评之，谓"谷风四句虽出于一时谐谑，亦可谓巧于处穷矣，以弱女喻酒之醨薄，饥则濡枯肠，寒则若挟纩，曲尽贫士嗜酒之常态"！

不管他说得对不对，而我们却明明白白地知道渊明已将两个W拉出关系来了。怎么能说他心中没有女人？

本来，诗是不可捉摸的东西。意思要带猜的，二W之混合错综变幻，曹操和陶渊明竟是一样！

那就是说，心里不舒齐的或是想不着的事，几杯酒把它消灭了罢！这是两个W之交换替代，不啻是说："沉醉了罢！""永久的沉醉呀！这是人生唯一的问题，此外什么东西都不足重轻的。"

如此，我们也不觉得陶渊明之以头巾漉酒为不可学，因为在饮酒之后，以前的一切，全会忘怀了的，漉酒当然也在忘怀之列了。

不过这"忘"字也是有研究的。

教儿童一个字，他第二天忘了，和乐以忘忧是有分别的。

男子别恋忘记了妻和出门忘记携带钱袋是有分别的。扮演周仓出台忘记戴胡子和今晚忘记开钟（就是扭发条的意思）是有分别的。

喝酒是不能忘怀一切的。古人明明地指示我们：

“举杯浇愁愁更愁。”

“酒入愁肠化作相思泪。”

怎么能说忘？况且社会的“忘记”之状态，是如此复杂，酒之力又何能奏效！

但是“解”能不能呢？

我听见有人说过。忧是一种心思集中和加浓的状态。因为你想不开你才忧。越想不开越追求，越追求思想越集中加浓，至于浓得化不开，必待酒来剖解他一次才行。所以酒之功用在此。“何以解忧”一句之意思亦在此。

我想了半天，也不知他的意思究竟对不对。不过我始终觉得：

人生之忧，是在于W，是酒是人，是错综变化，不可捉摸的。

喝了酒对着女人，会觉得女人格外的可爱些。你竟不知道是酒使你如此，还是女人使你如此。

没有女人只有酒，酒会使你画出你心爱的女人在你脑内。

女人到处都有的，你总有几个可爱女人影子，藏匿于下意识之中。

酒呢。你不饮是不知其中之味的，你看见一瓶好酒和看见一个好女人，好女人可以永存脑内，酒却没有任何感觉和印象的。假设你不饮！

准是理，假使只有女人，你不会想到酒，有酒，你会想到女人。虽然我们说我们的爱情已经沉醉了。你没有喝过酒，你不知道醉的趣味。

这样，酒便比女人好。宁可无女人，不可无酒。有女人，酒亦不可免去。以社会论，得酒容易得女人难，因为酒便宜些。以政治论，对于女人须用手段，酒则一饮即了。以经济论，得酒可不需女人，便宜。得女人必要酒，不便宜。得女人还要多出许多事来。得酒，则酒后高歌酣睡，人我无与。

忧，女人可以解，女人太难得了。酒也可以解，得之甚易。而且得酒可以将你要得的东西，画出幻象来给你精神一份安慰，无怪曹操横槊而歌曰“何以解忧，唯有杜康”了。

（选自《饭后茶余》，上海汉语大词典出版社一九九五年版）

戒酒

老舍

并没有好大的量，我可是喜欢喝两杯儿。因吃酒，我交下许多朋友——这是酒的最可爱处。大概在有些酒意之际，说话做事都要比平时豪爽真诚一些，于是就容易心心相印，成为莫逆。人或者只在“喝了”之后，才会把专为敷衍人用的一套生活八股抛开，而敢露一点锋芒或“谬论”——这就减少了我脸上的俗气，看着红扑扑的，人有点样子！

自从在社会上做事至今的廿五六年中，虽不记得一共醉过多少次，不过，随便的一想，便颇可想起“不少”次丢脸的事来。所谓丢脸者，或者正是给脸上增光的事，所以我并不后悔。酒的坏处并不在撒酒疯，得罪了正人君子——在酒后还无此胆量，未免就太可怜了！酒的真正的坏处是它伤害脑子。

“李白斗酒诗百篇”是一位诗人赠另一位诗人的夸大的谀赞。据我的经验，酒使脑子麻木、迟钝，并不能增加思想产物的产量。即使有人非喝醉不能作诗，那也是例外，而非正常。在我患贫血病的时候，每喝一次酒，病便加重一些；未喝的时候若患头“昏”，喝过之后便改为“晕”了，那妨碍我写作！

对肠胃病更是死敌。去年，因医治肠胃病，医生严嘱我戒酒。从去岁十月到如今，我滴酒未入口。

不喝酒，我觉得自己像哑巴了：不会嚷叫，不会狂笑，不会说话！啊，甚至于不会活着了！可是，不喝也有好处，肠胃舒服，脑袋昏而不晕，我便能天天写一二千字！虽然不能一口气吐出百篇诗来，可是细水长流的写小说倒也保险；还是暂且不破戒吧！

（选自《老舍全集》十五卷，人民文学出版社一九九九年版）

饮酒

梁实秋

酒实在是妙。几杯落肚之后就会觉得飘飘然、醺醺然。平素道貌岸然的人，也会绽出笑脸；一向沉默寡言的人，也会议论风生。再灌下几杯之后，所有的苦闷烦恼全都忘了，酒酣耳热，只觉得意气飞扬，不可一世，若不及时制止，可就难免玉山颓欹，剔吐纵横，甚至撒疯骂座，以及种种的酒失酒过全部的呈现出来。莎士比亚的《暴风雨》里的卡力班，那个象征原始人的怪物，初尝酒味，觉得妙不可言，以为把酒给他喝的那个人是自天而降，以为酒是甘露琼浆，不是人间所有物。美洲印第安人初与白人接触，就是被酒所倾倒，往往不惜举土地畀人以交换一些酒浆。印第安人的衰灭，至少一部分是由于他们的荒腆于酒。

我们中国人饮酒，历史久远。发明酒者，一说是仪狄，又说是杜康。仪狄夏朝人，杜康周朝人，相距很远，总之是无可稽考。也许制酿的原料不同、方法不同，所以仪狄的酒未必就是杜康的酒。《尚书》有《酒诰》之篇，谆谆以酒为戒，一再的说“祀兹酒”（停止这样的喝酒），“无彝酒”（勿常饮酒），想见古人饮酒早已相习成风，而且到了“大乱丧德”的地步。三代以上的事多不可考，不过从汉起就有酒榷之说，以后各代因之，都是课税以裕国帑，并没有寓禁于征的意思。酒很难禁绝，美国一九二〇年起实施酒禁，雷厉风行，依然到处都有酒喝。当时笔者道出纽约，有一天友人邀我食于某中国餐馆，入门直趋后室，索五加皮，开怀畅饮。忽警察闯入，友人止予勿惊。这位警察徐徐就座，解手枪，锵然置于桌上，索五加皮独酌，不久即伏案酣睡。一九三三年酒禁废，直如一场儿戏。民之所好，非政令所能强制。在我们中国，汉萧何造律：“三人以上无故群饮，罚金四两。”此律不曾彻底实行。事实上，酒楼妓馆处处笙歌，无时不飞觞醉月。文人雅士水边修禊，山上登高，一向离不开酒。名士风流，以为持螯把酒，便足了一生，甚至于酣饮无度，扬言“死便埋我”，好像大量饮酒不是什么不很体面的事，真所谓“酗于酒德”。

对于酒，我有过多年的体验，第一次醉是在六岁的时候，侍先君饭于致美斋（北平煤市街路西）楼上雅座，窗外有一棵不知名的大叶树，随时簌簌作响。连喝几盅之后，微有醉意，先君禁我再喝，我一声不响站立在椅子上舀了一匙高汤，泼在他的一件两截衫上。随后我就倒在旁边的小木炕上呼呼大睡，回家之后才醒。我的父母都喜欢酒，所以我一直都有喝酒的机会。“酒有别肠，不必长大”，语见《十国春秋》。意思是说酒量的大小与身体的大小不必成正比例，壮健者未必能饮，瘦小者也许能鲸吸。我小时候就是瘦弱如一根绿豆芽。酒量是可以慢慢磨炼出来的，不过有其极限。我的酒量不大，我也没有亲见过一般人所艳称的那种所谓海量。古代传说“文王饮酒千钟，孔子百觚”，王充《论衡·语增篇》就大加驳斥，他说：“文王之身如防风之君，孔子之体如长狄之人，乃能堪之。”且“文王孔子率礼之人也”，何至于醉酗乱身？就我孤陋的见闻所及，无论是“青州从事”或“平原督邮”，大抵白酒一斤或黄酒三五斤即足以令任何人头昏目眩粘牙倒齿。唯酒无量，以不及于乱为度，看各人自制力如何耳。不为酒困，便是高手。

酒不能解忧，只是令人在由兴奋到麻醉的过程中暂时忘怀一切。即刘伶所谓“无息无虑，其乐陶陶”。可是酒醒之后，所谓“忧心如酲”，那份病酒的滋味很不好受，所付代价也不算小。我在青岛居住的时候，那地方背山面海，风景如绘，在很多人心目中是最理想的卜居之所，唯一缺憾是很少文化背景，没有古迹耐人寻味，也没有适当的娱乐。看山观海，久了也会腻烦，于是呼朋聚饮，三日一小饮，五日一大宴，豁拳行令，三十斤花雕一坛，一夕而罄。七名酒徒加上一位女史，正好八仙之数，乃自命为酒中八仙。有时且结伙远征，近则济南，远则南京、北京，不自谦抑，狂言“酒压胶济一带，拳打南北二京”，高自期许，俨然豪气干云的样子。当时作践了身体，这笔账日后要算。一日，胡适之先生过青岛小憩，在宴席上看到八仙过海的盛况大吃一惊，急忙取出他太太给他的一个金戒指，上面镌有“戒”字，戴在手上，表示免战。过后不久，胡先生就写信给我说：“看你们喝酒的样子，就知道青岛不宜久居，还是到北京来吧！”我就到北京去了。现在回想当年酗酒，哪里算得是勇，直是狂。

酒能削弱人的自制力，所以有人酒后狂笑不止，也有人痛哭不已，更有人口吐洋语滔滔不绝，也许会把平素不敢告人之事吐露一二，甚至把别人的阴私也当众抖露出来。最令人难堪的是强人饮酒，或单挑，或围剿，或投下井之石，千方百计要把别人灌醉，有人诉诸武力，捏着人家的鼻子灌酒！这也许是人类长久压抑下的一部分兽性之发泄，企图获取胜利的满足，比拿起石棒给人迎头一击要文明一些而已。那咄咄逼人的声嘶力竭的豁拳，在赢拳的时候，那一声拖长了的绝叫，也是表示内心的一种满足。在别处得不到满足，就让他们在聚饮的时候如愿以偿吧！只是这种闹饮，以在有隔音设备的房间里举行为宜，免得侵扰他人。

《菜根谭》所谓“花看半开，酒饮微醺”的趣味，才是最令人低回的境界。

（选自《雅舍小品》，中国文联出版公司一九九三年版）

烟酒

章克标

衣食住行，是生活的要素，但不是精髓，以下我们要讲到生活的精髓了，第一先把烟酒说说。

烟的好处是说不完的，顶好的是大烟，法国的大诗人波特莱耳，魏仑等等，都很知道大烟的好处，有很出名的诗歌，他们都喜欢沉醉在那迷恋昏茫中，享受人造乐园里的幸福。英国大文豪狄昆西也是此中的要人，他有大作《一个吸鸦片者的自白》很足以表出他是深识此中三昧的。从前承英国人的好意，把印度的大烟尽量销到中国来，以致中国人多得了不少的好福气，享了人造乐园里不少的幸福。可是现在有人以为这幸福太容易获得，便不能算为可贵，因而加以若干禁制，以维持它的身价，大烟就改称为禁烟了。就因为禁了之故，一般人不容易获得，因而这幸福的迷醉，更加可贵了。高贵的文人，是不可不一试的，这不但能长进他的文思，更可使他精神焕发，返老还少，在创作上另开新路的。实际也的确有人要过足烟瘾才可以提笔为文，据说某大报做时评的某人，总是从烟榻上起来，才能做那不着边际而十分得体的妙文，也还是有这样的作家。

有了大烟，一定还有小烟，大烟是禁烟而小烟是不禁的，所以比较便利，但功用也很不小。小烟俗名香烟，或说也包括雪茄在内，所以文话可以叫做卷烟的，因为是用烟叶卷成，或用纸卷了烟丝而成的。这种烟吸起来，也大有吞云吐雾之致，和大烟有异曲同工之妙。你们看过福尔摩斯侦探案么？这位大侦探，每逢着困难的时候，在用头脑勤其思索的时候，是大抽其烟的，而抽了许多烟的结果，必定能把疑问解决，这便可以证明抽烟的效力。许多做文章的人，都很喜抽烟，一支烟变成一句文章，所以有些人的好文章，每每令人读了如入五里雾中，我总疑心它是用烟做成的。不过文人的应该抽烟，却是千古不易的定论，抽烟的有好处也极为明显，所以我想不必再多加申说了。

还有酒。酒是神仙乐，谁个不希望做神仙呢！文人诗人和酒的关系，更是利害，只要想大诗人李白便是酒仙。从古以来的大文人，哪一个不赞美酒呢？道学先生的祖师孔老夫子还说唯酒无量哩。真可以说不喝酒的，不能算文人诗人。的确是的，当今的文人诗人，又有哪一个说不会喝酒呢？不会的也得学会了才可以是诗人文人，否则他是当被排斥在文坛以外的。你想，当一团文人开怀欢宴之际，若有一个人却不肯干杯，始终说着不能喝酒，那是多扫兴的事啊。不能联欢，有什么资格来做文人！

酒的可贵还有别种理由。酒解放一切不必要的拘谨，无谓的束缚，打开坦白的心胸，赤裸裸地显出那热诚，这是多高贵的力。文学的最可贵在于坦白，在于真诚，而要做到这一步，第一做文章的文人先得坦白真诚。酒却有这力量。醉人不说假话，吃醉了不守秘密，这明明是坦白真诚的显露，文人的喜欢饮酒，大约也在这点吧。胸中懊闷时，烦恼时，借酒来浇浇，吃醉了可以破口大骂，积住的说话会一齐吐出来的，这不是酒的大力量吗，不是酒表出了它无隐藏的坦白吗？

这一种倾吐，说起来也就是文学的行为。文人的写人，往往有人看作在倾吐胸中的郁勃，说一切的文学作品不外乎倾吐。因为种种不自由，种种不满意，心里蕴蓄不下了，于是用文字记载出来，这正同吃醉了酒发牢骚一样，这样说来，喝酒本身，就是很文学的行为了。文人喜欢喝酒的道理，这样一说，更加明白，而喝酒的人就是文人，也因此而证明其不谬了。（因为喝酒是文学的行为，所以喝酒即作文。）

喝酒的另一作用，也是文学的另一作用，叫做陶醉。酒到了七八分时，也有大烟的妙处，也可以到人造乐园里，那便是陶醉。文章做得入了神，或读文章入了味，也会废寝忘食的，那也是陶醉。这二者又完全相同，酒的陶醉，是十分舒服，能忘却天下、世界、社会、个人等等讨厌的问题，而昏沉沉的莫名其妙，这就是文学的了。所以文人不能没酒，若不喝酒，便不能理会文学的味道，他不能是个文人，喝了酒，因为味到过那些倾吐和陶醉的事，所以就是文人了。因之要做文人，第一须先会喝酒，请记着这很重要的结语。

（选自《章克标文集》，上海社会科学院出版社二〇〇三年版）

酒

马国亮

秋风吹上脸来，使人感到一阵微微的冷意。这冷意，又使我想起酒来了。并不是自己很爱吃酒，因为这是毛蟹的时节了，便想煮几个来做下酒物。因为记起几年前曾经有过冷到不得了而又没有买炭的钱，在斗室中喝着花雕取暖的时候。

对于酒，根本我便不大喜欢。生平喝醉酒也只有过两次的记录。第一次，是在十二三岁的时候，跟父亲到店里吃春宴，席间给店伙左灌右灌，小孩子是没有什么主见的，店伙们既存故意捉弄的心，小孩子的好胜心又不甘示弱，于是便醉了。记得在席半的时候，走开小便，回来竟昏昏地闯进了别一个桌子里去。第二次，是四五年前和一班朋友到杭州写生去的时候，在一个也是像现在这么深秋的晚上，几个人走到岳坟前的庆元楼痛喝着花雕，一壶又一壶，也不知喝了多少，总之，同去的五六个人都醉了。花雕本来不容易使人醉的，我们竟至全喝醉，喝了多少，也就可想而知了。

为什么对于酒不很喜欢竟还要喝，而且更喝到醉？假如我掩饰着说，我便说是为陪别人的高兴。老实说吧，当时自己心里确是有点不舒服的事情，自己迷信着酒能浇愁的话，满以为喝了可使心里舒服，或者说，可以使自己昏迷而痛快地睡一顿，却不料醉后的结果，不但不曾浇去了愁，而且也不能痛快地睡。头脑虽然昏昏的，但心里却加倍的清醒，一切新愁旧恨，反重重涌上脑来。

自从这次以后，我便推翻了酒能浇愁的见解，此后至今都不曾有过喝醉酒的事。有时兴之所至，还喝一点，不过总不会喝到醉的程度。有时候，真令人不能不有喝点酒的意思。几年前和几个穷愁的朋友，挤在一起，每每碰着彼此都感到了满怀感慨无从宣泄的时候，大家便掏出了各人袋里仅有的铜元，凑合起来，分一半儿买花雕，一半儿买花生米，这样大家在严寒砭骨的深宵，那用漱口盅满满盛着的黄酒，便在摇曳的烛光所映照着的几张强为欢笑的忧郁的脸孔的面前，轮流传递的呷着，直至把最后的一滴呷完为止。这些情景不止一次，如今想起来还像昨宵的事一般，明显地浮在眼前。

我虽说酒不能浇愁，然而我始终承认，假如我们不是终日沉湎在杯中，而是偶然喝喝的话，它最少可以使一颗消沉的心活跃起来，使一个忧抑的情怀兴奋，而能够达到使忧郁尽量宣泄的机会。

且不站在卫生的立场来说，我觉得，一个人（我是指那些平素不是有酒癖的人）如没有需要喝酒的时候，顶好不要勉强喝。需要喝的时候，却最好只吃个半醉，半醉是喝酒的最痛快的境地。太少，酒力是不足以燃烧起生命的火焰；太多，便徒使人跌入烦恼的深渊而已。日本有一句成语说："第一杯，人饮酒；第二杯，酒饮酒；第三杯，酒饮人。"这也是含着叫人饮酒不宜过多，致失去它的真趣的意思。

古今文人的嗜酒，好像已成为不成文的法律一样。中国古代最著名的如李白，现代的如郁达夫，都是数一数二的酒徒，至从前的波斯大诗人莪默更把酒赞颂到竟是全宇宙间最美好的东西。我不明白为什么文人便得嗜酒，虽然酒确是可以给人一点刺激，但我怀疑这恐怕是一种时髦病。酒这样东西，确是怪容易惹人爱的，学起来并不难，第一次喝时像不能入口，第二次便似乎可以勉强下咽，第三次便觉得津津有味了。假使觉得津津有味之后，每天续着喝下去，那便很快地成为一个酒徒，可以领取毕业证书。既是时髦而又容易学，便难怪训练出许多人一壁拿着酒杯一壁作诗了。

学吃酒比许多别的东西容易，最少我自己的经验如是。初来上海喝花雕时，觉得它的味道很不好，后来竟喝得津津有味，初次喝啤酒时也是一样，感到的完全是一种苦味，使自己不想喝下去，但是后来习惯了，倒觉得很有意味，竟至暑天时，常常在晚上拉着朋友到饮冰室两人共喝一瓶。所幸我对于这样东西并不依恋，随兴喝喝，喝后也便淡然，不会想着何时再来，否则此时必成为一个酒徒，而现在写这篇东西时，旁边必定放着一杯白玫瑰，或是花雕，或甚至会是一杯威士忌了。

自己虽说喝酒颇有意思，然而在这三两年来，竟不曾有过半醉的时候。人事倥偬，似乎很少有这么的逸情闲致。虽然苦恼也仍是一样地不时来侵袭，也许是我对人生的观念比前改变了；或者可以说我的神经一天天的磨得更麻木了，当苦闷来的时候，很容易地把它搁在一旁，不必用酒来去宣泄。

我从来的主张是，没有感得真正有喝的必要时，是无庸勉强去喝的。所以年来朋辈筵席上的酬酢，虽则我也跟别人一样地举杯相祝，不过只是做个虚幌子，凑到唇边舐了一舐而已。真正倒满了肚皮的，只是柠檬沙示之类的汽水，席散之后，面前的酒杯常常还是满满的一杯。我很感谢许多次同席的友人都没有强劝我喝。生平最怕的便是这件事。常常在亲友的喜筵中，看见别人互相由善意的劝酒而变为强迫的灌酒，而变成面红耳热的互相责骂，直使双方成为恶意的敌对的时候，我就要觉得如芒刺背一般地非逃席不可。且慢说人道的漂亮话，只看这本为快活而设的酒，竟变做逞横刁蛮的工具，使满席的空气为之紧张，这情形根本便使我感到百般的不安了。

不想喝时自然不要喝，但是想喝的时候，我便是说逢到了有喝酒的情意的时候，是不该轻易放过的。人生几何？有喝酒的情怀的机会又几何？应喝而不喝，确是很可惜的。虽然大家都知道酒精是无益，然而我不相信，偶然喝喝也会害了什么。快意的时候应该喝喝，失意的时候也得喝喝，那才不辜负那创造酒者的一片苦心。

写到这里，我想起了我这儿还有一副酒具——一只酒壶和四只酒杯。这是两年前一个朋友从异国远道遥遥地寄回给我的。我不是酒徒而朋友竟以酒具相馈赠，说来好像颇为不近情理，其实我的朋友一定不是为了它的用途而送给我的，在他大概是送给我一件美术品的意思。因为这酒瓶的外形不特新颖而且雕着金碧辉煌的盘龙，瓶顶上一边是瓶盖，一边还蹲着一头金色的小鸟。把酒瓶倾侧，酒便从瓶口流出来，随着酒流下的疾徐，那小鸟便一壁唱着抑扬不同的音调。还有那四只酒杯也是有与别的不同的巧妙：每个杯底都镶着半块凸圆的玻璃，光看来，的确半块圆玻璃而已，可是若把酒斟进去，就会在每个杯中发现出一个如花的美眷来。刚刚合着西谚所谓“Wine，Woman，and Song”（醇酒，美人与歌韵）这句话。这件东西既这么精巧，我便觉得非拉几个朋友一齐享受不可。心里时时盘算着应该怎样拣个寒冷的冬夜，买几角钱的烧酒与卤味，约几个知心的朋友同来享受这醇酒，美人与歌韵。可是毕竟我不是个酒徒，老远也只是在心里盘算而已，到底不曾实行过。自己一个人静静地坐着想起的时候又来不及拉朋友，见了朋友的时候，又把这件事情丢在脑后。一直到现在两年多，酒瓶与酒杯跟着我从这儿搬到那儿，老是教它们安静地躺在抽屉里，简直连滴酒也不曾盛过（我试验它的歌喉时，也只是用一点清水而已），总算它们倒霉，碰在我的手里，酒瓶酒杯如有知，也该叹英雄无用武之地了。

噜苏的说了一大堆，酒的气味洒遍了满纸，却是滴酒毫无。朋友，你要感到失望吧！但是，这一片废话，就算是我的一杯抽象的献酒如何？酒味虽淡，情意却浓，现在我举杯敬祝祖国国运亨隆，祝你我，及我们的相识的或不相识的友人们康健幸福，尤其是对于我那四年前患难与共，花雕与共，花生米与共，如今是东分西散，飘萍各地的几个可怜的友人们！

（选自《生活之味精》，上海良友图书印刷公司一九三一年版）

《古今酒事》序

胡山源

范成大说："余性不能酒，士友之饮少者，莫余若。而能知酒者，亦莫余若也。"这话，正可以借来给我一用。

我不会喝酒，我的朋友都知道。并且我的不会喝，简直涓滴不尝，不但"不能胜一蕉叶"而已。赴人家的通常宴会，酒不沾唇，吃人家的喜酒，唇不沾酒，甚至自己结婚，也没有尽尽人事，和别人碰过一杯。然而我自信我是真能知酒的。

我的所以真能知酒，有两个原故。一，我有两个最要好的酒友，一个是惠卿，一个是菩生。菩生的喝酒，不择时，不择地，并且不问自己应该干些什么，真所谓"一杯在手，万事皆休"！一日二十四小时中，除了短短的睡眠以外，说他是神志清楚的时候，就只有早上二三小时。然而他的酒后兴发，倒也并不糊涂，说起话来，反是头头是道，滔滔不绝。不过他这时的话，也许只有我喜欢听，并且听得懂，其他的人，我就不能保证了。常常，他拉我进入任何酒店，彼此对坐下来，他一杯一杯的喝着，唾沫四溅的说着，我除了和他对说以外，从来不动一动我面前的杯子，至多举起筷子来，吃一些下酒菜。我不干涉他喝，他也不勉强我喝，我们各行其是。他得到了趣中酒，我得到了酒中趣。

惠卿似乎要比菩生少喝些，也许他的量不及菩生。然而他的喜欢喝，以及喝了之后的兴会，是和菩生一般无二的。有一天晚上，他到我的地方来，我按着常例，请他喝酒。也是按着常例，只是他一个人独酌，由我在旁干陪。于喝足谈畅之后，他拉我出去步月。这是我很喜欢的。我们只拣僻静的马路走，当然不管路的远近。在一段两旁只有荒坟和麦田的路上，看见了初升的下弦月，他高兴得在路上豁起虎跳来，并且在走的时候，用脚踢着路边的洋梧桐，说："我全身有不知多少的气力，要爆裂开来，这不过是小小的发泄罢了！"他踢得很重，忘记了痛，我帮他踢着，也忘记了痛。

现在，惠卿和菩生都已经在三五年前先后去世了，他们的墓木，恐怕真是已拱了。他们的死因，当然是麴蘗为害。可是他们是知其为害的，他们并不悔，而我也是知其为害的，我也并不为他们悔。他们的不悔，当然为了他们是有得于酒的，我的不为他们悔，也实在为了我能知酒。

我所以知酒的第二个原故，是因为我嗜好文学。在文学里面，正有不知多少说酒，谈酒，并且颂赞酒的作品。它们都是好文字，我读着它们，真有些口角流涎，在不知不觉间，我就真正知道了酒。

我知酒的原故是如此，那末，我所知的究竟是什么呢？这一个问题的答复，当然有千言万语，可以容我发挥：宇宙观，人生观，以至被蚊子叮，苍蝇咬的小小牢骚，我都可以拉扯过来，作为我知酒的解释与议论。但是我不想如此说。一则所谓知者，简直是“心法”，到底只能心领神会，不能言传；二则当今之世，似乎也没有作这样表扬的必要。不过你可以相信我，因为我正有这样一个决心：在某种时期，我一定要大喝酒烂醉如泥，再好也没有，就是以糟丘为首丘，我也认为得其所哉。并且，范成大的“性不能酒”，是他试验过的，因为他不过是“饮少者”而已，而我则自十五岁以来，除了吃圣餐喝一滴葡萄酒以外，就从来没有试过我的酒量，安知我性不正是“能酒”的呢？古人说，“三年不鸣，一鸣惊人”，那末，我“三十年不喝，一喝惊人”，不也是可能的么！于此，我自信，我对于酒绝不是不知的！（十五岁以前，还是幼童，凡事不能作准。）

为了我有酒友，为了我嗜好酒的文学，所以我知酒；为了我知酒，所以我也愿意为酒国的顺民。然而我的酒友是先后亡故了，酒的文学现在我也无暇欣赏，至于身入酒国，还是为了种种原因，只好暂时望门却步。我是无聊透顶了！无聊，无聊，一百二十个无聊！在无聊中我就集成了这一本《古今酒事》。

这《古今酒事》就算是我的酒友吧，然而也正是使我腹痛的“黄垆”；就算是我所嗜好的文学吧，然而今世文学不值钱，也不过是被毁弃的“黄钟”；就算是我入酒国的“护照”“敲门砖”吧，然而按“过屠门而大嚼”之例，也不过是“过酿门而大饮”耳。我将何以自处呢？

我恨不得真的立刻“连飞数百觥”，“一醉解千愁”！

本书在“八一三”之前早就齐稿，序也早已写好。不料“八一三”事起，匆促之间，稿虽然带了出来，序却遗失了。现在，二年之后，本书终得出版，不可以说不是大幸，但是序却只好重写了。因此前面所写的，并非原序，这也是值得纪念的一件小事，所以补识于此。

二十八年（一九三九）八月

（选自胡山源编《古今酒事》，上海书店
一九八七年十一月影印世界书局一九三九年版）

信仰

金克木

关于喝酒的诗文，古今中外已有过的，不啻恒河沙数了，但喝酒还是喝酒，谈喝酒还是可以谈喝酒，评论是不易伤动事实的。

喝酒实在是较单纯或较原始的事，只要看少年往往不知所以然的贪杯，老人却大都只爱抽烟，便可以知道。少年胃强，感到一点刺激便容易兴奋，因此这种又辣又苦的东西便很容易投其所好了。

喝酒有古今中外之分，这是很明显的事实。酒的种类、品质、原料不同还是小事，主要的是喝的情形大不相同。不谈古今，且论中外。外国人喝酒比中国人更为简单，好像酒便是目的。一口一大杯，毫无余裕，用的杯子也又一样，处处显得粗豪单纯、原始野蛮。喝得兴起，呜呜哑哑喊唱一气；喝得醉了，打人，杀人，否则自己便成死人。这些地方都使人，尤其是我们中国人自己，觉得他们的进化程度尚浅，不脱兽性。至于我们的喝酒，自古相传，是以喝醉了而不露形迹为贵的。不用说我们之间也有那种蠢人喝醉了便忘去一切大闹特闹，终于在酒上送了命的，不过就喝酒的风气来说，向来都不推崇那样的喝酒法。一切都得留一点余裕，不要过量，不要扰乱别人，否则便是滥饮，便是无酒德，便是醉鬼。最有趣味的一点，特别可以拿来与外国对照的，是我们似乎并不以酒为目的。喝酒只是喝酒，是蠢人；要于喝酒之外加上一些别的花样，名义上说是助酒兴，实际上是用酒助兴。因此从竞技式的划拳、赌博式的猜枚，以至于各式各样的酒令便都盛行了。而且，我们向来又大都默认不论怎么样喝只要喝得多便可贵，若喝得多还不醉，那就更可贵了。不然便要声明酒醉只是手段，例如阮籍大醉为的避祸。喝酒本来结果一定要糊涂，我们却总以喝酒而清醒为高。只许心里有酒，不许外面露出酒的作用来，这倒真是发挥到了中和之极致。然而又何必喝酒呢？答复是喝酒也只是消遣时光的方法之一，所以不能反客为主让我做酒的奴隶的。

即使不承认为喝酒而喝酒，那么，喝酒的目的又该是什么呢？常言说："酒以合欢。"我却以为酒以治苦。为快乐而喝酒是越来越稀罕了，只要看结婚席上的新郎总是被灌醉了的便可以知道。固然，在开始喝酒时神经是兴奋的，因而更容易感到痛苦，但更进一步便是麻醉，到了有酒无我的境界便其乐陶陶了。所以喝酒的动机是苦，喝酒的目的便是治苦。不过这还是从饮酒者主观方面说话，若由客观说来，喝酒的结果便有两种：一是麻木，一是暴动。前者似乎在中国为普遍，后者的例证却以外国为更加富有了。

但是有件事是中外相同的，便是不论自己喝不喝总要央人家喝。自己喝，当然极愿人家陪；自己不能喝，也常愿人家喝，这是为什么？（当然有些顶清醒的人根本就讨厌酒，以为能乱人性，但人情之常还是赞成喝酒的。）从好的方面说，是利他，愿人忘却痛苦；从坏的方面说，自己不醉要人家醉，居心也许是要看人家的笑话，却又是最可恶的事了。

不过在这一点上中外也还有不同处：中国人常爱独自一人浅斟低酌，享陶然之趣；外国人比较更爱进酒店，和人家一齐狂饮。毕竟是独乐乐还是与众乐乐，是很难说的。我自己是两者都爱的，但据我的经验，愿意麻木最好是独酌，愿意狂闹一阵时就不若与众了。

喝得大醉了的滋味是没有人能说的，因为那时自己已糊涂得不能领略了，外人又只能看见表面的情况。喝到相当时候的薄醉大约是酒的趣味最高点，却又不能用什么形容词来说。若引用比喻，我想和念一篇声韵铿锵的八股念到了十遍、二十遍以至三十遍、五十遍时，浑身颤动，摆手摇头，别有会心的滋味是差不多的。就我的可怜的经验来说，只能举这一个例子，此外也许还可以拿与爱人第一次接吻为例，但可恨我还不能证明，只好阙疑了。

念诗，念文，据我所知，确可以替代喝酒，但决不能替代抽烟。我说不出道理来，这需要自己去领会的。但有一件很奇怪的事，便是念外国文不如念中国文，而念中国文又白话远不及文言，而文言中又以八股与四六为最好。念诗的醉人程度比念文差得多，新诗根本就念不得，旧诗也只同普通古文相仿。八股与四六二者相较，又不能不推八股，因为它集骈、散二者之长，味道最厚。不过我当然不劝人家念八股，也不反对人家用八股调念新诗，只要能找出别的替代酒的东西来，原不必捧着时文哼唱的。但又何必代替呢？还是喝酒好。而且不必拘于什么酒，得到任何一种喝长远了，都好。我喝过的有两种白干，山西黄酒，绍兴米酒，汾酒，沙城的青梅煮酒，莲花白，茵陈露，五加皮，红白玫瑰，大麦烧，啤酒，葡萄酒，寇拉梭，白兰地。现在酒量大减，大约从此不能再喝了。也好，念念八股，抽抽烟，喝喝清茶吧！

（选自《饮食男女》，上海书店出版社一九九七年版）

谈微醺之意

吴放

我祖籍绍兴，以言喝酒，是够得上称世家的，但我自己不长于饮，幼时或有宴会，盛馔美酒，然少饮便醉，不能自持，辄伺隙逃席，每为弟妹辈所嗤笑，而自己一想到“将门无犬子”的古话，终为不堪强饮耿耿于怀。

此后，为着要维持这个世家的身份，常闭门学饮，希冀于从“渐”来求取进益。虽一杯既尽，忽焉复醉，然醉的程度却慢慢减轻，而量也渐宽，纵尽斤酒，亦不复烂醉，偶或喝到是处，展读线装书，酒酣耳热之余，意境朦胧，似醉而不醉，似飘然而其实飘然不起来，忽觉浑身舒畅，从苦饮之中得其乐也。

但学饮的雅兴究竟不能长久维持下去，及年龄渐增，人事纷纭，儿时旧事早已置之脑后，不过有时候倒很想喝几口。也因为常饮，多有细味酒趣的机会，经验既富，遂觉古人乐酒，无非为追求那一种茫茫惘惘的景光，亦即微醺之意。

自然这种意境不能每求必得，西人饮酒主狂，举杯直倾，大醉而止，豪则豪矣，但酒趣、酒味却不能领略半点，外此更无论矣。至于中国人的细酌，虽可兼领趣味，然情力消于缓渐，酒后意境则不复能如饮时。我觉得饮酒倒要亦狂亦狷，倾杯壮气，细酌品味，至七分而止，然后微醺之意，庶几可得。

有两点我与一般好饮者不同，就是我不饮寡酒，必求浓郁，肴肉羊膏、鲜鱼鸡腿，用以下酒则能开怀增量；其次我不讨厌人家劝酒，但要劝而不强，即我除倾怀以外，尚有细酌之余地。然刘继庄之《广阳杂记》中有记劝酒云：

> 村优如鬼，兼之恶酿如药，而主人之意则至诚且敬，必不能不终席。

在这样的场面，自是大苦事，但若有醇酒妇人，则劝酒之举又不可或少了。所以我宁愿服药一二次，盖不欲在有好酒时不能尽兴也。

我平常不喜“乐而不淫、哀而不伤”的中庸之道，但饮酒却例外，过与不及皆所深恶。不过讲究中庸的中国民族，对于喝酒却一点也不中庸，往古名士类皆称诵酩酊而少有传薄醉之旨，或者高谈酒戒，好像一近杯中之物，便十恶不赦。此点大约是受释氏影响，《梵网经菩萨戒》“轻垢罪”中“饮酒戒”云：

若佛子故饮酒而生酒过失无量，若自身手过酒器与人饮酒者，五百世无手，何况自饮？不得教一切人饮，及一切众生饮，况自饮酒？

无手，当然是畜生了！手一触酒器，就要遭此厄运，这也只有我佛说得出。不过《四分律》中有“饮酒十戒”，对酒害倒也说得头头是道，不像手未过酒器的人所说出，那十戒即：

一者颜色恶，二者少力，三者眼视不明，四者现嗔恚相，五者坏田业资生法，六者增致疾病，七者益斗讼，八者无名称，恶名流市，九者智慧减少，十者身坏命终，堕之恶道。

又《大智度论》则云酒有三十五失，从这些地方看来，菩萨本身纵不善饮喜饮，至少是知道酒味的，而且“恶酒”或者也竟是违心之论，因释氏主清心寡欲，但酒却有令人心动放逸之力，故只好舍弃爱嗜。然我辈凡人，有酒可饮直须饮，极乐世界究竟空茫，大可不必如此。

野马放得远了，现在且再回过来谈酩酊与微醺吧！比方陶潜是时常说他吃得大醉，但我读陶集，觉得陶的大醉，其实只是微醉而已，渊明《饮酒》二十篇序云：

余闲居寡欢，兼比夜已长，偶有名酒，无夕不饮，顾影独尽，忽焉复醉，既醉之后，辄题数句自娱，纸墨遂多，辞无诠次，聊命故人书之，以为欢笑尔。

看序文语气及《饮酒》诗意旨，实在只有微醺的时候才写得出。刘伶或者大醉的时候多，而作品也就比较少。至于李白，我是不相信他经常烂醉的，“五花马，千金裘，呼儿将出换美酒，与尔同销万古愁”这种诗，当然是薄有醉意，乘兴喊得出的，如果泥醉，头昏脑涨、鼻塞口燥，出语决不会如此轻松。再者，“云想衣裳花想容，春风拂槛露华浓”，又何尝不是酒到微醺，情移心动，飘飘然神遇之笔呢！

前几年我滞旅赣南，曾见吉安贺孟真杂记一种，贺为乾隆时人，斗方名士也，其书立意殊无可取，独有关饮酒一段颇有意思：

雪后晴日，温冬酒一壶，卤肉、糟鱼为佐，临窗独酌，闲看顽童呵手堆雪人，不觉日昏，而酒亦尽矣。此时兴犹未尽，然不宜再饮，饮过者易启悲怀，求快反失……

此人爱喝冬酒（按：冬酒吉安产，似五加皮而不烈，色浓，有甜味），当然不是善饮者，但对酒趣的领略却臻上乘，我最讨厌斗方名士自命能饮，以沉醉为狂，其实哪里解酒！

近年体力日衰，对酒已渐感不胜，偶值无遮之会，放怀一饮，颓然忽醉，微醺之意已长久没有享受了，但那种意境着实值得眷恋。因作此文，非敢说教，譬如嚼橄榄，乃在自求回味也。

（选自《饮食男女》，上海书店出版社一九九七年版）

酒故

黄苗子

苗子曰：君友杨宪益，沉湎曲蘖，嗜威士忌如命，而赐之以佳名曰“苏格兰茶”，盖讳言酒也。吾未敢以直谏尽友道，因集古酒人荒诞之事以进之，题曰《酒故》，纪故实也。宪益阅此，殆会心笑，而嗤之曰：老头不可教也！

小时候读书，对禹很崇拜。书上说：“禹恶旨酒而好善言”，觉得这样一位古代贤君圣主（虽然顾颉刚先生的考证，说禹只不过是一条“毛毛虫”），果然善于克制自己的嗜好而爱听群众的有益舆论。近来年纪大了，对于事物总爱动动脑筋，这才知道小时候相信这句话是上了儒家的当！你看，禹的生存年代，约在公元前二一〇〇年，即距今四千年前，距新石器时期的氏族社会还很近，那时的酒，只是烂野果或各类植物泡在水里发酵造成的，顶多像今天的甜酒，含酒精量不多，绝比不上大曲、茅台、五粮液……根本谈不上“旨”。喝点果酒，醉不了人，他老人家就不高兴了。《说文》说：“古者仪狄作酒醪，禹尝之而美，遂疏仪狄。”说明禹这个人伪善。“禹闻善言则拜。”(《孟子》)“拜”，用今天的话，等于说，“您提的意见已看过，十分宝贵”，夸奖过“宝贵意见”，“拜”了，只是并不实行之，这正是官僚主义的典型。何况仪狄做的既然是“美酒”，这就可以出口赚外汇，国家酒税收入也可大大增加。从经济价值来衡量，仪狄先生实在是一位科技生产的开拓者，如果禹不“疏”他，那么不要说威士忌、白兰地……之类用外汇买的饮料可以不必从外国进口，最低限度“可口可乐”那种不醉人的甜饮料，也可以不需引进设厂了。一方面赚外汇，一方面节省国家外汇支出，“旨酒”肯定不是什么可“恶”的！想通之后，鄙人对禹就不那么崇拜了。

读过鲁迅先生的《魏晋风度及文章与药及酒之关系》一文的人，约略知道“诸贤”的饮酒服药，其中有点“避世”之意，但也不尽然。当时有两个大酒鬼——嵇康和阮籍。嵇康同曹操的后代有裙带关系，官拜中散大夫，后来司马氏取代了曹氏家族，嵇康失去了靠山，只好回家当铁匠，图个出身好的工人阶级，以为这就没事了。但是依旧逃不过汉奸钟会的手掌，嵇康夏月常锻大柳下，钟会过之，康锻如故，“康谓曰：‘何所闻而来，何所见而去？’会曰：‘闻所闻而来，见所见而去’”(《晋书》)。双方针锋相对地口舌一场，钟会便借故杀了嵇康，他临死只遗憾所弹的《广陵散》没有传给后代。阮籍这家伙比嵇康“鬼”得多，嵇康喝酒只是喝酒，没有借酒来搞什么名堂，阮籍却不然，“司马昭（晋文帝）初欲为子炎求婚于籍，籍沉醉六十日，不得言而止”。“钟会欲置之罪，皆以酣醉获免。”小说上有“借水遁”之法，他老兄却发明了借“酒”遁，不想把女儿嫁给高干子弟（后来还当上了相当于国家主席的“晋文帝”），就借酒装醉。对付野心勃勃的对立面，也借“酣醉”的办法得免于“罪”。司马昭用他做“大将军”“从事中郎”，他为了不想太靠近权贵，以免猴年卯月“咔嚓”一声丢了脑袋不太好玩，就借口警卫部队步兵炊事班会酿酒，还存下了三百斛酒，就要求当步兵校尉这个“官显职闲，而府寺宽敞，舆服光丽，伎巧必给”(《通典》)的武散官，乐得个逍遥自在。阮籍终于不像嵇康那样傻，白白地给奸雄钟会“咔嚓一刀”。

阮籍他们那一套，宋叶梦得的《石林诗话》中说道：“晋人多言饮酒，有至沉醉者，其意未必真在于酒，盖时方艰难，人多惧祸，唯托于醉，可以疏远世故。”陈平、曹参以来，俱用此策。《汉书》记陈平于刘、项未判之际，“日饮醇酒、戏妇人，是岂真好酒者耶？曹参虽与此异，然方欲解秦烦苛，付之清净。以酒杜人，是亦一术”。这种“其意未必真在于酒”的权术，恐怕不是酒徒所认同的。不过我们北面的邻居，据说不久前也有很多酗酒的居民，他们也常常“以酒杜人”。可惜他们吃醉了经常回家打老婆，家庭矛盾超过政治矛盾。

钟会这厮，从小就暴露出他那肆无忌惮的性格：有一天，趁他爹午睡，他和哥哥钟毓就一起去偷酒喝。老爹钟繇其实没睡着，就偷看他们的举动。钟毓端了酒，作了揖后才去饮，钟会舀起了酒就喝，没有作揖。钟繇起来问钟毓，为啥作个揖才喝酒，钟毓说："酒以成礼，不敢不拜。"问到钟会，他干脆说："偷本非礼，所以不拜。"（《魏略》）是啊，那些滥用公款饱入私囊的人还恭恭敬敬地向国库作个揖，这才是头等"傻帽"呢！

钟会后来终于反了司马昭，最后被乱军杀了。

和嵇、阮同属"竹林七贤"的另一个大酒鬼刘伶，也是酒界中知名度很高的前辈。那时候的人，可是不太讲精神文明，刘伶喝醉了，就"脱衣裸形屋中"。虽然那时《花花公子》之类的刊物尚未出版，他也算得当今"天体运动"和"脱星"的老祖宗了。有人责怪这醉鬼太放肆了，刘伶说："我把天地当居室，把房子当裤衩，是你们自己跑进我的裤衩当中去，你怎么反怪我呢？"（《晋纪》）这句话在入世的哲学家看来，是彻底的荒谬的主观唯心论，但文学家会欣赏他的浪漫主义意念，认为没有这种荒诞的意念，文学是不会产生的（虽然他生平"未尝厝意文翰"，一辈子只写过一篇《酒德颂》）。彼亦一是非，此亦一是非，且由它去吧。人类都喜爱外形美和勇敢品德，可是史书上却说刘伶"容貌甚陋"。他曾经和人争吵，别人抡起拳头就要揍他一顿，你猜他怎么回答的？他站起来慢慢地说："鸡肋何足以当尊拳。"那人也确实觉得不值得打那么一个"孬种"，于是这场本来极其壮观的超级武打，就告终了。不要以为凡是酒人都是武二一般好汉，即使自认为"以细宇宙，齐万物为心"的刘伯伦，在现实生活面前，其实也不过是自认豸虫的阿Q之前辈云耳。

刘伶当过建威参军这不大不小的官，"常乘鹿车，携酒一壶，使人荷锸随之，谓曰：'死便埋我'"(《晋书》)，似乎对个人的生死看得很随便，但是从他在拳头面前的那副熊样，很可能鹿车上受点风寒，也得马上赶回家去喝板蓝根和速效感冒片。他这句话说得倒通达，可比起三国时代的郑泉，却差得远了。郑泉这个醉猫，临终前告诉他的朋友说："必葬我陶家（注：做陶器的人家）之侧，庶百岁之后，化为土，幸见取为酒壶，实获我心矣！"(《吴志》)郑泉的遗嘱，希望骨灰变成泥巴，让百年之后制陶的人把它捏成一个酒壶，这才不愧是个真正的酒汉！如果我的朋友——工艺美术家韩美林捏的某一个酒壶确实用的是郑泉骨灰的料，那么，我一定向他讨来转赠给杨宪益兄。不过世界上事情往往不尽如人意，保不定百年之后，陶家挖了郑泉的骨灰，却捏了个尿壶……

《遁斋闲览》有一段故事："郭朏有才学而轻脱。夜出，为醉人所诬。太守诘问，朏笑曰：'张公吃酒李公醉者，朏是也。'太守因令作《张公吃酒李公醉赋》，朏爰笔曰：'事有不可测，人当防未然。清河文人，方肆杯盘之乐；陇西公子，俄遭酩酊之愆……'守笑而释之。""张公吃酒李公醉"，是古时候一句俗话。郭朏好端端被人诬告他喝醉闯祸，当然是无妄之灾，幸好这太守也是个书呆子，叫他做一篇赋就放走了。大革文化命的年头，被诬的很多，你越是掉书袋，越是引用经典著作据理力争，你就越倒霉。毕竟玩弄政治的像这位太守那样的人少。至于郭朏那首《张公吃酒李公醉赋》的开头两句，倒是耐人寻味的。

自古及今，似乎诗和酒的关系特别亲切，以酒为题材的诗，真是罄竹难书。陶渊明是较早的一位酒诗人，李白更不必说。据郭老的考证，杜甫也是个酒鬼（当然，他的《酒中八仙歌》不会把他自己写进去）。我倒是喜欢白居易的《劝酒》：

劝君一盏君莫辞，
劝君两盏君莫疑，
劝君三盏君始知。
面上今日老昨日，
心中醉时胜醒时；
天地迢遥自长久，
白兔赤乌相趁走。
身后堆金拄北斗，
不如生前一樽酒！

地球永远转动，人的寿命短促，把短促的寿命浪费在钞票追求上，“身后堆金拄北斗”图个啥？！我近来虽然一点酒都不沾唇，但“面上今日老昨日，心中醉时胜醒时”的酒徒心情，却是能了解的。

这里还是用姓杨的故事作结束：宋初有个老头叫杨朴（据说近来的文艺家都喜欢这个祖宗，我没有考证过他是宪益的第几代祖宗，也不知道他认不认），是个怪人，平日骑头驴子在郊外溜达，然后躺在草窝里作诗，“得句即跃而出”，把过路人吓一跳。宋太宗、真宗都召见过他。《侯鲭录》有一段记载，“宋真宗征处士杨朴至，问曰：‘临行有人作诗送卿否？’对曰：‘臣妻有诗云，更休落魄贪杯酒，亦莫猖狂爱咏诗；今日捉将官里去，这回断送老头皮’”。从前的知识分子不愿当干部，害怕什么时候闹个把运动，老头皮便“咔嚓一声”保不住。现代的知识分子受了三十多年的革命教育，知道做官是“为人民服务”的真理，于是很多人都愿意，并且实践过“捉将官里去”的光荣。不过贪酒咏诗，是否都戒了，在这里却各人都还有他的自由的。

（选自《解忧集》，中外文化出版公司一九八八年版）

酒

张中行

入口之物，有的评价容易，如粮食和水，连宣扬万法皆空的和尚也不反对。有的就不然，如酒就是最突出的一种。仍请和尚来作证，十戒有它，缩减到五戒，“杀盗淫妄酒”，仍然有它。可是酒有别名，曰“般（读bō）若汤”，推想必出自佛门，可见至少是有些和尚，如传说的济颠之流，也喜欢喝的。出了家尚且举棋不定，不出而在家的就更不用说了。刘伶夫妇可以出来作证，妇是反对派，主张“必宜断之”，理由是“非摄生之道”；夫却走向另一极端，说：“天生刘伶，以酒为名，一饮一斛，五斗解酲，妇人之言，慎不可听。”不听话，幸而那是夫唱妇随的古代，仍然可以和平共处。还是说酒，凭情，或兼理，有人说可以喝，有人说不可以喝；还有少数，说不可以喝，甚至坚信以不喝为是，而实际却一点不少喝。情况如此复杂，如果有人追死理，于喝好还是不喝好之间，一定让我们择其一而不许骑墙，我们将何以处之？不知道别人的高见如何，我是再思三思之前，只能借用齐宣王的办法，“顾左右而言他”。

言他，这里是想暂躲开评价，只看事实。事实是有不少人很喜欢喝，而且是千百年来久矣夫。《史记·夏本纪》说：“帝中康时，羲、和湎淫。”《集解》引孔安国曰：“羲氏、和氏，掌天地四时之官，太康之后，沉湎于酒。”同书《殷本纪》说：“（纣王）以酒为池，县（悬）肉为林，使男女倮（裸），相逐其间，为长夜之饮。”实物是更有力的证据，传世的古青铜器，其中很大一部分是酒具，花样多，形状各异，与现在用一种，曰“杯”，只分大小相比，真是后来居下了。依照曾经有的必较之见于文献的更靠前的通例，我们甚至可以推断，如果真有所谓伏羲画卦，这位伏羲氏，画成之后，得意之余，也会找出酒坛子，浮三大白吧？如果竟是这样，我们，纵使并非刘伶一派，也就不能不承认，酒的寿命必与饮食文化一样长，就是说，自从有饮食就有它，它的灭绝也绝不会在饮食灭绝之前。唯一的弱点是，不像饮食那样有普遍性，比如就全体人说，刘伶夫人之流不喝；就一个人说，孩提时不喝，成年以后，如李白，斗酒之后还可以作诗，流放夜郎的路上却未必喝。

那就只说喝的人。上者可以举陶渊明为代表，不只喜欢喝，而且为饮酒作了诗，标题就用《饮酒》，多到二十首，小序中有这样的话：“偶有名酒，无夕不饮，顾影独尽，忽焉

（不知不觉之意）复醉。”以常情衡之，够瞧的了，可是他在《挽歌诗》里还说：“但恨在世时，饮酒不得足。”由上者下行，杜甫大概可以算作中间人物的代表，漂泊西南，写《秋兴八首》，抚今怀昔，竟没有提到酒；可是遇到机会也喝，不只喝，而且乐得“暂醉佳人锦瑟旁”（《曲江对雨》）。这中间型是间或喝，有固然好，没有也能凑合。下呢，一向不沾唇的人不算，有各种情况，由并不想喝而逢场作戏到被动干杯辣得皱眉咧嘴，应该都包括在内。以下想谈个大问题，这甘居下游的人就须清出去，因为问题是“喜欢喝，所求究竟是什么”，他们并不喜欢，当然可以逍遥法外。说是大问题，原因有二：其一，在人生中，它占个不很小的位置，由斯宾诺莎“知天”的高要求下行，我们应该要求“知人”，就不当躲开它；其二，而偏偏是很不容易答。浅了不行，比如说，没有就想，见了馋得慌，喝了感到舒服之类，说了等于不说，因为只是现象，碰见惯于刨根儿的人还要问原因。深呢，听听有切身感受的前人的意见是个办法。但是有困难，至少是麻烦。其一，如“为长夜之饮”的纣王，时代过早，文献不足证，我们也就不能知道。其二，如刘伶，有《酒德颂》（见《世说新语·文学》篇注引《竹林七贤论》）传世，像是最适于充当调查对象，可是看他的颂辞，说“有大人先生者，以天地为一朝，万期（读jī，年）为须臾，日有为扃牖，八荒为庭衢……”，显然重点是表白人生态度，与举杯时的所感还有不小的距离。其三，零篇断简，直接说喝后的所感，我们也可以找到不少，如王蕴所说，“酒正使人人自远”（《世说新语·任诞》），王荟所说，“酒正自引人着胜地”（出处同上），陶渊明所说，“不觉知有我，安知物为贵”（《饮酒二十首》之第十四），意思都可取，可惜言简旨远，我们没有晋代清谈人物那样的修养，会感到隔膜。

剩下的一条路是自己试试，看能不能讲出点道道来。在喝酒方面，我至多是中间型，碰到也喝，但不能多，更没有刘伶和陶渊明那样的兴致。所以试，以自己的经验为资本，怕不够，要学新潮，引用外资，曰推想。经验也罢，推想也罢，混在一起，总之还是自己的，连刘伶之流也未必同意，只能算作聊备一说。想由时间方面下手，把喝酒的所感分为先后两段，先是入口之际，后是酒性发作之后，看看喝者的所求，或所重，是入口时的美味还是酒入肚之后的微醺直到大醉。被时风刮得东倒西歪的一些人物大概认为，先和后同样重，甚至先者更重，因为二锅头与茅台之间，一定舍前者而取后者（其中可能有摆阔和揩公家油的成分，这里不管）；如果只计入肚之后而不计入口时的柔而少辣，用高于二锅头几乎百倍的价钱以换取同样的微醺或大醉，就是太失算了。但这算，如果有，是少数赶时风的，我却不这样看。怎么看呢？是所重，或干脆说所求，是后一段的微醺或大醉，而不是入口时有什么人人都首肯的美味。说没有人人都首肯的美味，可以由轻到重举多种证据。其一，我不是刘伶夫人一派，可是酒入唇，高高下下多种，积数十年之经验，仍然没有觉得有什么舌君大欢迎的感觉。其二，幼童，大量的妇女，以及非幼非女的不少人，都不愿意沾酒，说太辣。其三，有不少被封为酒鬼的，或内的条件不具备，如缺杖头钱，或外的条件不具备，如跃得太高以致没粮食吃的时候，得酒难，不论质量多坏，只要能够换得微醺或大醉，照样喝。如果这样的分析不错，以下的问题就成为，换得微醺或大醉，所求究竟是什么？限于主观的意境，可以从消极方面说，是离现实远了；也可以从积极方面说，因为离现实远了，也就离幻想（或梦想）近了。人在现实中生活，就说只是心而不是身吧，为什么还想离开？因为有时候，现实中有大苦，身躲不开，不得已才退守内，在心境方面想想办法。微醺，尤其醉，现实的清清楚楚就会变为迷离恍惚，苦就至少可以像是减轻些。其次，幸而无大苦，常处于现实中，寒来暑往，柴米油盐，也会感到枯燥乏味，那就能够暂时离远点也好，酒也正好有这样的力量。再其次，得天独厚，条件好，不只无苦，而且要什么有什么，但是正如俗话所说，做了皇帝还想成仙，春秋佳日，或雨夕霜晨，还会产生闲愁，就是，虽然说不清楚，却总感到缺点什么，这渺茫的希冀也来于天命之谓性，难于命名却并不无力，如何排遣？喝两杯是个简便而可行的办法。最后，还可以添个锦上添花型，比如天假良缘，走入“贾氏窥帘韩掾少，宓妃留枕魏王才”之类的准梦境，欲笑无声，欲哭无泪，心不安，以致不知今世何世，就可以喝两杯，于迷离恍惚中，缺定补定，缺胆补胆。说起胆，有时也要由离开现实来，因为唯有离开现实，才可以忘掉利害，甚至忘掉礼俗。可以抄《史记·滑稽列传》的妙文为证：

> 若乃州闾之会，男女杂坐，行酒稽留，六博投壶，相引为曹，握手无罚，目眙不禁，前有堕珥，后有遗簪。（淳于）髡窃乐此，饮可八斗而醉二参。日暮酒阑，合尊促坐，男女同席，履舄交错，杯盘狼藉，堂上烛灭。主人留髡而送客，罗襦襟解，微闻芗泽。当此之时，髡心最欢。

现实中，男女是授受不亲的，喝了酒就变为握手无罚，履舄交错。这是现实退让了，幻境或梦境占据了现前，还有什么比这更值得欢迎的呢？所以就无怪乎，古往今来，上至帝王将相，下至贩夫走卒，几乎都乐此不疲了。

以上是泛论，对也罢，错也罢，总难免有讲章气，不宜于再纠缠。那就改为说自己与酒的关系。可说的像是也不少，却都是不怎么堂皇一面的。先说其一，是起步晚。我生后三年国体大变，由专制改为共和，可是农村的人，思想和生活方式仍然是旧的，专说酒，儿童和妇女不许喝。仅有的一点关系来自嗅觉。镇上有一家造酒的作坊，我们家乡名为“烧锅”，字号是“双泉涌”，产酒不少，我到镇上买什么，从它门前过，就感到有一股带刺激性的发酵味往鼻子里钻。家里来亲戚，或过年过节，男性长辈要喝酒。用锡壶，要烫热，这工作照例由孩子做。燃料就用酒，倒在一个小盅里，用火柴引着，发出摇摇晃晃的蓝色火苗，把锡壶放在火上，不一会儿温度升高，冒出微细的水汽，也可以嗅到那股发酵味，只是没有烧锅的那样强。小学念完，我到通县去念师范，根据不成文法，学生不许喝酒，还有个法，是没有闲钱，所以连续六年，像是可以自主，却没有喝酒。师范念完，入了大学，生活变为欲不自主而不可得，或者说，真是入了社会，就有了喝酒的机会，并人己都承认的权利，也就开始，还要加上间或，喝一些酒。再说其二，是量不大。酒量大小，我的推想，来于天资，天资有物质或生理基础，也许就是抗乙醇的本领吧？我得天独厚，抗乙醇的能力微弱，所以取得微醺，只消一两杯（新秤一二两之间）就够了。以我同桌吃过饭的人为例，天津某君，取得微醺的享受要烈性白酒三斤有半，那就所费要超过我十几倍，由经济方面考虑，就是得天独薄了。可是世俗有个偏见，是酒量大也可以作为吹牛的一种资本，约定俗成，我也就只好，譬如碰杯之际，自愧弗如了。再说其三，是眼前无酒，没有想得厉害的感觉。唯一的例外是在干校接受改造的时候，活儿太累，还要不时受到辱骂，深夜自思，不知明日会如何，就常常想到酒，以求两杯入肚，哪怕是片时也好，可以离现实远一些，可惜是既没有又不敢喝。还是说平时，不想，连带对于有些人的闹酒，希望把旁人灌醉，以逞自己之能，也就没有兴趣，甚至厌烦。再说其四，是喝，与赶新潮的人物不同，不追名贵。当然，也不会趋往另一极端，欢迎伪劣。我的想法，只要入口没有暴气，两杯入肚，能得微醺，就算合格；超过此限度，追名牌，用大价钱以换取入口一刹那的所谓香味，实在不值得。因为有此信念，买，或只是由存酒（大部分是亲友送的）里选，我的原则都是要价钱低的。这就不好吗？也不见得，比如在乡友凌公家喝的自采茵陈（嫩蒿）泡，由酒厂大批买的二锅头（一斤一元八角），可谓贱矣，而味道，至少我觉得，比一斤二百元的茅台并不坏。所以在这类事上，我总是不避唠叨，一再宣传，俭比奢好，即使钱是由自己口袋里掏出来的。最后再说个其五，是不喜欢大举呼五喊六，杯盘狼藉。理由很简单，是闹剧与诗意不两立。多聚人，多花钱，买热闹，买荣华，这方面得的越多，诗意就剩得越少。所以我宁可取杜甫与卫八处士对饮的那种境界，"今夕复何夕，共此灯烛光"，"主称会面难，一举累十觞"。

"一举累十觞"之后还有话，是"十觞亦不醉"。当时喝的不是含乙醇多的烈性白酒，比如相当于咸亨酒店的黄酒，觞不大于现在通用的黄酒碗，十觞，量也不过略大于孔乙己而已。这里强调的是不醉，不醉就一定好吗？这个问题又不简单。可以从不同的方面考虑，比如出发点是己身的福利，我们似乎就不能不同意刘伶夫人的意见，因为烂醉如泥之后，头和肠胃都很不好过，确是非摄生之道。可是由应世方面考虑，合尊促坐，众人皆酒酣耳热而自己独清醒如常，人将视为过于矜持，也不好吧？左右为难，只好还是躲开评价，单说自己的经历。我醉过，不多，但也不止一次。什么情况之下？照小说家的想法，必是写或想写无题诗的时候吧？说来会使善于想象的小说家失望，很对不起。我爱过人，正如一般常人一样，也会随来心的不平静，有时也就会亲近酒，以期能够浇愁或助喜，但是翻检记忆的仓库，没找到大醉的痕迹。这是否可以证明，自己并没有“春蚕到死丝方尽，蜡炬成灰泪始干”的雄心呢？我不知道，所以也就只能重复孔老夫子的一句话，“畏天命”了。还是说醉，记得的几次都是在而立之后，不惑之前，原因清一色，是“血气方刚，戒之在斗”。

不惑之后，坎坷更多，也因为非大人，就失了孟老夫子珍重的赤子之心。其主要表现是瞻前顾后，多打小算盘。这也影响及于喝酒，是求所费不多而所得不少。所费指酒菜钱以及过量之后身心的不舒适，所得指因酒而增添的友情和诗意。这里要借用大事常用的大话，澄清一下，是这样的场合，虽不至少到寥若晨星，也颇为有限，原因是眼前要有个知音的人，或说同道。同道，时间长，认识人多，也不会很少，这里，也为了略抒怀念之情，想只说三位。一位是韩兄刚羽，四十年代起，我们常在他家一起喝酒。我住北城，他住阜成门内白塔寺西，我骑车，见面不难。常是晚饭时候，到胡同南口一个山西人小铺买三四两（老秤，一斤十六两）白干，一角钱五香花生仁，对坐，多半谈书，有时有风，还可以听到白塔上的铁马声。喝完，吃老伯母做的晚饭。其时，我和他都相当穷，可是对饮之际，觉得这个世界是丰富的，温暖的。这样的生活连续十几年，他改为到天津去教书，见面不那么容易了，但最长不超过一年，总有对酒当歌的机会，直到一九九一年春夏之际他先我而去，白塔寺侧对饮的梦才彻底断了。再一位是裴大哥世五，住外城菜市口以西，晚饭青灯之下，对饮的次数最多，差不多延续了半个世纪。我们是同乡，小学同学，他中学没念完失学，在北京菜市口一带卖小吃。为人慷慨，念旧，所以虽然我们走的路不同，却始终以小学时的弟兄相待。他忙，会面只能在他那里，晚饭时候。也是喝白干，他量略大，两三杯下肚，喜欢谈当年旧事。这使我感到我们并没有老，也没有变。可惜是人事多变，他先是过街被自行车撞倒，受了伤，以后行动不便，于是健康情况日下，于几年以前下世。这巨变影响我的生活不小，因为失掉的不只是一个经常对饮的同道，而且是把我看作少不更事、需要他关怀的同道。幸而就在这之后不久，与乡友凌公结识。他在饮食公司工作，住地安门外以西，离我城内的住处很近，于是未协商而像是签订了协定，每周三到他那里吃晚饭。他洞察我的爱好，约法二章：一，由夫人动手，做家乡饭；二，酒菜不过二品。这样，我到那里，举杯，除微醺之外，就还可以做个还乡之梦，即如凌夫人，做完饭，在厨房吃而不上桌面，也仍然是家乡的。可惜又是人事多变，这位凌夫人，年不甚高，却因脑溢血，于一年以前突然去世。承凌公好意，周三晚间的对饮未断。家乡饭是吃不着了，只好退一步，满足于亲切加闲情的诗意。说起诗意，还应该加上最近的一笔，是不久前，广州陈定方女士来访，谈至近晚，说想请我吃饭。我说，到北京，应该我请，不过与凌公有约，不便失信，可否一同到凌公家去吃？陈女士同意，我们一同去了。路上，我介绍凌公的为人，以及同我的关系。还着重介绍他的住屋，是药王庙后殿的西耳房，我上的小学也是药王庙，后殿西耳房是启蒙老师刘先生的住屋，所以坐在那里，常常唤起儿时的梦。到凌公家，介绍了不速之客，凌公当然表示欢迎。凌公是饮食业专家，菜几品，都可口。凌公酒量大，照例喝度数高的二锅头。用度数低的招待客人，我选了烟台产的金奖白兰地。陈女士像是也欣赏这样的邂逅，喝了一杯。我想到人生的遇合，相知的聚散，不知怎么，有些怅惘，喝了三杯。其后，酒阑人散，怅惘之情却未散，趁热打铁，还诌了一首七绝，首联云："执手京华恨岁迟，神农殿侧醉颜时。"这醉颜来于酒，不只有诗意，还可以写入小说吧？所以照应本篇的开头，如果有人问我对酒的态度，此时就有了定见，是只能站在陶渊明一边了。

（选自《负暄续话》，黑龙江人民出版社一九九〇年版）

买春

王利器

秋雨如丝，绵绵不绝。高楼小窗，独坐冥思，于是展开稿纸，想了却《解忧集》的文债。刚把题目写好，就听有人敲门，开门一看，是四川远来的老朋友，一见面就冲着我念念有词："'旧雨不来新雨来'，想不到嘛！今天专门捎带几包土特产来看看老朋友和尊夫人。"我说："真想不到！一别就多年了。稀行，稀行！"我们边说，边拉着手一同来到寒斋小窗前，于是他把一件件土特产，天府花生、达县灯影牛肉、"剑南春"……都摆在桌上，说道："小小土宜，足慰老兄千里莼鲈之思吧！"我说："厚贶，厚贶！实不敢当，这真是以口腹累人了。"这时，老伴也沏来两盅蒙顶新茶，放在桌上请他品尝。他看见书案上的稿纸，已经写好了题目"买春"二字，问道："老兄又在搞啥子名堂？春可买乎？吾尝闻'寸金难买寸光阴'矣，春可买乎？"我说："当然可以买嘛。您今天送来的'剑南春'不也是买来的吗？”“啊，原来您要买酒哟！买酒就买酒嘛，偏又要个花招说买春，是不是‘饮了卯时’，一大清早就和杜康打上交道，有些酩酩酊酊，就杜撰起来了。”我说：“不是杜撰，而是有书为证。”于是顺手翻开司空图《诗品·曲雅》第六，指着“玉壶买春，赏雨茅屋”八个字给他看：“足见不是自我作古吧！今天因赏雨，而写‘买春’，文生于情，亦聊以发思古之幽情，不单是为了《解忧集》之债而作也。”他说：“买春有出处，吾既知之矣；酒以春名，此又何说也？”我说：“《诗经·豳风·七月》写道：‘……十月获稻，为此春酒，以介眉寿。’毛传说：‘春酒，冻醪也。’孔疏说：‘此酒冻时酿之，故称冻醪。’寻《齐民要术》卷上《造酒法》写道：‘十月桑落初冻，则收水酿者为上时春酒，正月晦日收水为中时春酒。’则‘春酒’之‘春’，与四季之‘春’无关，惜毛传、孔疏之未能详其故也。《齐民要术》载多种制酒法，率用‘春酒曲’，后来就称用‘春酒曲’所酿造的酒为春；因此，我们知道司空图所说的‘玉壶买春’是买酒了。而且，我们也知道《水浒传》第十八回所写宋江在浔阳江琵琶亭上所喝的玉壶春酒，正是本诸《诗品》来起名的了。今天，老兄送的‘剑南春’，也是于古有之。唐李肇《国史补》卷下写道‘酒有郢之富水春，乌程之若下春，荥阳之土窟春，富平之石冻春，剑南之烧春’。这不仅‘剑南春’之名，已见于唐代，就是咱们四川现在普遍饮用的烧酒，也是来源于唐代呀。”他说：“听老兄这番话，不觉春意盎然矣。好，今天既有雨，又有春，咱们就来附庸风雅，欣赏一番吧。”接着他又说：“古人拿《汉书》下酒，今天，老兄既提到《诗品》，我们就各自朗吟古人的诗句来下酒如何？”我说：“好，雅极了。”他说：“那就不客气，我要占先了。”于是朗诵了韦庄词：“锦汉春水，蜀女烧春美。”我说：“本地风光，用得好！看来老兄已知春的来源，却装着不懂，来考考我，安心要浮我一大白嘛。”于是我就朗诵宋人章子厚答姑苏太守刘子先之诗曰：“洞宵宫里一闲人，东府西枢老旧臣；多谢姑苏贤太守，殷勤分送洞庭春。”吟毕说道：“聊借古人之诗，来表多谢之意。美酒‘洞庭春色’，也见于《东坡诗集》。李太白《将进酒》写道：‘古来圣贤皆寂寞，唯有饮者留其名。’看来我们这位乡先贤，颇复中圣人，不仅以东坡肉享盛名了。”他说：“好！我再来一首。”于是摇头晃脑地朗诵起来：“渭北春天树，江东日暮云；何时一樽酒？重与细论文。”话音刚落，我接着说道：“老兄之意，我知之矣。目前巴蜀书社正在大肆宣扬‘五朵金花’，寒斋倒藏有一点，等我和老伴商量，组织劳动力，择日推豆花，开茅台，洁樽候光。今天来不及了，正好应了四川一句老话：‘汉口听蚊虫——吃客。’”大家都相视而笑了。于是打开“剑南春”，打开天府花生、达县罐头，三个人就举杯相劝起来了。于时，楼外雨丝，仍然下个不息，好像是为留客而助兴一般。这比之司空表圣之“赏雨茅屋”，又别是一般滋味了。

（选自《解忧集》，中外文化出版公司一九八八年版）

诗人与酒

洛 夫

岁末天寒，近日气温骤降，唯一的乐趣是靠在床头拥被读唐诗。常念到白居易的《问刘十九》：

绿蚁新醅酒，
红泥小火炉。
晚来天欲雪，
能饮一杯无？

我忽然渴望身边出现两样东西：雪与酒。酒固伸手可得，而雪，数十年来难得一见，只有从关于合欢山的气象报告中去找。

小时候读这首诗，我只能懂得四分之三，最后一句的味道怎么念也念不出来，后来年事渐长，才靠一壶壶的绍兴高粱慢慢给熏了出来。对于饮酒，我徒拥虚名，谈不上酒量，平时喜欢独酌一两盏，最怕的是轰饮式的闹酒；每饮浅尝即止，微醺是我饮酒的最佳境界。记得陈眉公在《小窗幽记》中特别提到饮酒的适当场合与时机，他说：

> 法饮宜舒，放饮宜雅，病饮宜小，愁饮宜醉，春饮宜庭，夏饮宜郊，秋饮宜舟，冬饮宜室，夜饮宜月。

其实我认为，不论冬饮或夜饮，都宜于大雪纷飞时围炉进行。如一人独酌，可以深思漫想，这是哲学式的饮酒；两人对酌，要以灯下清谈，这是散文式的饮酒。但超过三人以上的群酌，不免会形成闹酒，乃至酗酒，这样就演变为戏剧性的饮酒，热闹是够热闹，总觉得缺乏那么一点情趣。

数年前的寒冬，闻知合欢山大雪，曾计划携带高粱两瓶，狗肉数斤，邀二三酒友上山作竟夕之饮，后因其中一位有事羁绊，未能如期实现，等这位朋友把事情办妥，合欢山的皑皑白雪早已化为淙淙溪流了。计划期间，一位朋友说要带一部唐诗，当酒酣耳热之际，面对窗外满山大雪朗诵，一定能念出另一番情趣来。我则准备带一本《聊斋》，说不定可以邀来一位美丽的女鬼共饮。另一位想得更绝，他说他要带一部《水浒传》。赏雪饮酒与梁山好汉们何干？我们都摸不透他的玄机。你猜他怎么说：当狗肉正熟，酒香四溢时，忽见窗外一位身着破衲的大和尚，冒着风雪奔来，待他走近一看，嗬！这不正是鲁智深吗？

有人说，好饮两杯的人，都不是俗客，故善饮者多为诗人与豪侠之士。张潮在《幽梦影》一文中说："胸中小不平，可以酒消之，世间大不平，非剑不能消也。"这话说得多么豪气干云！可是这并不能证明，雅俗与否，跟酒有绝对的关系。如说饮者大多为性情中人，倒是不错的。唯侠客与诗人所不同的是，前者志在为世间打抱不平，替天行道，一剑在手风雷动，群魔魍魉皆伏首。而诗人多为文弱书生，而感触又深，胸中的块垒只好靠酒去浇了。

诗人好酒，我想不外乎两个原因：其一，酒可以渲染气氛，调剂情绪，有助于谈兴，故浪漫倜傥的诗人无不喜欢这个调调儿。其二，酒可以刺激脑神经，产生灵感，唤起联想。例如二十来岁即位列初唐四杰之冠的王勃，据说在他写《滕王阁》七言古诗和《滕王阁序》时，先磨墨数升，继而酣饮，然后拉起被子覆面而睡，醒来后抓起笔一挥而就，一字不易。李白当年奉诏为玄宗写清平调时，也是在烂醉之下用水泼醒后完成的。当然，这种情况也因人而异，李白可以斗酒诗百篇，换到王维或孟浩然，未必就能在醉后还有这么高的创作效率。现代诗人中好饮者颇不乏人，较出名的有纪弦、郑愁予、沙牧、周鼎等人。对他们来说，饮酒与写诗毕竟是两回事，并无直接影响。他们醉后通常喋喋不休，只会制造喧嚣。他们的好诗都是在最清醒的状态下写成的。至于我自己，虽喜欢喝两杯，但大多适量而止，偶尔喝醉了，头脑便昏昏沉沉，只想睡觉，一觉醒来，经常连腹中原有的诗句都已忘得一干二净。

能饮善饮而又写得一手好诗的，恐怕千古唯青莲居士一人。“钟鼓馔玉不足贵，但愿长醉不愿醒，古来圣贤皆寂寞，唯有饮者留其名。”字字都含酒香，如果把他所有写酒的诗拿去压榨，也许可以榨出半壶高粱酒来。

李白如此贪杯，他的太太是否也像刘伶妻子一样讨厌酒而强迫丈夫戒酒呢？先说刘伶吧，他的那篇戒酒誓词，的确算得上是千古妙文。据《世说新语》所载：一天刘伶酒瘾发作，向太太索酒，太太一气之下，将所有的酒倒掉，且把酒具全部砸毁，然后一把鼻涕一把眼泪劝他说：“你饮酒太过，非摄生之道，必须戒掉。”刘伶说：“好吧，不过要我自己戒是戒不掉的，只有祝告神灵后再戒。”他太太信以为真，便遵嘱为他准备了酒肉。于是刘伶跪下来发誓说：“天生刘伶，以酒为名，一饮一斛，五斗解酲，妇人之言，慎不可听！”祝祷既毕，便大口喝酒，大块进肉，醉得人事不知。这种妇人，也只有刘伶这种办法来对付。李白的太太是否也干预他的酒事呢？遍查史籍，我们找不到任何关于这方面的资料。不过，倒可以在他的《将进酒》一诗中得到一点暗示：最后他为了“与尔同销万古愁”，不是很兴奋地命儿子把名贵的五花马、千金裘拿去换酒吗？假如他事先未征得太太的同意，他未必敢如此慷慨。由此足证，他的太太当不至像刘伶妻子那么泼悍，凡事还可以商量的。

在这方面，苏东坡的太太就显得贤惠多了。《后赤壁赋》中有一段关于饮酒的对话，非常精彩，可供天下诗人的太太参考。话说宋神宗元丰五年十月某夜，苏东坡从雪堂步行回临皋，有两位朋友陪他散步而去，这时月色皎洁，情绪颇佳，走着走着，他忽然叹息说：

“有客无酒，有酒无肴，月白风清，如此良宵何？”

一位朋友接道：“今者薄暮，举网得鱼，巨口细鳞，状如松江之鲈，顾安所得酒乎？”

有鱼就好办，于是苏东坡匆匆赶回去跟老妻商量。苏夫人果然是一位贤德之妇，她说：“我有斗酒，藏之久矣，以待子不时之需。”

只要听到这两句话就够醉人的了；这个女人不但是一位好主妇，也可以说是苏东坡的知己。

金圣叹的《三十三不亦快哉》中，也有一则提到向太太索酒的事：一位十年不见的老友薄暮来访，一见面不先问他坐船来或是搭车来，也没有说请坐，便直奔内室，低声下气地问太太：“君岂有酒如东坡妇乎？”金太太虽不像苏夫人经常为丈夫藏好酒，但毫不考虑地从头上拔下金簪去换钱沽酒，这同样是一位了不起的好妻子。

比较说来，西洋人比中国人更好酒贪杯，成年后的男人几乎人人都能喝酒。也许正因为饮酒已成为他们生活中的普遍经验，故很少成为诗的题材；西洋诗中有不少描写色情的诗，却罕闻酒香。反之，由于中国古典诗中关于友叙、送别与感怀这一类的作品最多，故诗中经常流着两种液体，一是眼泪，一是酒。泪的味道既咸且苦，酒的味道又辛又辣，真是五味俱全，难怪某些批评家认为中国的文学是纯感性的。如何在创作时保持高度的清醒，在作品中少掺点眼泪和酒，以求取感性与知性的均衡发展，这恐怕是从事新文学创作的人应该三思的。

（选自《一朵午荷》，上海文艺出版社一九九〇年版）

谈酒

潘际坰

生平嗜好不多，烟、酒与桥牌，如是而已。近年以来，三分天下的局面岌岌可危：早就戒了烟，一戒而成，而且连烟味都懒得去闻它；谈到“三无将”“大满贯”“小满贯”，也有恍恍如隔世之感；唯独于酒，至今还是藕断丝连，或者，竟可以说是剪不断，理还乱吧。虽然我并不十分信服曹操“何以解忧？唯有杜康”的说法。

童年何时开始饮酒的呢？答不出。只记得第一次喝白酒（也许是洋河大曲），不许用酒杯，只可以用筷子伸进大人的小酒杯，用筷头蘸那么一蘸，而且要浅要轻要快。这之后，我得到惊喜还是惊恐？也很茫然。大概是惊恐居多，因为至今还记得母亲对我们讲过一个神话般的故事，说父亲某年夏天大醉之后，赤膊躺在床上，这时，只要放一块豆腐在他的肚子上，把豆腐煮得咕嘟咕嘟地叫个不停。她不是禁酒论者，只记得她说话时充满惶恐与不安的神情，这也难怪，烂醉如泥之外，莫非还有烂醉如“火”的怪现象？

第一次知道三星白兰地，也是在童年。姑父住在外地，相当富有，他偶尔到我们县城来看病，便住在我们家里，随身带的总有好几瓶各种洋酒，但我不曾看他醉过。因此，法国酒与敝国豆腐能否产生同样的神奇效果，又是个谜。

倘若分类，我也许可以列入“酒量不大但酒兴甚高”。这种人若是时常与酒接触，要他不醉，太难；纵使偶尔浅尝，若心情欠佳，酒又不妙，要他大醉，也大不易。抗日战争爆发不久，在大学里读书，校园已经不复在西子湖畔，而是广西与贵州的内地小县城了，依然受到敌机威胁，学校一迁再迁，真是恼煞人也。穷学生大多悲愤度日，不过偶尔下一次小馆子的机会也无拒绝之必要。这样，便和一位好友去喝它两盅，没酒杯，便用小碗喝。谁知道，才几口下肚，就醉了，头痛异常，胸口也非常难受。一问，说喝的叫苞谷酒，也就是玉米酒。为什么杨贵妃醉酒就与众不同，美得很，而且还能在舞台上表演赢得观众掌声呢？酒醒后，我继续想过好久，终于列为不可解的方程式了事。无论如何，我这次醉酒，不能说与曹操的酒论无关。

人在极其高兴的时候，也会成为醉鬼。回想起来，有两次经验可谈。一次是在南京解放的消息传到南国某城之日，我们报社编辑部的晚班，当晚几乎“倾巢而出”，大吃大喝一通，八个人有六个会喝酒，结果，九瓶三星白兰地喝得精光，点一点数，醉客数字恰是空酒瓶的一半。不过，这时于老杜的“初闻涕泪满衣裳”“漫卷诗书喜欲狂”以及“白日放歌须纵酒，青春作伴好还乡”诗句的意境，似乎更能心领神会。“三星白兰地”——对以“五月黄梅天”，确属巧对，而我们那次痛饮白兰地大醉前后，哪里会想到什么“黄梅天”。不，完全是“晴朗的天”。

另一次是在三年困难时期刚结束不久，北京《漫画》在新侨饭店设宴招待漫画与文字作者，主编来电相邀，欣然应命。谁知道，席上偏偏遇到心仪已久的一位著名漫画家，而他，也曾托友人带口信，说看了一本拙作，希望和我见一面。好啊，喝吧，一杯，两杯；好啊，喝吧，敬你一杯，再敬他一杯……很奇怪，我好像被人从小汽车里扶出来，又好像走进最熟悉的胡同，在一家门口，我向搀扶的友人高声抗议：“这不是我的家！”并且拒绝入内。可是，不久，我就倒在床上了，呕吐之后，迷迷糊糊，进入似睡非睡的状态。那年头，吃一桌酒席不容易，谁知都还了席，食而不知其味，真是可惜。派克笔也是那晚丢掉的，只能算附带的小损失。这一醉，也好，我毕竟懂得了“酒逢知己千杯少”的含义。不过，太白所说的“醉中趣”之“趣”在哪里，似乎不易领略。我看，微醺最好，大醉无趣。

因为经常喝两杯，爱屋及乌，对于酒的历代笑话也深感兴趣。开门七件事：柴米油盐酱醋茶，无酒；酒的笑话却比那些生活必需品为多。由此，似可推论，我们的民族自古就爱饮酒，酒鬼不少，刘伶算得头号大酒鬼，但是，从《世说新语》，或从传世的刘伶《酒德颂》看来，在昔日文人或文化人的小圈子里，他的名声并不太坏，这或许是因为，他的人生哲学含有反礼教与反传统成分，颇能在那个小圈子内外得到同情者。历代笑话是题材大多着重于：讽刺酒味太大或变酸；调侃“撒酒疯”的；挖苦主人不以酒敬客，或者敬客不够大方，如酒杯太小之类；嘲笑贪杯者的一副急相，甚至让父子二人同时登场，使诙谐效果更强。例如，清人石成金《笑得好》就有一则这样说：“一人善饮，自家先饮半醉，面红而去，及至席间，酒味甚淡，越饮越醒，席完而前酒尽无，将别时谓主人曰：‘佳酿甚是纯酿，只求你还我原来的半红脸吧。’”

这笑话不差，可惜石成金本人略为迂腐，他自称有饮酒之癖，却又有三不喜：一不喜大醉，二不喜晚饮，三不喜速饮。三者之中，反对晚饮最难同意。还有，与其主张慢饮，何如提倡少饮？当然，在真正醉客心目中，只怕这也是迂腐之论。

写酒佳句，见之于唐宋词人笔下的极多，可以信手举出：“浊酒一杯家万里”（范仲淹）；“一曲新词酒一杯”（晏殊）；“今宵酒醒何处？杨柳岸，晓风残月”（柳永）；“征帆去棹残阳里，背西风，酒旗斜矗”（王安石）；“酒酣胸胆尚开张，鬓微霜，又何妨”，“明月几时有？把酒问青天”，“酒困路长唯欲睡，日高人渴漫思茶”，“料峭春风吹酒醒，微冷”以及“人生如梦，一尊还酹江月”（苏轼）；“昨夜雨疏风骤，浓睡不消残酒”，“东篱把酒黄昏后，有暗香盈袖”，“三杯两盏淡酒，怎敌它晚来风急”（李清照）；“谁伴我，醉中舞”（张元幹）；“尽挹西江，细斟北斗，万象如宾客”（张孝祥）；“悲歌击筑，凭高酹酒，此兴悠哉”（陆游）；“醉里挑灯看剑，梦回吹角连营”，“醉里且贪欢笑，要愁那得工夫”以及“昨夜松边醉倒，问松‘我醉何如’”（辛弃疾）；“连呼酒，上琴台去，秋与云平”（吴文英）；“天下英雄，使君与操，余子谁堪共酒杯”（刘克庄）……

浊酒，酒一杯，酒醒，酒旗，酒酣，酒困，残酒，醉中舞，酹酒，醉里，醉倒，连呼酒，共酒杯，这一切对于爱酒之人都平凡至极，可是在著名词人的笔下，竟能创造如此令人目为之眩而且叹为观止的意境，如见其酒，如见其人。或缠绵悱恻，或慷慨悲歌，或兴高采烈，或情绪低沉。是酒使中国文学增色呢，还是我国文学使酒生辉？我说不清楚。

丈夫酷爱杯中物，最难堪的当是妻子。不禁想起古老笑话杜康庙：有几个酒徒，商议为杜康立庙，破土那天，挖地发现一块石碑，当时他们已入醉乡，个个都说看到碑上有“同大姐”字样，于是以杜康夫人之礼相待，决定添设“后寝”。落成之后，请县令拈香，县太爷走到后寝，见碑，大惊道：“这是周太祖的碑啊！”赶紧着人将碑移到庙外。夜里他梦见一位帝王打扮的人前来致谢，县太爷问他是何人，答道："我是前朝周太祖，错配杜康作夫妇。若非县令亲识破，嫁了酒鬼一世苦。"按被误认为"同大姐"的周太祖，当指周太王，也就是古代周族领袖古公亶父，传为后稷第十二代孙，周文王的祖父。"同大姐"与杜康两人距今之久远，倒也旗鼓相当。

华发苍颜，我如今饮酒，常以晚间二人青岛啤酒一小罐为度。妻的酒量比我大，自然不以为苦。若问能忘情于"酒逢知己千杯少"之乐么？坦白说，不行。说来难以置信，别处不说，方桌之旁的柜上就放着三瓶酒，酒好，酒瓶设计尤有民族特色：湘泉、刺梨酒与酒鬼，湘西凤凰是新品，北京还很不容易物色，这都是酒瓶与包装设计人、我们的画家好友馈赠的。

大胆为家乡酒命名为"酒鬼"而酒瓶质料有麻袋感觉的这位画家，饮酒有怪癖，不能饮，也许一杯啤酒足以使他醉倒，但他非常喜欢友人在他府上畅饮时的那种气氛。不用说，画家夫人是烹调能手，而且她能喝好几杯烈性酒。许多人酒后面不改色，这个我绝对办不到。不过我也有自知之明，不会像前面笑话里讲的那个酒客，一定要人家"还我原来的半红脸"的。一饮即红，无半红与全红之分。

（选自《解忧集》，中外文化出版公司一九八八年版）

干一杯，再干一杯

范曾

古往今来，在社会学史和文化史上争议最大的事物有三：曰美女、曰金钱、曰酒。前两者不大容易得到，并且危险性大。枚乘《七发》以为“蛾眉皓齿、伐性之斧”，足见女人，尤其是美女可慕可爱之处，潜藏着可畏的因素。而金钱，其绚丽固如豹皮，但豹能咬人，也确是事实。唯有酒，人人得而饮之，潦倒困窘如孔乙己者，也能赊酒喝；淡泊寡欲如五柳先生者也“造饮辄尽，期在必醉”。于是对于酒，人人都有自己的价值标准，而酒对待人，则无尊贵卑贱，一视同仁，都竭尽它的本性，帮助你去做你想做的一切。有人说，酒是灵感的源泉、艺术的上帝，其实它何尝不是所有人的朋友或情人、仆役或帮凶、神灵或恶魔。

在我看来，酒之性善、性恶，正不必如孟子荀子对“人之初”的思辨那样去探究。酒的名声由于有了商纣的“酒池肉林”、齐威王的“好为淫乐长夜之饮”、有了买刀牛二、狎妓的西门庆便狼藉起来，其实这些人即使不饮酒，也不会改其道的。酒，在《说文》中就是“酉”字，“酉”则作“就”字解。“酒，就也，所以就人性之善恶”，这是讲得再清楚不过了，善者饮酒与恶者饮酒，他们的行为方式、准则、效果大相径庭，原与酒性关系不大，大体是人性所致。

那么，酒到底是什么东西？它以水为形，以火为性，是五谷之精英、瓜果之灵魂、乳酪之神髓，望之柔而即之厉。它清冽的仪容、纯净的色泽、醇厚的芳馨，使所有的人，从王者霸主到流氓泼皮为之心荡神驰。饮酒的快乐，真不可一言以尽。这使人类的情绪经过了一番过滤，这其中当然有化学的、生物学的、心理学的复杂过程，而酒过三巡，人都有了变化，这却是概莫能外的事实。酒可以点燃情绪、焚烧回忆、引发诗思、激励画兴，酒使你的思维删繁就简，使你的语言单刀直入，你会从种种繁文缛节的思虑中脱颖而出，宛若裸露的胴体，真实不虚。善也真，恶也真，酒使善者更善，恶者更恶；使智者更清醒，愚者更痴昧；酒使勇者拔刀而起，怯者引颈受戮。酒把你灵魂深处的妖精释放，使你酒醒之后大吃一惊——我会做这样的事吗？酒使我们想起某些人讳莫如深的哲学命题：复归。

酒之为用，对每一个人的感情世界，其实是无所不在的，它使你爱之弥深、恨之弥切，使你惆怅转入凄凉，忧思更添新愁，热情跃向激烈，感慨翻为浩叹。使你思也渺渺，情也悠悠，酒是欢乐的酵母，却是痛苦的激素，酒使你在体内发现另一个自我，一个“膨胀了的自我”。

把酒视为可以泽被苍生，使人离迷得悟的，莫过于儒家的“醍醐灌顶”之说。醍醐是乳，亦是酒，正如《春秋纬》所云：“酒者，乳也”，古代把酒称作“天乳”。在西北，我饮马奶子酒，对乳与酒的关系才有了实感。佛把深入法性的最深一层的智慧和遍知一切法相、无所不在的智慧输入于人，宛如醍醐之灌顶，彻上彻下，彻里彻外，得到“觉悟”或者“醒悟”，这不正说明酒不仅仅会醉人，也能醒人；不仅仅能醉世，也能醒世？酒激励过勾践，《吕氏春秋》曾载“越王苦会稽之耻，欲深得民心”，遂将美酒倾入江流，与民共享，唤起越人同心复国的信念，与吴王夫差，背水一决。这是勾践和整个越国的“醍醐灌顶”。一九七六年“四人帮”就擒，举国欢庆，酒市为罄，这是十亿人的觉悟，人们用酒洗涤我们民族身体上的、心灵上的积垢，这是十亿人的“醍醐灌顶”，整个民族的“醍醐灌顶”。

然而，清醒有时是痛苦的，《楚辞》中的渔父劝屈原“何不餔其糟而歠其釃”，我想是出于对一位伟大的孤独者的深深同情。屈原知道“众人皆醉我独醒”是会遇到厄运的，然而他却愿意直面人生，承受苦难，“九死其犹未悔”。历史上不少杰出的人物，由于自信内质的坚强，他们不需“从众”以求安全，不欲“认同”以保山头，独来独往，空所依傍。屈原说："鸷鸟之不群兮，自前世而固然，何方圜之能周兮，夫孰异道而相安。"在彼时彼地，屈原不饮酒，清醒得庄严，他要以自己清醒的判断，图报社稷。李太白则不然，作为诗人，他没有屈原那样的历史使命感，也没有杜甫"致君尧舜上"的抱负，他清醒的时候只希求韩荆州幕下的盈尺之地，只希求不作"蓬蒿人"，而当他"但愿长醉不复醒"的时候，李白的人格才高大起来，他才能傲视权贵，不愿摧眉折腰；他才能梦游天姥、飞渡镜湖，他才成为一个真正的、不朽的李白，他的诗思才插上了垂天之翅。他饮得浪漫，酒使他思想的渣滓沉淀，使自己的灵魂在净化之中复苏。酒对于李太白，不异是诗神，在欧洲称缪斯，在中国称灵芬。于是，我想有些人应当醒，有些人应当醉。作曲家中深邃隽永的王立平应当醒，才情纵横的王酩应当醉；画家中磅礴庄严的李可染应当醒，浑然天成的傅抱石应当醉。

我性嗜酒，因此我的一切幸福和不幸的回忆都和酒有缘。然而，幸福的事大体韵味不长，而悲痛的事却往往历久弥新。其实，"忆苦"是不须提倡的，人们会时时忆及。"艰难苦恨繁霜鬓"饱含了杜甫对丧乱流离的全部悲痛的追忆。而"潦倒新停浊酒杯"则是他兴味索然，悲莫大于心死的写照。能悲痛的人，就有理想的光照；能悲痛的民族，就有灿烂的前景，我们担心的是对一切无所动于衷。

我曾有一位可钦、可敬、可叹、可悲的长兄——范恒，现在已埋魂长江之畔。他对共产主义事业的忠诚信念，用他一生备极痛苦的历程，作了庄严的诠释。一九五七年被划为右派，一九八一年彻底改正的时候，他已去世十年。人们含着热泪回忆他，认为今天很难找到具有大兄这样的人品、学问和才情的人。然而他的悲剧是直到他弥留之际，仍认为对他的处分是正确的。他只期望在一息尚存的时候，能脱去“右派分子”的帽子，但他的这一点愿望，也不曾能实现。他十八岁去苏北参加新四军，后转上海地下，临危犯死者多次，他绝不是一个懦弱的人。但在他被划为右派之后，他却永远的隐忍，他内心的孤寂和凄凉是深不可测的。他爱上了酒，而他囊橐萧瑟，只有饮劣质的零卖的酒。他读遍了马列主义的经典著述和有关匈奴的所有资料，写出了洋洋洒洒的数十万言的《匈奴史》。他写了很多自谴自责、深自悔恨的诗。直到他得了癌症，才停止了饮酒，与酒告别的时候，他也快与生命告别了。当我从北方返里，拿着一瓶二锅头去见他时，他淡然苦笑说：“那就留作来世再喝吧。”话毕，汪然出涕，继之失声大哭。我的印象之中，从我少小时教我唱：“在胜利的九月，祖国，你从英勇斗争里解放……”他的面上永远平静而深沉，从来没有哭过，即使被“造反派”打得皮开肉绽，也从来不哼一声。十多年后，我去他简陋的墓前，洒下的是最好的茅台。然而，大兄生前从未尝过这样的好酒。今天，在所有的欢宴之上，我把酒之时，总是想到我的大兄，酒的甘美立刻带有了苦涩。

我还曾有一段过眼烟云似的爱情，那时我正年轻，为了信誓旦旦的爱，我可以生，可以死，可以傻，可以痴。一九七〇年我被下放到湖北咸宁干校，军代表指着荒凉的湖滩说：“你们的坟地应在这儿找好。”知识分子的跌价，使很多青年失去爱的权利。我和好几位同去的青年相继收到北京情侣断交的信。我不仅收到了无情的信，还有准备作新房的房门钥匙，而且女友将所有爱的信物交给了当初的介绍人。然而，我对她的爱情并不曾消退，在悲愤中，我向急湍的水中走去，被人救上之后，我彻然大悟，与那些同病相怜的失恋者相约，将女友们的相片、信札带上，到湖边付之一炬。因为我们知道，在那种时节，一个下放到荒远干校的人，想与北京的姑娘相爱，比骆驼穿过针眼还难，既然如此，不如快刀斩乱麻。我们在大火中烧掉的是昔日的欢愉与幸福，我们举起酒杯，对着莽莽苍天、瑟瑟苇荡——干杯：为了爱情的死亡！我平生爱情的罗曼史甚少，并不似街头巷尾之议论，即使这一点可珍惜的情爱，也随岁月之流逝遥远了。“人已各，今非昨”，这苦涩的劣酒却点点滴滴在心头流淌，爱的伤痕是人生最沉痛的纪念。

啊！美酒，你这无所不在的万能的精灵，我忘不了你；劣质的酒，我更忘不了你，在最困难颠蹶的日子里，只有你和清贫的大兄，和失恋的我共度那寂寞而冷酷的时刻。我们比不上“八斗方醉”的山涛、“大盆盛酒”的阮咸，更比不上“一饮一斛，五斗解酲”的刘伶。今天，在我画的《竹林七贤》中，他们正举杯豪饮，长歌当哭，而十多年前，我曾和大兄对酌，只是那一毛三分钱一两的白干，相顾寂然，无复豪情。

然而，生活中可留恋、可珍惜、可热爱、可倾心、可感动的事还是多，譬如吴祖光先生诚恳的邀请，嘱我为文，便是一件自认为荣耀的事。吴先生的书斋中自题“生正逢时”横幅，我深悟其中的哲理，这些年我与吴先生交往，未尝有接杯酒之余欢，而为了他高洁的人品和我对祖国人民的挚爱，我愿干一杯，再干一杯！为了时代的进步和更光明的未来，我愿干一杯，再干一杯！

（选自《解忧集》，中外文化出版公司一九八八年版）

漫天论酒

许　淇

在苏联，将酗酒问题当一件大事来抓，戈尔巴乔夫搞改革，禁止酗酒似乎也是其中的一桩，差不多等于我们以前搞“运动”，发出禁令，从上到下监督执行，然而工作难做，尽管苏联政府不让造烈性酒，可“上有政策，下有对策”，个体户投机商地下造私酒，打沙皇时代便悄悄进行，革命后仍屡禁不绝；诗人叶赛宁听说经常混到贩私酒的老婆子宅子里喝得醉醺醺的，弹着吉他，唱他的抒情诗。

我曾经到中苏边境的哨所去采访，会晤厅里每月逢事他们便过来，战士们说，他们爱吃中国菜，便宴开始（我）变魔术似的拿出六十五度的二锅头、宁城老窖、北大仓这些烈性酒，使他们欢喜若狂。

酒不是好东西，喝多了喝久了便上瘾，要慢性酒精中毒的，没酒喝，双手发抖；早起第一件事是喝酒；喝几口压一压才能做事。本文并非讲医药常识，也不是戒酒令，说的是“醉翁之意不在酒”；中国的文化和酒，中国的酒和文化，其历史渊源深远得连童话作家的故事开头都无法逗断：在很久很久很久很久……以前。

自老祖宗轩辕黄帝就开始作“醴”，一宿而酿成。周文王进了一步，酿三次，酒味醇了称“酎”。汉代又进了一步，五月造，八月成，酿三个月，叫“九酝酒”。据说真正用粮食造酒的还是杜康，所以酒的祖师爷还得从杜康算起。至于酒的雅名自古以来多得很，什么刘白堕的桑落酒，唐玄宗的三辰酒，宋安定郡王用柑橘酿的洞庭春，欧阳修的冰堂春……唐朝段成式的《酉阳杂俎》上记载魏贾琳的下人乘船从黄河汲水酿酒，名“昆仑觞”；黄河水浑浊，故“器巾色赤如绛”。倒是另一则记载道：“取大莲叶置砚格上，盛酒三升，以簪刺叶，令与柄通，屈茎上轮菌如象鼻，传吸之，名为‘碧筒杯’”；于是酒里有荷香，清冷澄净，肯定比那黄汤强。还有一种在菊花开的时候采蓝叶杂秫米酿酒，到来年九九重阳节喝“菊酒”，那杯中注满了萧瑟的秋思。

明代小品文作家袁中郎写杭州净寺的一个喝酒和尚，吃醉了并不去抱打天下不平，而是搞“窝里斗”——自己两手握拳摔跤玩，如果左手胜了便奖掖左手，让左手举杯，右手胜了便赏右手，很有“国民性”，决不惹是生非。更有趣的是他醉了便唱便哭便骂，有时候学官府叱喝，皂肃赐坐，令跪下；跪下，起，再坐；如此反复，叽里哇啦一直闹到天亮。作者称他为“酣圣”。邀几个朋友在他窗下偷听取乐，老袁一伙委实无聊。

但也有情趣盎然的，就是效隋炀帝夜饮，叫侍从捉萤火虫数斛，倾倒在酒宴的花园里，萤火虫倚草附木迷迷不去，这时席地而坐，“山无不灯，灯无不席”。那酒澄洁如玉，或淡金蜜珀，像泉水一样甘，像桂花一样香。下酒菜不能大鱼大肉，笋蔌蔬果一类，酒器须拿出珍藏的哥窑旧玉。

如今谁也不捉萤火虫照明饮酒，虽然年轻人愿意酒吧的灯光比萤火虫还暗。出现在当今影视和小说中的，是什么法国人头马、拿破仑、血玛丽酒和杜松子酒……调酒师从柜上取下药剂师似的摇晃瓶子，按成分比例精确地斟一点这，倒一瓶那，兑苏打柠檬汁，加樱桃芒果片，甚至还有放黄汤、番茄的。高脚玻璃杯里酒隔三色，层次分明；客人来了，不要下酒菜，调一杯一口干掉，润唇解渴，美则美矣！我觉得称之为饮料比较合适。

法国人很讲究吃，一般宴会八道菜式，就要按不同时间和不同菜味的浓淡配不同几种酒，饭前酒叫开胃酒；上味重的前菜或主菜，喝法兰西红酒；再上味轻的主菜，喝六至十度的白酒。这种喝法当然很贵族化，我却并不觉得有什么优越。

喝酒，要咂辨人生的况味，要喝出酒中的诗和哲理。

近代中国的新文学家的作品中，写到酒的篇章委实多，这就不必分“创造社”“文学研究会”“语丝派”“新月派”了。鲁迅先生的《在酒楼上》，虽是虚构的小说，那旧式酒楼喝酒的情调，却非亲身体验所不能道。周作人有一篇散文写喝酒，说来道去，他还是爱喝洋酒，他说：“日本的清酒我颇喜欢，只是仿佛新酒模样，味道不很静定。葡萄酒与橙皮酒都很可口，但我以为最好的还是勃兰地。我觉得西洋人不很能够了解茶的趣味，至于酒则很有工夫，决不下于中国。”洋酒我虽没有研究，他的说法我不敢苟同。

郭沫若、郁达夫在十里洋场经常喝得酩酊大醉，自比为“孤竹君之二子”。浙江白马湖几位教育家兼文学家为人师表喝得文雅，夏丏尊、叶圣陶、丰子恺……虽都是弘一法师的朋友，酒肉不忌，照喝不误。圣陶老嗜酒直到晚年，每餐必陶然一番。郑西谛也贪杯中物，丰子恺《缘缘堂随笔集》中有篇清淡的散文《湖畔夜饮》，便是记子恺居西湖湖畔小屋时西谛夜访，彼此已经喝过一斤酒了，续筵再饮，丰先生说：“我觉得世间最好的酒肴，莫如诗句。”于是兴诗佐酒，又浮两大白。回忆诸君经常的聚首，谈友谊，谈文学；倘在姑苏，酒后便去观前街淘旧书；红光招鸿运，照样能识别宋版孤本。

一斤一斤地喝，尽管海量，恐也是绍酒之类。元红花雕全酿，我以为是酒的正宗，既无高粱的凶辣，又不似果酒的甜俗，醇、醹、涩、清……北方的头锅、二锅头，酒浆亦清洌，我在东北看到烧锅作坊，老少爷们儿皆赤身裸体，汗光油亮，在热气蒸腾中操作，木质制酒器和曲味的芳香弥散不消，从进料到最后出酒，大功告成，劝客进一大桦木碗，自有原始的蛮力和野性在。而烈性酒即使如茅台，以我的酒量，三盅以后脸如重枣，语无伦次了，还体味什么酒之趣呢？所以我还是赞成江浙的绍酒，用串筒烫过，盛在粗瓷高脚碗里，唱《西出阳关》不致乱了音律，酒趣则在其中矣！

袁宏道说："世人所难者唯趣，趣如山中之色，水中之味，花中之光，女中之态，虽善说者不能下一语，唯会心者知之。"凡深得酒之趣者，方可成留名的饮者。何为酒趣？不敢妄置一语，谓之禅机。

果真要道破酒趣的禅机，我以为若独酌，趣在"有我""非我""忘我"三境界。"有我"则是执着"我"喝酒时的心态受识，加以调整，大喜大悲均不宜；李白诗：借酒浇愁，应是淡淡的哀愁，猛浇则愁骤长，须似秋霖渐渐，浸透了绵长的愁与酒的和谐。"非我"即选我以外的环境，或明月当窗，或临轩听泉，或花前柳下，或静斋灯卷……喝到不辨酒味也不辨愁味，昏昏然，醺醺然，乃至飘飘然，如梦若醒，达"忘我"之境界矣。

共酌之趣在于择友，三二知己，人不在多，虽闹市酒肆亦无妨，相偕登楼，择面街一角，叫一桌好菜好酒，今日奢侈了！渐入佳境，于是谈天说地，慷慨歌吟，旁若无人，虽然邻桌街头，人如蚁声似潮，也仿佛隔去十万八千里了。若有朋自远方来，当然最好是家宴，添一份人伦乐趣；呼儿园中剪春韭拔莴苣，妻则挎篮上街；适敲锣卖豆腐者经过，亲自奔出去唤住，金黄的腐皮嫩白的豆腐，可烹调出清口的酒肴。“怎么样？你的酒量……”“还是老样子，十几年没长进……”于是三举酬酢共主客，话题自然长相忆，忆童时少时旧事新事。这一顿酒喝得永志难忘了。

人生难得几回醉，难得的不是酒，而是这种身心主客体相交的真正的“醉”的机缘。

（选自《在自己灯下》，北岳文艺出版社一九九九年版）

辑 二

壶边天下

谈酒

台静农

不记得什么时候同一友人谈到青岛有种苦老酒，而他这次竟从青岛带了两瓶来，立时打开一尝，果真是隔了很久而未忘却的味儿。我是爱酒的，虽喝过许多地方不同的酒，却写不出酒谱，因为我非知味者，有如我之爱茶，也不过因为不惯喝白开水的关系而已。我于这苦老酒却是喜欢的，但只能说是喜欢。普通的酒味不外辣和甜，这酒却是焦苦味，而亦不失其应有的甜与辣味；普通酒的颜色是白或黄或红，而这酒却是黑色，像中药水似的。原来青岛有一种叫做老酒的，颜色深黄，略似绍兴花雕。某年一家大酒坊，年终因酿酒的高粱预备少了，不足供应平日的主顾，仓猝中拿已经酿过了的高粱，锅上重炒，再行酿出，结果，大家都以为比平常的酒还好，因其焦苦和黑色，故叫做苦老酒。这究竟算得苦老酒的发明史与否，不能确定，我不过这样听来的。可是中国民间的科学方法，本来就有些不就范，例如贵州茅台村的酒，原是山西汾酒的酿法，结果其芳洌与回味，竟大异于汾酒。

济南有种兰陵酒，号称为中国的白兰地，济宁又有一种金波酒，也是山东的名酒之一，苦老酒与这两种酒比，自然无其名贵，但我所喜欢的还是苦老酒，可也不因为它的苦味与黑色，而是喜欢它的乡土风味。即如它的色与味，就十足的代表它的乡土风，不像所有的出口货，随时在叫人“你看我这才是好货色”的神情；同时我又因它对于青岛的怀想，却又不是游子忽然见到故乡的物事的怀想，因为我没有这种资格，有资格的朋友于酒又无兴趣，偏说这酒有什么好喝？我仅能借此怀想昔年在青岛作客时的光景：不见汽车的街上，已经开设了不止一代的小酒楼，虽然一切设备简陋，却不是一点名气都没有，楼上灯火明蒙，水汽昏然，照着各人面前酒碗里浓黑的酒，虽然外面的东北风带了哨子，我们却是酒酣耳热的。现在怀想，不免有点怅惘，但是当时若果喝的是花雕或白干一类的酒，则这一点怅惘也不会有的了。

说起乡土风的酒，想到在四川白沙时曾经喝过的一种叫做杂酒的，这酒是将高粱等原料装在瓦罐里，用纸密封，再涂上石灰，待其发酵成酒。宴会时，酒罐置席旁茶几上，罐下设微火，罐中植一笔管粗的竹筒，客更次离席走三五步，俯下身子，就竹筒吸饮，时时注以白开水，水浸罐底，即变成酒，故竹筒必伸入罐底。据说这种酒是民间专待新姑爷用的，二十七年秋我初到白沙时，还看见酒店里一罐一罐堆着——却不知其为酒，后来我喝到这酒时，市上早已不见有卖的了，想这以后即使是新姑爷也喝不着了。

杂酒的味儿，并不在苦老酒之下，而杂酒且富有原始味。一则它没有颜色可以辨别，再则大家共吸一竹筒，不若分饮为佳——如某夫人所说，有次她刚吸上来，忽又落下去，因想别人也免不了如此，从此她再不愿喝杂酒了。据白沙友人说，杂酒并非当地土酿，而是苗人传来的，大概是的。李宗昉的《黔记》云："咂酒一名重阳酒，以九日贮米于瓮而成，他日味劣，以草塞瓶头，临饮注水平口，以通节小竹插草内吸之，视水容若干征饮量，苗人富者以多酿此为胜。"是杂酒之名，当系咂酒之误，而重阳酒一名尤为可喜，以易引人联想，九月天气，风高气爽，正好喝酒，不关昔人风雅也。又陆次云《峒溪县志》云："咂酒一名约藤酒，以米杂草子为之，以火酿成，不刍不酢，以藤吸取，多有以鼻饮者，谓由鼻入喉，更有异趣。"此又名约藤酒者，以藤吸引之故，似没有别的意思。

据上面所引，所谓杂酒者，无疑义的是苗人的土酿了，却又不然。《星槎胜览》卷一"占城国"云："鱼不腐烂不食，酿不生蛆不为美酒，以米拌药丸和入瓮中，封固如法，收藏日久，其糟生蛆为佳酿。他日开封用长节竹竿三四尺者，插入糟瓮中，或团坐五人，量人入水多寡，轮次吸竹，引酒入口，吸尽再入水，若无味则止，有味留封再用。"《星槎胜览》作者费信，明永乐七年随郑和、王景宏下西洋者，据云到占城时，正是当年十二月，《胜览》所记，应是实录。占城在今之安南，亦称占婆，马氏Georges Maspero的《占婆史》，考证占城史事甚详，独于占城的酿酒法，不甚了了。仅据《宋史·诸蕃志》云："不知酝酿之法，止饮椰子酒。"此外引新旧唐志云："槟榔汁为酒"云云，马氏且加按语云："今日越南本岛居民，未闻有以槟榔酿酒之事。"这样看来，马氏为《占婆史》时，似未参考《胜览》也。本来考订史事，谈何容易，即如现在我们想知道一种土酒的来源，就不免生出纠葛来，一时不能断定它的来源，只能说它是西南半开化民族一种普通的酿酒法，而且在五百年前就有了。

一九四七年十月

（选自《龙坡杂文》，三联书店二〇〇二年版）

谈酒

唐鲁孙

最近读到有关喝酒的文章，一下子把我的酒瘾勾上来啦。现在把我喝过的酒也写点出来，请杜康同好加以指教。

中国的酒大致说起来，约分南酒北酒两大类，也可以说是南黄北白。大家都知道南酒的花雕、太雕、竹叶青、女儿红，都是浙江绍兴府属一带出产。可是您在绍兴一带，倒不一定能喝到好绍兴酒，这就是所谓出处不如聚处啦。打算喝上好的绍兴酒，要到北平或者是广州，那才能尝到香郁清醇的好酒，陶然一醉呢。

绍酒在产地做酒坯子的时候，就分成京庄广庄，京庄销北平，广庄销广州，两处一富一贵，全是路途遥远，舟车辗转，摇来晃去的。绍酒最怕动荡，摇晃得太厉害，酒就混浊变酸，所以运销京庄广庄的酒，都是精工特制，不容易变质的酒中极品。

早年在仕宦人家，只要是嗜好杯中物，差不多家里都存着几坛子佳酿。平常请客全是酿酒庄送酒来喝，遇到请的客人有真正会品酒的酒友时，合计一下人数酒量，够上这一餐能把一坛酒喝光的时候，才舍得开整坛子酒来待客。因为如果一顿喝不光，剩下的酒一隔夜，酒一发酸，糟香尽失，就全糟蹋啦。绍酒还有一样，最怕太阳晒，太阳晒过的酒，自然温度增加，不但加速变酸，而且颜色加重。您到上海的高长兴，北平的长盛、同宝泰之类的大酒店去看，柜上窨里一坛子一坛子用泥头固封的酒瓶装的太雕、花雕，全是现装现卖，很少有老早装瓶，等主顾上门的。

北平虽然不出产绍兴酒，凡是正式宴客，还差不多都是拿绍兴酒待客。您如果在饭馆订整桌席面请客，菜码一定规，堂倌可就问您酒预备几毛的啦。茶房一出去，不一会儿堂倌捧着一盘子酒进来，满盘子都是白瓷荸荠扁的小酒盅，让您先尝。您说喝八毛的吧，尝完了一翻酒盅，酒盅底下果然画着八毛的码子，那今天的菜不但灶上得用头厨特别加工，就是堂倌也伺候得周到殷勤，丝毫不能大意。一方面佩服您是吃客，再一层真正的吃客，是饭馆子的最好主顾，一定要拉住。假如您尝酒的时候说，今天喝四毛的，尝完一翻酒盅，号的是一毛或一块二的，那人家立刻知道您是真利巴假行家，今天头厨不会来给您这桌菜掌勺，就连堂倌的招呼，也跟着稀松平常啦。

喝绍兴酒讲年份，也就是台湾所谓陈年绍兴，自然是越陈越好。以北平来说，到了民国二十年左右，各大酒庄行号的陈绍，差不多都让人搜罗殆尽，没什么存项。就拿顶老的酒店柳泉居来说吧，在卢沟桥事变之前，已经拿不出百年以上的好酒。倒是金融界像大陆银行的谈丹崖、盐业银行的岳乾斋，那些讲究喝酒的人，家里总还有点老酒存着。以清代度支部司官傅梦岩来讲，他家窖藏就有一坛一百五十斤装，是明朝泰昌年间，由绍兴府进呈的御用特制贡酒。据说此酒已成琥珀色酒膏，晶莹耀彩，中人欲醉。

王克敏是傅梦老的门生，听说师门有此稀世佳酿，于是费尽了好一番唇舌，才跟老师要了像溏心松花那么大小一块酒膏。这种酒膏要先放在特大的酒海（能盛三十斤酒的大瓷碗）里，用二十年的陈绍十斤冲调，用竹片刀尽量搅和之后，把浮起的沫子完全打掉，再加上十斤新酒，再搅打一遍，大家才能开怀畅饮。否则浓度太高，就是海量也是进口就醉，而且一醉能够几天不醒。至于这种酒的滋味如何呢，据喝过的人说，甭说喝，就是坐在席面上闻闻，已觉糟香盈室，心胸舒畅啦。

虽然说出处不如聚处，产地不容易喝到好绍酒，可是杭州西湖碧梧轩的竹叶青，倒是别有风味（所说的竹叶青，是绍酒底子的竹叶青，不是台湾名产，以高粱做底子的竹叶青）。碧梧轩的竹叶青，浅黄泛绿，入口醇郁，真如同酒仙李白说的有濯魄冰壶的感受。碧梧轩的酒壶，有一斤的，有半斤的。到碧梧轩的酒客，都知道喝空一壶，就把空壶往地下一掷，酒壶是越扔越凹，酒是越盛越少，饮者一掷快意，柜上也瞧着开心。此情此景，我想凡是在碧梧轩喝过酒的朋友，大概都还记得，当年自己逸兴遄飞、豪爽隽绝的情景吧。

酒友凑在一块儿，除了兴来彼此斗斗酒之外，十有八九总要聊聊自己所见最大酒量的朋友。民国二十年笔者役于武汉，曾加入当地陶然雅集酒会，这个酒会是汉口商会会长陈经畬发起主持的。有一次在市商会举行酒会，筵开三桌，欢迎上海来的潘永虞酒友。当天参加的客人，酒量最浅的恐怕也有五斤左右的量，当时正好农历腊八，大家都穿着皮袍。潘君年近花甲，可是神采非常健朗，不但量雅，而且健谈，大家轮流敬酒，不管是大杯小盏，人家是来者不拒。一顿饭吃了三个小时，客人由三桌并成一桌，其他的人，大半玉山颓倒，要不就是逃席开溜。再看潘虞老言笑晏晏，饮啜依然，既未起身入厕，也没宽衣擦汗，酒席散后，我们估计此老大概有五十斤酒下肚。彼时笔者年轻好奇，喝五十斤不算顶稀奇，可是潘虞老的酒销到哪儿去了呢？非要请陈会长打听清楚不可。过了几天陈经畬果然来给我回话，他说潘老起先吞吞吐吐，不肯直说。经他再三恳求，潘说当天酒筵散后，真是举步维艰，回到旅舍，在浴室里，从棉裤上足足拧出有二十多斤酒。原来此老出酒，是在两条腿上。那天幸亏是冬季，假如是夏天，他座位四周，岂不是一片汪洋，汇成酒海了吗？

说了半天南酒，现在该谈谈北酒白干啦。北方各省大都出产高粱，所以在穷乡僻壤、陋巷出好酒的原则下，碰巧真能喝到意想不到的净流二锅头。以我喝过的白酒，山西汾酒、陕西凤翔酒、江苏宿迁酒、北平海淀莲花白、四川泸州绵竹大曲，可以说各有所长，让瘾君子随时都能回味迥然不同的曲香。不过以笔者个人所喝过的白酒来说，仍然要算贵州的茅台酒占第一位。

在前清，贵州是属于不产盐的省份，所有贵州的食盐，都是由川盐接济，可是运销川盐都操在晋陕两省人的手里。他们是习惯于喝白酒的，让他们喝贵州土造的烧酒，那简直没法下咽，而且过不了酒瘾。他们发现贵州仁怀县赤水河支流有条小河，在茅台村杨柳湾，水质清冽，宜于酿酒。盐商钱来得容易，花得更痛快，于是把家乡造酒的老师傅请到贵州，连山陕顶好的酒曲子也带来，就在杨柳湾设厂造起酒来。这几位山陕造酒名家，苦心孤诣，不知道经过多少次的细心研究，最后制出来的酒，不但有股子清香带甜，而且辣不刺喉，比贵州土造的酒，那简直强得太多啦。

后来越研究越精，出来一种回沙茅台酒。先在地面挖坑，拿碎石块打底，四面砌好，再用糯米碾碎，熬成米浆，拌上极细河沙，把石隙溜缝铺平，最后才把新酒灌到窖里，封藏一年到两年，当然越陈越好喝。这种经过河沙浸吸，火气全消。所以真正极品茅台酒，只要一开罐，满屋里都洋溢着一种甘冽的柔香，论酒质不但晶莹似雪，其味则清醇沉湛，让人立刻产生提神醒脑的感觉。酒一进嘴，如啜秋露，一股暖流沁达心脾。真是入口不辣而甘，进喉不燥而润，醉不索饮，更绝无酒气上头的毛病。从此贵州茅台成了西南名酒，又参加巴拿马万国博览会赛会，得过特优奖银杯，更一跃而为中外驰名的佳酿。

直到川滇黔各省军阀割据，互争地盘，茅台地区被军阀你来我往，打了多少年烂仗，一般老百姓想喝好酒，那真是戛戛乎其难。民国二十三年武汉绥靖主任何雪竹先生，奉命入川说降刘湘，刘送了何雪公一批上选回沙茅台酒。酒用粗陶瓦罐包装，罐口一律用桑皮纸固封。带回汉口，因为酒质醇冽，封口不够严密，一罐酒差不多都挥发得剩了半瓶。当时武汉党政大员都是喝惯花雕的，对于白酒毫无兴趣，对于这种土头土脑的酒罐子，看着更不顺眼，谁都不要。所剩十多罐酒，何雪公一股脑儿都给了我啦。到此闻名已久的真正回沙茅台酒，这才痛痛快快地喝足一顿。从此凡是遇到喝好白酒的场合，茅台酒醰醰之味仿佛立刻涌上舌本，多么好的白酒，也没法跟回沙茅台相比的。

等到吴达诠先生入黔主政，遇到知酒的友好，也会送两瓶茅台酒尝尝。虽然是老窖回沙茅台，可是那些老窖，经过军阀们竭泽而渔地出酒，旧少新多，火气还未全消，酒一进口，就能觉出已经没有当年纯柔馥郁、令人陶然忘我的风味了。

民国三十五年来台湾后，偶或有人带几瓶贵州的茅台酒来，说是真正的赖茅，其实所谓“赖茅”是“赖毛”的谐音，也就是俏皮这酒是次货，不明就里的人，反而以讹传讹，把这种酒当真材实货来夸耀。可见古往今来，有些事情年深日久，真的能变成假的，而假的反而变成真的。酒虽小道，何独不然。

据我个人品评白酒的等次，山西汾酒是仅次于茅台的白酒，入口凝芳，不上头。不过汾酒很奇怪，在山西当地喝，显不出有多好来，可是一出山西省境，跟别处白酒一比，自然卓尔不群。如果您先来口汾酒，然后再喝别的酒，就是顶好的二锅头，也觉得带有水气，喝不起劲来啦！

北平同仁堂乐家药铺，有一种酒叫绿茵陈，这种酒绿蚁沉碧，跟法国的薄荷酒一样的翠绿可爱。酒是用白干加绿茵陈泡出来的。燕北春迟，初春刚一解冻，有一种野草叫蒿子的，就滋出嫩芽儿。北平人认为正月是茵陈，二月就是蒿子。绿茵陈酒不但夏天却暑，而且杀水去湿。一交立夏，北平讲究喝酒的朋友，因为黄酒助湿，就改喝白干。一个伏天，总要喝上三五回绿茵陈酒，说是交秋之后，可以不闹脚气。

从前梅兰芳在北平的时候，常跟齐如老下小馆，兰芳最爱吃陕西巷恩承居的素炒豌豆苗，齐如老必叫柜上到同仁堂打四两绿茵陈来，边吃边喝。诗人黄秋岳说，名菜配名酒，可称翡翠双绝，雅人吐属毕竟不凡。现在在台湾甭说喝过绿茵陈的，就是这个名词，恐怕听说过的也不太多啦。可是如果您在北平喝过同仁堂的绿茵陈，现在一提起来，您会不会觉得香涌舌本，其味无穷呢？

还有北平京西海淀的莲花白，也是白酒里一绝。依据清华大学校长周寄梅先生说，莲花白是清末名士宝竹坡发明的，宝氏鉴于魏时郑公悫曾经拿荷叶盛酒，用荷梗当吸管来啜酒，叫做碧筒杯。他没事就跟船娘如夫人，在江山船上饮酒取乐，有一天灵机一动，让中药铺照吊各种药露方法，用白酒把白莲花一齐吊出露来喝。果然吊出来的露酒，真是荷香芯芯，酞馥沉浸，能够让人神清气爽。当时一班骚人墨客，群起效尤。海淀一带，处处荷塘，由于源出玉泉，荷花特别壮硕，所以制酒更佳。晚清时代名士们诗酒雅集，也就把莲花白列入饮君子的酒谱啦，香远益清，海淀的莲花白，确实当之无愧。

关外长春、沈阳一带，冬季气温太低，朔风砭骨。每天吃早点，都准备一种糊米酒，原料是秫米黄米合酿，颜色赤褐。用薄砂吊子，架在红泥小火炉上炖着，随喝随往里加糖续酒，糟香冉冉，满屋温馨，几杯下肚胃暖肠舒，全身血脉通畅。尽管屋外风刮得像小刀子刺脸，可是有酒在肚，挺身出屋，对于外边的酷冷，也就毫不含糊。这种酒到了冬天，在东北来说，用处可大啦！

咱们中国地大物博，哪一省哪一县，都有意想不到的好酒，上面所写的也不过是我所喝过的几种认为值得一提的好酒而已。还有若干好酒，只闻其名，而没喝过，此时暂且不谈。现在再把我所看见过的酒器写点出来。

中国人从古到今，上至王侯将相，下至贩夫走卒，喝酒都讲究情调，总要找个雅致舒服地方来喝，像京剧里《打渔杀家》的萧恩也要把小舟系在柳阴之下，一边凉爽，一边呷两盅儿。至于豪门巨富，凡事都要踵事增华，喝酒既然是讲情趣，所以他们喝酒的方法，所用的酒具，也就非我们现代人所能想得到的啦。抗战之前，河北南宫郭世五先生，是中国著名的藏瓷家，他所藏历代名瓷，可以说是精细博雅。他曾经写了一本《瓷谱》行世。冀东事变发生，平津局势日渐恶化，他恐怕毕生心血沦入日寇之手，于是他打算把藏瓷里之神品，运到美国去展览，然后暂时就先庋藏国外。他把一切出国手续全部委托通济隆公司办理，通济隆的经理平桂森，是我的同窗好友，于是有机会到郭府观赏一番。

有关酒器的珍品，一共看了三件。一件是棕褐色宋瓷酒柜。（据说宋朝有一种推车子沿街卖酒的。咱不懂考据，大概《水浒传》有一段劫生辰纲买酒喝的情形，可能类似。）柜是椭圆形，六寸多高，八寸来长，中央下方有一小孔出酒，不用时有一瓷塞子堵住。色泽珉玭古拙，隐泛宝光，其形状跟北平当年挑水三哥所推的独轮车上的水柜，完全一样，不过水柜是一分为两个出水口而已。至于酒柜的车架，郭老特别郑重声明，是经过多年苦心搜求而得的明代雕红精品。车上的輗軏轵轸，各项什件，不但是镂金凿花，而且纹理细微，古趣盎然。据郭老说这件酒器，是仿照宋代元符年间所用酒柜，缩小烧制，本来是内库珍玩，流传到现在，可以说是件宝器啦！最难得的是郭老费尽九牛二虎之力，跟闽侯陈家用正统官窑一对小狮子，才换来的那座镂金雕红酒柜车架。虽然车架是景泰年间所制，可是高低宽窄尺寸，都跟酒柜配合得天衣无缝，如同天造地设的一样，所以才特别名贵。以一对明瓷小狮子换一具车架，当然是一记竹杠，可是当郭老把酒柜架在车上摩挲把玩的时候，认为这记“竹杠”换得太值得啦！

第二件看的是鳌山承露盘，盘子是不规则圆形，长宽约方一尺七寸，鳌山高一尺七寸，跟盘子成一整体。山心中空，山呈青绿颜色，浓淡有致。山顶有一茅亭，等于瓶盖，可以挪开，以便由此灌酒，山腹可以贮酒斤半。山前有奶白色华表，约八寸高，圆径三寸。华表四周有高低不一的六个小孔，围着华表，可放六只酒杯。等酒灌满，把茅亭复位，华表上六个小孔就往外喷酒。等六杯酒都倒满，酒就自动停止外射，再把六只空杯环列整齐，华表又再出酒，六杯缺一，滴酒不出。

郭老说，这件酒器，是晚明产品，用来赌酒的酒器，他是用四件心爱古瓷才换来的。郭老从清人《玩芳漫录》查出这套瓷器是瓷州（古时瓷州出产好瓷，所以才叫瓷州）一位窑主设计烧制的，当时想把华表上的酒孔改成十个，正好一桌。可是烧来改去，始终没能成功，而这位窑主人，也就因此倾家荡产，郭老所藏就是当年未毁样品之一。这件酒器令人最不可解的，就是为什么六个杯子排齐，华表才能喷酒，酒未满杯，如果拿开一只，也立刻停止喷酒。究竟是什么原理，我曾经请教几位有名的物理学家，他们也悟不出其中究竟是点什么奥妙呢！

再有一件是一座瓷制酒桥，也是斗酒时所用的酒器。桥顶高一尺，桥长三尺八寸，桥宽五寸半，桥中拱洞高可容纳贮酒一斤的酒海（郭氏藏瓷一律制有顶底正侧幻灯片，并都注有尺寸大小），桥左右各有十磴儿，每磴儿可放三两装酒碗一只。另外附有瓷制琴桌一张，把人分成两组，互相猜拳斗酒，最后哪一方输拳，由输方各人，从桥下酒海掏酒喝。酒海剩下的酒，由输方主持一饮而尽。全套瓷桥碗桌，都是白地青花，式样古朴敦实，让人一看就觉得浑脱天然，不类清代制品。据郭老考证所得，在他所著的《瓷谱》上记载，这套酒器是元朝至顺年间一位督理烧瓷窑大官，别出心裁，特地烧来自用的。谈到历代瓷史，明朝白地青花之大为流行，实在是元朝至顺时偶然烧成几件白地青花所引起，蜕变而来的，想不到反而成了明朝特殊的名瓷。

照郭氏所藏瓷制酒器来看，宋元明清以来，文人雅士喝酒，大都想尽方法，来提高喝酒的情调。不像现在一些酒豪，一旦相逢酒筵间，刚刚摆上冷盘，就迫不及待，相互干杯斗酒，上不了两个大菜，已经醉眼模糊，舌头都短啦。那要是比起昔贤喝酒的风流蕴藉，焉能不让人兴今不如古之叹。

（选自《中国吃》，广西师范大学出版社二〇〇四年版）

饮酒

金受申

中国的酒类名色很多，按烟酒征税来分：一、绍酒，二、烧酒，三、洋酒。实际上的分别是烧酒、黄酒、露酒和江米白酒四种，除露酒特殊，江米白酒近已没落，只烧酒、黄酒还盛行。北方的黄酒大都分甜、苦两种，如陕西黄酒称“甜南酒”“苦南酒”；北京黄酒称“甘炸儿”“苦清儿”；山东、山西黄酒也各自分其甜、苦的。绍兴黄酒就没有这种分别。

北京通行的一是烧酒，就是白干，南方称为“高粱烧”“蚌埠烧”“牛庄烧”的便是，是上中下不同阶层都欢迎的酒。二是绍兴黄酒，名色也很多，大部通行在中上阶层，日常饮此者很少。三是山东、山西黄酒，只作为应酬家乡客人而已。四是江米白酒，可以用在药内。按其行销渠道，分别记述。

大酒缸

大酒缸

大酒缸是北京味十足的好去处。经营大酒缸的多半是山西人，以零卖白干为主。贮酒用缸，缸有大缸二缸、净底不净底的分别。缸上盖以朱红缸盖，即以代替桌子。华灯初上，北风如吼，三五素心，据缸小饮，足抵十年尘梦。老北京人认为在大酒缸喝酒，如不据缸而饮，便减了几分兴致。大酒缸所卖的原封“官酒”，绝不羼入鸽粪、红矾等强烈杂质，兑水是免不了的。大酒缸所以能号召人，是在小碟酒菜和零卖食品，不但下层阶层欢迎，就是文人墨客也以为富有诗意，喜欢前去喝二两的。大酒缸的酒菜，分“自制”和“外叫”。自制又分“常有”和“应时”两种。例如花生仁、煮花生米、煮小花生、豆腐干、辣白菜、豆豉豆腐、豆豉面筋、拌豆腐丝、虾米豆、玫瑰枣、冷炒芽豆、豆儿酱、老腌鸡子、拌海蜇、饹馇盒、炸虾米……都是四时常有的酒菜。像冰黄瓜、冰苤蓝、拌粉皮、拌菠菜、芥末白菜墩、醉蟹、蒸河蟹、蒸海蟹、熏黄花鱼、卤千子米、鱼冻、排骨、酥鱼、香椿豆、鲜藕等，都是应时的酒菜。不论“应时”和“常有”都以冷食为主。价格除鱼蟹、海蜇、鸡子以外，其余只分大碟小碟两种，小碟两大枚铜元，大碟三大枚铜元。除凉碟酒菜，有的大酒缸还准备“钲炮羊肉”，以二两、四两、半斤计卖。酒后二两羊肉多加葱，外添几个火烧，也是很不错的。酒菜中还有一种“钲炖鱼”，是热食中的应时菜。分炖黄花鱼和炖厚鱼。黄花鱼以尾计，厚鱼以段计，终日升火，汤滚鱼熟。在暮春天气、乍暖仍寒、冷食小酌之后，忽有热鱼一碟带汤而上，不但暖肠开胃，还有醒酒的功能。“独立市头人不识，一星如月看多时”的寂寞黄昏，独行踽踽地踅入了大酒缸，小碟酒菜满桌，甜咸异味，酸辣有分，四两白干入肚，微有醉意而所费无几，真是我等穷人开心解嘲的妙法。

大酒缸除了自有酒菜，还有外叫的酒菜。所谓外叫并不是到外边饭馆去叫，因为大酒缸的门外都有它“寄生”的营业，专卖凉热酒菜，是大酒缸所没有的，主要是肉类。凉的有“红柜子”，就是北京所说的“熏鱼柜子”，实在熏鱼却是附属品，而以熏猪头脸子和肘子为中心，但肘子不如脸子，外有口条、心室盖、猪心、猪肺、猪肝、大肚、肥肠、粉肠、熏豆腐干、熏鸡子等，可以零卖。另一种是“白柜子”，专卖驴肉、驴里脊、驴心肝肚，以回锅次数多、味咸为佳。京北白坊、京南南苑，以活驴下锅，号称“活驴香肉”，另有味外之味。俗说“天上有龙肉，地下有驴肉”，真是知者之言了。还有一种是卖“羊头肉”的。有羊脸子、羊信子、羊眼睛，以白煮的为佳，也有酱煮的。卖羊头肉的多半是大教人。廊房二条复兴酒店前有一马姓回民售卖白煮羊肉，还带牛肚，那是北京最好的一份羊头肉。

大酒缸外面卖热酒菜的有这样几种：“水爆羊肚”，由肚仁、肚领到散丹、蘑菇、百叶、食系、葫芦、肚板，无一不备，而且物美价廉。再次是“苏造肉”，是以前宫内升平署厨房苏某创兴命名的，如“苏造酱”“苏造鱼”“苏造肉”等，不但冠以苏某的姓氏，上面还要加“南府”二字，作料特殊，味道香醇。近来仿制极多，都不能得其滋味，只其徒李某尚能得其真传，在鼓楼前宝源酒店门前出售。“苏造白鱼”须定制，价值六角一尾，所以很少有人食用。苏造酱亦较普通干黄酱价高一倍，以前只有交道口天源酱园制售，三年来亦断庄了。苏造肉附带猪下水煮火烧，颇能吸引食客。和它相仿佛的是“卤煮小肠”，材料和苏造肉相同，只是不用酱，而苏造肉则必须用酱。北京所谓“卤”就是花椒、大盐之别称，如“卤牲口”“卤煮炸豆腐”等皆属此类。此外还有“炸饹馇”，虽不如羊肉馆用羊油炸，也是北京风味的一种。“卤煮炸豆腐”，豆腐要稍厚，以炸完后不要仅剩两层皮为佳。

此外大酒缸还代制食品，有“清水饺子”。馅可随四时季节变换，一角钱可买二十个，俗称“饺子就酒，越喝越有”，妙在油少而不涩，为大酒缸的大宗食品。“馄饨火烧”，虽没有好汤也还是“穷人乐”的美食。山西人开的大酒缸，代制山西拿手家常饭“刀削面”和“拨鱼儿”，三两分钱一碗，加上肉汤，恍坐晋阳市上梦晤重耳仁兄了。

大酒缸以平民化食品维持营业的繁荣，不过大酒缸多半临街，以饮客为市招，太不雅相，只东四牌楼恒和庆、东安门丁字街义聚成设有后堂，尚能号召些衣冠人物。还有后门桥谦益、金鱼胡同同泰、粮食店六必居等酒馆，颇能号召一方，附近饭馆全到他们那里“外打酒”，壶盖上加“门票”，以表示这些酒全是从这些名酒馆沽来的，使顾客相信。其中最特别的是大栅栏口同丰号，虽以露酒为主，主顾却欢迎它的白干。零卖碗酒，以茶碗盛酒，每碗二十枚。酒味之醇，北京第一。但它不预备酒菜，也没桌凳筷箸，饮者要在门外自买酒菜，立在柜前喝尽。大酒缸以前卖碗酒，用的都是黑皮子马蹄碗，颇有诗意古味。

北京白干酒的上品，除酒缸、酒店外，以都一处的“蒸酒”为第一，东西来顺和两益轩的“伏酒”次之，至于远年老白干，只南酒店还存一些，酒缸是没有的。北京白干的产地分四路：南路采育镇、长辛店，北路丽水桥，东路西集、燕郊，西路黑龙潭等，都各有烧锅。

黄酒馆

黄酒馆就是现在的南酒店，不过不只南酒，尚有山东黄酒、山西黄酒、北京黄酒，总称“黄酒馆”。从前北京黄酒馆带卖碗酒，凡在黄酒馆喝黄酒的不像大酒缸顾客的人品复杂，大半是坐大鞍车穿朱履的人物，尤其年高有德的老封翁，聚几个酒友，谈一些前八百年后五百载没相干的话。自带白杏一枚，令酒保剖为八块，杏核破为两半，加上碎冰，一两黄酒，欲饮又谈地不知温了几次，便可消磨一天。等到日已西斜，或到书馆听书，或回府用饭，试想黄酒馆怎能赚这一班人的钱？所以到了清末，黄酒馆便纷纷停闭，或改成南酒店，不卖碗酒。南酒店本庄营业是绍兴黄酒，后来也代售瓶酒白干、药酒、露酒的。

绍兴酒分花雕、女贞陈绍两种，陈绍又分竹叶青（佳者为陈竹青，次者为竹青）黄酒。花雕为坛上绘红黑色“吉庆有余”“富贵平安”的花样。相传女贞陈绍是绍兴人生女儿时造酒埋地下，俟女儿出嫁时作为陪送，实在也是酒家自己所造。据知堂老人周作人考证，绍兴当地并无花雕之名。北京绍酒以年代定价值的高下，最远的据说有六十年的。绍酒最贵的卖四五元一斤，最贱的二角八分一斤。但在饭庄饭馆喝黄酒就没有准谱儿了，以字号大小定酒价高下，普通的四角一斤，也就是酒店卖二角八分的那一种。所以讲究喝黄酒的，都以外叫酒为便宜。因此酒店、饭馆互相借重，像粮食店内的泰和馆，本没有什么拿手好菜，因聚宝南酒店就在对门，靠酒店也能招徕一部分顾客。此外隆福寺长发、东四牌楼宏茂、八面槽长盛、北新桥三义、陕西巷长兴、后门泰源、绒线胡同德庆和、王府井大街杏花村、杏花天等南酒店也都记在饮者之心了。

南酒在以前都是从水路运京，在通县聚集。所以北京南酒店都写“照通发兑”。实在花雕与女贞陈绍，有的是南方造的，也有天津仿造的。真花雕坛上的花样是水墨颜色的，假的是油墨颜色的，一看便知，不容掩饰。至于远年花雕陈绍至多不过二三十年，还要兑新酒才能喝。六十年的陈酒已成酒黏，还怎能入口？民国以来，北京新兴的黄酒馆有李铁拐斜街的越香斋和西单北的雪香斋，不但卖碗酒，还制售精致酒菜，比大酒缸雅俗不可同日语了。雪香斋主人倪君，本是风雅骚人，善烹紫蟹，一些文士报人，很喜和他来往。四年前倪君忽起莼鲈之思，收起营业，游西湖去了。倪君去后，还有余酒，由一位张君接办，在西安门外开设村味香饭铺，卖南酒和南方家常饭，倒也别具一格。

山东黄酒分甜头、苦头两种。甜头黄酒味如焦锅饼，毫无酒意。苦头黄酒近乎南酒，一般山东朋友都喜欢这种。以前山东黄酒很不普遍，即号称占北京饭馆第一位的山东馆，也都不带山东黄酒。山东黄酒馆以东珠市口德胜居历史为最悠久，最初也卖碗酒，后来除做批发生意外，碗酒则不卖了。此外像东四牌楼豆腐巷的复兴馆和由二荤馆改成的天宝楼，都因附近是山东人经营和从业的猪店、汤锅、猪肉杠，所以代售山东黄酒。山东黄酒有二角四分和二角两种，近年来山东黄酒馆虽然不卖碗酒，但营业却不衰落。

山西黄酒味最淡薄，喝的人很少，它和山西特产的汾酒，同为山西人开的大酒缸的附属品。

北京黄酒，虽不如南酒普遍，但味道确实不坏，甜头虽不如苦头滋味深长，但比山东黄酒强得多了。北京酿制黄酒的，以护国寺西口外柳泉居最有名，历史也悠久。后来柳泉居铺东又在崇文门外开设了仙路居，这两家铺东铺长虽是山东人，却酿制北京黄酒。北京黄酒号称“玉泉佳酿”，每斤一角七分。同时也酿造药酒，如“木瓜北京黄”，色如琥珀，酒味香醇，比木瓜烧酒另具特色。柳泉居原先也卖碗酒，后来因酒客酒后借地打牌，才停止卖碗酒。代卖北京黄酒的从前有安定门外头道桥鸡鸣馆，现在有阜成门外月墙虾米居。虾米居虽然开在关厢，但因能制兔肉脯、牛肉干，而且后墙临河，透过墙上的扇形、桃形窗棂，可以远眺西山，所以颇能吸引顾客。最妙的是虾米居一直未装电灯，晚间燃蜡烛。如在冬天，北风飒飒，烛影摇摇，兔脯新熟，玉杯琥珀，仿佛塞上猎罢，野宿尝新一样。

露酒庄

露酒就是用各种药材或花果做的酒，习惯称之为“混合酒”。青梅煮酒和东坡中山松醪酒（前几年北京有人制售，用“安得中山千日酒，酩然直到太平时”诗意，据说是东坡遗法，实在只甜而有点松香味罢了）不能算为北京露酒。北京露酒多半是酒店代售或专制一两种，普遍全做的很少。现在简单谈一谈。

莲花白 以白莲花所酿，产于海淀，用柳浪庄（六郎庄）白莲，味虽甜，酒力却在一切露酒之上。海淀各酒店皆写“专售莲花白”，其实只北头路东不写市招的仁和酒店所售的是真莲花白。真莲花白在酒没喝到大醉时，总有一缕莲花的清香滋味送上鼻头。

黄连液 用黄连制作，味苦能去心火，以通州八里桥所产最佳。

木瓜酒 以大栅栏同丰所制最好。

四消酒 用中药四消丸的汤头酿制，功同四消丸，能消食消气。发明者是德胜门果子市北义兴，后来只有鼓楼前四合义代卖。

茵陈酒 功能利湿。白茵陈以三义酒店酿制为好，绿茵陈却以鹤年堂、永仁堂药铺为上品，此外五加皮酒、红白玫瑰露、史国公酒、状元红酒、陈皮酒、佛手露酒、橘精酒等，各酒店皆有制作，难分高下。至于凭性酒、虎骨酒、蛇皮酒，不过具有酒的名称，实在是药，只能治病，不能用来作消遣品的。

白　酒

白酒就是江米酒，可以用在药内。长沙方剂的“括蒌薤白白酒汤”，便是此种白酒，从前也有爱喝的。新年元旦后，更有下街担售的，最受儿童欢迎。在新年大肉之后，一杯清凉，确有味道。近年卖酥糖的还有代售江米酒的，但已比较少见，只剩鲜鱼口一家以做“白糟”为主了。

中国的酒类很多，在北京也不限于上述的那些。还有机制的葡萄酒、啤酒、白兰地酒，外来的茅台酒、大曲酒、蛤蚧酒等。

（选自《老北京的生活》，北京出版社一九八八年版）

沙坪的酒

丰子恺

胜利快来到了。逃难的辛劳渐渐忘却了。我辞去教职，恢复了战前的闲居生活。住在重庆郊外的沙坪坝庙湾特五号自造的抗建式小屋中的数年间，晚酌是每日的一件乐事，是白天笔耕的一种慰劳。

我不喜吃白酒，味近白酒的白兰地，我也不要吃。巴拿马赛会得奖的贵州茅台酒，我也不要吃。总之，凡白酒之类的，含有多量酒精的酒，我都不要吃。所以我逃难中住在广西贵州的几年，差不多戒酒。因为广西的山花，贵州的茅台，均含有多量酒精，无论本地人说得怎样好，我都不要吃。

自从由贵州茅台酒的产地遵义迁居到重庆沙坪坝，我开始恢复晚酌，酌的是“渝酒”，即重庆人仿造的黄酒。

富有风趣的一位朋友讥笑我说：“你不吃白酒，而爱吃黄酒，我知道你的意思了：吃白酒是不出钱的，揩别人的油。你不用人间造孽钱，笔耕墨稼，自食其力，所以讨厌白酒两字。黄酒是你们故乡的特产，你身窜异地，心念故乡，所以爱吃黄酒。对不对？”我说：“其然，岂其然欤？”这朋友的话颇有诗意，然而并没有猜中我不爱白酒爱黄酒的原因。揩别人的油，原是我所不欲的；然而吃酒揩油，我觉得比其他的揩油好些。古人诗云：“三杯不记主人谁。”吃酒是兴味的，是无条件的，是艺术的。既然共饮，就不必斤斤计较酒的所有权；吝情去留，反而杀风景，反而有伤生活的诗趣。我倒并不绝对不吃“白酒”（不出钱的酒）。至于为了怀乡而吃黄酒，也大可不必。我住在大后方各省各地的时候，天天嘴上所说的是家乡土白。若要怀乡，这已尽够，不必再用吃黄酒来表示了。

我所以不喜白酒而喜黄酒，原因很简单：就为了白酒容易醉，而黄酒不易醉。“吃酒图醉，放债图利”，这种功利的吃酒，实在不合于吃酒的本旨。吃饭，吃药，是功利的。吃饭求饱，吃药求愈，是对的。但吃酒这件事，性状就完全不同。吃酒是为兴味，为享乐，不是求其速醉。譬如二三人情投意合，促膝谈心，倘添上各人一杯黄酒在手，话兴一定更浓。吃到三杯，心窗洞开，真情挚语，娓娓而来。古人所谓“酒三昧”，即在于此。但绝不可吃醉，醉了，胡言乱道，诽谤唾骂，甚至呕吐，打架。那真是不会吃酒，违背吃酒的本旨了。所以吃酒绝不是图醉。所以容易醉人的酒绝不是好酒。巴拿马赛会的评判员倘换了我，一定把一等奖给绍兴黄酒。

沙坪的酒，当然远不及杭州上海的绍兴酒。然而“使人醺醺而不醉”，这重要条件是具足了的。人家都讲究好酒，我却不大关心。有的朋友把从上海坐飞机带来的真正“陈绍”送我。其酒固然比沙坪的酒气味清香些，上口舒适些；但其效果也不过是“醺醺而不醉”。在抗战期间，请绍酒坐飞机，与请洋狗坐飞机有相似的意义。这意义所给人的不快，早已抵消了其气味的清香与上口的舒适了。我与其吃这种绍酒，宁愿吃沙坪的渝酒。

“醉翁之意不在酒”，这真是善于吃酒的人说的至理名言。我抗战期间在沙坪小屋中的晚酌，正是“意不在酒”。我借饮酒作为一天的慰劳，又作为家庭聚会的助兴品。在我看来，晚餐是一天的大团圆。我的工作完毕了；读书的、办公的孩子们都回来了；家离市远，访客不再光临了；下文是休息和睡眠，时间尽可从容了。若是这大团圆的晚餐只有饭菜而没有酒，则不能延长时间，匆匆地把肚皮吃饱就散场，未免太功利的，太少兴趣。况且我的吃饭，从小养成一种快速习惯，要慢也慢不来。有的朋友吃一餐饭能消磨一两小时，我不相信他们如何吃法。在我，吃一餐饭至多只花十分钟。这是我小时从李叔同先生学钢琴时养成的习惯。那时我在师范学校读书，只有吃午饭后到一点钟上课的时间，和吃夜饭后到七点钟上自修的时间，是教弹琴的时间。我十二点吃午饭，十二点一刻须得到弹琴室；六点钟吃夜饭，六点一刻须得到弹琴室。吃饭，洗碗，洗面，都要在十五分钟内了结。这样的数年，使我养成了快吃的习惯。后来虽无快吃的必要，但我仍是非快不可。这就好比反刍类的牛，野生时代因为怕狮虎侵害而匆匆地把草吞入胃内，急忙回到洞内，再吐出来细细地咀嚼，养成了反刍的习惯；做了家畜以后，虽无快吃的必要，但它仍是要反刍。如果有人劝我慢慢吃，在我是一件苦事。因为慢吃违背了惯性，很不自然，很不舒服。一天的大团圆的晚餐，倘使我以十分钟了事，岂不太草草了？所以我的晚酌，意不在酒，是要借饮酒来延长晚餐的时间，增加晚餐的兴味。

沙坪的晚酌，回想起来颇有兴味。那时我的儿女五人，正在大学或专科或高中求学，晚上回家，报告学校的事情，讨论学业的问题。他们的身体在我的晚酌中渐渐地高大起来。我在晚酌中看他们升级，看他们毕业，看他们任职，就差一个没有看他们结婚。在晚酌中看成群的儿女长大成人，照一般的人生观说来是“福气”，照我的人生观说来只是“兴味”。这好比饮酒赏春，眼看花草树木，欣欣向荣；自然的美，造物的用意，神的恩宠，我在晚酌中历历地感到了。陶渊明诗云：“试酌百情远，重觞忽忘天。”我在晚酌三杯以后，便能体会这两句诗的真味。我曾改古人诗云：“满眼儿孙身外事，闲将美酒对银灯。”因为沙坪小屋的电灯特别明亮。

还有一种兴味，却是千载一遇的：我在沙坪小屋的晚酌中，眼看抗战局势的好转。我们白天各自看报，晚餐桌上大家报告讨论。我在晚酌中眼看东京的大轰炸，莫索里尼（墨索里尼）的被杀，德国的败亡，独山的收复，直到波士坦（波茨坦）宣言的发出，八月十日夜日本的无条件投降。我的酒味越吃越美。我的酒量越吃越大，从每晚八两增加到一斤。大家说我们的胜利是有史以来的一大奇迹。我更觉得奇怪。我的胜利的欢喜，是在沙坪小屋晚上吃酒吃出来的！所以我确认，世间的美酒，无过于沙坪坝的四川人仿造的渝酒。我有生以来，从未吃过那样的美酒。即如现在，我已"胜利复员，荣归故乡"，故乡的真正陈绍，比沙坪坝的渝酒好到不可比拟。我也照旧每天晚酌；然而味道远不及沙坪坝的渝酒。因为晚酌的下酒物，不是物价狂涨，便是盗贼蜂起；不是贪污舞弊，便是横暴压迫！沙坪小屋中的晚酌的那种兴味，现在了不可得了！唉，我很想回重庆去，再到沙坪小屋里去吃那种美酒。

卅六（一九四七）年二月于杭州

（原载《天津民国日报》，一九四七年三月三十一日）

鉴湖、绍兴老酒

曹聚仁

> 轻舟八尺，低篷三扇，占断蘋洲烟雨。镜湖元自属闲人，又何必、君恩赐与！
>
> ——陆放翁《鹊桥仙》

到了绍兴，便喝上鉴湖水了。鉴湖，乃是萧山绍兴间的极大蓄水池，本来周围有百多里大，开辟于东汉年间。过去二千年间，四围土田逐渐被侵蚀，没有疏浚，面积缩小到后来，只剩下十五里长的清水湖了。这便是绍兴老酒的摇篮。

说到鉴湖的源流，张宗子就指出从马臻开鉴湖，由汉及唐得名最早。到了北宋，西湖夺取了她的宝座（西湖开辟于唐代）；鉴湖之澹远，自不及西湖之冶艳了（这是张宗子的评语）。至于湘湖（在绍属萧山），则僻处萧然，舟车罕至，因此，韵士高人，谁也不曾着眼过。

在唐代，鉴湖和一位隐士贺知章有过一段因缘。贺知章字季真，号四明狂客，会稽人。官秘书监，天宝初请为道士，求周宫湖数顷为放生池。有诏赐镜湖剡川一曲。放翁那首词中的话，就是从这一故事翻出来的。（贺知章有一首《回乡偶书》诗："少小离家老大回，乡音无改鬓毛衰。儿童相见不相识，笑问客从何处来。"乃是一直传诵的诗篇。）在我们记忆中，陆放翁与鉴湖的因缘，更是密切。我们出了绍兴偏门再向南走，便到了鉴湖，顺着湖边走三里路，便到了南宋诗人陆放翁故居——快阁。那是放翁晚年饮酒赋诗之地。本来有些假山、石桥和春花秋水楼、飞跃处等胜地，还有藏书满架的书巢。我们曾经在快阁逗留过了一晚，可是在抗战后期，日军进占绍兴时，"快阁"也就被破坏，化为陈迹了。放翁在《书巢记》中说："……吾室之内，或栖于椟，或陈于前，或枕藉于床，俯仰四顾，无非书者。吾饮食起居，疾痛呻吟，悲忧愤叹，未尝不与书俱。宾客不至，妻子不觌，而风雨雷雹之变有不知也。间有意欲起而乱书围之，如积槁枝，或至不得行，则辄自笑曰：'此非吾所谓巢者耶。'"这倒是我所最欣羡的去处。

南宋淳熙八年（一一八一），放翁从江西回山阴，正月到家，这就是他经营快阁的开始，他曾写《小园》诗云：

小园烟草接邻家，桑柘阴阴一径斜，
卧读陶诗未终卷，又乘微雨去锄瓜。

历尽危机歇尽狂，残年惟有付耕桑，
麦秋天气朝朝变，蚕月人家处处忙。

村南村北鹁鸪声，刺水新秧漫漫平，
行遍天涯千万里，却从邻父学春耕。

放翁的另一遗迹，便是绍兴禹迹寺。故址上的沈园，那是他和被迫离去的妻子唐琬重逢之地，“伤心桥下春波绿，曾是惊鸿照影来”，有名的《钗头凤》悲剧，就在那儿上演的。“春如旧，人空瘦，泪痕红浥鲛绡透”，我们的耳边，一直响着这一段哀歌（鉴湖，乃是放翁洒泪的伤心地）。

一榼兰溪自献酬，徂年不肯为人留；
巴山频入初寒梦，江月偏供独夜愁。

——陆放翁《龟堂独酌》

我们翻看陆放翁的《剑南诗稿》，他有很多饮酒、醉中独酌的诗篇，这位诗人是会喝酒的。他颇欣赏金华兰溪的老酒，如这首诗所说的。在酒的历史上说，金华府属的义乌、兰溪，好酒的盛名，还早过了绍兴，唯一的反证就是那位葬在绍兴的大禹王，他是恶旨酒的，或许四千年前，绍兴已经酿酒了。放翁平常喝的，当然是绍兴本地的酒，他在《游山西村》中说："莫笑农家腊酒浑，丰年留客足鸡豚。"绍兴农村原是家家酿酒的。

绍兴酒是用糯米做的黄酒，和用麦或高粱做的烧酒，一辛辣，一醇甜，自是有别。绍酒之中，一般的叫花雕，坛上加花，原是贡品。（十斤装的叫京庄，专销京津；二十斤装的叫行使，专销湖广。目前小坛装的三斤，大坛装的二十五斤，上海南货店都有出售。）加料制造的，有善酿、加饭、镜面各品，酒味更醇。还有一种女贞酒，富家育女，便替她做酒加封，藏在地下，作为出嫁日宴客之用，故名女贞。酒越陈越香越醇，十年五年埋着，如《儒林外史》所写的杜家老太爷埋藏二十年的陈酒，镶了新酒，那几位酒翁，喝了才过瘾。

绍兴府属各县，都有绍酒酿坊，西郭、柯桥，沿鉴湖各村镇，散布很广；以东浦为最上，阮社次之，据说东浦以桥为界，内地也有上下床之分，那只好让行家去鉴别了。阮社村到处都是酿坊，满堤都是大肚子的酒坛，一眼看去，显得这是醉乡了。绍酒所以特别好，行家说主要条件之一是鉴湖水好。我的朋友施叔范，他是诗翁，也是酒伯。他说：真正的佳品，必须汲湖水酿造；水的成分不要过清，也不可过浊；清则质薄，日久变酸，浊则失掉清灵之气。鉴湖水，源出会稽，有如崂山泉，所含矿质，恰合酿酒之用，因此绍酒独占其美。（我个人的看法，金华酒并不在绍兴之下，只是产量不多，行销不广，让绍酒占尽声名而已。）

做酒是一种艺术。酿酒行家，叫缸头师傅。这种师傅我们家乡也有。首先把糯米浸了，再放上饭蒸（一种大木桶的蒸具）去蒸，蒸熟了，摊在竹垫上，等它凉下来，再拌上酒药；酒药的分量得有斟酌，多则味甜，少则味烈。接着把它放在大缸中“作”起来（“作”即是发酵之意）。究竟“作”多少日子，那就看缸头师傅的直觉判断了；总是听得缸中沙沙作响，有大闸蟹吐沫似的，看是“作”透了，再由酒袋装入酒架，慢慢榨出来。这榨入缸中的酒汁，一坛一坛装起来。再用泥浆封了口，一坛坛放入地窖中去，普通总是半年十月，就可开坛了；一年以上，便是陈酒，市上出售的，大多是一年陈的。我不会喝酒，却懂得做酒，因此，看看别人的描述，觉得不够切实。

“作”酒时期，我们也可喝连糟酒，称之为“缸面浑”，其味较醇，却不像“酒酿”那么甜。酿了头酒以后，还可再酿一次，其味淡薄，我们乡间，称之为“旁旁酒”（不知究竟该怎么写）。

杜甫的《饮中八仙歌》，那八位酒鬼都很有趣。不过，他们喝的不是绍兴酒，汝阳王李琎，他要去的是想“移封向酒泉”（今甘肃），并非到绍兴。我不会喝酒，要喝还是喝绍兴老酒。

绍兴老酒，我说过是一种糯米酒，味儿醇厚，黄澄澄的。我喝过一坛十五年陈的枣酒，那简直像酱油一般。我们一想到茅台、大曲、汾酒、高粱那股辛烈的冲劲，就觉得冬日跟夏日的不同。我们喝绍兴酒，总是一口一口地喝，让舌尖舌叶细细享受那甜甜的轻微刺激，等到喝得醉醺醺时，一种陶然的心境，确乎飘飘欲仙。我们从不像欧美人那样打开了瓶嘴，尽自向肚子灌下去，定是要喝得狂醉了才罢手的。鲁迅曾在一篇小说中，写他自己走上了一石居小酒楼，坐在小板桌旁，吩咐堂倌："一斤绍酒。——菜？十个油豆腐，辣酱要多。"他很舒服地呷一口酒，酒味很纯正，油豆腐也煮得十分好；可惜辣酱太淡薄。这就是酒客的情调了。在绍兴喝酒的，多用浅浅的碗，大大的碗口，一种粗黄的料子，跟暗黄的酒，石青的酒壶，显得那么调和。

要说绍兴酒店的格局，鲁迅在《孔乙己》那小说的开头，有过如次的描写：当街一个曲尺形的大柜台，柜里面预备着热水，可以随时温酒。做工的人，傍午傍晚，散了工，每每花四文铜钱，买一碗酒，靠柜外站着，热热地喝了休息；倘肯多花一文，便可以买一碟盐煮笋，或者茴香豆做下酒物了。店的后半雅座，摆上几个狭板桌条凳，可以坐上八九十来个人，就算是很宽大的了。下酒的东西，顶普通的是鸡肫豆与茴香豆。鸡肫豆乃是白豆盐煮漉干，软硬得中，自有风味，以细草纸包作粽子样，一文一包，内有豆可二三十粒。茴香豆是用蚕豆即乡下所谓罗汉豆所做，只是干煮加香料，大茴香或是桂皮，也只是一文起码，亦可以说是为限；因为这种豆不曾听说买上若干文，总是一文一抓；伙计也很有经验，一手抓去，数量都差不多，也就摆作一碟。此外现成的炒洋花生，豆腐干，盐豆豉等，大体具备。但是说也奇怪，这里没有荤腥味，连皮蛋也没有，不要说鱼干、鸟肉了。我们家乡的酒店，也是这么一个格局，假使《孔乙己》要上演，这样布局是不可少的。

说到孔乙己喝酒的咸亨酒店，周启明先生还写了几段小考证：咸亨酒店开设在东昌坊口，坐南朝北，店堂的结构与北京的大酒缸不相同。在上海一带那种格式大抵是常有的。——当街一个曲尺形的大柜台，柜台边有一两人站着喝碗酒。那情形也便差不多了。在绍兴吃老酒，用的器具与别处不大一样，它不像北京那样用瓷茶壶和盅子。店里用以烫酒的都是一种马口铁制的圆筒，口边再大一圈，形似倒写的凸字，不过上下部当是一与三的比例。这名字叫作窜筒，读如生窜面的窜，却是平声。圆筒内盛酒拿去放在盛着热水的桶内，上边盖板镂有圆洞，让圆筒下去，上边大的部分便搁在板上。这么温了一阵子，酒便热了。一窜筒的酒称作一提，倒出来是两浅碗；这是一种特制的碗，脚高而碗浅，大概是古代的酒盏吧。

绍兴人喝黄酒，起码两浅碗，即是一提；若是上酒店去只喝一碗，那便不大够资格。

（选自《万里行记》，三联书店二〇〇〇年版）

酒

柯灵

假如你向人提起绍兴，也许他不知道这是一个历史上的越国的古都，也许他没听说过山阴道上水秀山媚的胜景，也许他糊涂到这地方在中国哪一省也不大搞得清楚；可是他准会毫不含糊地告诉你：“唔，绍兴的老酒顶有名。”

是的，说起绍兴的黄酒，那实在比绍兴的刑名师爷还著名，无论是雅人墨客，无论是贩夫走卒，他们都有这常识，从老酒上知道的绍兴。

在绍兴的乡下，十村有九村少不了酿酒的人家。随便跑进哪一个村庄，照例是绿水萦回，竹篱茅舍之间，点缀着疏疏的修竹；这些清丽的风景以外，最引人注目的，就是那广场上成堆的酒坛了。坛子是空的，一个个张着圆形的口，横起来叠着，打底的一层大概有四五十只，高一层少几只，愈高愈少，叠成一座一座立体的等边三角形：恰像是埃及古国的金字塔。酒坛外面垩着白粉，衬托在碧朗朗的晴空下，颜色常是非常的鲜明愉快。要是凑得巧，正赶上修坛的时节，金字塔便撤去了，随地零乱地摆着，可是修坛的声音显得十分热闹，——那是铁器打着瓷器，一种清脆悠扬的音乐般的声音：叮当，叮当，……合着疾徐轻重的节奏，掠过水面，穿过竹林，镇日在寂静的村落中响着。

这些酿酒的人家，有许多是小康的富农，把酿酒作为农家的副业；有许多是专门借此营生的作坊，雇用着几十个“司务”，大量地酿造黄酒，推销到外路去——有的并且兼在城里开酒馆。

绍兴老酒虽然各处都可以买到，但是要喝真的好酒还是非到绍兴不可。而且绍兴还得分区域：山阴的酒最好，会稽的就差一点。——你知道陆放翁曾经在鉴湖上做过专门喝酒吟诗的渔翁，在山阴道畔度过中世纪式的隐遁生涯这历史的，因此你也许会想象出鉴湖的风光是如何秀媚，那满湖烟雨，扁舟独钓的场面又是如何诗意；但你不会知道鉴湖的水原来还是酿酒的甘泉，你试用杯子满满舀起鉴湖的清水，再向杯中投进一个铜元，水向杯口凭空高涨起来了，却不会流下半滴；用这水酿成的黄酒，特别芳香醇厚。

生为绍兴人，自然多数是会喝酒的了。但像我这样长年漂泊异乡的是例外，还有一种奇怪的，是做酒工人虽然都很“洪量”，作坊主人却多数守口如瓶，不进半滴。——“做酒是卖给人家喝的，做酒人家千万不要自己喝！”你懂得了这一点理由，对于绍兴人的性格，便至少可以明白一半。

酒店在绍兴自然也特别多，城里不必说，镇上小小一条街，街头望得见街尾的，常常在十家以上；村庄上没有市集，一二家卖杂货的“乡下店”里也带卖酒。

那些酒店，大都非常简陋：单开店面，楼下设肆，楼上兼做堆栈，卧房，住宅。店堂里有一个曲尺形的柜台，恰好占住店堂直径的一半地位，临街那一面的柜台上，一盆盆地摆着下酒的菜，最普通的是芽豆，茴香豆，花生，豆腐干，海螺蛳；间或也有些鱼干，熏鹅，白鸡之类。那是普通顾客绝少问津的珍馐上品。靠店堂那一面的柜台是空着的，常只有一块油腻乌黑的揩台布，静静地躺在上面，这儿预备给一些匆忙的顾客，站着喝上一碗——不是杯——喝完就走；柜台对面的条凳板桌，那是预备给比较闲适的人坐的；至于店堂后半间“青龙牌”背后那些黑黝黝的座位，却要算是上好的雅座，顾客多有些斯文一脉，是杂货店里的大伙计们的区域，小伙计常站在曲尺的角上招待客人，当着冬天，便时常跑到“青龙牌”旁边的炉子上去双手捧着洋铁片制成的酒筒，利用它当作火炉；“大伙”兼“东家”的，除了来往接待客人以外，还得到账桌上去管理账务。这些酒店的狭窄阴暗，以及油腻腻的柜台桌凳，要是跑惯了上海的味雅、冠生园的先生们，一看见就会愁眉深锁，急流勇退地逃了出来的；但跑到那儿去的顾客，却绝不对它嫌弃——不，岂但不嫌弃呢，那简直是他们小小的乐园！

以上所说的不过是乡镇各处最普通的酒店，在繁华的城内大街，情形自然也就大不相同。那里除了偏街僻巷的小酒店以外，一般的酒楼酒馆大都整洁可观。底下一层，顾客比较杂乱，楼上雅座，却多是一些差不多的所谓“上等人”。雅座的布置很漂亮，四壁有字画屏对，有玻璃框子的印刷的洋画；若是在秋天，茶几上还摆上几盆菊花或佛手，显得几分风雅。但这些“上等”的酒楼中间，我们还可以把它们分为两种：一种酒肴都特别精致，不甚注意环境的华美；另一种似乎在新近二三年里面才流行；酒和菜都不大讲究，可是地方布置很好，还备着花布屏风，可以把座位彼此隔分开来；此地应该特别提明一笔的，就是这种酒店都用着摩登的女招待。到前一种酒店里去的自然是为了口腹享用，后一种的顾客，却是“醉翁之意不在酒”，假定这些喝酒的都是“名士”，那么就得替他们在“名士”上面，加上“风流”二字的形容了。

至于说，喝酒是一种怎样的情趣呢？那在我似的不喝酒的人，是无从悬猜的。绍兴酒的味道，有点甜，有点酸，似乎又有点涩：我无法用适当的词句来作贴切的形容，笼统地说一句，实在不很好吃，喝醉了更其难受。这自然只是我似的人的直觉。但假如我们说酒的滋味全在于一点兴奋的刺激，或者麻痹的陶醉，那我想大概不会错得很远。

都市人的喝酒仿佛多数是带点歇斯底里性的。要享乐，要刺激，喝酒，喝了可以使你兴奋；失恋了，失意了，喝酒，喝了畅快地狂笑一阵，痛哭一场，然后昏然睡去，暂时间万虑皆空。绍兴人喝酒虽也有下意识地希图自我陶醉的，但多数人喝酒的意义却不是这样。绍兴人的性情最拘谨，他们明白酗酒足以伤身误事，经常少喝点却有裨于身体的健康。关于这，有两句歌谣似的俗语，叫做“老酒糯米做，吃得变Nio Nio”。——Nio Nio是译音，因为我写不出那两个字；意思是肥猪，喝了酒可以变得肥猪那么壮。——“Nio Nio主义”者喝酒跟吃饭差不多，每饭必进，有一定的分量，喝了也依然可以照常工作，无碍于事。

酒在绍兴是补品，也是应酬亲友最普通的交际品。宴会聚餐固然有酒，亲戚朋友在街上邂逅了，寒暄过后也总是这一句：“我们酒店里去吃一碗（他们把‘喝’也叫‘吃’），我的。”或者说：“我们去‘雅雅’来！”——“雅雅”来，话说得这么雅致，喝酒是一件雅事便可以想象了。无论你怎样的莽汉，除非是工作疲倦了，忙里偷闲地在柜台上站着匆匆喝完一碗，返身便走的劳动者，一上酒店，就会斯文起来；因为喝酒不能大口大口的牛饮，只有低斟浅酌的吃法才合适。你看他们慢慢吃着，慢慢谈着，谈话越多，酒兴越好，这一喝也许会直到落日黄昏，才告罢休。

你觉得这样的喝法，时间上太不经济吗？但这根本便是一种闲情逸趣，时间越闲，心境越宽，便越加有味。你还没见过绍兴人喝酒的艺术呢！第一，他们喝酒不必肴馔，而能喝得使旁观的人看来也津津有味。平常下酒，一盘茴香豆最普通，要是加一碟海螺蛳，或者一碟花生豆腐干，那要算是十分富丽了。真正喝酒的人连这一点也不必，在酒店里喝完半斤以后，只要跑到柜台上去，用两个指头拈起一块鸡肉（或者鸭肉），向伙计问一问价钱，然后放回原处说："啊，这么贵？这是吃不起的。"说着把两个指头放在嘴里舔一舔沾着的鸡味，便算完事，可以掉过头扬长而去。这虽是个近于荒唐的笑话，却可以看出他们喝酒的程度来。第二，那便是喝酒的神情的动人了！端起碗来向嘴边轻轻一啜，又用两个指头拈起一粒茴香豆或者海螺蛳，送进口里去，让口子自己去分壳吃肉地细细咀嚼。酒液下咽蝈然作声，嘴唇皮咂了几下，辨别其中的醇味，那么从容舒婉，不慌不忙，一种满足的神气，使人不得不觉得他已经暂时登上了生活的绿洲，飘然离开现实的世界。同时也会相信酒楼中常见那副"醉里乾坤大，壶中日月长"的对联，实在并没有形容过火了。

在从前，"生意经"人和种田人都多数嗜酒，家里总藏着几坛，自用之外，兼以飨客。但近年来却已经没有那样的豪情胜慨，普通人家，连米瓮也常常见底，整坛的老酒更其难得。小酒店的营业一天比一天清淡，大的酒楼酒馆都雇了女招待来招徕生意，上酒店的人大都要先打一下算盘了。只有镇上那些"滥料"的流浪汉，虽然肚子一天难得饱，有了钱总还是倾囊买醉，踉踉跄跄地满街发牢骚骂人，寻事生非，在麻醉中打发着他们凄凉的岁月。

自己在故乡的几年，记得曾经有一时也常爱约几个相知的朋友，在黄昏后漫步到酒楼中去，喝半小樽甜甜的善酿，彼此天海天空地谈着不经世故的闲话，带了薄醉，踏着悄无人声的一街凉月归去。——并不是爱酒，爱的是那一种清绝的情趣。——大概因为那时生活还不很恐慌，所以有这样的闲情逸致；要是在今日，即使我仍在故乡，恐怕也未必有这么好的心绪了吧？

（选自《柯灵文集》，文汇出版社二〇〇一年版）

大酒缸

张中行

不久前，七八月之间，正是北京最热的时候，一个朋友从上海来。时间是下午六时，我当然要招待晚饭。吃饭难的情况我是知道的，为了朋友也有精神准备，就先告诉他碰运气的计划，是直奔王府井大街，从北头起，先进萃华楼，能吃上最好，不能，迤逦南行，碰到哪里是哪里，碰见什么吃什么。他说好。于是照计划办理，先到萃华楼，看了看，站着等坐位的人比坐下边吃边喝的人还多。没办法，执行计划的第二步，迤逦南行。我忽然灵机一动，想起略南行向西，东安门大街西口内路北有个专卖蒸饺的小馆，因为价比一般店贵一倍，食客不多，估计一定可以如愿。向朋友说明此意，他也很高兴。于是前往，没想到入门一看，竟是空空如也。卖完了还是不卖了？问也无用，只好扭过头东行。好容易找到一个，北京所谓大路（中下等）饭馆，挤个坐位。饭菜都很坏，用了上大学时期可以包一个月饭的钱数，总算解决了困难。

说起东安门大街，是上学时期往东安市场的必经之路，近年来很少到那里去，连印象都模糊了。即如那个蒸饺馆，是这一次碰钉子时候辨认，才想起当年是个大酒缸，字号为义聚成。

关于大酒缸，除了长住北京，年过花甲，刘伶、阮籍一流人物以外，大概没有人知道了。这是一类商店的通称，有如油盐店、点心铺、绸缎庄之类。但比起油盐店等商业，大酒缸的特点尤其明显。就我见到的许许多多说，都是山西人所经营。有不少是家庭铺，夫妻共同经管，但女的照例不出面。规模都不大，门面一间，后面是住屋。前面这间营业室，左右两排，应该放饭桌的地方，放的是酒缸。缸很大，直径也许将近一公尺吧，上面盖着红漆木盖，周围放着坐凳。缸大多是一排三口，因为高，下部一节埋在地下。两排缸再往里，靠一边是柜台，台上放酒具、酒菜等，另一边是菜板、面板等，总起来是既供饮，又供食。大酒缸的营业，顾名思义，主要是卖酒，陈列几口大缸，我想是意在表示，所卖之酒既多又陈。其实缸都是空的，或多是空的，只能发挥一般饭馆桌子的作用。自然，如果顾客是文人墨客，那就还能体会到诗意，试想，这是坐在酒缸之旁，向里看，柜台上是大小酒具，两千年前，到临邛照顾司马相如，也许情景不过如此吧？自然，这里缺的是当垆的文君，那就设想为黄公酒垆，不是也好吗？

我酒量很小，可是也常常到义聚成去。目的是三种：一是破闷，二是省钱，三是吃简便而实惠的饭。多半是晚饭时候去。入门，掌柜的照例说："您来啦，请坐。"坐下以后，问喝几个酒（旧秤二两白干称一个，是大酒缸供酒的单位），热不热（热是用圆锥形铜酒具在火上加热），要什么菜。菜都是做好的凉菜，有煮花生仁、辣白菜、五香豆等，自己去挑选，一二分钱一碟。喝酒中间，掌柜的会来问，是不是在这里吃饭，如果吃，是吃饺子还是削面，吃多少，因为只卖这两种。决定吃什么以后，他立刻动手做，材料是准备好了的，总是喝酒兴尽的时候，食物就送上来。做饺子和削面是山西人的拿手活，都做得很好。总之，是费钱有限而可以酒足饭饱。

大酒缸，北京当年遍布九城，我因为离义聚成近，其他地方很少去。唯一的例外是前门外一尺大街路南那一家。那是一位也好逛书店的老朋友发现的，说是饺子特别好。一尺大街在琉璃厂东口外，东通杨梅竹斜街，确是很短。我听说以后，每次往琉璃厂，一定到那一家去吃午饭。饺子果然与众不同，味道清而鲜。

不记得从什么时候起，我很少一个人到外面吃饭，因而同大酒缸的关系就越来越疏远，以至它什么时候绝迹也说不清楚了。大约半年以前，一个年轻人前往杭州，回来说，曾抽暇往绍兴，到咸亨酒店看了看，真是鲁迅先生所写《孔乙己》中的样子，还卖罗汉豆。这使我想到北京的大酒缸，如果还有，能够到那里喝“一个”热酒，吃两碗刀削面，会多么好。

（选自《负暄三话》，黑龙江人民出版社一九九四年版）

曲蘖优游话酒缸

唐鲁孙

一九五一年，我在台北曾参加一个不定期酒会，加入的酒友都是黄白不拘、有几分酒量的人物，会员到齐足足能坐满三桌。有一次，一位酒友发现自己有一打窖藏，当年从贵州带出来陶瓷罐装茅台酒（赖茅），于是又召开了不定期酒会，前后两次酒会，时间相差半年。后一次到者勉勉强强凑成一桌，有的医嘱戒酒，有的驾返道山，一餐吃完，只喝了四瓶。若在早年，一桌人喝一打，也不算稀奇呢！

饭后大家都有几分醉意，于是聊起北平的大酒缸来。在北平住久了，会吃的朋友都不爱进大馆子，讲究吃小馆，再不然约上两三知己上大酒缸，要两壶二锅头，选几样自己爱吃的下酒小菜，浅斟慢酌，高谈阔论，的确别有一番情调，是局外人不能体会得到的。

酒后想吃什么，各凭所欲，来碗刀削面、猫耳朵，或煮盘饺子，下一碗馄饨，酒足饭饱之余，管保教您有飘飘欲仙之感，这就是北方大酒缸的素描。

北平名城东四、西单、鼓楼前，都有大酒缸，可是酒的优劣大有差别。故友金受申是泡酒缸的行家，据他说，好的二锅头，首推鼓楼永兴酒栈。大酒缸这行生意跟海味店，全是山西人独占生意。这类大酒缸，通常都是两间门脸儿，像永兴三间门脸儿的算是独一份儿了，有些怯勺还不敢随便进去呢！店里摆着几口两人合抱的大酒缸，有的老酒店把缸底还埋在地下三分之一，说是沾了地气，酒不上头而且柔和。酒缸上面盖着用厚木板加亮漆做的缸盖，漆得锃光瓦亮，这就是大酒缸的活招牌了。

大酒缸不分散座雅座，来喝缸的人都是围缸而坐，间或摆上三两张小方桌，凡是跟朋友有私话要谈，说合拉牵谈买卖，多半找张方桌坐，就不跟大家围酒缸啦。

大酒缸全都有字号，而且牌匾都是名书家或三鼎甲写的，不过牌匾都是悬在屋里，去喝酒的人，只注重酒的醇不醇，很少有人留意牌匾是什么字号、什么人写的。有些人在这家喝了一二十年的酒，只知道是什么地方的大酒缸，能够说得上字号来的，恐怕寥寥无几。

大酒缸卖的酒，二锅头也好，净流也罢，全都放在柜台的鬼脸坛子里。酒是论壶计值，用锡制酒壶，也有的用酒嗉子，一般都是二两四两两种，只有什刹海烟袋斜街一家酒缸有六两装的酒嗉子。据说张之洞卸任湖广总督之后有几名戈什哈，跟大帅进京，就住在张家别墅寸园。每天晚上泡大酒缸，总觉得酒缸欺负他们外乡人，每壶酒的分量不够，时常吵吵闹闹。后来让张香帅知道了，特地到锡器店订打了六两装的壶，交给柜上专给戈什哈们打酒，所以流传开来，都说这家大酒缸有六两装的壶。

抗战胜利后，我同两位酒友特地前往印证，跟柜上要六两装的壶打酒，掌柜的知道我跟南皮张家有渊源，不但喝到南路净流的好酒，还吃到老板自己下酒的酥鲫鱼、酱兔腿呢！

有些年轻朋友，刚刚学会了喝两盅，又怕人笑话他酒量太差，总喜欢匹马单枪偷偷到大酒缸泡一阵子，初学乍练，酒量当然不会太大。您喝不了一壶，叫一杯酒来喝，酒缸的东伙，照样欢迎，因为这种人酒喝不多，菜却不少叫呢！

喝酒的朋友，每个人习惯不同，有人喝四两，有几粒花生米、半块豆腐干，就够下酒的了。有人喝酒必定要几样可口的下酒小菜，大酒缸准备的酒菜极其有限，通常只有拌芹菜、虎皮冻、煮花生、盐水青豆、胡萝卜、豆腐干而已，如果自己带菜来，店里是不会反对的。

因为酒缸准备下酒的小菜不多，所以每家大酒缸门口，总有一两个卖熏鱼或泡羊肚羊头肉的，喝酒的想吃什么可以指名要，等酒足饭饱一块算账。

西四牌楼砖塔胡同把口一家大酒缸，不但酒好，而且门口一个摊子刀削面特别有名，他不单面削得薄而匀，而且浇头大炒小炒不油不腻。舍弟陶孙是滴酒不沾的，他想吃刀削面。撺掇我去那家大酒缸喝两盅，他好跟着吃刀削面。北平晋阳春曾师傅刀削面最有名，他认为还赶不上那家大酒缸的刀削浇头入味。雍和宫附近有一家酒缸，据说他家有一部分烧酒，是私酒贩子从朝阳门背进来的，赶巧了真有好酒。他家门口卖猫耳朵的虽然也是山西人，可是做法别致，烩而不炒，对牙口不好的最对胃，广福居（别名穆柯寨）的女掌勺穆大嫂曾经特地从南城跟到北城去尝试，认为确有独到之处，自己回到柜上试做了几次，都没有人家做得好，所以后来您到穆柯寨叫猫耳朵他们只卖炒不卖烩了。

马市大街有一家大酒缸，除了南路烧酒外，兼卖保定出产的土黄酒，又叫“干炸儿”。这是北平唯一不是山西人经营的大酒缸，一个卖烫面饺儿的是顺义县人，一个卖馄饨的是保定府人，蒸烫面饺儿的笼屉，永远是热气腾腾，一屉一屉往屋里送。馄饨挑子锅里的高汤，随时都在翻滚，馄饨虽然没有什么特别，可是汤清味正，作料齐全而且地道。

卖烫面饺儿的叫老奎，从早上到中午推着车子在马大人胡同、钱粮胡同做生意，过午就到酒缸门口摆摊儿啦。北平人吃的烫面饺儿除了猪肉白菜、羊肉韭菜、牛肉大葱之外，很少用菠菜、荠菜、小白菜等深绿色蔬菜做馅儿的。老奎烫面饺儿的馅儿除口蘑、三鲜、荠菜、菠菜之外，还有茄子、扁豆、冬瓜等等，可以说应有尽有，集各种荤素馅儿之大成。

抗战时期吴子玉避居北平什锦花园，既恨日本人阴狠残暴，又恨汉奸们恬不知耻，因为肝火太旺，时常闹牙痛不能咀嚼东西，只有吃奎子的烫面饺儿软软乎乎不致牙痛，一叫就是百儿八十的，所以不久老奎的烫面饺儿在东北城算是出了名啦。抗战胜利时，笔者回到北平，听说老奎领个牌照自己经营一份儿酒缸，生意还挺不错。自从“红卫兵”几次清算斗争，老奎被斗得扫地出门，他们认为大酒缸是有钱有闲阶级的消遣地方，也都陆续淘汰，现在大酒缸已成为历史名词了。

（选自《老乡亲》，广西师范大学出版社二〇〇四年版）

上海的柜台酒

唐鲁孙

几位江浙朋友一块儿小酌，酒酣耳热，有一位大家叫他胡老总的说："你在《联副》写了一篇北平大酒缸，看得我酒虫从喉咙直往外爬。当年我们在上海都是喝柜台酒的老朋友，现在只说北平的大酒缸，对于上海喝柜台酒却只字不提，未免厚彼薄此了。"经胡老总一说，我也觉得是有点儿差劲，所以写了这篇上海柜台酒，以资补过。

上海吃老酒讲究是陈绍、花雕、太雕、竹叶青一类黄酒系列，上海有名的遗少小辫子刘公鲁，吃饭时每餐都要食前方丈，七个碟子八个碗，可是他一喝柜台酒，放荡形骸，就完全变了一个人了。他说，绍兴酒是我们中国宝，世界各国哪国都没有这种香醇浓郁糟香袭人的酒；他的欧美朋友到中国来在他家吃饭，罗列东西各国名酒，十之八九都喜欢喝太雕或竹叶青，这就证明中国的绍兴酒比他们的威士忌、白兰地要高一筹。喝绍兴酒要像《水浒传》里黑旋风李逵、花和尚鲁智深一样，大碗喝酒、大块吃肉才够味儿，只有到四马路喝柜台酒才有这种情调。

上海四马路“高长兴”“言茂源”都是卖柜台酒的老字号，柜台高耸，擦得锃光瓦亮，不见半点油星儿，上面照例是大盘冻肴蹄、一盆发芽豆，还有油爆虾、熏青鱼、八宝酱、炒百叶几样小菜。柜台前有两只长条凳，可是吃酒的人没有一位是坐下来的，大半都是脚踩条凳，身靠柜台吃喝起来。叫一川筒酒倒出来大约是三海碗，大约您要半川筒酒，就有人笑您是雏儿或半吊子，既然喝不了一川筒酒，又何必出来喝柜台酒呢！

像“高长兴”“言茂源”这样整天川流不息、酒客进进出出的大酒店，烫好的川筒酒，往您面前一放，锡筒没有不是东凹一块，西瘪一块的，据酒店人说：“起初是客人们喝醉了逞酒疯，摔得像瘪嘴老婆婆似的，后来你摔我也摔，不摔就显不出您是老酒客啦！”

到四马路喝柜台酒的，上海虽然风气开通，也清一色都是男生，唯一例外的是花国大名鼎鼎的富春楼六娘，她是袁寒云、徐凌霄等人带着喝过一次柜台酒，后来每到隆冬初雪，总要光顾一次“言茂源”。不过她怕看又瘪又脏的旧川筒，柜上总是留着一两只新锡筒给她烫酒。

叶楚伧、刘史超、何企岳，他们几位都是著名的酒仙，据他们品评的结果，“高长兴”的竹叶青浆凝玉液，韵特清远，“言茂源”的陈年太雕，酒色若金，琼卮香泛，只可惜两家下酒的小菜均不高明。姬觉弥是上海印度富商哈同的总账房，他虽然生长在徐州，靠近有名的阳河大曲产地南宿州，可是他却喜欢喝鉴湖的太雕，每月需要光顾“高长兴”三两次。“高长兴”铺面是哈同公司产业，姬大爷来喝酒自然奉为上宾。姬喝酒从来不叫小菜，进得门来身靠柜台，一只脚踩着板凳，先来上一川筒，一筒喝完再续一筒，两川筒酒下肚，立刻就走，有些人跟姬觉弥交一二十年朋友，还不知道姬觉弥是黄酒大亨呢！

当年上海电影界名导演但杜宇、殷明珠，都是喝老酒的高段数人物，他们夫妇是“言茂源”的老主顾，三川筒花雕、三碟发芽豆，从来没要过别的酒菜。自命为前清遗少的小辫子刘公鲁，可就跟他们喝酒大异其趣了，他小辫子始终未剃，宽袍短袖，一派盛国孤忠的气派，喝酒带小厮给他装水烟抽。他的酒量如果喝完一川筒，就准得胡言乱语，可是他偏偏夸海量讲排场，要吃三马路大发的拆肉、大雅楼的酥鱼、功德林蔬食处的冬菇烤麸，三者缺一不可。有时自带，有时让酒店学徒买，一顿酒要吃上两个多钟点，可是柜上也特别欢迎，因为他小费出手很大方，往往给小费超过了酒菜钱一倍。

民国十四五年我在上海，有一班朋友是喝柜台酒的，我受了他们影响，也跟着他们东跑西颠喝柜台酒，其实我的目的是吃大闸蟹。“言茂源”论座位，没有“高长兴”舒服，论酒的品质，也没有“高长兴”来得醇厚，可是到了螃蟹上市，“高长兴”的生意就赶不上“言茂源”了。

北方吃螃蟹讲究七月尖八月团，南方秋晚金毛玉爪阳澄湖的大闸蟹才肉满膏肥。上海几个大菜场虽然都写着有“新到大闸蟹”，可是凭肉眼看，是真是假，颇难确定，同时挑尖选团也颇费事。“言茂源”所卖的大闸蟹，虽然价钱稍贵一点儿，可是货真价实，要尖就尖，要团就团。盛杏荪的公子小姐们有在“言茂源”雅座里八个人吃了五十只尖脐的纪录。螃蟹好吃在油膏，台湾蟹不论哪一种都是蟹黄太多，令人难以下咽。

“言茂源”楼上辟有雅座，所以有些莺莺燕燕也来喝酒，当年名噪一时的花国总统富春楼老六，有时跟她的相好，在灯灺人静的当儿，也来低斟浅酌一番。据她说：“言茂源”每天卖不完的团脐，立刻用酒醉起来，由老板的如夫人亲自动手，加酒羼盐放花椒的分量都有诀窍，一星期就能登盘下酒，不像宁波的盐蟹，要好久才能吃呢！

老报人何海鸣、叶楚伧都吃过“言茂源”的醉蟹，据说风味绝佳，就是要碰巧了，才能吃得到嘴。

胜利还都，正是秋高蟹肥的时候，走过四马路，想起了“言茂源”“高长兴”，找来找去，已无遗址可寻。经一位摆报摊的老者相告，“高长兴”原址的楼面拆掉，重盖新厦后开了一家立群书店，“言茂源”将门面缩成一小间，虽然仍然卖酒，只应门市外送，已经不卖柜台酒。我想，北方的大酒缸、南方的柜台酒，恐怕已经是历史名词了。

（选自《老乡亲》，广西师范大学出版社二〇〇四年版）

上海酒店巡礼

张若谷

嘴在泥里，
脚在肚里，
若要问他年纪，
看他肚皮。

这是一个由我父亲口传下来的谜语，谜底是什么东西？倒要烦劳诸位读者们，绞一绞脑筋，猜一猜，若然猜不着，请看下文，便知分晓。

我从小便跟着我的已经故世了三年多的父亲，早上到城隍庙九曲桥湖心亭吃茶，黄昏到庙前街小酒店里去喝酒，这是我父亲在生时的两种仅有的嗜好——所以所有城内庙前街——现改名为方浜路了——的酒店掌柜和酒保小主，他们都认识我，我也都认识他们。

我最初到的酒店，是开设在听雨楼旁边的叶森泰酒店，那一家酒店规模虽不大，营业也不发达，但是店里所藏的酒，的确都是“远年”花雕。老板自己掌柜酒店，招待，煮菜，叶老板亲手炒的宁波炒面，别饶一种风味，他曾在旧校场另外开了一爿叶森盛号，可惜开张不久，后来不知怎的，两爿酒店都闭门大吉了。

在城里庙前街上，现有王三和、福露桢、泰和信、三家绍酒店，而最出名的，要算到王三和了。住在城隍庙附近的人，逢到有人贪杯的时候常说“留心吓，不要吃得王三和”来劝阻，王三和居然变成了一句俗话，可见他的资格老了。

以上四家酒店，我跟父亲都去过，父亲的酒量虽不大，但是每晚必到酒店去，不避风霜雨雪，他老人家从不“登楼”去坐“雅座”，却是喜欢坐柜台里面，坐在“太白遗风”和“刘李停车”的长招牌下，面前放了一盆发芽豆或者花生米，一只酒筒和一只高底的蓝花碗，一壁和“堂倌”闲讲，一壁举盏慢慢儿一口一口地呷下去。

每晚只喝“本色”二碗——酒店的老买主，都有一个小折子，上面记的账目，都用碗数计算，不用斤数算的——到了节上结账时，可以再打一个折扣，付钱时酒店里附送一瓶“五加皮”或者“虎骨木瓜药酒”，平时的酒菜，也可以一同记在折子上，这些都是一般和酒店开来往户头的人所习知的事情，也不用我来细讲了。

从去年起，我因酒友火雪明的介绍，逢到有兴致的时候，常常到旧校场的源茂泰去，这一家酒店里有一个麻脸酒保，做人还有些兴趣，他是常常陪同客人们豁拳助兴，他的拳头很有路数，败的时候少，因此酒的销场，自然也多起来了。

在南市第一家资格最老的酒店，是董家渡的王恒裕，历史总在五十年以上，住在南市——即在租界的一般有杯中嗜好的人，真可以谁个不知，哪个不晓董家渡有爿王恒裕酒店。这一家的酒品，在上海也可算到第一家，从前只卖酒，不卖菜，而且有一个特例，便是不收小账，若使饮客高兴出付小账，他们必定很客气地辞谢不受，据说，这是一种中国老酒店的陈例。

在法租界公馆马路有两家老酒店，章东明与章同茂，历史也都在四五十年以上，永安街的醴香阁，酒菜的食谱，都用戏名，里面有一个堂倌叫做王大的，跑堂跑了二十多年，他有两个儿子，现在都做洋行先生了。

公共租界上的老酒店多得很，善宝泰与同宝泰是兄弟酒店，同宝泰有一个圆脸方耳的酒保，名字叫做弥陀。据他自己说，在那里服务已有三十四年了，他说同宝泰的第一个老板，是开设某药房的，他每天晚上必到四马路一家酒店去打尖。有一天（时在光绪十五年光景），他纠了几个酒友，在吃柜台酒的时候，忽然发现酒的味道有些走样，就向酒保交涉，那个酒保答道："再要喝好酒，除非自己开酒店。"于是，同宝泰酒店，就在一个礼拜后"开张大吉"了。

同宝泰究竟开了有多少年份，我虽不能详细知道，但是有一个酒仙，他在那里已经喝了二十多年的酒了，酒店里的跑堂，都把他当做一个最有交情的老买主看待，常把三十年以上的陈年花雕给他喝。这位酒仙，大家都尊称他作金老板，凡是和金老板同桌喝酒的人，不但常可以喝到最上等的陈酒，而且可以不论吃多少盆的发芽豆，只算一盆的价钱。这种吃法，是酒店对于老买主的一种特殊优待，其名叫做“飞盆子”。

听说，同宝泰一年的酒生意，可以做到一万元左右，据弥陀说，“他们的店里，去年一共卖了二千四百石米”。我听了觉得真奇怪，酒店里怎样卖起米来呢，他替我解释道：“酒的原料都是用米，每石米可以酿酒四坛。一坛‘行水’，有四十斤重，‘双加重’有五十斤，至于酒的年数，在酒坛上都有标记……”

一时兴致所至，东扯西拉，居然写成了这样一篇不成样的酒经文章，现在自己看看可以结束了。可是，读者中或者还有人要问我：“开首那个谜语打的是什么东西？”我可以装做喝醉的样子，假痴假呆地不做答复，因为你们都是聪明人，早会一猜便知的，何必我再来饶舌呢？

（选自《异国情调》，上海汉语大词典出版社一九九六年版）

屋后的酒店

陆文夫

苏州在早年间有一种酒店，是一种地地道道的酒店，这种酒店只卖酒不卖菜，或者是只供应一点豆腐干、辣白菜、焐酥豆、油氽黄豆、花生米之类的下酒物，算不上是什么菜。“君子在酒不在菜”，这是中国饮者的传统观点。如果一个人饮酒还要考究菜，那只能算是吃喝之徒，进不了善饮者之行列。善饮者在社会上的知名度是很高的，李白曾经写道：“自古圣贤多寂寞，唯有饮者留其名。”不过，饮者之中也分三个等级，即酒仙、酒徒、酒鬼。李白自称酒仙，从唐代到今天，没有任何人敢于提出异议。秦末狂生郦食其，他对汉高祖刘邦也只敢自称是高阳酒徒，不敢称仙。至于苏州酒店里的那些常客，我看大多只是酒鬼而已，苏州话说他们是“灌黄汤的”，含有贬义。

喝酒为什么叫灌黄汤呢，因为苏州人喝的是黄酒，即绍兴酒，用江南的上好白米酿成，一般的是二十度以上，在中国酒中算是极其温和的，一顿喝两三斤黄酒恐怕还进不了酒鬼的行列。

黄酒要烫热了喝，特别是在冬春和秋天。烫热了的黄酒不仅是味道变得更加醇和，而且可使酒中的甲醇挥发掉，以减少酒对人体的危害。所以每爿酒店里都有一只大水缸，里面装满了热水，木制的缸盖上有许多圆洞，烫酒的铁皮酒筒就放在那个圆洞里，有半斤装的和一斤装的。一人独酌，二人对饮都是买半斤装的，喝完了再买，免得喝冷的。

酒店里的气氛比茶馆店里的气氛更加热烈，每个喝酒的人都在讲话，有几分酒意的人更是嗓门洪亮，“语重情长”，弄得酒店里一片轰鸣，谁也听不清谁讲的事体。酒鬼们就是欢喜这种气氛，三杯下肚，畅所欲言，牢骚满腹，怨气冲天，贬低别人，夸赞自己，用不着担心祸从口出，因为谁也没有听清楚那些酒后的真言。

也有人在酒店里独酌，即所谓喝闷酒的。在酒店里喝闷酒的人并不太闷，他们开始时也许有些沉闷，一个人买一筒热酒，端一盆焐酥豆，找一个靠边的位置坐下，浅斟细酌，环顾四周，好像是在听别人谈话。用不了多久，便会有另一个已经喝了几杯闷酒的人，拎着酒筒，端着酒杯挨到那独酌者的身边，轻轻地问道：有人吗？没有。好了，这就开始对谈了，从天气、物价到老婆孩子，然后进入主题，什么事情使他们烦恼什么便是主题，你说的他同意，他说的你点头，你敬我一杯，我敬你一杯，好像是志同道合，酒逢知己。等到酒尽人散，胸中的闷气也已发泄完毕，二人声称谈得投机，明天再见。明天即使再见到，却已谁也不认识谁。

我更爱另一种饮酒的场所，那不是酒店，是所谓的“堂吃”。那时候，酱园店里都卖黄酒，为了招揽生意，便在店堂的后面放一张桌子，你沽了酒以后可以坐在那里慢饮，没人为你服务，也没人管你，自便。

那时候的酱园店大都开设在河边，取其水路运输的方便，所以“堂吃”的那张桌子也多是放在临河的窗子口。一二知己，沽点酒，买点酱鸭、熏鱼、兰花豆之类的下酒物，临河凭栏，小酌细谈，这里没有酒店的喧闹和那种使人难以忍受的乌烟瘴气。一人独饮也很有情趣，可以看着窗下的小船一艘艘咿咿呀呀地摇过去。特别是在大雪纷飞的时候，路无行人，时近黄昏，用蒙眬的醉眼看迷蒙的世界。美酒、人生、天地，莽莽苍苍有遁世之意，此时此地畅饮，可以进入酒仙的行列。

近十年来，我对“堂吃”早已不存奢望了，只希望在什么角落里能找到一爿酒店，那种只卖酒不卖菜的酒店。酒店没有了，酒吧却到处可见。酒吧并非中国人饮酒之所在，只是借洋酒、洋乐、洋设备，赚那些欢喜学洋的人的大钱。酒吧者是借酒之名扒你的口袋也，是所谓之曰“酒扒”。

一九九一年八月二十一日

（选自《深巷里的琵琶声》，上海文艺出版社二〇〇五年版）

北京人喝酒

肖复兴

北京人爱喝酒。

到了夏天，不管男女、不分老少，一律都喝啤酒，这两年都改喝扎啤。北京人喝啤酒，讲究抱着“扎”，驴一样豪饮，喝出北京人的气派。为此，北京人搞过隆重的啤酒节，在啤酒节表演过喝啤酒比赛，一个个喝得肚子像皮球一样滚圆，嘴角如螃蟹一样挂满白色泡沫，依然叫着阵不肯停歇。

北京人喝酒就是厉害。不仅是为喝酒而喝酒，而是为了显示自己的性情和性格。

北京人喝酒，寻常人家，最讲究聚会到家中喝酒。这一点与南方尤其与上海不同，上海人请朋友喝酒，讲究到饭店，以显示尊重与大方。北京人如果请的是真正看得起的朋友，到饭店去显得生分，只有请到家中，才把你看成是一家人。这不是北京人为了省钱，嫌到饭店喝酒花费贵，而是一份热情与真情，北京人把家看作是最神圣之地，是向亲朋好友显示的最后一张王牌。北京人家中也不见得比上海人家显得多么宽敞，即使比上海人亭子间狭窄的住房还要拥挤，也要把朋友请到家中聚饮一番。请到家中，与请到饭店去喝酒，是北京人对朋友亲热、信任程度的一道分水岭。

北京人请朋友聚在家中喝酒，一般是主妇亲自下厨，亲手烧几样下酒的菜，即使色香味赶不上饭店，却是必须的情意。而且，那菜一定要足量的，宁肯吃不下，也不能见到碟空碗净。

北京人请朋友聚在家中喝酒，酒要备齐、备足，绝不会只拿出一样酒摆在桌上跌份儿！北京人会想得极其周全，白酒、果酒、啤酒，连小孩用以当酒的饮料，都会准备得妥当，集束手榴弹一样，先排放在桌上地上，先声夺人一般，摆出一副真正要大喝一场的阵势。

北京人请朋友聚在家中喝酒，如果家中客厅狭小，一般会将酒桌摆放在卧室，床便是座位，主人把隐私毫无顾忌地暴露在外，显示出一份浓意胜酒的情分。喝醉了，你就倒床呼呼大睡，像在自己家中一样，才让北京人舒服、熨帖。

北京人喝酒，讲究劝酒，一杯满上、饮下，再一杯紧接着满上，而且，北京人自己要以身作则，先仰脖一口灌下，热情恳切而不容置辩让你必须饮下。北京人喝酒，喝的就是这痛快劲儿。在家中喝酒，一般不谈利害、不涉交易，如果为利害交易，就不会设在家中。因此，在北京家宴中喝酒，能喝出北京人淳朴古老的遗风，那一份快要淡去逝去的真情、友情与纯净美好，让酒穿肠而过，滋润了干枯的心田，烧热了枯萎的精神，便是喝醉了也心甘情愿。

北京人喝酒，在家中不躺倒几个，绝不鸣锣收兵，哪怕你吐脏了他家的地毯或床褥，主人也痛快淋漓，觉得这才叫喝好了酒，这才叫不把自己当外人！

北京人喝酒，豪爽之中也透着狡猾。劝酒时懂得甜言蜜语诱惑，花言巧语刺激，也懂得用豪言壮语自我抒情。最后灌得大家都蒙蒙眬眬地醉成一片，他自己自言自语，一直到醉醺醺倒头一睡大家不言不语为止。北京人将这甜言蜜语——花言巧语——豪言壮语——自言自语——不言不语，称之为酒桌上的五种境界。

北京人喝酒，讲究的是“人间路窄酒杯宽”。

北京人喝酒，讲究的是“功名万里外，心事一杯中”。

北京人喝酒，讲究的是冷酒伤胃、热酒伤肝、无酒伤心——最后一点尤为重要：什么酒都行，哪怕是假酒，但不能没酒。

（选自《北京人》，浙江人民出版社一九九五年版）

日本人喝酒之我见

（外一篇）

李长声

日本男人不顾家——这好像是全球性看法，或讥笑，或诟病，甚而觉得指头有些滑腻。但据我观察，日本男人也顾家，只是顾的方式跟别国不同罢了。我们的清代诗人黄遵宪早就看出这一点，写了一首诗，是这样的："斜阳红映酒旗低，食榼归时袖各携，都为细君留割肉，自拼空酌醉如泥。"意思是日本人在酒馆里光喝不吃，空肚子喝酒，把菜留下来带回家。割肉有一个典故，说的是汉武帝赏肉，最高执行官迟迟不来，东方朔拔剑，擅自割了一块肉揣回家去给老婆。大概日本男人学来了这个爱妻法，而我们一向只是把东方朔当作滑稽。

和日本人喝酒，一般中国人都受不了"空酌"，尤其是赴宴前贤妻还叮嘱过多吃菜少喝酒的话。菜肴之少，只能称作"撮"，酒灌了下去却不好意思动筷，叫你体认日本菜是给人看的。少之又少，当然酒后也没的带。那就请他们来家做客，以充分领教那种民族性。我虽然连四菜一汤也料理不出来，但请客吃饭是中华文化，既为匹夫，有责弘扬。好在以前被迫过集体生活时包过饺子，而饺子又偏偏为日本人所爱，再备足水酒，一顿饭便成功了大半。我的心得是饺子要多包，包出给他们带回去的份儿。正如黄遵宪所言："亲朋雅集，皆相戒勿大嚼。少啜羹汤，余则以竹筐袖归其家，以遗妻子。"其实，好酒之徒，心思全扑在酒上，倘若胃袋里塞满吃食，淡如君子之交的清酒更没味了。

日本人还有两个传统，聚饮与外酌，好在外面喝酒。下班不回家，在酒馆里聚饮，并非时到战后，为了经济发展，出于团队精神，上班族才特别这么做，他们不过是发扬光大了传统而已。自古有此类习惯，所以小酒馆遍地，无须遥指杏花村。夜长无聊，有人对耽看电视的老婆说一声出去喝一杯，到外面喝了酒再回来睡觉。聚饮，随时叫上三五人，最方便的当然是同僚，彼此相知，有共同的话题，时而还花花公款。黄遵宪说"自拼"，可知彼此不劝酒，此风犹存。

上班族的腰包并不像我们想象的那么鼓，掏不出几个酒钱。去熟悉的酒馆，心中有数，对腰包有把握。美食家品味，吃了东家吃西家，而对于酒徒来说，除非偏要喝市面上少有的"百年孤独"，哪家的酒水都差不多。喝了一家未尽兴，就再喝一家，越喝越高，好像登梯子。酒馆小，哥几个久坐，影响人家的生意，而且换一家喝往往换一人掏钱。我们讨厌几种酒混着喝，说是容易醉，他们喝酒爱换来换去，估计是为了高速度发展，尽快地一醉方休，岂不是买醉最省钱的法子。

酒馆聚饮是享乐，日本人本来好享乐，是闭关锁国的江户时代（十七至十九世纪中叶）养成的。那时有一位大作家叫井原西鹤，擅写世俗人情，在《武家义理物语》中写道："人之一心，万人不变。长剑则武士，戴乌帽子则神主，着黑衣则出家，握锄则百姓，用斧则工匠，打算盘则显示商人。"江户时代人分四等，身份固定，差别森严。农工商无望跻身于上层的武士社会，于是把精神头儿全用在唱歌跳舞抬神舆上，如醉如痴。尤其是那些商人，腰缠万贯，更纵情享乐。武士的人生不是杀人就是被杀，感伤起来也只有痛饮，及时行乐。直到了上世纪后半叶，经济高速度发展，进了公司人人平等，人人都觉得自己是精英，能当上老总也说不定，便拼搏起来。当精英是有代价的，那就是二十四小时工作，古今东西，概莫能外。

到底忘不了享乐，工作后秉烛夜游。居家遥远，不能像泡沫经济时代那般张狂打的，醉眼蒙眬也得赶末班车。不肯早早回家去睡觉，当然就紧张而疲惫，那"斯特累死"（stress），令人佩服的是翌晨仍按时上班。中午绝不喝，连酒也要用公家时间喝，心可有点黑。倒可能喝酒时还工作，尤其是编辑们，边喝边聊，没准儿就聊出一个选题来，畅销百万。

效颦黄遵宪，在喝酒上为日本人作打油诗，就作成了这个样子：拉帮窜巷酒屋多，看板腰包总不合；小菜一碟无国籍，炸雷谁喊末班车。

吟酿酒

殷人嗜酒，以致亡国。周公有鉴于此，戒人饮酒，把“五齐”（不同等级的酒）统统拿去敬神供祖。到了三国时代，高歌“何以解忧，唯有杜康”的曹操也发布禁酒令。这样禁来禁去，中国人在酒上就不如日本人了，以致陈寿在《三国志》中给他们记上一笔：“性嗜酒。”

日本人嗜酒成性，或许就为了保持这传统，对饮酒及酒后无德向来很宽容。同僚聚饮，科长开玩笑似的摸一把女科员屁股，被摸者顶多叫一声“讨厌，色鬼”。我的朋友金子胜昭当了一辈子编辑，曾发表议论：这就是说，日本人可以不为醉酒时的言行负责。要是美国女性，只怕科长的脸上早就挨了一记响亮的耳光。问我，换了中国呢？恐怕在国门洞开的今天也要算道德败坏，给告到领导那里去。不过，如今日本女人学欧美，性骚扰的控诉也时见报端了。

中国人对酒的心情很有点复杂。除了说道文人或逸事，在现实生活中对酒仙、酒龙、酒鬼、酒囊都不大有好印象，因之，饮酒的话适可而止，说说酿酒。二十世纪九十年代以来，日本时兴喝“吟酿酒”。所谓“吟酿”，是一种酿酒法。吟而酿之，我觉得“吟”这个词被日语发挥得再妙不过了。虽然一九三〇年前后就多有酿造，但很长时间是酿酒人用以比试技艺的特殊酒，经济高速发展之后才终于被鼓腹而歌的大众发现，一杯一杯复一杯。

按酿酒方法来划分，酒有两大类，即酿造酒和蒸馏酒。酒中再添加其他材料，也可归之为混成酒，如药酒。一方水土养一方人，一方水土酿一方酒，稻花飘香的南方出黄酒，小麦高粱遍野的北方出白酒，构成中国酒的两大系统。黄酒是酿造酒，商纣王的肉林酒池里荡漾的应该是这种酒。日本的清酒也属于酿造酒，酒精度数和黄酒一样，或许这就是他们爱喝绍兴酒的理由（加饭也好，花雕也好，日本统称绍兴酒）。与果酒不同，用谷物为原料酿酒，需要把淀粉分解成能够发酵的糖分。酒曲就是使淀粉起糖化反应的触媒。以商代遗址的考古发现为据，人工培养酵母在中国至少有三千多年的历史。日本鹿儿岛某地有这样的习俗：稻穗结实，让未婚少女用盐清洁口齿，咀嚼蒸熟的米饭和水浸的生米，吐在壶里，数日后发酵成酒，用来祭神。这就是唾液把淀粉糖化，自然发酵。日语动词“酿”即源于“嚼”。《魏书》记载，勿吉国“嚼米酝酒，饮能至醉”。勿吉，栖息于白山黑水，渤海国就是他们建立的，素与日本交往密切。所以，“口嚼酒”来自大陆也说不定。可以肯定的是，用酒曲酿酒的方法是朝鲜半岛的百济人在应神天皇年间（公元二七〇至三一〇年）带入日本的。

把酿造酒蒸馏，就得到白酒，例如在日本也卖得很贵的茅台。明代李时珍在《本草纲目》上说："烧酒非古法也，自元时始创其法。用浓液酒和糟入甑，蒸令气上，用器承取滴露。其清如水，味极浓烈。与火同性，得火即燃。"也许宋代已经有烈性白酒，但起码武二郎不曾喝到，否则，几大碗下肚，早就醉得喂虎。日语把烧酒叫"烧酎"，认识这个酎字的中国人就觉得日本人古或雅。冲绳的"泡盛"是蒸馏酒名品。

头曲特曲二锅头，举起这样的白酒邀明月，恐怕对影就不止三人了。中国人酿造酒精度数的白酒是一绝。其方法简陋易行，叫日本的"杜氏"瞠目结舌。首先是制曲。杜康的后裔用大麦制曲，既不精白，也不蒸煮，带壳破碎，加点水做成砖头状，放在温度三十来度的屋子里生霉。酿酒原料高粱也是带壳破碎，加水搅拌，还添些稻壳谷皮什么的蒸煮。然后加酒曲，放进地窖里发酵。这种"固体发酵"在世界上独一无二。发酵之后进行蒸馏，就蒸馏出六十度以上的白酒。

吟酿酒是清酒之一。清酒是日本酒的代表，单说一个酒字，通常指清酒。这酒酿造起来可不得了：制曲先要碾米去糠，粒粒精白，蒸过之后加曲菌，生霉成曲，整个过程中控制温度、湿度，提防杂菌侵染，小心翼翼，简直像护理重病号。蒸米制曲唯日本而已，连他们自己也觉得莫名其妙。吟酿酒的原料要选用粒大芯白的精米，再磨得只剩下半粒。因为过于浪费米，暴殄天物，有的地方曾一度停产。

似乎除了“泡盛”，日本人没有酒越陈越好喝的观念。杜甫有诗云：“盘飧市远无兼味，樽酒家贫只旧醅”，好像唐时也是以新为好。日本人喝“烧酎”像威士忌那样兑水喝，冰水或者热水，甚至在简陋的酒馆就拿来暖壶放在身边，我总想起掺水卖酒的中国笑话，拒不奉陪。生鱼片之类，菜味寡淡，拿来下清酒是天作之合，相得益彰。天热喝冷酒，天冷喝热酒，最是惬意，但不知打什么时候起，温一壶酒的情形在中国几乎看不见了。

（选自《南方都市报》二〇〇六年六月十日，
原载《日本新华侨报》二〇〇一年十月七日）

玩葡萄酒的方式

迷走

过去几年在台湾风行一时的红酒，最近似乎是退潮了。有人或许会嗤之以鼻地认为：这又是暴发户爱赶流行但其实不懂门道的肤浅短暂跟风，就如同前些时日的葡式蛋挞热一般。也有人认为在一窝蜂的流行过后，正是爱酒者可以建立真正品酒文化的契机，而市场也可以淘汰不良酒商，导向良性的红酒品鉴环境。因此这种流行消退对台湾的葡萄酒文化反而是正面的发展。

不论怎么评估，红酒在台湾确实风行一时，而且还本土化了。在不少结婚喜宴上，笔者就见识到以红酒代替过去的绍兴酒或啤酒的情况。然而酒换了，酒杯却没换。宾客们仍旧以喝台湾啤酒的杯子来喝红酒，而且还不断干杯。你说外国人看到这种情况会笑我们是土包子，没教养的暴发户，还是猪八戒吃人参果暴殄天物？但是我却也见过久居台湾的法国人入境问俗，一样拿啤酒杯在干红酒。看来我们不只本土化成功，国际化也大获全胜。不过不晓得这位老兄的法国同胞看到他这种本土化的行径会做何感想？

红酒既然深深融入台湾文化，拿来划酒拳自是难免。有人或许会认为这样子玩弄红酒实在对美酒大不敬。然而我在伦敦却也见识到一些有趣的“玩葡萄酒”方式。在伦敦大学附近的华伦街地铁站（Warren Street Station）沿着托坦汉庭路（Tottemham Court Road）往南走，在右边第二条小路上有家专卖萨丁尼亚菜的意大利餐厅“沙度”（Sardo），是我相当喜欢的一家餐厅。萨丁尼亚菜口味比北意大利菜重一些，其意大利面嚼起来更有劲，而“沙度”自制的萨丁尼亚香肠更是风味独特，十分好吃。不过我最欣赏的还是他们的点心，尤其是各式独特的冰淇淋，像是优格冰淇淋、焦糖布丁（caramel）冰淇淋，连著名的意大利甜点“提拉米苏”，“沙度”都可以把它给做成冰淇淋。

前一阵子我带了一位台北来的友人到“沙度”用餐，不久邻桌来了两名男子，坐下之后就点了一瓶红酒与一瓶白酒，想来是酒量奇大。接下来他们竟拿出了西洋棋棋盘摆在桌上，餐厅老板也笑嘻嘻地端来了一大堆各式酒杯。这两人就开始把酒杯排上棋盘，一方倒进红酒一方倒进白酒，一下子双方酒杯泾渭分明，而不同样式的酒杯则各自代表皇后、主教、武士等棋子，品类等第倒也十分清楚。接着他们的朋友陆续到来，有人把酒瓶中剩下的酒倒来喝，有人另点啤酒，在一旁兴味盎然地观棋。两位下棋者把“棋子”拿在手上一面品尝一面思索下一步要摆在哪里，似乎自有一番闲逸雅趣。我暗想如果要用这种方式下象棋，只怕棋子难以辨识，可能杯子得写上士象车马炮等字。朋友说可用这方式下五子棋，但我想胜负速度太快，恐怕酒都来不及喝。

我也见过真的与品酒有关的玩法。英国主要报纸的周末特刊都会有葡萄酒评鉴专栏，对超市与酒商新进口上市的酒品评一番。品酒家自有一番形容酒的说辞，有的是很抽象的形容，像是“有若既柔软又紧绷的肌肉”“微妙优雅的润饰”“丰富、平衡而多层次的润饰”“绝佳而有矿物质味地仿若寿司刀般锐利的果味”，等等。谈酒有若作诗，辞藻意象丰富，但到底是什么意思就要靠读者自己思量了。有的则很白描，像是“果香浓郁”“暗藏有梨子汁味道的干涩果味”“成熟的樱桃香”，等等。我有一位好酒的同事想出一个主意，大家凑钱买几瓶本周被评鉴推荐的酒，但是不透露酒的品牌年份等信息，然后分装小杯编号，每人每种酒喝个一小口，然后写下简短感想，再与报上品酒家的评语对照，看谁最接近，结果获胜的是一位西班牙女生。这似乎证明了她品酒有一套，但这也有可能是她的品味与报纸那位品酒家相近。

此外，我还听过一种有本钱的人玩葡萄酒的方式。想到葡萄酒就想到法国的波尔多，因为这个区好几个城堡都出产着葡萄酒的极品。然而历年来波尔多的酒却受到一些品酒杂志与名家的攻击。他们认为外界炒作，尤其是日本有钱人大手笔的买法，把波尔多葡萄酒的价钱炒得高得不像样。加上这几年该地区阳光不是很充足，又有不肖酒厂缺乏自律，造成现在波尔多葡萄酒是“好酒喝不起，买得起的酒不能喝”的现象。不少品酒家指出，如果想要喝经济实惠、物超所值的好酒，近年来异军崛起的新内地酒，如澳大利亚酒、智利酒与阿根廷酒，甚至新西兰酒都是很好的选择——但不包括加州葡萄酒。加州酒也有和现在的波尔多酒一样类似的价格问题。由于波尔多葡萄酒可以久放，陈年酒的风味更佳也更珍贵，因此现在也有买家大批购买波尔多好酒囤积，放个几年之后再卖，有些酒甚至可以拿到苏士比拍卖，获利相当惊人。这种“玩葡萄酒”的方式就纯粹是投机赚取暴利的金钱游戏，既和鉴赏一点关系也没有，也谈不上风雅品位了。

（选自《文学的餐桌》，广西师范大学出版社二〇〇四年版）

壶边天下

高晓声

我们常常在“吃饭”后面加上一个“难”字，在“喝酒”前面加上一个“学”字。

吃饭难，学喝酒。

难的吃饭不去学，却去学喝那不说它难的酒，真是胡诌。

奇怪的是，难吃的饭不学倒都会得吃，而且吃得十分地精。一旦没有了粮食，那就连树皮草根、观音土、健康粉、瓜菜大杂烩都能当做饭来吃，几乎能集天下之大成而吃之。至于那不难喝的酒，原是经不起大家去学的，就像软面团经不起大家压一样，会压出多种形状来，学出各种结果来。一般来说，经过一段时间锻炼以后，多少总能喝几杯了，但多到什么程度？少到什么程度？杯子大到什么程度？小到什么程度？差别很大，而且层次很多。就像现在中国人的生活水平一样。还有两种人像两个极端，一种人总是学不会，功夫花得再深些也白搭，老是眼泪一滴酒便脸红耳赤，只得直认蠢材不讳。另一种人根本就没学，一试便发现自己是海量，乃是天生的英才。我还发现老天爷偏心眼，竟把这一类才能全批给了女人。男人则难得，或是被别的气质掩盖了也说不定。女人则表现突出，她跟那些好汉们坐在一桌，悄然敛容，除菜肴外，滴酒不尝。好汉们原也不曾把她放在眼里，总以为弱女子不胜酒，任她自便。后来喝得高兴了，热闹了，偶尔发现她冷冷落落，满杯的酒还没有动过，就举杯邀她也喝一点。她呢，也许是出于礼貌，也许觉得不喝浪费掉可惜，只得略表谦逊，便含笑喝了那杯酒。却是一口、两口便喝光了。这可引起了大家的惊异。有人以为她没有喝过酒，错把它当开水喝了。而她竟脸不变色心不跳。于是一致看出她有量。正在兴头上的好汉们便不再可怜她纤弱，反如盯住了猎物不肯放过，一只又一只手捉着酒杯像打架般戳到她面前硬要干、干、干。她倒往往会打个招呼说："我喝酒是没啥意思的。"可惜别人没有听懂，误会为"喝酒没啥意思"，认为说这种败兴的话还该多罚一杯。其实她说的没意思，是因为她喝酒像喝白开水一样，没有什么反应。

只此一点误解，好汉们便大错铸成。他们同喝"白开水"的人较量开了，最后一个个如狗熊般趴下来，醉倒在石榴裙下。

我忘了自己是什么时候养成喝慢酒的习惯的，大概总在感到生活太无聊，有太多的时间无可排遣吧。到了这地步我当然被磨平了棱角，使酒也不会任气了。因此心平气和在酒桌一角看过不少好戏，还得出一条经验，常常告诫朋友们说：“切勿和女士斗酒！”

“为什么？”

“女将上阵，必有‘妖法’！”

在同行中，很有些人知道我这句“名言”。

同这样的女士喝酒会肃然起敬和索然无味，就像健美的女将让你欣赏她浑身钢铁般的肌肉一样。

所以我倒是喜欢和普通的（即酒精对她同我一样能起作用）女士在一起喝。她们喝了点酒，会像花朵刚被水喷浇过那般新鲜，甚至像昙花开放时一忽儿一副样子。千姿百态中包孕了一整个世界。

“酒是色媒人”，这句话的解释因人而异。事实上，世界上绝大多数的人，几杯酒下肚以后，并不就会去干那西门庆和潘金莲的勾当。倒是女士们因酒的媒介呈现出来的美丽（常常是无与伦比的艺术创造），这才合那句话的本意。

记得有一次在某地做客，主人夫妇俩来我们这都能喝点儿的一桌相陪。主人先告罪，他不能喝。这就点明是女将出台了。我就静观大家交替同她碰杯。她年轻，亦显得有豪气。我起初以为酒精对她不起作用，看了一阵之后，发觉她并不是喝的“白开水”。她的脸越来越红润姣艳了。眉眼变得水灵又花俏……我看她正到好处，再喝就把美破坏了。正想劝阻，恰是心有灵犀一点通，桌面上已是静了下来，大家文雅地坐着，对女主人微微笑。真是满座无恶客，和谐极了。女主人也马上感到了大家的善意，快活得一脸的光彩，把灯光都盖过了。

我总说，美是一种创造，而酒能帮助我们创造美。

爱美是人的天性，因此美总受到称赞、尊重和保护。当然也有“莫待无花空折枝”的恶少，那同酒并没有什么关系。

老天爷没有把饮酒的天才赋给我，因为我是一个男的。

那么我是什么时候开始学喝酒的呢？

如果把酒作为触媒剂联系自己的过去，那会引发出许多五光十色的回忆。我想这不光是我，许许多多的人都是这样。酒如水银泻地，在生活中无孔不入。它岂止是“色媒人”，甚至是“一切的媒人”呢。

我学喝酒比别人还难一些，我是偷着学的。按老辈的看法，偷着学比冠冕堂皇学效果好得多，说明学习的人有很迫切的上进心。好像饿慌了的人迫切要找点食物填肚皮一样。所以总说偷来的拳头最厉害。可见偷着学喝定然成就超群。

那时候我还是个火头军，母亲做菜时，就派我去灶下烧火。灶角上坐着一把锡酒壶，盛的是老黄酒。烧荤腥时，用它作料。每次只用掉一点儿，所以那壶里经常剩得有许多酒。我烧火的时候只要一伸手就能拿到。假使我喝红了脸，完全可以说是被灶火烤红的，我何乐而不品尝这“禁果”！不久我母亲就怀疑壶漏了。后来才发现是漏进我嘴里去的。她就骂我“好的不学，专拣坏的学，一点点（北方话叫一丁点儿）的人倒喝酒了”。骂过以后，我就不怕了。因为她没有打我。喝酒毕竟是极普通的事，我们这儿，秋收以后，十有九家都做几斗糯米的酒，后来不知出了多少酒鬼，天也没有塌下来。小孩子早点学会了，未见得不算出息。不过我家因父亲在外地做事，平常无人喝酒，是九家以外的一家。料酒也难得用到，锅子里不是能常烧荤腥的。所以靠那壶也培养不出英才来。我叔父家年年做酒，那只酒缸很大，就放在我们两家的公厅墙角里。叔叔家每年做五斗米酒，半缸都不到。往年我只对做酒的那天有兴趣，因为糯米蒸饭很好吃。如今就对那酒缸有兴趣了。可是舀一碗酒也不容易，我脚下得垫一张板凳，用力掀开沉重的缸盖，把上半个身子都伸到缸里去才舀得到。有一次我这样做的时候，被叔叔碰到。他连连喊着“哎呀、哎呀、哎呀……”一把将我按在缸沿上，掀开缸盖拉我出来。我以为他要打我了。谁知他倒吓白了脸，半晌才回过气来说：“小爷爷，你要酒叫叔叔舀就是了。你怎么够得到！跌进酒缸去没人看见淹死了怎得了！”

难道我还那么小？叔叔总有点夸张吧！

不过那时候我实在并不懂得酒。现在回想起来，酒给我那些乡亲们的影响真够惊心动魄。他们水里来、雨里去，穿着湿透了的衣衫在田里甚至河里熬得嘴唇发紫脸雪白，好容易熬到回家，进了门高喊一声“酒”，便心也暖了，气也顺了。

有些事我至今都不能理解。一位年富力强的乡亲，虽是农民，却有点文化，若论家中情况，也是“十亩三间，天下难拣”，平时好酒，亦有雅量。可是有一天中午同几位乡亲在一起喝了些，忽然拔脚就走。认准门外七八丈远一个粪池，竟像跳水运动员那样一纵身，头朝下、脚朝上迅速鱼跃而下。幸亏抢救得快，现在我还非常清楚那时候他像只死猪躺在地上被一桶桶清水冲洗的情景。不管怎么说，就算他喝醉了吧，就算他想寻死吧，就算他平时想死没有勇气，是靠了酒才敢做出来，可是为什么要选择这样的死法呢？这实在太荒唐。古今中外，自寻短见的人何止千万，死法集锦当亦蔚然可观。但自投粪池，倒还是前不见古人，后不见来者的。酒能使人兴奋，思维因此更加活泼而敏捷，如果因而就发展到粪池一跳，则令人瞠目结舌，啼笑皆非了。幸而未死，免得做臭鬼；不幸而未死，这一跳倒使后来的日子不大好过。他自然不愿再提到它，甚至最好不再想到它（可惜做不到）。乡亲们却是通情达理的，况且这一跳虽丑，也不曾害别人，何必同他过不去呢。所以，除了当场亲见的之外，材料并没有扩散出去。我们有个传统，不说两种人的坏处，一种人是酒鬼，一种是皇帝。前者是因为喝多了，糊糊涂涂干出来的坏事，便原谅了他。后者是为了避讳，这可以分成自愿和被迫两种，如果不自愿为长者讳，也要想一想后果而忍一忍，还是多吃饭、少开口好（请看这句谚语造得多巧妙，“多吃饭”的“饭”字换了个“酒”字，就忍不住了）。

不过忍也毕竟不会永久，到后来不就有《隋炀帝艳史》和《清宫秘史》之类的东西问世了吗！

另一位叫人难忘的是我的堂叔，酒神没有任何理由在他身上制造悲剧。因为他非常善良，即使喝醉了也只会笑呵呵说些无关紧要的废话。我不知道他从什么时候养成了这个嗜好，我确信他是酒鬼的时候，他已经不大有喝酒的自由了。据说他从前常常在镇上喝了酒醉倒在回家的途中。乡亲们不懂得要如李太白、史湘云那般推崇和欣赏他，反而以酒鬼之名赠之，真是虎落平阳，龙困沙滩，没有办法。尤其是他那位贤妻也就是我的婶娘对此深感厌恶，到年底镇上各酒店来收账时便同丈夫拼死拼活不肯还债，弄得我堂叔无可奈何只得躲开，让债主听他夫人哭命苦，哭她嫁了个败家精男人没有日子过。一直闹到大年夜烧了路头，讨债的人不能再讨下去，才结束了这苦难的一幕。村上人大半都称赞我婶娘守得住家业，管得住丈夫，全不想想我堂叔欠债不还，失去信用，弄得大家瞧不起他，里外都不能做人。他再要上街去赊酒甚至赊肥皂、毛巾等实用品，店主都朝他笑笑说："叫你老婆来买。"

他还有什么话说呢！他只得沉默，只得悄然从社会里退出来。起初是想说没有用，后来是有话不能说，一直到无话可说，沉默便海一样无底，以至于使得别人都习惯了不同他说话。只有等到秋谷登场，家里做了一点酒，他偶然有机会多喝了几杯之后，脸上才有一点笑意，嘴里才有一点声音。这有多么难得和多么可悲呀！

难道这性格能说是酒铸成的吗！

当然，堂叔的经验别人是难以接受的。我们总不能为了喝得痛快把老婆打倒在地，再踩上一只脚，叫她永世不得翻身吧！

我自己后来有所收敛，则是另有教训。那是在高中毕了业，没考取大学，在家乡晃荡。有位同学邀了个有量的人来陪客。那天晚上，我们两个大约喝了两斤半杜烧酒，睡到床上就不好受了。胸口如一团烈火烧，吐出来的气都烫痛舌头和嘴唇，不禁连连呻吟说比死还难过。后来幸而不死竟活下来了，从此便发誓不喝烧酒。

这一誓言，自然为喝别的酒开了方便之门。

那一次的确是喝白酒喝怕了，誓言是一直遵守下去的。但形势的发展常常出人意料，而我们又必须跟上形势才不致成为顽固派，不致变成社会前进的绊脚石。况且即使要做顽固派，也总是顽而不固的。黄酒白酒毕竟一样含酒精，杀馋的功效白酒又比黄酒大得多，人生总不会一帆风顺，面临逆境大都聪明地不会自杀，一旦碰上“有啥吃啥，无啥等着”的局面，他妈的喝酒还管什么是黄是白呢！喝吧喝吧，本来就不存在原则问题。人活在世界上能那么娇嫩吗，真爱护身体就不应该喝酒，既然喝了还装什么腔，作什么势，趁着还有就赶快买吧，谁保证你明天一定喝得上！

真惭愧，我就是在这个时候破戒的，就事论事，破戒再喝白酒并不算失大节，问题在于这精神上的反复触动我的羞耻心，认为这无异当了叛徒或做了妓女，灰溜溜地连喝了酒也振作不起来。幸而不久就有了转机，原来酒也是粮食做的，自然也随缺粮而紧张。吃饭难时，喝酒也不容易了。白酒黄酒，我都难得问津了。我的二姨母住在小镇上，从不尝杯中物。有一次我去看她，她竟悄悄拿出一瓶黄酒来，倒一杯叫我喝，挺诚挚地说："现在买不到别的吃，这酒，也是营养品。"她那音容便使人像得到了极好的宽慰，猛然觉得这苦难的现实仍旧充满了生趣。

"酒是营养品"，姨母的这句话，不但是对我的祝福，也是对所有同好者的祝福。那么就让我们努力去寻觅吧，我们付出了代价，总会有所得。常州天宁寺生产一种药酒，从前叫毛房药酒，不知名出何由，为啥不叫别的，偏叫毛房，什么意思也没有说清楚。现在不可再含糊下去了，否则就是对劳动人民不负责，所以改称"强身酒"。这就同我姨母说的"营养品"庶几近乎哉。常规喝这号酒，早晚两次，每次一小盅，如今难得买到手，又全靠它营养，自然就要多喝些。于是便有人出鼻血，偶然也有牺牲的，可惜当时悲壮的事情太多，喝死了也许有些学不会的人还羡慕呢，况且死者未见得单喝了一种酒，用工业酒精羼了水，难道别人喝过他就能熬住不喝？不过也不能就说羼水的工业酒精不能喝，喝死了他还并没有喝死你们呢。

我坦白交代，我在我姨母精神的鼓舞下也喝过，我不是也活过来了吗！所以，我是个活见证，证明前年吴县那个酒厂的生产经验是有前科的，不同的是从前的人耐得苦难，经受得住考验。现在呢，吴县那个酒厂难得生产一批那种酒，竟闹出了好些人命和瞎了好些双眼睛。咦呀，离革命要达到的目标还远得很，现在还只是社会主义初级阶段，怎么大家就变得这样娇嫩了呢？

毕竟还是不喝酒好，免得误喝了这种要命的东西。

这是局外人的高调，愿喝的照喝不误。其中有些人是看透了，知道要命的东西并不光在酒里边，原是防不胜防的。而另一些人则永远不会喝上这要命东西的，他们的存在，是使过去市场上看不见名牌酒的重要原因。

吴县那个酒厂主生产那种要命的东西，是要别人的命，自己绝不喝。他要喝就会喝名牌酒，用要了别人命的钱去买。

在当前的高消费中，类似上述情形的，我不知道究竟占了多少百分比。

想到这里，不禁忿忿。

忿忿又奈何？总不至因此就禁酒吧！

何以解忧？黄酒一杯……在烟酒价格大开放、大涨价的今天，常州黄酒从四角四分涨到五角一斤，是上升幅度最小而且是全国最便宜的酒类，我一向乐此不倦，所以倒占了便宜，如今还能开怀痛饮。却又怕这样的日子不能长久过下去，一则今年许多地方的水势，也像物价一样猛涨，淹了不少庄稼。二则人们想发财的大潮，也如黄河之水，从天上奔腾而下，淹没了一切，农肥农药都卖了高价，而且还发现不少是假的。黄酒要用大米做，看今年的光景，真怕又要把酒当营养品了。

从报上看到，有些地方政府查到假农肥农药后，也责令奸商（这两个字报上还不肯使用，是在下篡改的）赔偿损失。如何赔法没有说，所以我左思右想也想不出个公平的赔法来。如果仅仅是把钱还给买主，那么我对今后吃饭喝酒都不便乐观了。

所以吃饭难时，千万不要再去学喝酒。学会了想喝，已经没有啦。

不过先富起来了的人倒不必愁，杜酒没有了还有洋酒呢。从前我以为港澳同胞带进来送礼的人头马、白腊克威士忌、金奖马得利是最好的洋酒了。今年去美国待了半年，在许多教授家里都难得看到这种酒，他们平时喝的差远了，因此更肯定了原先的想法。回国时经过香港，在机场第一次看到“XO”每瓶港元四百到一千不等，触目惊心，不知道一小瓶酒为什么那样贵，究竟好在什么地方。因又想起“XO”这个牌子的名称。第一次是在纽约听到的，有位夫人告诉我，她在北京时，邀了一位中国作家协会的官员到她驻北京办事的表兄家做客。这位客人点名要喝“XO”。幸亏她表兄还拿得出。可是这位客人倒了一杯，却只呷了一口就不喝了。真是要了好大派头。为此这位夫人回到纽约以后还忿忿在念，好像要拿我出气似的。然而她也并没有告诉我“XO”是什么酒，一直到回到祖国以后，才在一张小报上看到。原来我过去认为的好酒，都还是低档货，只有不同价格的“XO”才独占了中档和高档。

那就喝“XO”吧。

“XO”，这两个符号连在一起，无论如何都是妙透了，在数学上，“X”是个未知数，“0”是已知数，它们并列在一起，可以看成“X＝0”。如果让它们互相斗争，那么“XO”的写法也可理解“X”乘“0”，仍旧等于0。

所以“XO”无论如何也等于0。

那是不是意味着，会把我们喝得精光呢！

这又该是杞人忧天吧，只要看纽约夫人形容的中国作协那个官员，就知道外国人看得那么贵重的东西，中国人还不起眼呢！不光能喝，且能糟蹋。“XO”的值，对中国人等于0，对外国人也等于0。那含义就不一定是把我们喝得精光，也许倒是我们把外国的“XO”喝得精光呢！嘿！

（原载《东方纪事》，一九八九年第一期）

辑三

酒话连篇

酒话连篇

唐鲁孙

人好饮酒，诚如《酒经》所说：大哉酒之于世也

不分古今中外，人有两大嗜好，一个是烟。一个是酒。酒比烟的历史悠久，这是一般人公认的。可是人类从什么时候知道喝酒？酒又是谁发现的？因为年深日久，且秦始皇焚书坑儒，有关酒的文献已荡然无存。酒的身世来源说者各异，也就难以据为定论了。

《酒谱》上记述："天有酒星，酒之作也，与其天地并矣。"《战国策》上记载："昔者帝女令仪狄作酒而美，进之禹，禹饮而甘之，遂疏仪狄，绝旨酒，曰：'后世必有以酒亡其国者。'"又有人说酒是杜康造出来的。总而言之，酒不管是谁研究发明的，一提到酒，古今中外，会喝酒的历史人物大有人在，就是会酿酒的专家更是不乏其人。

十四种酿造酒

照《酒谱》上的说法，酒的历史是与人类俱来的，有人就有酒了。从科学的观点来推论，这种说法也不无理由。洪荒时代，地广人稀，游牧生活除了猎捕各种野兽吃肉喝奶之外，也就是摘野生的果子吃，游牧生活是不能在一个地方久住，而要跟着水草流动移居的。果子成熟是有季节性的，在果实盛产时期也许多收藏一点。一般水果外皮都附有天然野生酵母，奶类贮藏久了也会自然发酵。果类里的糖分受了酵母的影响，和奶类发酵时都会产生酯类芳香，一吃一喝，比新鲜的果实奶类更为可口，且让人有一种振奋舒畅的感觉，渐渐演变就成了酒。

元朝忽思慧著的《饮膳正要》上把酒分为十四种："清者曰醥，清甜者曰酏，浊者曰醠，浊而微清者曰醆，厚者曰醇，重酿者曰酾，三重酿者曰酎，薄者曰醨，甜而一宿熟者曰醴，美者曰醑，苦者曰醇，红者曰醍，绿者曰醽，白者曰醝。"这只是按着酒的颜色、风味、清浊、厚薄分出来的。严格讲这十四种是酿造酒。如果拿制造的方法来分，中外古今造酒大致可分为四类。

最原始的制酒法

（一）酿造酒：酒里所含的酒精是从淀粉质者或是含糖分

的原料经过发酵而产生的，这种酒含酒精成分都不高，最高也不过百分之二十左右。像啤酒、绍兴酒等等都是，如果喝得不过量，对于身体是有益处的。

（二）蒸馏酒：是把酿造酒或者酿造的酒糟加以蒸馏而成。这种酒的酒精含量最低也在百分之二十以上，最高有达百分之八九十的。像白干、白兰地、威士忌、伏特加等都是。酒量大的人非要喝这种烈性酒才能过瘾，可是喝得不得当而过了量，那对身体是有害的。

（三）再制酒：又叫合成酒，是把酿造酒跟蒸馏酒混合调配，有的加上香料、色素、调味品、各种药材，泡上相当时间或者再加工过滤而成的，像虎骨酒、五加皮、参茸酒等等都是这一类。这种酒大半都是培元固本、强筋健骨、补肝生血的。也有人特别喜欢喝合成酒，像日本的清酒，台湾地区的米酒、红露酒也都属于这一类。

（四）嚼酒：这可能是最原始的制酒方法了，不但中国古代曾经拿嚼酒的方法来酿酒，就是古代南美洲、琉球、日本跟南洋群岛一带也有用嚼酒待客的记载。中国史籍《隋书·靺鞨传》更是清清楚楚写明“嚼米为酒，饮之亦醉”。乾隆年间黄叔敬写的《台海使槎录》上说：“未嫁番女口嚼糯米后，藏三日，略有酸味为曲，舂碎米和曲置瓮中，数日发气，取出搅水而饮，亦曰姑待酒。”由此看来，两百多年以前在台湾就有用嚼的方法酿酒待客了。

酒量是天生的

有人说：各人酒量大小是跟体形大小、轻重、性别有关系的。每一个人的酒量确实不同，不过躯干修伟的男性的酒量并不一定就好，娇小玲珑的女性的酒量也并不一定就差。喜欢酒的人说不定酒量反而差，沾酒就醉；不喜欢酒的人也可能酒量惊人。美国理化专家把酒醉深浅按照血液里所含酒精程度，分成五个阶段：（一）微醺期，（二）兴奋期，（三）机能失控期，（四）意识不清期，（五）沉醉期。不管怎么分析分段，总归一句话：吸收缓慢、排泄快速的人，酒量就大。吸收快速、排泄缓慢的人，酒量就小。消化器官的吸收和肾脏的排泄，人各快慢不同，所以人的酒量也就大小不一了，与体形大小、轻重、性别是没有关系的。

有的人越喝酒脸越红，甚至连脖子都会红得发紫。有的人越喝酒脸越发青，最后变成苍白，一点血色都没有。也有人时而发红，时而变青。平常大家都认为喝酒脸青的人的酒量好，其实也有喝酒脸变红的人的酒量更好，所以喝了酒之后脸青脸红跟酒量好坏也没关系。酒后脸变红是因为脸部血管扩张，血液充满脸上皮下血管；酒后脸变青，那是交感神经表现出刺激情形。至于酒后脸时红时青，那是交感神经和副交感神经相互排斥而起的作用，跟酒量的大小也扯不上关系的。

又有人说酒量是练出来的，天天喝酒的人酒量会越喝越大，其实天生量浅的人就是天天喝酒也练不出来。有的人本来酒量不错，就是因为天天喝酒，反而酒量越来越小。一个人酒量大小要说跟遗传有点关系倒还说得过去，因为父母的消化系统的吸收和排泄情况，多少都会遗传一点给子女。父母酒量大，子女的酒量当然不会太差劲。至于天生就不是喝酒的材料，就是整天练也练不出来的。喝酒的人要是越喝量越浅，一杯也醉，一瓶也醉，那是肝脏有了毛病，肝里不能照正常速度吸收酒里所含的酒精了。最好是立刻戒酒，赶快找医生治疗，否则会有性命之忧的。

饮者八德

谈到喝酒，中国人是最懂得酒的真趣，在喝酒的时候制造情调，培养酒趣，也就是说中国人最懂得喝酒的艺术。中国人喝酒大约可分下列几种情形：

（一）在临池、看书、读经、撰文的时候，为了触发灵感，启迪心志，一杯在手，逸兴遄飞，怡然自得，文思潮涌，这是独酌。

（二）灯下晚餐，肴鲜酒美，天寒欲雪，跟素心人浅斟慢酌，兴尽而止，这是浅酌。

（三）三五酒侣徜徉明山秀水之间，坐卧吟唱花前月下，旨酒名葩，无思无虑，其乐陶陶，这是雅酌。

（四）酒逢知己，互倾肝胆，豪情万丈，意气如云，无拘无束，相见恨晚，酒到杯干，兴尽方休，这是豪饮。

（五）酒能遣忧，也能添愁。悲欢离合、喜怒哀乐、七情六欲随兴而来，任兴而饮，不计后果，不醉无归，这是狂饮。

（六）酒量似海，百杯不醉，棋逢对手，不断干杯，一斤也好，两斤更妙，推杯换盏，最后连瓶一倾而下，这是驴饮。

（七）事事如意，愉快飞扬，巨觥剧饮，酒量逾常，有时愤恨愁怨，积郁阻胸，但求一醉，以解愁烦，这是痛饮。

（八）寿庆喜宴，同坐良俦，猜拳行令，自然开怀，称雄摆阵，不醉也醉，这叫畅饮。

把喝酒分成上述八类是明朝屠本峻分的，叫做“饮者八德”。不过见仁见智，各有不同分法，大致说来所分八德也还近理。

饮酒的礼仪

中国自古以来，酒是天之美禄，首先要敬事天地神祇，然后享祀祈福，成礼迓宾，射乡之饮，鹿鸣之歌，合礼致情，顺序而进的。就是饮酒也有规定的礼仪，一爵而色温如，二爵而言言斯，三爵则冲然以退。喝酒用的酒杯最好的是古玉旧陶，再不然就是犀角玛瑙，或者是当代细瓷。下酒小菜要有鲜蛤、糟蚶、醉蟹、羊羔、炙鹅、松子、杏仁、鲜笋、春韭等等。喝酒的场所最好是曲水流觞，棐几明窗，莳花佳木，冬幄夏阴，绣裀藤席。劝酒的玩具要有诗筹、羯鼓、纸牌、箭壶。侍酒的要明姬、小友、捷童、慧婢。饮酒有时候要吟诗作画，应准备选毫、佳墨、吴笺、宋砚、蜀绢、徽纸来助雅兴。酒要喝到淳淳泄泄，醍醐沆瀣，兀然而醉。熙熙融融，膏泽和风，怳尔而醒。酒可微醺，无致于乱。这些都是我们中华民族传统喝酒的情调美德，岂不猗与盛哉？

我最近看到明朝冯化时著的《酒史》，把当时的佳酿写了五十多种出来：山陕一带的酒有西京金浆醪，建章麻姑酒，凤州清白酒，关中桑落酒，灞陵崔家酒，长安新丰酒，山西太原酒、蒲州酒、羊羔酒，汾州干和酒，平阳襄陵酒，潞州珍珠红。直鲁豫出的燕京内法酒，蓟州薏仁酒，安城宜春酒，荥阳土窟春，相州碎玉酒。苏浙皖的高邮五加皮，淮安苦荪酒，华氏荡口酒，江北擂酒，杭州梨花酒、秋露白，富平石冻春，处州金盘露，金华金华酒，兰溪河清酒，淮南绿豆酒，池州池阳酒。湘鄂的黄州牙柴酒，宜城九酝酒，辰溪钩藤酒。粤桂闽的岭南琼琯酒，傅罗桂醑酒，苍梧寄生酒，汀州谢家红，闽中霹雳春，顾氏三白酒。川滇的酒陴县陴筒酒，剑南烧春，云安曲米酒，梁州诸蔗酒，成都刺麻酒，广南香蛇酒。新疆的西域葡萄酒，乌孙青田酒。内蒙古的消肠酒。

绍兴酒是不是名酒？

这些酒不但名字很雅，有些酒甚至于连名字都没听说过。最奇怪的是流传好几世纪、驰誉中外的绍兴酒反而榜上无名，是遗漏了还是不够资格列为名酒呢？那就莫测高深了。此外在明朝泰寮出产的扶南石榴酒、印度出产的西竺椰子酒、南洋一带出产的南蛮槟榔酒也都列为名酒，可见当时喝酒风气之盛，酒类搜罗之广，也如现代一席盛筵，除了省产名酒之外，还要点缀几瓶什么红牌、黑牌威士忌，拿破仑等等的洋酒，宾主才能尽欢尽兴。诚如朱肱的《酒经》上所说：大哉酒之于世也。

（选自《中国吃》，广西师范大学出版社二〇〇四年版）

谈劝酒

周作人

因为收罗同乡人著作，得见兰亭陈廷灿的《邮余闲记》初二集各二卷，初集系抄本，二集木刻本，有康熙乙亥年序，大约可以知道著书的时日。陈君的思想多古旧，特别是关于女人的，如初集卷上云：

“人皆知妇女不可烧香看戏，余意并不宜探望亲戚及喜事宴会，即久住娘家亦非美事，归宁不可过三日，斯为得之。”但是卷下有关于饮酒的一节，即颇有意思：

> 古者设酒原从大礼起见，酬天地，享鬼神，欲致其馨香之意耳。渐及后人，喜事宴会，借此酬酢，亦以通殷勤，致欢欣而止，非必欲其酩酊酕醄，淋漓几席而后为快也。今若享客而止设一饭，以饱为度，草草散场，则太觉索然，故酒为必需之物矣。但会饮当有律度，小

杯徐酌，假此叙谈，宾主之情通而酒事毕矣。何必大觥加劝，互酢不休，甚至主以能劝为强，客以善避为巧，竟能争智之场，又何有于欢欣哉。

又见今人钱振鍠著《课余闲笔》补中一则云：“天下第一下流莫如豁拳角酒，切记此等闹鬼万不可容他入席。”二君都说得有理，不佞很有同意，虽然觉得钱君的话未免稍愤激一点，简单一点，似乎还该有点说明。本来赌酒也并无什么不可，假如自己真是喜欢酒喝。豁拳我不大喜欢，第一因自己不会，许多东西觉得不喜欢，后来细细推想实在是因为不会之故，恐怕这里也是难免如此。第二，豁拳的叫声与姿势有点可畏，对角线的对豁或者还好，有时隔着两座动起手来，中间的人被左右夹攻，拳头直出，离鼻尖不过一公分，不由不感到点威吓。话虽如此，挥拳狂叫而抢酒喝，虽似粗暴，毕竟也还风雅，我想原是可以原谅的。不过这里当然有必需的条件，便是应该赢拳的人喝酒，因为这酒算是赏品。为什么呢？主人请客吃酒，那么酒一定是好东西，希望大家多喝一点，豁拳赌酒，得胜[①]的饮，正是当然的道理。现在的规矩似乎都是输者喝酒，仿佛是一种刑罚似的，这种办法恐怕既不合理也还要算失礼吧。盖酒如是敬客的好东西，不能拿来罚人，又如是用以罚人的坏东西，则岂可以

① “得胜”原刊作“得酒”。

敬客乎。不佞于此想引申钱君的意思，略为改订云：主客赌酒，胜者得饮。豁拳虽俗，抢酒则雅，此事可行。如现今所为，殊无可取，则不佞对于钱君之说亦只好附议耳。

陈君没有说到豁拳，所反对的只是劝酒，大约如干杯之类。主与客互酬，本是合理的事，但当有律度，要尽量却也不可太过量，到了酩酊酕醄，淋漓几席，那就出了限度，不是敬客而是以客人为快了。这里的意思似乎并不以酒为坏东西，乃因为酒醉是苦事的缘故吧。酒既是敬客的好东西，希望客人多喝，本来可以说是主人的好意，可是又要他们多喝以至于醉而难受，则好意即转为恶意了。凡事过度就会难受，不必一定是喝酒至醉，即吃饭过饱也是如此。我曾听过一件故事，前清有一位孝子是做知府者，每逢老太太用饭，站在旁边侍候着，老太太吃完一碗就够了，必定请求加餐，不听时便跪求，非允许添饭决不起来。老太太没法只好屈服，却恳求媳妇道，请你告诉老爷不要再孝了，我实在是受不住了。强劝喝酒的主人大有如此情形，客人也苦于受不住，却是无处告诉。先君是酒量很好的人，但是痛恨人家的强劝，祖母方面的一位表叔最喜劝酒，先君遇见他劝时就绝对不饮，尝训示云，对此等人只有一法，即任其满酾，就是流溢桌上也决不顾。此是昔者大将军对付石崇的方法，我虽佩服却不能实行，盖由意志不坚强，平常也只好应酬一半，若至金谷园中必蹈[1]王丞相之覆辙矣。

---

① “蹈”原刊作“踏”。

酒本是好东西，而主人要如此苦劝恶劝才能叫客人喝下去，这到底是什么缘故呢？我想，这大抵因为酒这东西虽好而敬客的没有好酒的缘故吧。不佞不会喝酒而性独喜喝，遇酒总喝，因此颇有阅历，截至今日为止我只喝过两次好酒，一回是在教我读《四书》的先生家里，一回是一位吾家请客的时候，那时真是抢了也想喝，结果都是自动的吃得大醉而回。此外便都很平常，有时也会喝到些酒，盖虽是同类而且异味，这种时候大约劝酒的手段就很是必须了，输了罚酒的道理也很讲得过去。刘继庄在《广阳杂记》中云：

“村优如鬼，兼之恶酿如药，而主人之意则极诚且敬，必不能不终席，此生平之一劫也。”此寥寥数语，盖可为上文作一疏证矣。

（廿六年七月十八日，在北平）

〔附记〕阮葵生著《茶余客话》卷二十有一则云：

俗语云，酒令严于军令，亦末世之弊俗也。偶尔招集，必以令为欢，有政焉，有纠焉，众奉命唯谨，受虐被凌，咸俯首听命，恬不为怪。陈几亭云，饮宴苦劝人醉，苟非不仁，即是客气，不然亦蠢俗也。君子饮酒，率真量情，文士儒雅，概有斯致。夫唯市井仆役以逼为恭敬，以虐为慷慨，以大醉为欢乐，士人而效斯习，必无礼无义不读书者。几亭之言可为酒人下一针砭矣。偶见宋人小说中酒戒云：“少吃不济事，多吃济甚事，有事坏了事，无事生出事。”旨哉斯言，语浅而意深。又几亭《小饮壶铭》曰，名花忽开，小饮。好友略憩，小饮。凌寒出门，小饮。冲暑远驰，小饮。馁甚不可遽食，小饮。珍酝不可多得，小饮。真得此中三昧矣。若酣湎流连，俾昼作夜，尤非向晦息宴之道。亭林云，樽罍无卜夜之宾，衢路有宵行之禁，故见星而行者非罪人即奔父母之丧。酒德衰而酣饮长夜，官邪作而昏夜乞哀，天地之气乖而晦明之节乱。所系岂浅鲜哉。法言云，侍坐则听言，有酒则观礼。何非学问之道。

这一节在戴氏选本卷十，文句稍逊，今从王刊本。所说均有意思，陈几亭的话尤为可喜，我们不必有壶，但小饮的理想则自极佳也。

（八月七日记）

〔附记二〕 赵氏刊“仰视千七百二十九鹤斋丛书”中有《遁翁随笔》二卷，山阴祁骏佳著，卷上有一则云：

凡与亲朋相与，必以顺适其意为敬，唯劝酒必欲拂其意，逆其情，多方以强之，百计以苦之，则何也。而受之者虽觉其苦，亦不以为怪，而且以为主人之深爱，又何也。此事之甚戾而举世莫之察者，唯契丹使臣冯见善云，劝酒当观其量，如不以其量，犹徭役不以户等高下也，强之以不能，岂宾主之道哉。此言足醒古今之迷，乃始出于契丹使臣之口。

遁翁是明末遗民，故有此感慨，其实冯见善大概也仍是汉人，不过倚恃是使臣故敢说话，平常也会有人想到，只是怕事不肯开口，未必真是见识不及契丹人也。社会流行的势力很大，不必要有君主的威力压在上面，也就尽够统制，使人的言论不能自由，此事至堪叹息，伊勃生说少数总是对的，虽不免稍偏激，却亦似是事实。我想起李卓吾的事，便觉得世事确是颠倒着，他的有些意见实在是十分确实而且也平常，却永久被看作邪说，只因为其所是非与世俗相反耳。劝酒细事，而乃喋喋不休，无乃小题而大做乎，实亦不然。世事颠倒，有些小事并不真是小，而大事亦往往不怎么大也。

（八月二十八日再记）

〔附记三〕 近日承兼士见赐抄本《平蝶园先生酒话》一

册，凡四十七则，不但是说酒而且又是越人所著，更是可喜。妙语甚多，今只录其第二十四则云：

> 饮酒不可猜拳，以十指之屈伸，作两人之胜负，则是争斗其民而施之以劫夺之教也。酒以为人合欢，因欢而赌，因赌而争，大杀风景矣。且所谓赢也者，以吾手指所伸之数合于彼指所伸之数，而适符吾口所猜之数，则谓之赢，反是则谓之输，然而甚无谓也。所谓赢者，其能将多余之指悉断而去之乎？所谓输者，其能将无用之指终身屈而不伸乎？静言思之，皆不可也，皆不能也。天下得酒甚难，得酒而逢我辈饮则更难，得酒而能与我辈能饮之人共饮则尤其难。夫以难得之酒而遇难饮之人，且遇难于共饮之人，吾方喜之不遑矣，又何必毒手交争为乐耶。盘中鸡肋，请免尊拳，无虎负嵎，不劳攘臂。

《酒话》有嘉庆癸酉自题记，又有咸丰元年辛亥朱荫培序，称从蝶园子筠士得见此稿，乃应其请写此序文。寒斋有朱君所著《芸香阁尺一书》二卷，正是平筠士所编刊者，书中收有与筠士札数通，虽出偶然，亦是难得。芸香阁原与秋水轩有连，前曾说及，今又见此序，乃知其与吾乡有缘非浅也。

十月三十日记于北平苦住庵

（选自《秉烛后谈》，新民印书馆一九四四年版）

新年醉话

老舍

大新年的，要不喝醉一回，还算得了英雄好汉么？喝醉而去闷睡半日，简直是白糟蹋了那点酒。喝醉必须说醉话，其重要至少等于新年必须喝醉。

醉话比诗话词话官话的价值都大，特别是在新年。比如你恨某人，久想骂他猴崽子一顿。可是平日的生活，以清醒温和为贵，怎好大睁白眼的骂阵一番？到了新年，有必须喝醉的机会，不乘此时节把一年的“储蓄骂”都倾泻净尽，等待何时？于是乎骂矣。一骂，心中自然痛快，且觉得颇有英雄气概。因此，来年的事业也许更顺当，更风光；在元旦或大年初二已自许为英雄，一岁之计在于春也。反之，酒只两盅，菜过五味，欲哭无泪，欲笑无由。只好哼哼唧唧噜哩噜苏，如老母鸡然，则癞狗见了也多咬你两声，岂能成为民族的英雄？

再说，处此文明世界，女扮男装。许多许多男子大汉在家中乾纲不振。欲恢复男权，以求平等，此其时矣。你得喝醉哟，不然哪里敢！既醉，则挑鼻子弄眼，不必提名道姓，而以散文诗冷嘲，继以热骂：头发烫得像鸡窝，能孵小鸡么？曲线美、直线美又几个钱一斤？老子的钱是容易挣得？哼！诸如此类，无须管层次清楚与否，但求气势畅利。每当少为停顿，则加一哼，哼出两道白气，这么一来，家中女性，必都惶恐。如不惶恐，则拉过一个——以老婆为最合适——打上几拳。即使因此而罚跪床前，但床前终少见证，而醉骂则广播四邻，其声势极不相同，威风到底是男子汉的。闹过之后，如有必要，得请她看电影；虽发是鸡窝如故，且未孵出小鸡，究竟得显出不平凡的亲密。即使完全失败，跪在床前也不见原谅，到底酒力热及四肢，不至着凉害病，多跪一会儿正自无损。这自然是附带的利益，不在话下。无论怎说，你总得给女性们一手儿瞧瞧，纵不能一战成功，也给了她们个有力的暗示——你并不是泥人哟。久而久之，只要你努力，至少也使她们明白过来：你有时候也曾闹脾气，而跪在床前殊非完全投降的意思。

至若年底搪债，醉话尤为必需。讨债的来了，见面你先喷他一口酒气，他的威风马上得低降好多，然后，他说东，你说西，他说欠债还钱，你唱《四郎探母》。虽曰无赖，但过了酒劲，日后见面，大有话说。此“尖头曼”之所以为“尖头曼”也。

醉话之功，不止于此，要在善于运用。秘诀在这里：酒喝到八成，心中还记得“莫谈国事”，把不该说的留下；可以说的，如骂友人与恫吓女性，则以酒力充分活动想象力，务使自己成为浪漫的英雄。骂到伤心之处，宜紧紧摇头，使眼泪横流，自增杀气。

当是时也，切莫题词寄信，以免留叛逆的痕迹。必欲艺术的发泄酒性，可以在窗纸上或院壁上作画。画完题“醉墨”二字，豪放之情乃万古不朽。

〔附记〕《矛盾月刊》新年特大号向我要文章。写小说吧，没工夫；作诗，又不大会。就寄了这么几句，虽然没有半点艺术价值，可是在实际上不无用处。如有仁人君子照方儿吃一剂，而且有效，那我要变成多么有光荣的我哟！

一九三四年节

（选自《老舍全集》十五集，人民文学出版社一九九九年版）

酒令

丰子恺

我父亲中举人后，科举就废。他走不上仕途，在家闲居终老。每逢春秋佳日，必邀集亲友，饮酒取乐。席上必行酒令。我还是一个孩童，有些酒令我不懂得。懂得的是“击鼓传花”。其法，叫一个不参加饮酒的人在隔壁房间里敲鼓。主人手持一枝花，传给邻座的人，依次传递，周流不息。鼓声停止之时，花在谁手中，谁饮酒。传花时非常紧张，每人一接到花，立刻交出，深恐在他手中时鼓声停止。击鼓的人，必须隔室，防止作弊。有的击鼓人很有技巧：忽而缓起来，好像要停止，却又响起来；忽而响起来，好像要继续，却突然停止了。持花的人就在一片笑声中饮酒。有时正在交代之际，鼓声停止了。两人大家放手，花落在地上。主人就叫这二人猜拳，输者饮酒。

又有一种酒令，是掷骰子。三颗骰子，每颗都用白纸糊住六面，上面写字。第一只上面写人物，第二只上面写地方，第三只上面写动作。文句是：公子章台走马，老僧方丈参禅，少妇闺阁刺绣，屠沽市井挥拳，妓女花街卖俏，乞儿古墓酣眠。第一只骰子上写人物，即公子、老僧、少妇、屠沽、妓女、乞儿。第二只骰子上写地方，即章台、方丈、闺阁、市井、花街、古墓。第三只骰子上写动作，即走马、参禅、刺绣、挥拳、卖俏、酣眠。于是将骰子放在一只碗里，叫大家掷。凭掷出来的文句而行酒令。

如果手运奇好，掷出来是原句，例如"公子章台走马"，那么满座喝彩，大家为他满饮一杯。但这是极难得的。有的虽非原句，而情理差可，则酌量罚酒或免饮。例如"老僧古墓挥拳"，大约此老僧喜练武功；"公子闺阁酣眠"，大约这闺阁是他的妻子的房间；"乞儿市井酣眠"，也是寻常之事。但是骰子无知，有时乱说乱话："屠沽章台卖俏""老僧闺阁酣眠""乞儿方丈走马"……那就满座大笑，讥议抨击，按例罚酒。众口嚣嚣，谈论纷纷，这正是侑酒的佳肴。原来饮酒最怕沉闷，有说有笑，酒便乘势入唇。

小孩子不吃酒，但也仿照这酒令，做三只骰子，以取笑乐。一只骰子上写"爸爸、妈妈、哥哥、姐姐、弟弟、妹妹"；一只骰子上写"在床里、在厕所里、在街上、在船里、在学校里、在火车里"；一只骰子上写"吃饭、唱歌、跳绳、大便、睡觉、踢球"。掷出来的，是"爸爸在床上睡觉""哥哥在学校里踢球""姐姐在船里唱歌""哥哥在厕所里大便""弟弟在学校里跳绳”，便是好的。如果是“爸爸在床里大便”“妈妈在火车里跳绳”“姐姐在厕所里踢球”，那就要受罚。如果这一套玩厌了，可以另想一套新的。这玩法比打扑克牌另有风味。

（选自《缘缘堂随笔集》，浙江文艺出版社一九八三年版）

乾隆二年的酒

周劭

去年曾在报上看到一条消息，说某地发现一甏道光年间的陈酒，举行拍卖，以二十多万的高价成交，很轰动一时。清宣宗在位三十年，这甏酒至少已有一个半世纪的历史，的确值这个天价。

酒以陈为美，但须窖藏在地下才行，若一加瓶装便不起作用了。市上所售号称八年或五年的酒，无法测定到底窖藏了几年，因为这不属于商品检验的范围。

由此想到我在年轻时的一九三七年，曾喝过一甏乾隆二年酿造的酒，在那时计算，这甏酒已有了二百年的历史，至少要比道光年间的那一甏多出半个多世纪。

乾隆是清高宗年号，二年丁巳为一七三七年，从酿成到饮入我口，恰为二百年。我之饮到此陈酒是偶然的事，并非刻意求之。

话说那年抗战爆发，淞沪战事正酣，那时称为“两路”的沪宁、沪杭甬铁路上各城市都遭敌机的猛烈轰炸和破坏，杭甬段从未曾贯通，因须经过钱塘和曹娥两条大江，钱塘江水流湍急，要建造一座大桥不是容易的事，但还得积极进行。花了二三年的筹建，桥终于在一九三七年的仲秋落成。我那时度暑假在浙东乡间，在大桥落成的那一天搭上行车到慈溪县城去看望一位亲戚，在庄桥车站候车时，适逢刚举行落成典礼的第一次从大桥下行的列车过站，我见到机车上挂满了彩旗，车头上还有巨大的孙中山先生头像，但是乘客都惊惶不安，彩旗也折落损坏，据说是一路遭敌机跟踪扫射，幸而敌机没有投弹，故幸得能逃脱到达下一站的终点站宁波。我目睹这种惨况，同仇敌忾，热血沸腾，猜想在杭州举行典礼时，一定是草率终场，预料会遭到敌机捣乱的。

慈溪是个小县，清代属宁波府辖七县之一，山明水秀，文风极盛。我的亲戚住在城北，出城门便是慈湖，为宋儒杨时讲学之所，有慈湖书院遗址，塑有杨时的巨像，慈湖中筑长堤把湖一分为两，似眼镜一般，风景秀丽佳绝，为平生罕见之地。

在慈溪一住半月，除无线电及报纸外，只以饮酒解闷。浙东土地因海水倒灌，收成不及苏松十分之一，人民多出外经商，生计富裕，乡间虽多有祠堂祠产，却很少有居民恃此为生，故多以余粮酿酒分给宗族男丁，凡是一个男孩生下来，祠堂便配给黄酒二甏，计一百斤，所以家家都掘有地窖，把饮不完的酒窖藏起来。抗战之后，人心惶惶，已有数月没有配给，地窖所藏看看待尽。凡是窖酒，总是后入窖的先行取饮，最先入藏的倒留在里面。一天，忽然主人取出最后的一甏酒，白泥封盖上赫然写着“乾隆”二年的字样，这便是我得尝异味的二百年陈酒之由来。

我那时年仅二十，虽喜饮酒却十分外行，主人也是如此。我们把酒打开，所贮之酒，只剩三分之一，液浓稠而色紫赤，酒香扑鼻，中人欲醉。我们也没有请教人即取而饮之。只饮了半甏便颓然大醉，一直卧到翌日才醒，觉通身舒坦，美不可言。不消两次，这甏酒已无余沥。

宁、绍两地虽属毗邻，但酒质优劣不可同日而语，宁郡水质不佳，糯米亦非上品，更重要的是酿造技术不及绍兴远甚，所以乾隆二年的酒决非上品，只是再劣的酒经过二百年窖藏，也便成为佳酿；若藏的是绍酒，那就不知要好几倍了。

后来我把此事告诉一位老年懂酒的人，他说：你们真是作孽！好端端的一甏珍贵的酒给平白地糟蹋掉了。这种酒岂能拿来便饮，必须请能“隔”（音）酒的师傅“隔”一“隔”，然后用同数量的新酒调和，这样才能显出陈年酒的妙处。酒已无余沥，我们当然只有懊悔不迭。

我是在无意中饮到二百年陈酒的，和朋友谈起，都诧为神话，信不信当然只好由他。但还有一点失落感：要是此酒能保存到今天，把它拿到拍卖行去，不知会卖出怎么一个天价？可我竟把价值百万金的陈酒一下子饮掉了！

（选自《向晚漫笔》，上海古籍出版社二〇〇〇年版）

喝酒

刘大杰

酒的害处虽是多，然而它也有好处。它的好处，就是心的微醉。微醉者，欲醉未醉之间也。中国古人很懂得此中妙处，曾说过两句话："美酒饮觉微醉后，好花看到半开时。"这话说得真有理，说得真是深刻。酒饮到微醉，在那里就有诗，就有艺术的情致。若大醉时，则一切妙处全失去矣。

酒似乎是中国古今诗人的生命，几乎可以说，没有酒就没有诗，如"李白斗酒诗百篇，长安市上酒家眠。天子呼来不上船，自称臣是酒中仙"，即是一个明证。一斗酒便有一百篇诗，连当日天子的命令也不管，自己醉卧在船舱里，那真是诗酒中的神仙了。

欧美人虽也欢喜饮酒，但在他们的诗文里，描写酒的句子远不如中国的诗人多，远不如中国诗人那样的夸张。可是那位波斯诗人莪马（Omar Khayyam）倒很像刘伶、李白的朋友，在他那本有名的小诗里，时常说些酒话。他的人生观也好像李白一样，暂时行乐，世上的什么大事小事少去管它，喝了酒再说。他有几句诗，说得最痛快。

> 喝一杯酒吧！因为你不知道你从什么地方来，也不知道为什么而来。
>
> 喝一杯酒吧！因为你不知道你为什么要去，也不知道到什么地方去。

这位先生可算是把世事看得最清楚的了。酒可常喝，然一次不可过多。多则乱性，失去酒道矣。若有一两样下酒菜，几个好朋友，边谈边酌，真是趣味油然。若在自己的寝室里，同美貌的太太，剥着栗子、花生米等类的东西，谈谈过去的恋爱，谈谈故乡的情形，谈谈自己心爱的书，浅斟低酌，亦是闺房中乐事。独饮最苦，大半在失恋失意中。每当醉后醒来，回忆过去悲欢，寂然有身世飘零之感矣。

我自己如爱抽烟一样，也爱喝酒，但是酒量并不大，比起郁达夫、何鲁这两位酒王来，真是小巫见大巫了。酒的种类虽是多，我最欢喜绍兴的黄酒，黄酒同日本酒很相像，只有颜色稍微浓一点而已。前年在安徽大学教书的时候，下了课，找不着一个消遣的地方，每天总是同何鲁喝酒。老何虽是数学家，却是一个十足的名士。喝了酒，写起诗来是滔滔不绝的。我们袋子里有了钱，就到馆子里去，两三样菜、三四斤酒，喝得昏昏大醉，偏东倒西地走回来，街上的警察鼓着眼凝望着我们，以为这两个人发了疯。有时袋子里空了，就叫茶房到学校门外的小店里去赊一瓶酒，一包花生米，两块豆腐干，在安庆特有的昏暗的电灯下，喝一个痛快。当时参加我们这种酒会的，还有曹漱逸、饶孟侃和汪静之。静之虽不喝酒，他却欢喜吃花生米、吃栗子，并且吃得很快。他吃得饱了，用他那种绩溪县的音调，朗诵着唐宋人的诗词，我们听了都哈哈大笑。有天晚上，月光如水，院子里几树白杨飒飒作秋声，我们大家喝得都有点醉意了。何鲁忽然高起兴来，写一副对联送我：

且斟黄酒消尘虑，
爱听白杨作雨声。

当时大家无不鼓掌称快，各饮三大杯，静之无法，喝了一大杯浓茶。他说："我只好用茶当酒了。"当日情景，如在目前。这一年来，大家因衣食问题各奔前程，东南西北，不知又在何方矣！

（原载《论语》第五十期，一九三四年十月一日）

喝酒——喝也不行，不喝也不行

李敖

清朝乾隆皇帝的时候，主编《四库全书》的大文人纪昀（晓岚），是一个大幽默家。他长得很怪：大秃头、大鼻子、大耳朵、一对三角眼睛、两行细眉毛——好像隔壁那少奶奶一样。有一次，一个大富翁造了一幢大房子，听说纪昀很有名气，特地请他为这幢大房子起个名字。纪昀打听出来这个大富翁本是铁匠出身，后来发了财，十足一个暴发户，暴发户附庸风雅，他认为是可笑的。于是，他提起毛笔，为这幢房子起了一个名儿——“酉斋”。

大富翁欢天喜地的，把这两个字捧回家去，见人就说：“这是纪大学士给我写的！”可是，一当别人问起“酉斋”是什么意思的时候，大富翁就愣住了，他怎么猜也猜不出什么意思；他偷偷查《康熙字典》，也查不出个所以然来；他问别人，别人也直摇头，人人都纳闷，大富翁更纳闷，他不知道纪大学士搞什么鬼。

终于有一天，他忍不住了，他望着这个“酉”字发呆，最后一狠心一跺脚，决定去找纪大学士。

纪大学士一看大富翁来，笑起来了。等到大富翁开口，问起这个“酉”字，他笑得更厉害了。他说：“这个‘酉’字，有两个意义，都是字典里查不出来的：

第一个意义要直着看——酉——这好像是打‘铁’用的铁砧；

第二个意义要横着看——酉——这好像是打‘铁’用的风箱。

这两个意义都符合你是铁匠出身，所以这个‘酉’字，正好用来叫你这幢房子！”

这个故事主要建筑在一个“酉”字上面，这个酉字在古字里写做——

本来的意义是酿酒的器具，下面是个缸，缸里有原料，缸外头有个盖和搅动器，这就是今天的“酉”字，也就是“酒”字在没进“文字美容院”以前的老模样。

但是，酒这个东西，跟许多可爱的老公公一样，愈老愈有味道，所谓“陈年老酒”，愈喝愈香。陈年老酒从酒窖里搬出来，上面一层灰，所以在小篆里，把陈年老酒写做——

就是今天的“酉”字。后来这字慢慢抽象化，慢慢把管酒的官（烟酒公卖局局长）也叫做“酋”（大酋）了！

慢慢的，这个“酉”字又开始变，因为人人都爱喝酒，三杯下肚，酒意方浓，一看瓶里，酒没有了，于是着急了，于是开始找酒。你也找，我也找，最后找到一个能够拿酒给大家过瘾的人，于是你高兴了，我也高兴了，大家都说这个人好，这个人可爱，在我们需要酒的时候他够意思，能够帮我们，我们欢迎他，干脆拥护他做“总统”——不对，那时候没有总统；拥护他做“皇帝”，也不对，那时候没有“皇帝”；拥护他做“领袖”，更不对，那时候还没有领袖这个词儿，他们拥护他做的是——“酋”长！

拥护这个人要举双手赞成，所以要——

这个字，表示两个手在推举“酋”。可是举呀举的，左面的手举累了，所以放了下来，变成了——

这就是我们现在的“尊”字。我们平常说“尊长”“尊师”，事实上，“尊”的并不是那个“长”、那个“师”，而是那个“尊”字上头的酒坛子。

所以，如果有人说他“尊”敬你，为了保险起见，你最好问问他妈妈，他是不是爱喝酒，如果他不爱喝酒，那他才真是值得你“尊”敬的；当然啦，在你“尊”敬他以前，他也该问问你妈妈，你是不是酒鬼。

因为“酉”这个字这么可爱，所以很多高贵的词儿，都跟它扯上了裙带关系，例如：

至尊——皇帝。

祭酒——大学校长、教育部长。

这两个词儿比起来，“祭酒”比“至尊”事实上还来得神气。在宋朝的时候，“祭酒”（大学校长）可以跟皇帝面对面的瞪着眼睛，一点都没有马屁相。

在民国初年，“祭酒”（教育总长）蔡元培，当“皇帝”袁大总统世凯去看他的时候，他只在会客室接见袁大胖子，不许他乱“巡视”；聊天完了，大胖子要走了，他只送大胖子到会客室门口，绝不肯多走一步，更不会在大门口送往迎来拍马屁了。

所以，“祭酒”比“至尊”来得神气。换句话说，如果有一个“祭酒”，居然对“至尊”或“大官”干送往迎来拍马屁的丑态，他就没有上一代人有骨头。

“酒”字的历史既然这么久，喝酒的人既然这么多，所以，在历史上，酒所占的重要地位、所发生的微妙影响，自然也就多得不得了。

酒在历史上最早也是最大的作用，是它一开始就弄亡了两个朝代。中国夏朝最后的皇帝叫姒桀（姒是他的姓，桀是他的名），据说他后来造了一个大池子，全装满了酒，叫做“酒池”，整天喝呀喝的，结果把国家喝丢了；还有一个商朝的，也是最后一个皇帝，叫子受（子是他的姓，受是他的名，他又叫纣，一般人叫他商纣），据说后来他也造了一个大池子，全装满了酒，也叫做“酒池”，也整天喝呀喝的，结果也把国家喝丢了。

夏桀和商纣的故事，本来不必轻于相信，因为很可能是他们的敌人编造的。但是故事的一种作用，都值得我们注意，那就是喝酒过度的害处。

夏朝的第一个皇帝是传说中治水的夏禹。夏禹有一次喝了仪狄做的好酒，非常喜欢喝，可是他忍住了。不但忍住不再喝，并把仪狄赶跑了（因为仪狄在，他又要做好酒）。夏禹戒酒以后，很感慨地说：“后世必有以酒亡其国者！”但他绝没想到，他自己的后世就是一个个的酒鬼。夏朝的第三任皇帝叫太康，就因为“甘酒嗜音”（喜欢酒和披头音乐），惹了大祸，最后到了夏桀，就闹出传说中的“酒池肉林”来，因而亡国。

由于一开始，酒就在中国历史上闯了大祸，所以，我们可以看到不少警告喝酒的文献。文献中最有名的就是“酒诰”，就是劝人戒酒的文章。

尽管劝来劝去，古代人还是喜欢喝酒，喝酒如故。

古代人喜欢喝酒，所以喝酒的名堂也最多，喝酒的家伙比现代人还丰富。以商朝而论，当时光是酒杯和装酒的，就有许许多多花样。要说，也说不清楚，你还是看看图吧，或者到博物院去看看真家伙。

这张图里，“尊”是装酒的容器，“禁”是放酒的柜，“勺”是盛酒的大匙子，“爵”“角”“盉”“斝”是把酒弄热的工具。你看古人这些喝酒的道具多多！

在历史上，喝酒是一种普遍的习惯，也是一种社交和礼节，这种风气，一直演变到今天。但是在喝法上面，许多地方已经不相同了。古人喝酒，很讲究礼节，不能乱喝或乱不喝。该喝的时候，不喝也不行；不该喝的时候，要喝也不行，像汉朝高祖刚当皇帝的时候，他的大臣们以为大家打天下有功，拼命在朝廷上喝酒、争功。结果，有一个叫叔孙通的出来，劝汉高祖制订一套规矩，不准大家乱喝酒。最后规矩订了出来，大家就不敢乱来了。后来汉高祖死了，皇后有了权，皇后姓吕，吕家的人都挤到朝廷里来。在历史上，这叫“外戚当权”（外戚是外面的亲戚，是吕后那一边女家的亲戚）。当时大臣许多都反对外戚，总想找机会干掉他们，正巧有一天，吕后请客，派一个叫刘章的做“酒史”（就是主持喝酒的人）。刘章就是反对外戚的大将，他乘机说：“我是军人，我为了维持秩序，请求皇后准许我用军法来对付不守酒礼的人。”吕后答应了。于是大家喝酒。喝到一半，一个外戚喝醉了，发起酒疯来，跑出去了，刘章真的军法从事，立刻拔出宝剑，把这外戚杀了。从这件事开始，一套铲除外戚的计划立刻行动了，最后刘家的天下保全了，吕家的外戚都吃不开了。

这个故事，不但证明了古代人爱喝酒，并且非常考究“酒礼”。喝酒失礼，是一件很严重的事，严重得要引发一次政变。

三国时候，有一次吴国的孙权请客，大家拼命喝喝喝。最后孙权亲自来敬酒，到了虞翻面前，虞翻翻在地上，装得醉得不能再喝了。等孙权走过去，虞翻又翻起来，表示没醉。孙权一回头，看到了，气起来，拔剑就要杀他。这时，一个叫刘基的，赶忙跑过来，一把抱住孙权，说：“大家都喝了这么多酒，即使虞翻有罪，你也不能杀他。你杀了他，你怎么对外面解释？何况天下都说你度量大、能容人，你这么一杀，什么都完了！”于是，孙权才算了，虞翻才算为了喝酒失礼，保住颗脑袋。

像这种因为喝酒而出的麻烦，历史上还多着呢！

晋朝时候，有一天，王导、王敦兄弟到王恺家里去吃饭。王恺是一个有名的凶煞神。他的习惯是拼命叫漂亮女人劝你喝酒，你喝不光，他就怪那个陪酒的女人，就要把她杀掉。当时王导怕陪酒的女人被杀，只有拼命喝酒；可是王敦却不买账，你要杀女人，就让你去杀好了！

像这种残忍的“酒”的故事，正说明了我们老祖宗们，正有一些根本不知道人权是什么的暴徒，他们的残忍行为，也正是中华民族的耻辱。在另一方面，这个故事也又一次显示了古人对喝酒时“不喝也不行”的心理，你看他们多爱酒！

有的古人爱酒，甚至为酒闹出了战争。楚国在古代是大国，有一次，向各国要酒。赵国为了不给酒，竟闹得自己的京城被围。这种小题大做的例子，虽然可笑，也反证了古人多爱酒。

最有名的酒鬼，该是晋朝的刘伶。刘伶是晋朝的大名士，整天喝酒，然后光着屁股乱跑。有一天，他的太太把酒杯藏起来，要他戒酒。他说好，不过为了表示郑重，我要在神前发誓，你可置五斗酒来敬神。他的太太信以为真，把酒买来了，不料刘伶却在神像面前，叫着说：

> 天生刘伶，
> 以酒为名。
> 一饮一斛，
> 五斗解酲。
> 妇人之言，
> 慎莫可听！

于是把敬神的五斗酒也喝光了！

刘伶还有一个杰作，就是一边喝酒一边骑马，后面叫一个人背着锄头跟着他。他的说法是："死便埋我。"他宁要醉着死，也不要醒着活。

还有一个醉死派是唐朝的傅奕。傅奕向他的医生说：我死了以后，我的墓志铭要这样写——

傅奕，
青山白云人也。
以醉死。
呜呼！

还有一个三国时代的郑泉（孙权的吴国人），临死以前，要求把他尸体埋在做陶器的工厂旁边。他说："以后我的尸体真成了土，土又可被陶器工厂做成酒壶，那样我多过瘾呵！"

这是中国人爱酒的故事，也是中国人的幽默。

喝酒一件事，本来是一种享受，但是中国人却把它过度礼节化，弄得反倒不自然，反倒逼出些纵酒吐酒的酒鬼。一个攻击酒礼的故事，很有意思：钟毓和钟会兄弟小时候，以为爸爸睡觉了，一起偷酒喝。其实爸爸没睡，正在偷看他们的偷酒表情：钟毓喝酒的时候，"拜而后饮"；钟会呢，却"饮而不拜"。爸爸奇怪了，便起来问理由。钟毓说："酒以成礼，不敢不拜。"可是钟会却说："偷本非礼，所以不拜。"

这个故事，可以看出古人喝酒的手续多麻烦。它不要你先享受，而是要你先磕头！

这个故事的另一说法是，两个小鬼不姓钟，而是孔融的儿子。孔融为直言无隐贡献了生命，在他被杀以前，是思想家兼酒鬼。统治者禁酒的时候，他反对，理由是：

酒之为德，久矣！

天垂酒星之曜；

地列酒泉之郡；

人着旨酒之德：

尧不千钟，无以见太平；

孔非百觚，无以堪上圣；

高祖非醉斩白蛇，无以畅其灵；

景帝非醉幸唐姬，无以开中兴。

描写酒的伟大，这篇要考第一。孔融让梨，但若不是梨而是酒，你看他会不会让？

历史上，用酒来办事、来避祸的例子也很多。曹参为了怕官吏打扰老百姓，整天喝酒示范，表示我们做官的，只要喝酒就好了，别去找老百姓麻烦；陈平也为了对政事不表示意见，整天喝酒装糊涂。很多人很多人，他们在酒中得到了真理与存在。历史上禁酒的工作都没有成功，也永远不会成功，因为酒——如果喝得好、喝得少、喝得巧，到底是一个不会出卖你的朋友。

（选自《李敖大全集》第六卷，
中国友谊出版公司一九九九年版）

酒与食

唐振常

酒食，酒食，酒与食相连，中国饮食文化向来如此。没有听说孔夫子饮酒的故事，尚且留下“有酒食，先生馔”的名言。至于文人学士，好酒嗜食，酒食不能分离者，更是所在多多。东坡游赤壁，叹“有酒无肴，如此良夜何”，只是一例。

饭店自然有酒卖。号称酒楼、酒家者，自然也并非只供应酒，实酒食兼备。近年所谓酒店，更兼含了旅馆的意思。即使从前有所谓专以营酒号召并号称有所谓独家名酒者，如北京习见的冷酒摊，也总有一些佐酒的凉菜。成都此类酒店，则多卤味。上海的高长兴、王宝和、王三和之类酒馆，菜更多了一些，凉菜之外，更有品种不多的热肴；到了食蟹时节，自是以代客煮蟹为主了。当秋风散发着凉意之时，上海此类大小酒店，门前都设摊位，铁丝网篮里装满干干净净的清水大闸蟹（这个闸字，起源于捕蟹须用竹闸围起来而得），客来任意选购，用绳扎成一串，入店交付烧煮。卖蟹人和酒店是两路人，彼此互利，也许有些互惠的银钱协定，而于食客更感方便。这种景象已经多年不见了，即使有之，恐怕除了大款也是吃不起的。现在有些饭店也卖清水大闸蟹，但是自营，食客既无挑选之余地，其价格更令人咋舌不敢问。

平民百姓，即使是酒徒，饮酒亦必有佐酒之食。孔乙己还须赊一碟茴香豆。四川穷苦农民、贩夫走卒，入乡村酒店，饮烈性的所谓干酒，桌上是大把大把的炒花生。四川火锅现正走红于上海，打出这个招牌的，其数之多，真是无从估计。其实，火锅一味各地都有，食法均无不同，无非用汤的精粗和用菜的贵贱而已。唯独重庆的所谓红汤火锅独异于众。上海面馆卖的面有红油一名，那是指面里加酱油而不用盐。重庆的红汤火锅又称红油火锅，红油者辣油也。其辣已足惊人，更令外地人吓倒的是用大量花椒油，即所谓麻。炭火一烧，自然成了麻辣烫三者俱备，和广东的打边炉绝然不同，如以上海的菊花火锅视之，只有称重庆红汤火锅为野蛮。

红汤火锅在四川原不见经传，饭馆无此味，人家也绝无，原是特殊情况下冒出来的一部分下层人民的专食。沿嘉陵江的纤夫劳动极辛苦，他们对饮食也特别寻刺激，以强烈对强烈，不如此不足以消解一日之劳。三伏天气，在山城这个大火炉里，江边地上，生火烧锅，一锅水盛加麻辣，入锅食物主要是四川所称毛肚，即牛肚也。上海人叫做牛百叶。四川人不吃水牛肉，内脏更不吃。水牛肚价极贱，甚至可以无代价讨索得来。纤夫以水牛肚烫红油火锅食之。不仅如此，每吃必饮大量度数极高的烧酒。上身脱光，汗如雨下，真所谓痛快淋漓。此味渐入店家，称之为毛肚火锅。不怕死之徒以身试法，自然除毛肚外加入了他味。其名渐渐传开，三四十年代，多有饭店专卖此物，门前高悬一牌，上写“毛肚开堂”四字。自然也卖酒，但皆白酒，称之为以刚克刚。这种店子多是小店，此味不能入中等菜馆，更勿论高级饭店了。后来成都也有了“毛肚开堂”，温文尔雅的成都人向来不屑顾。这些年也变了，成都街边多设摊卖之，名称变成了“麻辣烫”，锅中食物可谓乱七八糟，连带鱼也入锅烫而食之。其恶劣者，汤中加罂粟壳，以招食者成瘾。毛肚火锅也好，“麻辣烫”也好，离不了酒，且必白酒，真不知上海人如何吃得消。

这里只是讲中国人酒食必相偕（不饮酒者自是例外），至于佐酒之菜的门道，实繁不胜讲，也讲不清楚。如食毛肚火锅必用白酒，食蟹只能是烫热的黄酒，也难说出服人的道理。

西人则异，酒食有相偕处，大体则分离。非饭时，饮酒均无菜，其中名目繁多，酒的品种各别，什么情况下喝什么酒，极有考究。饭前闲谈，少量喝一些酒，称之为开胃酒。饭桌上喝的酒多为白（葡萄）酒，饭后才喝白兰地之类的酒。法国Cognac之白兰地，尤其是XO，确为佳品，但一般西人每饮，在酒杯中都只倒少量，一手握之，手的热气经杯入酒，酒香味乃更盛。于此方谙西人饮不同酒用不同酒杯之理。（中国其实过去也是喝不同的酒所用酒杯不同。）过去只在香港饭店中见中国香港人、中国台湾人和日本人以XO作豪饮，近闻大陆大款亦渐兴此风，甚至比赛一餐饭中喝光了的XO酒瓶有多少。以此夸富豪，是否表明中国人都发财了，吾不知也。

当然，西人亦作豪饮，一次在堪培拉，友人宴客，开了许多瓶白酒，一位大醉，当场倒地痛哭。好的红（葡萄）酒，味不差于XO白兰地，价之昂亦过之。一年在香港过冬至，香港习俗称“冬至赛大节”，较过年尤为重视，都要在家中吃饭，全市饭馆亦关门。我在一朋友家，从饭前到饭桌上到饭后，喝了许多各种酒，其中一种红酒确好过于XO。朋友每问再喝什么，我总说红酒，朋友称我为知酒。一位老友居法国垂五十年，他说：法国有一种文学奖，奖金极高，规定须在一顿饭将奖金吃完，否则不认账。要吃完，就得靠猛喝价昂之红酒。我访美时正值病发不能饮，朋友惜之，说是某年法国葡萄树死，靠了加州移植，加州酒佳于法。确否不知。

（选自《饔飧集》，辽宁教育出版社一九九五年版）

壶中日月长

陆文夫

我小时候便能饮酒，所谓小时候大概是十二三岁，这事恐怕也是环境造成的。

我的故乡是江苏省的泰兴县，解放之前，故乡算得上是个酒乡。泰兴盛产猪和酒，名闻长江下游。杜康酿酒其意在酒，故乡的农民酿酒，意不在酒而在猪。此意虽欠高雅，却也十分重大，酒糟是上好的发酵饲料，可以养猪，养猪可以取肥，肥多粮多，可望丰收。粮—猪—肥—粮，形成一种良性循环，循环之中又分离出令人陶醉的酒。

在故乡，在种旱谷的地方，每个村庄上都有一二酒坊。这种酒坊不是常年生产，而是一年一次。冬天是淌酒的季节，平日冷落破败的酒坊便热闹起来，火光熊熊，烟雾缭绕，热气腾腾，成了大人们的聚会之处，成了孩子们的乐园。大人们可以大模大样地品酒，孩子们没有资格，便捧着小手到淌酒口偷饮几许。那酒称之为原泡，微温、醇和，孩子们醉倒在酒缸边上的事儿常有。我当然也是其中的一个，只是没有醉倒过。

孩子们还偷酒喝，大人们嗜酒那就更不待说。凡有婚丧喜庆，便要开怀畅饮，文雅一点的用酒杯，一般的农家都用饭碗，酒坛子放在桌子的边上，内中插着一个竹制的长柄酒端。

十二三岁的时候，我们一位表姐结婚，三朝回门，娘家制酒会新亲。这是个闹酒的机会，娘家和婆家都要在亲戚中派几位酒鬼出席，千方百计地要把对方灌醉，那阵势就像民间的武术比赛。我有幸躬逢盛宴，目睹这一场比赛进行得如火如荼，目看娘家人纷纷败下阵来时，便按捺不住，跳将出来，与对方的酒鬼连干了三大杯，居然面不改色，熬到终席。下席以后，虽然酣睡了三小时，但这并不为败，更不为丑，乡间的人只反对武醉，不反对文醉。所谓武醉，便是喝了酒以后骂人、打架、摔物件、打老婆；所谓文醉便是睡觉，不管你是睡在草堆旁，河坎边，抑或是睡在灰堆上，闹成个大花脸。我能和酒鬼较量，而且是文醉，因而便成为美谈：某某人家的儿子是会喝酒的。

我的父亲不禁止我喝酒，但也不赞成我喝酒，他教导我说，一个人要想在社会上做点事情，须有四戒：戒烟（鸦片烟）、戒赌、戒嫖、戒酒。四者湎其一，定无出息。我小时候总想有点出息，所以再也不喝酒了。参加工作以后逢场作戏，偶尔也喝它几斤黄酒，但平时是绝不喝酒的。

不期到了二十九岁，又躬逢反右派斗争，批判、检查，惶惶不可终日。我不知道与世长辞是个什么味道，却深深体会世界离我而去是个什么滋味。一九五七年的国庆节不能回家，大街上充满了节日的气氛，斗室里却死一般的沉寂，一时间百感交集，算啦，反正也没有什么出息了，不如买点酒来喝喝吧。从此便一发不可收拾……

小时候喝酒是闹着玩儿的，这时候喝酒却应了古语，是为了浇愁。借酒浇愁愁更愁，这话也不尽然，要不然，那又何必去浇它呢？借酒浇愁愁将息，痛饮小醉，泪两行，长叹息，昏昏然，茫茫然，往事如烟，飘忽不定，若隐若现，世间事人负我，我负人，何必何必！这时间三杯两盏六十四度，却也能敌那晚来风急。设若与二三知己对饮，酒入愁肠便顿生豪情，口出狂言，倒霉的事都忘了，检讨过的事情也不认账了："我错呀，那时候……"剩下的都是正确的，受骗的，不得已的。略有几分酒意之后，倒霉的事情索性不提了，最倒霉的人也有最得意的时候，包括长得帅，跑得快，会写文章，能饮五斤黄酒之类。喝得糊里糊涂的时候便竞相赛狂言了，似乎每个人都能干出一番伟大的事业。不过，这时候得注意有不糊涂的人在座，在邻座，在门外的天井里，否则，到了下一次揭发批判时，这杯苦酒你吃不了也得兜着走。

一个人也没有那么多的愁要解，问君能有几多愁，恰似一江春水向东流。愁多得恰似一江春水，那也就见愁不愁，任其自流了。饮酒到了第二阶段，我是为了解乏的。一九五八年大跃进，我下放在一爿机床厂里做车工，连着几个月打夜班，动辄三天两夜不睡觉，那时候也顾不上什么愁了，最高的要求是睡觉。特别是冬天，到了曙色萌动之际，浑身虚脱，像浸在水里，那车床在自行，个把小时之内用不着动手，人站着，眼皮上像坠着石头，脚下的土地在往下沉，沉……突然一吓，惊醒过来，然后再沉，沉……我的天啊，这时候我才知道，什么叫瞌睡如山倒，此时如果有人高喊八级地震来了，我的第一反应便是，你别嚷嚷，让我睡一会儿。

别叫苦，酒来了！乘午夜吃夜餐的时候，我买一瓶二两五的粮食白酒藏在口袋里，躲在食堂的角落里喝。夜餐是一碗面条，没有菜，吃一口面条喝一口酒；有时候，为了加快速度，不引人注意，便把酒倒在面条里，呼呼啦，把吃喝混为一体。这时候倒不大同情孔乙己了，反生了些许羡慕之意。那位老前辈虽然被人家打断了腿，却也能在柜台前慢慢地饮酒，还有一碟多乎哉不多也的茴香豆。

喝了酒以后再进车间，便添了几分精神，而且浑身暖和，虽然有点晕晕乎乎，但此种晕乎是酒意而非睡意，眼睛有点蒙眬，但是眼皮上没有系石头，耳朵特别尖灵，听得出车床的异响，听得出走刀到得哪里。二两五白酒能熬过漫漫长夜，迎来晨光曦微。苏州人称二两五一瓶的白酒叫小炮仗，多谢小炮仗，轰然一响，才使我没有倒在车床的边上。

酒能驱眠，也能催眠，这叫化进化出，看你用在何时何地，每个能饮的人都能无师自通，灵活运用。一九六四年我又入了另册，到南京附近的江陵县李家生产队去劳动，那次劳动是货真价实，见天便挑河泥，七八十斤的担子压在肩上，爬河坎，走田埂歪歪斜斜，摇摇欲坠，每一趟都觉得再也跑不到头了，一定会倒下了，结果却又死背活缠地到了泥塘边。有时还想背几句诗词来代替那单调的号子，增加点精神刺激，可惜什么诗句都没描绘过此种情景，只有一个词牌比较相近，“如梦令”，因为此时已经神体分离，像患了梦游症似的。晚饭以后应该早早上床了吧，不行，挑担子只能劳其筋骨，却不动脑筋，停下来以后虽然浑身疼痛，头脑却十分清醒，爬上床去会辗转反侧，百感丛生。这时候需要用酒来化进。乘天色昏暗，到小镇上去敲开店门，妙哉！居然还有兔肉可买。那时间正在“四清”，实行“三同”，不许吃肉。随它去吧，暂且向鲁智深学习，花和尚也是革命的。急买白酒半斤，兔肉四两，酒瓶握在手里，兔肉放在口袋里，匆匆忙忙地向回赶，必须在不到二里的行程中把酒喝完，把肉啖尽。好在天色已经大黑，路无行人，远近的村庄上传来狗吠三声两声。仰头，引颈，竖瓶，见满天星斗，时有流星；低头啖肉看路，闻草虫唧唧，或有蛙声。虽无明月可邀，却有天地作陪，万幸，万幸。我算得十分精确，到了村口的小河边，正好酒空肉尽，然后把空酒瓶灌满水，沉入河底，不留蛛丝马迹。这下子可以入化了，梦里不知身是客，一夜沉睡到天明。

饮酒到了第三阶段，便会产生混合效应，全方位，多功能：解忧、助兴、驱眠、催眠、解乏，无所不在，无所不能。今日天气大好，久雨放晴，草塘水满，彩蝶纷纷，如此良辰美景，岂能无酒？今日阴云四合，风急雨冷，夜来独伴孤灯，无酒难到天明。有朋自远方来，喜出望外，痛饮；无人登门，孑然一身，该饮；今日家中菜好，无酒枉对佳肴；今日无啥可吃，菜不够，酒来凑，君子在酒不在菜也……呜呼，此时饮酒实际上已经不是为了什么，就是为了饮酒。十年动乱期间，全家下放到黄海之滨，现在想起来，一切艰难困苦都已经淡泊了，留下的却是有关饮酒的回忆。那是个荒诞的时代，喝酒的年头，成千的干部下放在一个县里，造茅屋，种自留地，养老母鸡，天高皇帝远，无人收管。突然之间涌现出大批酒徒，连最规正、最严谨、烟酒不入的铁甲卫士也在小酒店里喝得面红耳赤，扬长过市。我想，他们正在走着我曾经走过的路："算啦，不如买点酒来喝喝吧。"路途虽有不同，心情却大体相似。我混在如此之多的故交新知之中，简直是如鱼得水。以前饮酒不敢张扬，被认为是一种堕落不轨的行为，此时饮酒则为豪放豁达，快乐的游戏。三五酒友相约，今日到你家，明日到他家，不畏道路崎岖，拎着自行车可以从独木桥上走过去；不怕大河拦阻，脱下衣服顶在头上泅向彼岸。喝醉了，倒在黄沙公路上，仰天而卧，路人围观，居然想出诗句来了："醉卧沙场君莫笑，古来征战几人回！”那时最大的遗憾是买不到酒，特别是好酒，为买酒曾经和店家吵过架，曾经挤掉棉袄上的三粒纽扣。有粮食白酒已经不错了，常喝的是那种地瓜干酿造的劣酒，俗名大头昏，一喝头就昏。偶尔喝到一瓶优质双沟，以玉液琼浆视之，半斤下肚，神采飞扬，头不昏，脚不浮，口不渴，杜康酿的酒谁也没有喝过，大概也和双沟差不多。

喝到一举粉碎“四人帮”，那真是惊天动地、高潮迭起。中国人在一周之间几乎把所有的酒都喝得光光的。我痛饮一月，拔笔为文，重操旧业，要写小说了。照理说，从今而后应当戒酒，才能有点出息。迟了，酒入膏肓，迷途难返，这半生颠沛流离，荣辱沉浮，都不曾离开过酒，没有菜时，可以把酒倒进面碗，没有好酒时，照样把大头昏喝下去，今日躬逢盛宴，美酒佳肴当前，不喝有碍人情，有违天理，喝下去吧，你还等什么呢？！

喝不下去了！樽中有美酒，壶中无日月，时限快到了。从一九五七年喝到一九八七年，从二十九岁喝到五十九岁，整整三十年的岁月从壶中漏掉了，酒量和年龄是成反比的，二两五白酒下肚，那嘴巴和脚步便有点守不住。特别是到老朋友家去小酌，临出门时家人千叮万嘱，好像我要去赴汤蹈火，连四岁的小外孙女也站在门口牙牙学语：“爷爷你早点回来，少喝点老酒。”“爷爷知道，少喝，一定少喝。”无奈两杯下肚，豪情复发：“咄，这点儿酒算得了什么，想当年……”当年可想而不可返，豪情依然在，体力不能支，结果是踉踉跄跄地摇回来，不知昨夜身置何处。最伤心的是常有讣告飞来：某某老酒友前日痛饮，昨夜溘然仙逝。不是死于心脏病，便是死于脑溢血，祸起于酒。此种前车之鉴近三年来每年都有一两次。四周险象丛生，在家庭中造成一种恐怖气氛，看见我喝酒就像看见我喝敌敌畏差不多。儿女情长，英雄气短，酒可解忧，到头来却又造成了忧愁，人间事总要向反方向逆转。医生向我出示黄牌了："你要命还是要酒？""我……"我想，不要命也不行，还有小说没有写完，不要酒也不行，活着也少了点情趣，答曰："我要命也要酒。""不行，鱼和熊掌不可得兼，二者必须取其一。""且慢，这样吧，我们来点中庸之道。酒，少喝点；命，少要点。如果能活到八十岁的话，七十五就行了，那五年反正也写不了小说，不如拿来换酒喝。"医生笑了："果真如此，或可两全，从今以后白酒不得超过一两五，黄酒不得超过三两，啤酒算作饮料，但也不能把这一瓶都喝下去。"我立即举手赞成，多谢医生关照。

第三天碰到一位多年不见的酒友，却又喝得昏昏糊糊，记不清喝了多少，大……大概是超过了一两五。

（选自《解忧集》，中外文化出版公司一九八八年版）

斗酒不过三杯

舒婷

“烟酒，下山虎也。”此乃家训。母系姨舅近十，父系叔伯也有七八，无一打虎英雄。听起来似乎干净得很，其实不然。大姨妈历尽沧桑，偶尔陪人喝酒，风度极佳，一盏在手，左右逢源，并不丢丑。妈妈基本不喝酒，遇上大庆，也抿两口，脸色不变。只有一次“五一”节工厂聚餐，她不知自己重疾在身，别人也不知道，妈妈酒后痛陈思女之切，闻者落泪。时值我们都在山区。这是妈妈第一次也是最后一次喝醉。

妹妹生活俭朴，视酒为奢侈之物。新婚那日，人们自觉照顾女士，只围攻新郎，她跳出来为郎君解围，只这么偶尔露峥嵘，进攻者披靡，收割后的稻捆似的倒了一大片，连她的师父，绰号老酒仙的会计师也被几人搀扶回家，一路大叫：过瘾，过瘾！

哥哥继承了父亲的酒意，一口啤酒，直红上眼皮，浑身都醉汪汪似的，其实不糊涂。我和妹妹则咂着外婆盅缘酒香长大，家教极苛，恨烟恶酒，却是不为所祟。

外公平时不苟言笑，年轻时诸儿听见一声咳嗽便鼠窜，虽从不大声呵斥，更不棍棒相加。外公老来无甚安慰，膝下儿女虽众，有忌之为资本家而划清界限的；有自身难保的；有在台湾久无音信的。于是每日中午一小盅高粱，兑上一半水，自得其乐。等到那双眉老寿星似的倒挂下来，两颊酡红，小胡尖一翘翘得很有趣，我和妹妹趴在桌上，乘机在外公的盘子上打扫战场。这时外公就不打掉我们的筷子，蒙眬着两眼得意地欣赏我们的明目张胆。外公做得一手好菜，可惜只烹调他的下酒料。即使煎一个荷包蛋也要亲自下厨，将我和外婆支使得团团转。自己双手颤巍巍端着去饭厅，抛下一地盐罐、胡椒瓶、炉扇、锅盖，让老外婆恨声不绝地收拾，每日如此。

“文化大革命”，外婆也老了，天天跟外公呷一丁点儿。我每每装模作样从她手里沾一沾唇，做伸舌抹泪状，深爱我的外婆乐不可支。妈妈和外婆都是忧郁性的，真正开心的时候极少。我是那么爱看她们展眉微笑的样子，那是我童年生活的阳光。

这样，我似乎明白了酒是什么东西。首先一定要待人老了，心里像扑满攒下许多情感。因为老人们用酒挥发一些什么，沉淀一些什么。

忘掉的不仅是忧愁，记起的也不尽是欢乐。

我在乡下时经常和同伴“大顿”，也和农民“打平伙”。中国人的劝酒是世界独一无二的，与“文革”的逼供信一样使不少人就范，我因不喜酒，每次先就装醉。伙伴们怜我瘦骨嶙峋，都护着我，最后幸亏留着我来收拾残局。可惜隔日问起，个个“浓睡不消残酒”，全不记得了。

还记得随团出访西德，大使馆宴请。也不知大使的官有多大，只觉他挺直爽又没架子，在本桌的撺掇之下，逮住他连干三杯茅台。那大使没忘记他是中国人，又却不过女士敬酒，认了，果然硬灌三杯。团长过来阻止我，说大使接着还要参加一个重要活动，又诧异我居然口齿清楚地汹汹然争辩。其实，我喝的那三杯白酒是我最憎恶的矿泉水。比起我像金鱼似的吐一个石灰沫的气泡，大使不是要幸福得多吗?

我也常常向往醉一次，至少醉到外公的程度。还因为我好歹写过几行诗，不往上喷点酒香不太符合国情。但是酒杯一触唇，即生反感，勉强灌几口，就像有人扼住喉咙再无办法。有一外地友朋来做客，邀几位患难之交陪去野游。说好集体醉一次，拿酒当测谎器，看看大家心里还私藏着些什么。五人携十瓶酒，从早上喝到傍晚，最后将瓶子插满清凉的小溪，腿连鞋浸在水里了，稍露狂态而已。归程过一独木桥，无人失足。不禁相顾叹息：醉不了也是人生一大遗憾。

最后，是我的一位二十友龄的伙伴获准出国，为他饯行时，我勉强自己多喝了几杯，脑袋还是好端端竖在肩上。待他走了之后，我们又聚起来喝酒，这才感到真是空虚。那人是我们这群伙伴的灵魂，他的坚强、温柔和热爱生活的天性一直是我们的镜子。是他领我寻找诗歌的神庙，后来他又学了钢琴、油画，无一成名，却使我们中间笑声不停。

我们一边为离去的人频频干杯，一边川流不息地到楼下小食店打酒。

我第一次不觉得酒是下山虎了，也许因为它已下山得逞，不像从远处看去那么张牙舞爪。可我仍是浑沌不起来，直到一个个都击桌高歌。送我去轮渡的姑娘自己一脚高一脚低，用唱歌般的声音告诉我：她爱着那朋友已有多年，她们四姐妹都渴慕着他，可是他却声称是个独身主义者。

这一天之后，我虽然不曾病酒，却因酒使原有的胃溃疡并发胃炎，再加胃出血。整整一个月光吃流质和半流质。大夫严令再不许喝酒，自己也被胃痛折磨惨了，从此滴酒不沾。

唉，只好等耄耋之年到来。幸亏为期不远矣。

（选自《解忧集》，中外文化出版公司一九八八年版）

嗞嗞作响的微醺记忆

杜祖业

几年前一个秋天的午前十一点，因为工作的关系来到一间五星饭店的商务中心，准备采访一位来自法国酒庄的重量级人物。这位老先生，梳理整齐的银白头发，恰如他的笑容一般灿烂。桌上已经一字排开深墨绿底部圆胖的酒瓶，中间是银制的冰桶，盛满了透明晶亮的冰块。金属桶身浮现一层隐隐的水汽，窗外折射进来的阳光闪烁着莹莹光芒。

略带法国腔的柔软英文在房间里回荡，讲述他们家族辉煌的历史和在酒坛的地位。“我们边喝边谈吧！”法国老先生眼镜后闪动着微微笑意，“据说早上十一点是喝香槟的最佳时刻？”临时恶补过相关知识的我问道。“没错！”只见他熟练地将斜倚在冰桶内的香槟立起来，剥去瓶口上的锡封，扭松紧紧缠绕着软木塞的铁丝，缓缓地往外拔，“啵”的一声，木塞从瓶口挣脱出来，他将鼻尖凑近，脸上绽放出幸福的波纹，然后替在场的人斟酒，优雅缓慢地注入细长的郁金香形杯中。

金黄色的液体滚动滔滔的白色泡沫，空气中飘散一股清新的香味，像是刚从烤面包机蹦跃出的吐司面包，金黄微焦色泽的晨间味道。酒评专家形容这是春天田野的百花气息，在这小小的房间中，气味分子很快地布满桩脚。“人在早上十点多到十一点这段时间，无论是嗅觉或是味觉都是最敏感的，是细品美酒最棒的时刻。”法国老先生用白色餐巾擦拭酒瓶上的水珠，轻轻地放回冰桶，玻璃瓶和冰块发出碰撞的叮当清脆声音。

这是我第一次喝香槟，传说中极为昂贵的顶级酒款，对一名初学者来说，实在是过于奢侈的经验。冰凉的香槟入口后，微微的果香酸味和鲜活优雅的气泡仿佛在味蕾上跳跃，闭上眼睛，一幅幅电影中描写西方上流社会派对的情景如幻灯片一般在脑海中掠过。空气中层层叠叠的花朵，烤面包气味很容易让人迷失，不觉间酒意上涌，双颊明显地感到涨红和温热，虽然有点失礼，却又不忍放下手中的酒杯，这是我与香槟第一次邂逅。

台湾懂得葡萄酒的人愈来愈多，但是喝香槟的人和喝红酒的人完全不成比例。刻板印象中的香槟只是仪式性的工具，庆功宴拿来猛摇狂喷乱洒一番，反正只是要那白花花的泡沫和开香槟的动作而已。“Champagne”这个词既是法国的地名，也是酒的名称，法国政府明令只有这块地方出产的气泡酒有资格称为香槟。几百年来累积的浮华优雅形象令人垂涎，名气太过响亮的结果，使得企图分享香槟光环的商品不计其数。最有名的莫过于圣罗兰之前推出的“Champagne”香水，香槟酒庄们完全不顾念同为法兰西骄傲的血亲渊源，一状告到法院。官司打下来判圣罗兰香水必须改名，可见香槟在法国饮食文化上的独特尊贵地位。

事实上，香槟的酿造方式一开始就和其他红白葡萄酒大相径庭，这是一个高度倚赖人工的行业。特别是决定口感风格的酿酒师，简直就和时尚杂志描述的香水调香师一样神奇伟大。不管是哪一种调性的香水，都是由成百上千的原始味道调配出来，香槟也是用不同葡萄园的果实；红的白的，去年、前年、十年前的原酒，酿酒师依照文字无法形容的经验和不肯透露的秘技，调制出一款款香槟。

某年春夏之交，我到位于法国巴黎东面的香槟区，很像葡萄叶的地方，纯朴宁静的乡间景色，漫山遍野都是一畦一畦的葡萄园，古老的村庄散布在缓缓起伏的丘陵间。其中比较大、比较有名的城市Epernay，和另一座在北边的香槟重镇Reims齐名。不过前者岁月痕迹更深刻，市区仍保留完整的石板道路，如果没人告诉你，一定难以相信这座城市基本上已被“掏空”：地面下是密密麻麻如蜘蛛网般的酒窖，数不清的香槟在此沉睡，说它是充满气泡的城市一点也不为过。

香槟酒庄是被贵族世家垄断的特许行业，名牌化的程度还超过一般葡萄酒。耸立在Epernay的酒庄办公室，每间看起来都是一段古老辉煌的华丽故事，吸引世界各地的观光客前来朝圣。寒冷潮湿的地窖中，一排排倾斜的酒瓶倒插在木架上，向导员公式化地述说香槟制作的过程。其中最神奇的就是为了让瓶内的杂质沉淀在倒置的瓶口处，必须有一组人马不断地旋转酒瓶。虽然部分酒庄已经改用机器代劳，不过等级较高、坚持古法的酒庄对这动作仍然非常执着。想想看这世界上有一种人的工作就是每天在阴暗的地窖里转酒瓶，实在是不可思议的。

如果说借酒浇愁这句话成立，那绝对不会是香槟，欢乐与笑声和软木塞"啵"出酒瓶那刹那水乳交融，使开香槟有种特殊的魔力，庆祝场合有了它，气氛立刻产生微妙的化学变化，激动了起来。千禧年的除夕，和一些好友吃吃喝喝，我们准备了五六瓶香槟，从普通非年份到近十年评价最高的一九九〇年份，还包括一瓶两公升大瓶装，全部冰镇在一个巨大的桶子里，就这样边吃边喝，不需要划酒拳、干来灌去，不到午夜十二点，全部瓶底朝天。

香槟喝得是否舒畅，场合、气氛、餐点和酒伴都是原因环节之一。有些人和香槟犯冲，浅酌几口就已天旋地转。中国人用餐习惯毕竟和西方人不同，老外在正式餐宴前喝个两三杯香槟当作开胃酒稀松平常。酒量浅的人，肚子不先装点食物，酒精直接触碰到肠胃，加上气泡催促酒精作用，自然不敌酒意。

香槟可以是纯粹功能性的工具，女性在社交派对上手持一杯香槟，就像大老板手指间的雪茄一样，项庄舞剑，意在沛公。香槟是气氛的催化剂，特别是气泡咕噜咕噜冒升的微醺感，人与人之间的心防围墙很快就瓦解崩塌。衣香鬓影、浅酌微酡的纸醉金迷情景，生命似乎也蒙上一层美妙的薄纱。

除了营造气氛，香槟像是光阴的故事胶囊，倾泻出一箩筐的爱恨情仇。世纪传奇灾难泰坦尼克号，吸引成群财迷心窍的寻宝迷潜水打捞，这些陆续“出土”的二十世纪初上流社会遗物中，不少又被搬到拍卖场上进行交易。其中有一批二十年代的老香槟相当受瞩目，在大西洋冰冷海水下冬眠大半个世纪，暗不见天日的海底和冻死莱昂纳多的低温，完美地将香槟的风味封存。酵母等有机物质在酒瓶内安静沉缓地运动，生命年轮的进展放慢了脚步，时光浓缩在这瓶标签已然腐朽的香槟中。

富有的买家标下这意义非凡的酒，举办一场盛大的餐宴，迟了将近一世纪的开瓶，蜷伏在七百五十毫升的玻璃空间的液体，接触到新鲜的空气，像是睡美人般，胶卷格放式地苏醒过来。一层一层的气味如同滴入水中的水彩颜料，姿态优雅地晕染开来。像是某种无以名之的舞蹈，气泡不再青春活跃，取而代之的是光阴流逝的华丽叹息。

阴性气质浓厚的香槟，性格特质就像女人一样变幻多姿，清秀雅致、婀娜多姿、娇娆动人、成熟妩媚。有的第一眼闪亮动人，再看下去就觉得平常；有的一副冰山美人，私底下却有小女孩的可爱个性；有的是需要时间去咀嚼的第二眼美女，也有个性极端复杂，永远摸不透的海底针。

几百年前，一个名叫唐培李侬的修士，在例行酿酒过程中，不小心重复发酵，意外创造出充满二氧化碳的葡萄酒，当时这位老实的修士吓坏了，以为是撒旦降临。禁欲的修士创造出纵欲的感官工具，是上天刻意的安排或不小心遗落的讽刺笑话。十九世纪末俄罗斯贵族光是吃鱼子酱和穿皮草不足以发泄财大气粗的能量，竟然抡起昂贵的大瓶装水晶香槟往墙上砸，借由轻蔑的破坏来炫耀财富。如此践踏酿酒师、酒农和上天三者完美默契下的苦心精华，难怪沙皇王朝速速遭灭亡。

每当鼻尖嗅闻到香槟独有的清新白色花香，思绪不得不飘回饭店与香槟的第一次见面，法国老先生闭目陶醉的神情。空气中飘散的烤面包气味，郁金香杯底如搭电梯般笔直上升的细致气泡，银制冰桶冒出一粒粒晶莹的汗珠，Chardonnay白葡萄的轻盈和Pinot Nior红葡萄的温醇，永远是舌尖上最华丽的音符。

（选自《文学的餐桌》，广西师范大学出版社二〇〇四年版）

三杯过后

老烈

“酒后无德”，是古之君子的一句格言。那意思大概是说，饮了酒，精神亢奋，无法控制自己的思想、感情、言语，一下子把肚子里的隐秘都抖落出来，不好，劝诫人们不要饮酒。听起来似乎很有道理。但若反问一句：那么，不说真心话，装模作样，口是心非，就好，就有德吗？我看，倒不如喝上两杯，尽说实话，表里如一，那才是好，真正有德。这就要使君子非常难堪，只能说一句，“唯女子与小人为难养也”，便悻悻地走开。其实他们是假道学，真名士并不这样。西晋有个刘伶，做过一篇《酒德颂》，对酒大唱赞歌：“兀然而醉，豁尔而醒”，“幕天席地，纵意所如”，“无思无虑，其乐陶陶”。“纵意所如”，便是说真话。“无思无虑”，就是没私心。这可真算有点德。不过也不要“唯酒是务，焉知其余”，喝得酩酊大醉，不省人事，提倡什么“醉后何妨死便埋”，那就戕残身体，有害健康了。倒是辛弃疾的原则好:“麾之即去,招亦须来”,少饮为佳耳。但这也只是对我辈白发苍苍的东山闲人而言,若夫青年人,意气方遒,正当装点江山,仍以不饮为是。

酒这个东西,不知道哪年哪代才开始造出来,可能人类社会在稍有余粮那时候就造酒了罢。中国大概始于殷商,传说发明人是杜康,即少康。《史记》上说,商纣以酒为池,悬肉为林,就是个眉目,但恐怕靠不住。天一热,那味道不大好闻,也不会太好看。周朝设有“酒人”之职,专管造酒的小官,还有一篇《酒诰》,劝人戒酒,可见那时已经大造其酒,并且推广了。到了汉朝,刘邦便是个“高阳酒徒”,饮酒更加普遍,再也管不住了。曹操虽曾下令禁酒,却又“对酒当歌”。以后的历朝历代,亦复如此。一面禁,一面喝,天天禁,天天喝。那原因就在于皇帝老倌带头好饮。他喝,大官就喝,小官也跟着喝,老百姓怕犯禁令,不敢公开就偷偷地喝。上有好者,禁得谁来!由此可知,古往今来的许多事情禁而不止,都跟上边的榜样有关系。同时也说明,老百姓喜欢的东西,硬要下令取缔,恐怕难以行得通。堵塞莫如疏导。“朋友,少喝点罢,多了有害健康!”那或许还有效。

造酒是不是一种文化表现,饮酒算不算是一种文化生活,我不敢一语肯定,但酒和古今的文人学士,和诗词、书画、文章、戏曲等等文化活动都有密切关系,却是不错的。“竹林七贤”,“醉中八仙”。有人自号“酒龙”,有人被呼“酒圣”。陶潜老先生“悠然见南山”。张旭大书家“三杯草圣传”。苏东坡怕冷，“我欲乘风归去，又恐琼楼玉宇，高处不胜寒”。李清照怕风，“三杯两盏淡酒，怎敌它，晚来风急”。李白啥也不怕，“举杯邀明月，对影成三人”，坐在地上喝；“且就洞庭赊月色，将船买酒白云边”，跑到天上喝去了。曹雪芹只要有南酒和烧鸭子便写得出《红楼梦》。傅抱石饮了茅台便越画越好。辛弃疾写真醉：“昨夜松边醉倒，问松‘我醉何如’。只疑松动要来扶，以手推松曰‘去’”，醉态可掬。侯宝林说假醉：一个人耍酒疯，躺在马路中间，“汽车来了！”“不怕。”躺着不动。“消防车来啦！”爬起来就跑，原形毕露……这样的逸闻趣话，说不完道不尽，都可称作“文酒”。还有一种“武酒”，那就和军事、武术、使枪弄棒联系在一起了。楚汉鸿门宴上，酒席之前，项庄舞剑，意在沛公。霸王被困垓下，四面楚歌，起饮帐中，悲歌慷慨。魏武横槊赋诗，“何以解忧，唯有杜康”。宋祖黄袍加身，一朝平天下，杯酒释兵权。花和尚倒拔垂杨柳，黑旋风大闹忠义堂，武二郎打虎景阳冈，林教头风雪山神庙，无一离得开一个酒字，似乎它能够助威壮胆，可以武艺超人，怪不得一口气就喝它个十碗八碗，越喝越勇。就连八路军打了胜仗，会餐祝捷，四大盆菜中间也少不了一大碗酒，还放上一只汤匙，人各一口，轮流坐庄。有时还猜拳行令：“九一八呀，七月七，日本鬼呀，打出去！国共合作！全民抗战！”那可真是来神。

我的饮酒，也和当兵分不开。有一年在鲁南，行军到峄县的方城，天气奇冷，中午“打尖”，闻着一阵酒香，搜尽口袋，得钱八角，买酒半碗，一饮而光，香透五内，热遍全身，原来竟是那“兰陵美酒郁金香”的兰陵酒呵！后来在东北，“四保临江”，我当侦察员，常常要在夜间卧水爬冰，观察敌情，冷不可支，便背一支军用水壶，装满了酒，隔一段时间呷一口，为保持血液循环，免得被冻僵，从此我便算做“会喝”了。有意思的是大革文化命当中，上“粤北大学”在“一〇三队”，一年春节，多蒙“牛官”开恩，每人赏二两，那真是“花上露”，“洞中泉”。不期一位“同学”没量，喝得满脸通红，晃晃荡荡，“牛大人”大为发火，骂道：“你们这群家伙，一辈子也别想再喝酒”，使人不懊悔而已。后来有的“同学”“解放”了，虽还“留队劳动”，但可“自由”地到镇上买点东西。我们便订了个计：“瞒天过海”。劳动的时候，把水壶都挂在一起，等到收工，我拿他的，他拿我的，我手里的便是那位“解放”了的“同学”的一满壶酒了。这样，夜里蒙上被子，就可以喝上两口，“飘飘羽化而登仙”。古人说酒是“扫愁帚”，又名“钓诗钩”。我的愁并未被扫掉，只不过轻松一阵子。诗就更钓不出来，稀里糊涂地想起了杜甫的两句：“莫思身外无穷事，且尽生前有限杯！”谁知道关到何年何月呀。

这些年，粮食一多，酒市也热闹起来。古时的酒，多半以“春”为名，“洞庭春”“金陵春”“杏花春”“蓬莱春”“木兰春”等等，不一而足，好听得很。今天可就没那么雅了，都是直呼曰酒。茅台、五粮液、古井、洋河大曲、泸州大曲是白酒；香雪、善酿、沉缸是黄酒；药酒有莲花白、竹叶青、五加皮、味美思；果酒有红葡萄、白葡萄、绿茵陈、玫瑰露，等等，等等。原来有八大名酒，现在据说已经增加到十八种，多且易滥，名酒恐怕也就难名了。实际上还是茅台、香雪、竹叶青、红葡萄几个老牌子脍炙人口。我就只识老货，何者为好，何者为次，淡、薄、轻，厚、重、陈，冽、烈，干、甘，醇、纯，清、润、和、正，这些字眼都不好随便下，得喝的种类多，次数多，有个品尝比较，才能做出准确的考语。平常说话，曰饮酒，曰喝酒，曰吃酒，都无不可，因地方语言习惯而异。但饮酒宜慢，其理则一。不可一大口一大口地咕噜咕噜往里灌，要一小口一小口地慢慢来，杯口贴着唇边，轻轻送入口内，无声无响，压在舌根，然后咽下。这种“呷”，最得体，所谓“浅斟慢酌”者是也。菜也不须多，更不须太好，三品两味，花生米、豆腐干、酱牛肉之类足矣。“吴姬侑酒，越女侍宴”，京苏大菜，吆吆喝喝，那就没什么意思了。记得有位记者，问圣陶叶老的长寿之道，叶老微笑着答道：“每餐少饮一点点酒。”高人妙论，应当成为今日好酒者的原则。近年来，退休在家，我这个被判决“一辈子也别想再喝酒”的酒徒，毫不客气地又端起了酒杯。杜甫诗云：“耽酒须微禄，狂歌托圣朝。”现在虽然当了“员外”，托庇圣朝，禄也还不算很微，吃饭穿衣之外，还有钱买酒，三杯落腹，小醉蒙眬，未敢狂歌，酒话而已。

乙丑正月灯节

（选自《解忧集》，中外文化出版公司一九八八年版）

酒戒

张北海

在台湾的时候，我基本上喝金门高粱或台湾啤酒和生啤酒，非常偶尔才有可能喝点外国酒，主要是威士忌或白兰地。至于清酒、米酒、红露、五加皮以及各式各样的药酒，我完全没有胃口。

这是二十五年以前到目前为止我的半生的喝酒习惯和兴趣。自从到了美国以后，我就完全改为喝外国酒，主要是威士忌，偶尔一点白兰地或啤酒。至于其他成百上千种鸡尾酒，不是说它不好喝，而是我喜欢简单直接的酒，以不改变酒的味道为原则。所以如果我不是直喝（straight）我的威士忌的话，我也只加一些冰块、一点水而已，只是起一点冲淡的作用。

而法国红酒和白酒，我始终没有真正进入情况，只有在有相当好的外国菜的陪衬之下，经过懂得的人的介绍，我才能真正地享受。

我还是喜欢威士忌，但来美以后开始认真地喝，也经过了好几个阶段。做学生的时候，以美国威士忌（Bourbon Whiskey）为主，因为只需要苏格兰威士忌三分之一到四分之一的价钱即可买到一瓶蛮好的。爱尔兰威士忌还可以，但很少喝加拿大威士忌，味道比较冲。

开始打工做事了以后，口袋里比学生时代多了那么几块零钱，才喝起了苏格兰威士忌（Scotch Whiskey，也有人音译为“苏考赤”）。我当时并不知道，而且连大部分喝“苏考赤”的老美也不知道，我们通常喝的（Johnnie Walker，Chivas Regal，Dewar's，Cutty Sark，White Horse...）都是所谓的“杂种”苏考赤（Blended Scotch），这些名牌苏考赤都是用好几个“纯种”（Pure Malt），再混上不少其他的“杂种”配制出来的。

称这两种苏考赤为“杂种”和“纯种”绝不含有任何贬的意思。刚好相反，我是从科学角度来翻译这两个名词。最早期的苏考赤都是只用大麦（先发酵，再蒸馏）来制作，因而英文称之为Pure Malt，或Single Malt Whiskey，也就是说，“纯种”威士忌。过了很久才有人想到用不同酒厂的“纯种”，加上其他各式各样的“杂种”（粮食，如玉米、小麦、黑麦）酒配制而成，因而英文称之为Blended Scotch Whiskey。“纯”与“杂”只表示“一种粮”和“杂种粮”而已，而不表示褒和贬。不过有一点要知道，“杂种苏考赤”的商会多年来一直在阻碍“纯种苏考赤”销往美国，直到好像七十年代。这就是为什么“纯种”是近十几年来最引人（当然指苏考赤爱好者）注意的苏考赤。

这也正是我目前的阶段，只不过我并没有完全抛弃我的“杂种”。它还是比较便宜，虽然只便宜大约四分之一，可是对常常喝的人来说，还是可以少支出一点。不过我家里总会有一两瓶“纯种”（Glenlivet，Glenfiddich...），为知音，为远方来的友朋，为自己的心情，为春分，为初雪……

我的酒龄只比我小十几岁。除了年轻的时候为了酒而出过丑，失过态，丢过脸之外，我多年来早已告别“滥饮”。“滥饮”是任何爱酒的人很难逃过的洗礼。如果非要经过不可的话，那就跟失恋一样，越早越好，越快过去越好。这一关过不了，或拖得太久，很容易变成酒鬼。当然，就算你过了，也不见得你就能够成为酒仙。问题就在这里，你听我说，你可以自贬为酒鬼，但任何人都无法自封为酒仙。酒仙是修来的，只不过，就我所知，太多太多的酒友，在还没有想到修成酒仙的时候，已经变成酒鬼了。我非鬼非仙。不过，让我在此扮演一次菩萨，就算我不能助你修成酒仙，但至少也许可以使你不必沦为酒鬼。

酒鬼是现实写照，酒仙是浪漫幻想。既然讲酒戒，就只有从现实开始。现实是，酒是一种麻醉品，也许它还是鸦片，但它也绝不是鸡蛋。何况就连鸡蛋（去问问四十岁以上的人看看），吃多了都对身体有害。

美国一般用“血液酒精”来测量人醉酒的程度。所谓的“血液酒精”，是指人体血液之中的酒精百分比。就美国各州公路警察逮捕酒醉驾车来说，酒醉的标准是百分之零点一，或千分之一。这就是说，每千单位血液之中有一单位酒精的话，无论你身高体重如何，也不管你很久以前喝了多少，才在当时出现这个血液酒精百分比，就请你立刻坐牢，至少一夜，事后的惩罚虽因州而异，但绝不会轻。就醉酒标准而言，这千分之一的规定相当精确。问题是，在你喝酒的时候，你怎么知道几杯下肚之后才使血液酒精高到这个程度？另外，要停喝之后多久，身体才会排泄掉所有酒精而使你完全清醒？最后，有没有一个所谓之“高潮”，也就是说，在没有醉之前的一个最过瘾快乐舒畅的时刻？

让我先澄清一个引起不少误会的概念。不少人以为烈性酒（如威士忌或白干）要比红葡萄酒（或清酒）和啤酒更容易醉人。一般来说，除了因个人体质不同而会有少许差别之外，任何酒喝多了（喝到血液酒精千分之一的程度）都会醉。使你醉的不是高粱酒的高粱，葡萄酒的葡萄，而是这些酒中间的酒精，就这么简单。

为了方便起见，我用三种不同的外国酒来举例。一种是烈酒，如威士忌、白兰地（中国的白干，从山西汾酒到金门高粱，则较烈一点）。一种是葡萄酒，如法国的红酒、白酒，中国和日本的清酒（中国的黄酒则相当于西方的“加强葡萄酒”，酒精强度介乎烈酒和葡萄酒之间）。一种是啤酒，中外几乎一样。

三种酒的酒精成分虽然不一样，可是一杯普通威士忌（shot，看你去哪个酒吧，大约一英两至一点五英两，在此我们不妨用平均数一点二五英两作标准）的酒精含量相当于普通一杯四英两的任何葡萄酒，也相当于任何十二英两装的啤酒。这种比较的意思是说，你喝一杯威士忌，加不加冰都无所谓，从身体所吸收的酒精来说，与喝一杯四英两的葡萄酒和一杯十二英两的啤酒一样。

一般而言，我们的身体重量是一个决定因素，虽然我也碰过比我还瘦的人比我还能喝，但是总的来说，体重高的人比体重低的人，至少在时间上能晚醉一会儿，如果目的是酒醉的话。换个方式来说，以同等速度喝同量的任何酒，身体重的人可以持久一点。至于那些有特异功能的，天生异禀的，内功出神入化的，如果在传闻和武侠小说之外真有他们，则不在此限（万一碰到这种人，也千万别和他们比酒）。

让我再用三种不同体重的人来做个比较：一百二十英磅，一百五十英磅，一百八十英磅。用这三种体重作基准，你大致可以找到你醉酒的时间和杯数，请注意，这里所说的“杯”，指一杯一点二五英两威士忌，或一杯四英两红白葡萄酒，或一杯十二英两啤酒。还有，以千分之一血液酒精作为酒醉的标准。

一百二十英磅：一小时只喝一杯，你六小时内不会醉。一小时喝两杯，你二点五小时一定醉。

一百五十英磅：一小时只喝一杯，你七小时内不会醉。一小时喝两杯，你三小时一定醉。

一百八十英磅：一小时只喝一杯，你十小时内不会醉（不过你会困）。一小时喝两杯，你四小时一定醉。

这当然是指一般人，而且这当中绝对有不少例外。一个是，如果还记得酒是麻醉品的话，人体会慢慢适应（入芝兰之室，久而不闻其香；入鲍鱼之肆，久而不闻其臭）。常喝酒的人在这方面比不常喝酒的人占点便宜。酒量是可以练的，但也只能练到某一个程度而已。同时，这是你的身体在付出代价，而且代价不低。好，不管怎样，考虑到这一切之后，你大概可以计算出我在前面提到的第一个问题的答案了，至少你可以知道，以哪种速度喝酒，你还可以不致出丑失态，说一些你清醒之后懊悔的话。

至于第二个问题，要多久才能排掉体内的酒精，才完全清醒？酒一入胃，你就完全无能为力了。人工呕吐太丢脸，何况在赌酒逞能的时候，这等于是在作弊。只有靠陪酒过日子的人有资格这么做。无论如何，要多久才完全清醒，医学上肯定有更精确的计算方法。不过，照我个人的经验来看，假设喝酒有那么一个难于捕捉的“高潮”，那个没有醉但其快乐舒畅无比的时刻，那么从这个时刻算起，你完全清醒所需的时间要比你从开始喝到抵达这个高潮的时间稍微久一点。

我用高潮作为界线是因为，很简单，如果以酒醉为标准的话，你只有睡一夜才醒得过来，那就没有意义了，更没有意思了。所以，最后一个问题，如何抵达高潮？

这个问题并不容易回答，因为这个高潮不像“那个高潮”那么容易下定义。用最简单的方法来衡量，如果我们接受千分之一血液酒精是美国的法定酒醉标准，那一般人喝酒的高潮是抵达这个界线所需的一半。让我再用上面用过的三个不同体重来举例。这虽然只是一个大概，但也差不多可以作为你饮酒的灯塔……好，喝酒的最终目的，喝酒的人所追求的理想境界——高潮：

一百二十英磅：两小时三杯（我是说到此为止，而不是两小时三杯，四小时六杯……四小时六杯你非醉不可），或四小时四杯（到此为止）。

一百五十英磅：一小时三杯（到此为止），或三小时四杯（到此为止），或五小时六杯（到此为止）。

一百八十英磅：一小时三杯半（到此为止），或两小时四杯（到此为止），或三小时五杯（到此为止），或五小时六杯（到此为止）。

这是喝酒的一个理想境界。但这个高潮也并不像“那个高潮”那么石破天惊、天摇地动。有的时候过了你可能都不知道。而且就算知道了，感觉到了，你也只不过经历一个有限期间的享受。一旦抵达了这个巅峰，假设你不再继续喝下去（而又有几个人真能守得住），你大概可以过上一个小时的瘾，然后就慢慢清醒。问题是，清醒的过程比抵达高潮要久一点，而伤感情的是，清醒的过程没有抵达的过程那么令人舒畅，前者情绪上升，后者情绪下降。而且这一点比什么都重要，就算你三个小时抵达了高潮，而且不再继续喝，那你很可能在之后两个小时就感到完全清醒。但事实上，你并没有，这个清醒是假的，至少开车绝对还会受其影响。一点不错，喝酒容易消酒难。

我想只是因为消酒难才会有人不醉不归。因为酒在体内消失的过程中反而使你更烦，更闷（借酒绝对消不了任何愁），于是你就再来一杯，希望能再回到慢慢进入高潮过程中的那种舒畅感觉，但问题是，这个高潮一去不返。你永远无法再回到从前。除非你在真的完全清醒之后从头来过。那多麻烦！于是你就又来一杯……是高潮过后这一杯又一杯，最终送你进入醉乡。长远下去，还使你的肝硬化。

没有喝酒的时候，什么道理都明白，都可以说清楚。可是除了酒仙之外，有几个人在享受高潮的时候还把持得住？酒是麻醉品，而麻醉的又刚好是支配理智的大脑神经。这真是人生享乐的莫大矛盾，莫大讽刺，莫大不公平。就在你喝酒喝得最快乐舒畅的时候，也正是你的大脑神经被麻醉到不那么理智的时候，而今天的科学饮酒行为守则（千分之一血液酒精是法定醉酒标准！）却规定你就在此时此刻停止喝酒。

所以，酒戒归酒戒，还是随你便吧！人生一场，人生几何，为知音，为远方来的友朋，为自己的心情，为春分，为初雪，为任何你要为的……什么？瓶子空了？好！五花马，千金裘，呼儿将出换美酒！

（选自《解忧集》，中外文化出版公司一九八八年版）

丁卯话酒

于浩成

记得在我很小的时候，祖父恒喜公总是在吃饭以前喝几盅，喝的大概是白干之类。酒菜也很简单，并不丰盛，只有花椒盐水煮毛豆（一名青豆）或豆腐干一小碟。毛豆是带荚放在碟里，吃的时候连荚咬，然后再把豆荚吐出来。祖父经常喝得很慢，一小口一小口地慢慢吸吮（北京话叫一口一口地抿），不时停下来咬嚼一两个毛豆。喝酒的时间通常要在半个小时以上，这应该是他每天最好的休息和享乐了。记得有好几次我正好在他自斟自饮时由母亲带到他那间堂屋里（夏天则是在夕阳西下以后在院中摆个小桌），如果碰上他高兴，有时把我叫到他跟前，用筷子在酒杯里蘸一蘸，让我张开嘴吐出舌头，用筷子尖把酒滴在我的小舌头上，每当我喊“好辣呀”，马上跑开时，祖父总是大笑一阵。这种戏谑完全是一种慈爱的表示，使我想到陶渊明诗中所说“春秫作美酒，酒熟吾自斟。弱子戏我侧，学语未成音。此事真复乐，聊用忘华簪”。现在，我已经年逾花甲，垂垂老矣，我喝酒时也曾经如此取乐，让孙子小玄和孙女小雨尝尝酒的滋味。我想，我国从久远年代起饮酒作为文化的一个组成部分能够一代一代地传下来，随着华夏文化的发展，酒文化也愈益发展昌盛起来，这绝非偶然的。酒与政策、文化特别是文学艺术等之间的关系，看来都是值得研究的大好题目，可以写出不少专著和妙文来的。还想到，酒文化尤其是比较文化中的重要题目。即以刚才提到我祖父一小口一小口地喝酒这一点来说，不但我多年来一直保持这一习惯，据我观察，大多数我国同胞喝白酒时也都是这样一种喝法，与高鼻梁蓝眼睛的外国人总是在酒吧间柜台前端起酒杯一饮而尽的喝法截然不同的。我至今不大习惯而且十分反对宴会席上的“干杯”，即碰杯后一口气喝下去的做法，特别是强迫别人喝酒，逼着不会喝酒的人直着脖子把“烧刀子”灌下去，这简直是对人的折磨，变乐事为苦事，实在是野蛮而非文明了，记得契诃夫在《萨哈林游记》讲到，他去我国东北一个小酒馆中看到中国人喝酒的情况。他说：“他们一口一口地喝，每一次都端起酒杯，向同桌邻座的人说一声：‘请’，然后喝下去，真是怪有礼的民族。”再有，像日本的“清酒”，同我国的绍兴黄酒性质相近，也是温热了以后再喝。这同日本文化在很大程度上是来源于中国文化这一点分不开的。这些，难道不是比较文化中的极好资料吗？

我长大以后怎样喝起酒来，我自己也记不大清楚了。据说我父亲鲁安公酒量很大，十分豪饮，但我对他喝酒的印象不深，因为他中年一直当教师，经常住学校宿舍。他能豪饮的名声大概来自有人请客、同事们聚餐时的表现。后来他开始学佛，一下子把烟酒都戒断了。这也是他令我钦佩的一件事。因为有些人戒烟断酒那样的困难，他下定决心后能够立即断住，可见他意志、毅力之坚强了。他晚年同我在一起的日子里，我从来没有看到他吸过一支烟或喝过一杯酒。因此在我的记忆中，从来没有他喝酒的印象。有人说，酒量大小与祖上遗传有关。据我看，这种说法不一定确实，因为我自己的酒量并不大，充其量不过一顿饭能喝小四两（十六两为一斤），即大两二两半（十两为一斤）而已。而我的哥哥董易则酒量比我大一些，由此可见酒量大小来自先天遗传（体质）的成分应该说小于后天锻炼的成分。但有一点恐怕是可以肯定为客观规律之一的，即人的酒量大小一般同年龄大小成反比例，也就是说，随着年龄的增长，一个人的酒量会逐渐减少，这可能与人体的承受能力有关，也是无可奈何的事情。

喝酒是否对身体有益？这一直是人们争论不休的问题。医生几次劝我止酒，说喝酒对高血压和冠心病是致命的毒药，但我一直下不了完全戒酒的决心。在老伴的劝说和监督下，半自觉地采用了妥协方案，即少饮，绝不过量。酗酒有害无益，戕残身体，应该加以禁止，这是毫无疑义的。但一滴不进，连人生中这一点少有的乐趣也被剥夺，岂不是太同自己过不去了吗？因此，当我在“文化大革命”中被关进秦城监狱以致被迫断烟戒酒三年多终于出狱以后，我老伴同我谈判，让我在烟酒之间任选一种（因为在我入狱以后，家中收入锐减，衣物书籍大部变卖，而在我出狱以后被勒令去“五七干校”劳动，每月只发三十元生活费），我毫不犹豫地选择了酒。根据这几年医学界对吸烟之害的论述，我认为确实做出了正确的选择，至今毫无悔意，奉行唯谨。

有人说喜欢饮酒的人是由于嘴馋，当然嘴馋并非坏事。然而把馋鬼的头衔加在好酒贪杯的人身上却有失公允，因为不喝酒的人也未必不馋嘴。如有上好的酒菜佐饮，自然是求之不得的，但像我这样真正嗜好饮酒的人，追求的是酒的本身，而非菜之好坏。我喝酒时对酒菜的要求并不高，一碟五香花生米或豆腐干（但须略有咸味者，最好的是苏州卤制豆腐干，现在北京各副食店卖的往往淡而无味，确实不敢恭维），同样也能喝得津津有味，大过其瘾。喝酒的人往往喜爱耐嚼有味的食品作为佐酒菜肴，例如鸡脚、鸡头、鸭胗肝、鸭翅膀、牛蹄筋、猪蹄、猪耳朵脆骨、肉冻、熏鱼、素什锦、炸龙虾之类杂七杂八的东西，用来下酒比大鱼大肉、山珍海味更受欢迎。

上面说到酒足以代表一个民族的文化，我们中国人平常喝的当然一般都是中国酒，即白酒、黄酒、葡萄酒和各类果酒。至于洋酒，我只喝过烟台张裕酒厂出产的“金奖白兰地”和

“威士忌”。偶尔喝过法国产的、瓶子上有拿破仑头像的白兰地。这些酒夏天放上冰块，喝来倒也别有风味，但我不是特别喜欢。有一种本国出产的“外国酒”，即北京阜成门外天主堂产的“金酒”，即杜松子酒，有一股特殊的香味，不知为什么这几年却在市场上绝迹了。我特意寻找了几次，都没有买到。据说是早已停产，这是十分可惜的事。各类果酒，我是很少喝的，除非在别人家做客时，主人备的是果酒，自然不好拒绝。葡萄酒倒是常喝。过去我那老伴是滴酒不进的，近几年在我的一再劝诱下也能喝一杯半杯葡萄酒了。但我总觉得我国出产的红、白葡萄酒，缺点都是加糖料过多，以致像喝甜水一般，实在没多大意思。前几年我才懂得喝干白或干红葡萄酒，即不加糖的原汁葡萄酒，酸酸的，既可诱发食欲，又能帮助消化。记得一九八四年《啄木鸟》去烟台举行笔会期间，我曾与古华同志大喝其“雷司令”，至今记忆犹新。但今年为参加《中国法律思想通史》编委会再去烟台时，喝的却是“李将军”了。黄酒，我也是很喜欢的。由于它度数低，性质比较温和，没有白酒那么刚烈，喝起来比白酒据说对人的身体更为有益。黄酒以绍兴生产的为最佳，绍兴酒几乎成了黄酒的代名词。它有香雪、加饭、善酿等品种，还有远年陈绍或称花雕，其酒味更为醇厚。江浙一带从古时起有一习俗，家中生了女孩以后，即将一坛（因坛外往往雕刻花纹，故亦称花雕）黄酒埋入土中，待女儿长大出嫁时从土里刨出来，在婚礼宴席上待客。由于“酒要陈、茶要新”，所以远年陈绍是十分难得的好酒，可惜我只听人说过，但从未尝到过。黄酒，一般以温热了再喝为好，记得我有一对很好的热酒的“温器”，酒杯用极薄的白瓷制成，放在温器中传热很快，可惜在“文化大革命”初期作为“四旧”被摔碎了。后来我一直很少喝黄酒。今年有一次同几个友人在“咸亨酒店”吃饭，再一次喝到用锡壶装的烫得极热的黄酒，喝起来确实是一种适意的享受，难怪曹雪芹说过：“只要给我吃烤鸭，喝黄酒，我就给你们写《红楼梦》！”喝啤酒是近几年才养成的嗜好。特别在夏天，饭前喝一两杯冰镇啤酒已经不可缺少。严格说来，啤酒其实不能算酒，因它的酒的成分很少，只能说是一种饮料。可惜这个见解，我老伴一直不同意。更可惜的是，近一两年来玻璃瓶装的青岛啤酒和北京啤酒（包括五星牌在内）很难买到，而其他各地产的杂牌啤酒，质量稍差，有的味道不那么纯正。据说这种现象的造成与官方控制定价有关，但愿这一情况能够尽快得到改进。

我平常喝的主要还是白酒，一称白干或烧酒。据说酒的好坏同水质有关，我认为似以贵州、四川一带的酒质量最好。除世界闻名的茅台外，五粮液和泸州大曲是我最爱好的，而董酒、鸭溪窖酒、平坝大曲、全兴大曲等也都是名牌好酒。安徽的古井贡酒和湖南长沙的白沙液，前几年市上还常有，最近除高级宾馆外，已经很难买到。历史悠久的陕西西凤、山西汾酒、辽宁锦州的凌川白酒和河北衡水的“老白干”，可能同南方产酒的酒曲或水质不同，喝起来同泸州大曲、董酒的味道不大一样，但我同样十分喜爱。除了上面所说的这些被选入“八大名酒”之列的名牌以外，实际上有些地方上的名酒也是上好佳品，颇有特色的，如山西浑源产的“浑酒”，湖南湘西土家族自治州产的“湘泉”以及甘肃武威产的“凉州大曲”，喝起来甘冽清香，至今让人怀念不已。可惜在外地很难买到。至于被称为药酒的五加皮、竹叶青、莲花白之类偶一喝之，也别有风味。我还有用普通白酒（一般用北京二锅头或天津的直沽烧酒）自行泡制的人参酒、枸杞酒等，据说冬天喝起来有延年益寿之效，但我却只是为喝酒而喝酒，很少考虑到它们有什么功效。

翻看我国的古典文学作品，历代文人几乎都与酒结下不解之缘。陶渊明诗中几乎是篇篇有酒，如“试酌百情远，垂觞忽忘天”说饮酒之乐，说得恰到好处。他在那篇题为“饮酒”的组诗小序中坦白承认：“余闲居寡欢，比兼夜已长，偶有名酒，无夕不饮。”但是，如果把陶渊明仅仅看成一个忘情社会的、飘洒闲散的田园诗人或隐逸诗人，那就未免是皮相之谈了。鲁迅先生早就指出过这一点。陶诗中说：“酒能祛百虑，菊解制颓龄，如何蓬庐士，空视时运倾。”他绝对没有陶醉于酒乡而忘情政治和社会。他为了自己“有志不获骋”而“念此怀悲凄，终晓不能静”。清朝的龚自珍对陶的心事是很了解的。他在诗中写过“陶潜诗喜说荆轲，想见停云发浩歌。吟到恩仇心事涌，江湖侠骨恐无多”“陶潜酷似卧龙豪，万古浔阳松菊高。莫信诗人竟平淡，二分梁甫一分骚”。在陶渊明以前的阮籍，其旷达也是表面上的，实则内心非常痛苦。我疑心他听说步兵衙中酒酿得好，于是请求去当步兵校尉，恐怕也是避祸远害的一种政治姿态。只有竹林七贤中的刘伶，可以说是为喝酒而喝酒的醉鬼。他经常带一把铁锹，说什么“死便埋我”！他还以戒酒为名骗得老婆的钱财，然后大吃大喝，完全一副无赖形象，实在缺乏酒德，不足为训。唐代的两位大诗人李白和杜甫都喜欢喝酒，诗中谈酒的部分占了不小篇幅。杜甫的《饮中八仙歌》，把李白的醉态写得十分生动：“李白斗酒诗百篇，长安市上酒家眠，天子呼来不上船，自称臣是酒中仙。”杜甫自己在酒后虽没有李白那么狂，但也说过“古来圣贤皆寂寞，唯有饮者留其名”，这当然是愤激之词了。苏东坡的诗词中谈到酒的地方也很不少。“夜饮东坡醒复醉，归来仿佛三更……敲门都不应，倚杖听江声”，写得就很有意思。他在这首词中发出了“常恨此身非我有，何时忘却营营”的感叹，说出了从古到今多少知识分子的心声！据说由于他在词的末尾写了“小舟从此逝，江海寄余生”，使得当时的太守大惊，以为朝廷交他管制的这位特殊犯人逃脱了，还专门派人到他家察看，见到苏轼正在蒙头大睡才放了心。这使我想到“文化大革命”中被流放在湖北沙洋，黑帮们偷着聚饮时的欢乐情景。但当时的情怀同陈与义在他那首《临江仙》一词中所说的“忆昔午桥桥上饮，坐中多是豪英。长沟流月去无声，杏花疏影里，吹笛到天明”，这样一种名士气派又是截然不同的。但一个人喝闷酒确实是没大意思的。借酒浇愁愁更愁，抽刀断水水还流。李白有过“花间一壶酒，独酌无相亲，举杯邀明月，对影成三人”的诗句，可见其寂寞心情。鲁迅写的《在酒楼上》，也表现了一个知识分子落寞、寂寥的情绪。有趣的是，“绿蚁新醅酒，红泥小火炉；晚来天欲雪，能饮一杯无？”喝酒的人总喜欢找个酒友，但必须是说得来的，所谓“酒逢知己千杯少，话不投机半句多”。在一起饮酒确实能增进彼此的了解和友情，人们常说“喝酒喝厚了，耍钱（即赌钱）耍薄了”。说到喝酒，一个人总要想到自己的酒友，这是十分自然的。《世说新语》有一段说王戎：“经黄公酒垆下过，顾谓后车客：‘吾昔与嵇叔夜、阮嗣宗共酣饮于此垆……自嵇生夭、阮公亡以来，便为时所羁绁，今日视此虽近，邈若山河。”虽王戎后来当了大官，这里反映出的怀旧心情却十分真切诚挚。后来南朝的颜延之写《五君咏》，赞颂竹林七贤中的五人，却把他和山涛这两个由隐逸变成高官的排除在外了。总之，从古人诗词作品以及个人自身生活经历中都可以得出这样的结论：酒确有消忧解愁，助兴增情之功效，如果世上没有酒，我们的生活将是何等的寂寞！“无花无酒过清明，兴味萧然似野僧”，多么枯寂！“艰难苦恨繁霜鬓，潦倒新停浊酒杯”，何等痛苦！特别是酒对于文学艺术家说来，可以说是重要的催化剂，如果缺少了酒，我们将失去多少名篇佳作！当然，世上一切好事，都有一个“量”或“度”的问题。我反对酗酒，反对毫无节制地狂喝滥饮。李白诗中所谓“百年三万六千日，一日须倾三百杯”，只不过是诗人夸大之词，不能当真的。

写到这里，我这篇酒话大概也应该结束了。不难看出，这篇文章也是酒后写出来的，拉拉杂杂，语无伦次，只好借用陶渊明的一句诗“但恨多谬误，君当恕醉人”，就此打住吧。

（选自《解忧集》，中外文化出版公司一九八八年版）

酒令

邓云乡

我过去在北京旧书摊上曾买到过一本“牙牌酒令”的书，现在则因了众所周知的原因，早已没有了，但是我一直很思念它。昔人诗云“亡书久似忆良朋”，可我虽然对这位“良朋”念念不忘，遗憾的是，却把书名忘记了。只记得的是书中印着：“同治某年，宣南家刻本”，作者是谁，也一股脑儿忘光了。现在想来，总是同治年间、寓居宣南的京官中，某一位好事者刻的了。刻印很精，是红、黑套印，全书共分两部分，三分之二是牙牌副子，三分之一是酒令曲子。一副牙牌，配一句唐诗。唐诗印在右上方，下面并排三张牙牌。也就是每半页一图、一句诗，四周加细线，都是用白棉纸印的，雪白、朱红、墨黑，颜色分明，印制素雅。这种冷门小本书，家刻本印数不多，是可遇而不可求，很难得到的。当时我于无意中得到，亦颇有一种“至快也”的感觉。

牙牌配副子，首先是两张一副，因为天、地、人、娥、版、五、长以及“皇上”、花五、花七、花九等都是两张一对的。但在过去玩骨牌“打天九”及“过五关”时，都是三张一副，三张一副，按数学中“排列”“组合”的公式计算，变化自然更多。第四十回“金鸳鸯三宣牙牌令”，说的那些牙牌副子，都是三张一副的，我旧藏失落的这本“牙牌酒令”的书，也正是鸳鸯所宣的这种牙牌副子，每三张合一副，自然比鸳鸯所说的要多得多了。鸳鸯宣牙牌令，是每说一张牌，说一句诗，大部分是象形的，少部分是谐音的。如鸳鸯说：“当中是一个‘五与六’。”贾母说：“六桥梅花香彻骨。”就是那张牌一头的“五”点，像一朵梅花，一头六点，用“六桥”代之。等到鸳鸯说：“左边是个‘大长五’。”薛姨妈便说：“梅花朵朵风前舞。”两朵梅花，仍是象形。即至鸳鸯又说：“左边一个‘天’。”黛玉说：“良辰美景奈何天。”那便是凑韵了。鸳鸯把三张合起来说的，也是象形的话。如与湘云合说的，左边“长幺”，右边“长幺”，中间“幺四”，鸳鸯说：“凑成‘樱桃九熟’。”因为九个都是红点，所以比喻得极为形象。

我那本失落的“牙牌酒令”的书，书名虽然忘记了，但内容还记得几则。它是每三张一副，用一句唐诗来标示，每副都极为形象，单就酒令论，自然是颇见慧心，较之红楼故事，也是有过之而无不及了。下面介绍几副看看。

比如右边一张“幺五”，中间一张“花九”，按四点在上、五点在下的位置摆着，右面又是一张“幺五”，这样下面一排都是白色五点，上面一排都是朱红点子，编者在右上角题着“林花着雨胭脂湿”，十分神似，颇见匠心。

又如左面一张“人牌”，中间一张二、三“五点”，右面一张“长三”。“长三”斜看很像一条船，角上题着杜诗：“野航恰受两三人”，十分巧妙。

又如并列两张长三，再加一张三、六“花九”，一共五排斜列着的三点，好像一根链条，边上六点像是坠着一个重物，右上题着“千寻铁索沉江底”，真是再形象也没有了。

又如中间一张“人牌”，左、右两面一边一张“金屏”，上面一排三张都是四个红点，十分仪容华赡，左右象征两扇屏风，好像是贵妇人坐在中间。因而这副牌便用象征性的手法题了一句诗：“只似人间富贵家。”

其他还有许多非常巧妙的副子，诗句题得极为形象，只是记不完全了。记得有一页题作“三月正当三十日”，当时朋友们看了，没有一个不拍案叫绝的，而现在却时隔多年，想来想去也想不齐全了。一本小书，得失之间，本来无所谓，而对于一个有点癖好的人说来，却老是念念不忘。一是可惜这样一册印刷精美的书，现在不知流落何所，或者早已变为灰烬了，真是可一而不可再，再想得到，那真有些老和尚看嫁妆之感了。二是失落了这样一本书，也不能在写谈“鸳鸯三宣牙牌令”时，提供出生动的资料，更惋惜没有很好利用这本书了。说来说去还是书，正是稼轩词所谓“百药难医书史淫”了。

古人吃酒行酒令，谓之“觞政”。把它比作政治，可见是很不简单的。所以鸳鸯女说“酒令大如军令”，是颇有一点运筹帷幄的气概，实际也还是所谓的文人雅戏罢了。本来酒令、酒筹，在唐代就很时兴了。唐人传奇小说中有“春来无计遣春愁，醉折花枝当酒筹，忽忆故人天际去，计程今日到梁州”的诗句。诗中很形象地谈到了“酒筹”。又唐人笔记中曾记载薛涛与成都西川节度使高骈行酒令的故事。酒令规定：说令时要说一字，此字要形象所说之物，又要能押韵。于是骈自云：

“口有似，没量斗。”

薛涛接着说：“川有似，三条椽。”

口、斗押韵，川、椽押韵。高骈问薛涛：“川字的一笔弯曲怎么办？”意思是不像。这时薛涛便讽刺他道：“相公为西川节度使，尚使一没量斗；至于穷酒佐，三条椽只有一条曲，又何足怪？”这是有关酒令的一个很古老的小故事。至明清之后，酒令的花样越来越多，编出各样有关酒令的书。但是这些酒令，除去最普通的“拇战”，也就是俗名的“划拳”而外，其他总是文绉绉的，多少要有一点旧文化的基础，才能行酒令，不然真连薛蟠也不如了。由于这是一种近似文字游戏的事，所以行酒令也常常被编成嘲笑不读书的人的笑话。据说有一家三个女儿，找了三个女婿，大女婿、二女婿都是秀才，只有三女婿不大认识字，是个土财主。三女儿觉得很丢面子，不愿意女婿一同回娘家去。这天丈人过寿，大家非去不可，便都去拜寿吃酒。丈人看着三个女婿、三个女儿团团坐定，十分高兴，便提议行个酒令，要说两句古书，句头句尾都是“人”字音，以象征小夫妻二人团团圆圆，说了吃杯酒，说不来罚酒三杯。大女婿先说：“仁能宏道，非道宏仁。”大女儿听丈夫说得很好，自然很得意。二女婿接着说：“仁者安人，智者利人。”也说得很好，二女儿也很得意。轮到三女婿说了，三女婿脸红脖子粗：“人人……”半天也说不上来。三女儿很难为情，狠狠地在她丈夫腿上拧了一把，三女婿又痛又急，不由得随口说道：“人不拧你，你偏拧人！”一下子引得大家哄堂大笑。好像是第二十八回所写薛蟠“登时急的眼睛铃铛一般”，说出“绣房钻出个大马猴”来了。

《红楼梦》中写到酒令的地方很多，最繁复的要数第六十二回湘云所要求说的酒底、酒面，要一句古文、一句旧诗、一句骨牌名、一句曲牌名，还要一句时宪书上的话，共总成一句话。黛玉替宝玉说的那则是：

> 落霞与孤鹜齐飞，风急江天过雁哀，却是一枝折足雁，叫得人九回肠，——这是鸿雁来宾。

众人听了，都说她的令比别人唠叨，倒也有些意思。一说一大串，的确是好玩的。对于现代读者来说，这似乎是很难的了。其实在当时，这种文字游戏，也还是很普通的。说的古文、唐诗，都是做小学生时书房读熟的。骨牌名，就是指三张一副的名称，曲牌就是明清人们常唱的。时宪书就是"皇历"，俗名"历本"，家家每年买一本，里面的一些话，也是人家口头记熟的。当时人们从小读书讲究背，养成特殊记忆力。这些平时都记在脑中，脱口而出，是不费力的，难的是说得这样圆满流畅。其实这样的酒令，也并非曹雪芹独创，在社会上也是常见的。下面引一则《清朝野史大观》中《清朝艺苑》内记陈眉公的故事：

> 陈眉公在王荆石家，遇一宦问荆石曰："此位何人？"曰："山人。"宦曰："既是山人，何不到山里去？"盖讥其在贵人门下也。俄就席。宦出令曰："首要鸟名，中要四书二句，末要曲子一句合意。"宦首举云：
>
> "十姊妹嫁了八哥儿，八口之家，可以无饥也；只是二女将谁靠？"
>
> 眉公曰：
>
> "画眉儿嫁了白头翁，吾老矣，不能用也；辜负了青春年少。"
>
> 合座称赞，宦遂订交焉。

把这两则，如湘云等说的比较一下，似乎更见巧思。看来如单从酒令评，陈眉公几乎又要胜过湘云姑娘了。

（选自《红楼识小录》，山西人民出版社一九八四年版）

无酒斋闲话

姜德明

平生不善饮，从来不知酒滋味，也无缘与酒仙李白攀附。憾甚。

年幼时，夏天在邻居客栈的大门洞里乘凉，我常常看到栈房老板手中的折扇上写着四个大字——“酒色财气”。那是劝人引以为戒的。

待我长大了，偏偏看到很多人都躲不开这四个字。就说这位客栈老板吧，不是常常喝得脸红红的，满口酒气？讲起嫖经来，他又头头是道，在烟花巷里确也有几名相好的。至于他逼迫起穷房客，那冷酷的手段恰可证明了财主的本色。只是，这个人不爱生气，惧内出名，当着街坊们的面，他太太骂他也不敢还口，实在忍耐不住了，爱说：“这是何必，这是何必呢！”

老板扇子上的“酒”字，留给我的印象太深了。

父亲是爱喝酒的，每顿饭几乎都要喝一点白干。他喝多了酒，不动武，不骂人，也不去睡闷觉，专爱对子女们发表“演说”，内容大体都属于“家教”。同样的演说词不知已经讲过多少遍了。什么民国六年闹大水，他怎么跟乡亲从鲁西北逃到天津……为了怕将来自己也变成“演说家”，我立志不喝酒。

有一次闯了个不大不小的祸，从此更不敢接近酒了。

一位亲戚给父亲从有名的大直沽送来一瓶好酒，用的是可装四斤的那种大酒棒子。为了逞能，亦是邀功，我抢过瓶子，提着瓶口就往家里跑。糟了，绳子忽然滑脱，酒瓶摔了个粉碎。街上酒香四溢，至少有好几家店铺的人都闻香而出，并看我当街出丑。我吓呆了，准备着受一场严惩。我不记得那惩罚是怎样的了。总之，直到现在，我已年近花甲，只要一碰上拿瓶子，五个指头便把瓶口抓得紧紧的，另一只手总还要托着瓶底儿，唯恐重演童年时的悲剧。家里人时常笑我小题大做，可他们哪里知道我当年心惊肉跳的教训。酒，害得我好苦啊。

朋友见我对摆在面前的茅台竟无动于衷，有的说我发傻；有的判断我肚子里没长酒虫子，这辈子大概没什么出息了，更算不得男子汉。我没抗议过，默认，服输了。我还暗自称幸，想到同事当中还有几位女将善饮，尚无人说我连女子也不如，否则我到底该算个什么人呢！说来也巧，我的这几位善饮的女同志都是四川才女，喝多少白酒都面不更色。她们的豪量令我吃惊，尤其是那时候，酒还不像现在似的，兴兑水掺假。

奇怪的是，我的一位善饮的女同学也是四川人。前几年，我们在旅顺口碰上了。她饮白酒时那种落落大方的神态让我羡慕不止。蓦地又让我想起三十七年前，她去参加抗美援朝的前夜，也曾有过一次豪饮。其实，那天夜里她是有些微醉了。她激动地举着杯，扯住同学一一敬酒。不知今夕一别彼此还能相见否？我相信她会想到自己的青春、爱情和理想，但鸭绿江边的火焰却使她无法犹疑了。这真的是一场壮别！

人生不知有多少这样值得动情痛饮的场合，大欢乐和大悲哀也都不应该没有酒。我似乎懂得了“一醉方休”的境界，该是相当魅人的了。

我不是酒人，也失去参加“酒协”的资格，更甭盼有朝一日当理事了。但，我对于朋友中善饮的人却充满了敬意，羡慕他们身上都长了神秘的酒虫子。至于何独巴蜀女子善饮，那还得留待专家们去考证了。

（选自《解忧集》，中外文化出版公司一九八八年版）

《红楼梦》与酒及其他

周雷

谈营养美食，总离不开酒。酒这玩意儿，说起来颇有点奇妙。竟与人类的物质文明和精神文明结下了不解之缘。大凡饮食色情、医药卫生、工商财政、文学艺术、风土民俗等等，无不与之关联，受其影响。曹雪芹写的《红楼梦》，是中国古代物质文明和精神文明的结晶，自然会与这个“杯中物”有着难解难分的缘分。

我们的老祖宗说过“民以食为天”，“食、色，性也”，这是至理名言。此处所谓“食”，盖指“饮食”；所谓“色”，即指“色情”。远在洪荒时代，“人民少而禽兽众，人民不胜禽兽虫蛇”，人类的祖先为了保存自己和繁衍后代，自然离不开饮食生活和性爱生活。饮食文化与色情文化出于人类的“天”“性”，与生俱来，是一切人类物质文化和精神文化中产生最早、历史最久的古老文明。

人类躯体能够保持稳定状态和生命活力，主要是依靠保持机体的内环境——即由血液和淋巴液组成的液床的恒定来实现的，中医学也认为，人的身体有十二条水渠道、三百六十五个溪谷，构成一个完整精密的水系统。美国生理学家坎农在谈到人体稳态问题时指出："水和食物是机体所必需的基本物质"；而"食欲、饮水欲、饥饿感和渴感，对于维持机体营养和水分的供应来说，可以被看作是维护个体或种系的利益的生物体内的种种装置之中的典型装置"。看来，饮料与食物，对于维护人类的生命和生存具有同等的价值，共同构成了饮食文化的研究对象。

饮食共济，药食同源，是古今中外大同小异的养生之道。商汤时，从奴隶到大臣的伊尹，既是精于烹饪的名厨，又是通晓药剂的良医，传说中有"伊尹酒保""伊尹汤液"的提法，正说明他精通烹调和医药，而且在这两方面都突出了饮料的地位和作用。在我国传统的药膳食谱中，全流体和半流体的饮食占有举足轻重的地位，诸如鲜汁、速溶饮料、羹、汤液、酒、醴、醪等饮料和半流体的粥食，门类齐全，品种繁富。其中尤以酒的名望最高，影响最大，被誉为"百药之长"，成为在人类文明史上起过独特功用的一种尤物。

作为饮料之王的酒，按照生产工艺分类，主要有发酵酒、蒸馏酒和配制酒三种。《红楼梦》里描写的酒，这三种类型的都有。发酵酒类曾写到过"黄酒"（第三十八回）、"绍兴酒"（第六十三回）、"黄汤"（第四十四、四十五、七十一、七十九回)、"惠泉酒"(第十六、六十二回)以及"西洋葡萄酒"(第六十回)等。蒸馏酒类也写到了"烧酒"(第三十八回)。配制酒类的则有"合欢花酒"(第三十八回)、"屠苏酒"(第五十三回)等。可见在贾、史、王、薛这样的贵族家庭中,无论是大规模的官私筵宴,还是小范围的家常便饭,席上杯中的酒是不可或缺的。当然,这些描绘都是曹、李、孙、马等贵族世家的富贵繁华生活的形象写照。曹雪芹本人,就是一个诗酒放达的"燕市酒徒",尝作戏语说:"若有人欲快睹我书不难,唯日以南酒烧鸭享我,我即为之作书。"《红楼梦》中,确有雪芹经历和曹家史事的影子,这是无可否认的事实。书中有关"合欢花酒"的描写,就是最好的例证。

在藕香榭摆下的螃蟹宴上,黛玉拿起那乌银梅花自斟壶来,拣了一个小小的海棠冻石蕉叶杯,斟了半盏,看时却是黄酒,说道:"我吃了一点子螃蟹,觉得心口微微的疼,须得热热的喝口烧酒。"宝玉忙说:"有烧酒。"便让人将那"合欢花浸的酒烫一壶来",黛玉只吃了一口便放下了。这里有一条脂批说:"伤哉!作者犹记矮𫚉舫前以合欢花酿酒乎?屈指二十年矣!"可知曹家真有其事,批者深有所感,才能和泪写下这样伤感的批语来。在这个小小的生活细节中,曹雪芹一气呵成地写出了发酵酒、蒸馏酒和配制酒这三种不同类型的饮料酒。寥寥数笔就把三种酒的名称、酒度、效用、制法画龙点睛地写了出来。黄酒——烧酒——合欢花酒,三种酒的名称准确无误。黄酒是低度饮料酒，酒度从八度至二十度不等，品质醇厚，酒性温和，口味甘美，香气浓郁。烧酒多是高度饮料酒，酒度从三十八度至六十四度不等，品质醇正，酒性浓烈，口味净爽，回香悠长。螃蟹性寒，而“胃喜暖，暖则散；冷则凝，凝则胃先受伤”（曹庭栋《养生随笔》）。黛玉觉得“心口”疼，其实是指胃疼，所以想“喝口烧酒”，暖暖胃。“合欢花酒”，是以烧酒（白酒）为主料，加入合欢花，将其有效成分和芳香甜味浸泡出来。雪芹写宝玉说的是“有烧酒”，而令人烫来的却是“合欢花浸的酒”，言简意赅地将这种配制酒的主料、配料和浸法十分精确地描述出来了。真可谓增一字则多，减一字则少，改一字则错。脂批说是“以合欢花酿酒”，一字之改就出了错。因为这种配制酒用的是“冷浸法”，并不是“酿”成的。从这里也可见曹雪芹的用字之精审，文心之细密。

去年夏天，友人康承宗在《红楼梦》的启示下，研究、配制出“合欢酒”，分怡红、快绿二型，曾持赠品尝，并贻诗索和。为步韵赓酬，乃开樽独酌，聊乘酣兴一挥之：

太白梦阮两谪仙，
未有诗敌醉沈间。
美酒盈樽花满眼，
玉山休诉最陶然。

（选自《解忧集》，中外文化出版公司一九八八年版）

酒望子

虞云国

《水浒》描写梁山好汉们大碗喝酒大块吃肉，涉及酒招的也不少，其第三回就有两句写酒招的诗云：“三尺晓垂杨柳外，一竿斜插杏花旁。”南宋学者洪迈有一篇札记专说酒肆旗望：“今都城与郡县酒务，及凡鬻酒之肆，皆揭大帘于外，以青白布数幅为之，微者随其高卑小大；村店或挂瓶瓢，标帚秆。”

酒招在宋代叫酒旗、酒幔、酒帘，例如，曹组词说“竹篱茅舍，酒旗沙岸，一簇成村市”，周邦彦词云“风卷酒幔，寒凝茶烟，又是何乡”，刘过诗道“一坞闹红春欲动，酒帘正在杏花西”，都勾画出很优美的画面。不过，民间一般将酒招称做酒旆子或酒望子。《水浒》中鲁智深在渭州与史进、李忠相逢，上潘家酒楼喝酒，只见“门前挑出望竿，挂着酒旆，漾在空中飘荡”；写宋江上江州浔阳楼，仰面看到的是“一个青布酒旆子”。鲁智深在五台山出家，不守戒律下山找酒，“行不到三二十步，见一个酒望子，挑出在房檐上”。

酒望子意在招徕酒客，其上所写的并不都只是简单一个“酒”字。据《宋朝事实类苑》记载，福州有一老媪，善酿美酒，士子们常到她那儿喝酒，其中一个说：我能让你赚大钱。他为这家酒店写了一个酒招，截取了当时福州知州王逵《酒旗》诗中两句：“下临广陌三条阔，斜倚危楼百尺高”，并对她说：“有人问你这两句诗何人所题，你就说：我常听到饮酒者喜欢吟诵这两句，说是酒望子诗，就让擅长书法的写在酒旗上。”借知州的诗做广告，这老媪“自此酒售数倍”。由此可见，宋代酒望子上的文字，是可以不拘一格，别出心裁的。

至于《水浒》中明确写到酒望子上文字的有三处。先看“浔阳楼宋江吟反诗”一回：

> 正行到一座酒楼前过，仰面看时，旁边竖着一根望竿，悬挂着一个青布酒旆子，上写道“浔阳江正库”。雕檐外一面牌额，上有苏东坡大书“浔阳楼”三字……宋江来到楼前看时，只见门边朱红华表，柱上两面白粉牌，各有五个大字，写道：“世间无比酒，天下有名楼。”宋江便上楼来，去靠江占一座阁子里坐了。

这里青布酒旆子上所写的“正库”，关涉到宋代商品酒的经营政策。当时商品酒的生产与销售，都在官府的严格控管之下。官府对民间酒坊的管理主要是根据酿酒数量抽取税额。各级官府自己也经办酒坊，民间则除了酿酒专业户经营的酒坊，有财力者也可以承包官办的酒坊。宋代习惯把官办酒坊叫作酒库。大的官酒库，实行生产销售一体化，拥有自己的酒楼。据《都城纪胜》，南宋临安的大和楼、西楼、和乐楼与春风楼，分别隶属当时东、西、南、北四座官酒库；而其他官酒库中的西子库、中酒库也各有太平楼与中和楼为其销售窗口。这种与官酒库匹配的酒楼，不仅两宋都城东京与临安有，全国各大州府也不例外。陆游在成都府任幕职官，有诗云“益州官楼酒如海，我来解旗论日买”，可为佐证。《梦粱录》说：“大抵酒肆除官库、子库、脚店之外，余谓之拍户。”子库即分店，是相对官酒库本部酒楼而言的，理所当然，官酒库本部酒楼就叫作正库。据董嗣杲《西湖百咏》说，钱塘门西的先得楼，“即钱塘正库酒楼”，也就是说先得楼是钱塘县官库的酒楼。这就有理由推断：《水浒》中宋江醉酒的浔阳楼在江州城内，“正库”云云，表明它是江州官酒库自营的本部酒楼，而酒保送上来“一樽蓝桥风月美酒”，应是江州酒库的看家名酒。

至于私家开设的大酒楼，东京城里以樊楼最有名，闹市区里“彩楼相对，绣旆相招，掩翳天日”，而南宋临安也有熙春楼等数十家。这些私家大酒楼也都有自己的酿酒坊和品牌酒。例如，东京樊楼的“眉寿”，潘楼的“琼液”，都是名闻遐迩的。官酒库有自己的子库，私家大酒店也有自己的分店，其本部就叫做正店。《东京梦华录》里说“在京正店七十二户”，还列举了“戴楼门张八家园宅正店”“李七家正店”等具体店名，《曲洧旧闻》也记载了“中山园子”等十一家东京正店。而《清明上河图》中最繁华地段画有一座名叫“孙羊店”的酒楼，招牌上写着“孙家正店”，只见楼上宾客满座，宽敞的后院堆垒着成排的大空酒缸，暗示这家正店酿酒量之大。

由于宋代官私酒楼都自己酿酒，每年迎新酒，就成为盛大的节日。北宋东京一般在中秋节前卖新酒，重新搭起门面彩楼，花头望竿上悬挂着锦缎制作的酒旆子，画上醉仙之类的图案，市人争饮，近百家酒楼刚过晌午就“家家无酒，拽下望子”。南宋临安迎新酒仪式叫作“呈样”，时间在九月初。那天，各酒楼也都搭起彩楼欢门，十三座官酒库都各以三丈多长的白布，上写“某某库选到有名高手酒匠，酿造一色上等酴辣无比高酒，呈中第一”，挂在一根长竹竿上，三五个人扶持着各往教场集中。其后各随大鼓与乐队，数担新酒样品后就是杂技百戏等游艺队伍。其中最吸引人眼球的当然是那些“库妓”，她们是最早的名酒形象代言人，浓妆艳抹骑在绣鞍宝勒的马上，引得“浮浪闲客，随逐于后”。仪式结束后，风流少年沿途劝酒，游人随处品尝，“追欢买笑，倍于常时”。

无论官酒库，还是私营大酒楼，都有批发业务，即供各自的子库和分店（即脚店）取酒分销。《清明上河图》里在虹桥南端的汴河之畔，也画了一座脚店。店前楞形装饰物两侧各写“十千”“脚店”，正门横额上有“稚酒”两字，与门前酒望子上所写的“新酒”相呼应。欢门两侧各有“天之”“美禄”两字，典出《汉书》“酒者，天之美禄”。据《曲洧旧闻》，名为“美禄”的名酒乃梁宅园子正店的绝活，可以推断这家脚店与其有着批销关系。据《东京梦华录》说：“正酒店户，见脚店三两次打酒，便敢借与三五百两银器，以至贫下人家就店呼酒，亦用银器供送。”可知脚店与正店不仅在商品酒上存在着批零业务，连营业用的银器也都可以向正店借贷。据《东京梦华录》说，“卖贵细下酒，迎接中贵饮食”，与正店的高档消费相比，脚店显然属于中档消费。《水浒》中写到蒋门神霸占的快活林酒店：

> 早见丁字路口一个大酒店，檐前立着望竿，上面挂着一个酒望子，写着四个大字道：“河阳风月”。转过来看时，门前一带绿油栏杆，插着两把销金旗，每把上五个金字，写道：“醉里乾坤大，壶中日月长。”一壁厢肉案、砧头、操刀的家生，一壁厢蒸作馒头烧柴的厨灶；去里面一字儿摆着三只大酒缸，半截埋在地里，缸里各有大半缸酒。

尽管说是大酒店，却只有“五七个当撑的酒保”，似乎应是规模不大的脚店，“河阳风月”应该是与其挂钩正店酿造的名酒。

至于最底层一级的零售酒店，就叫做拍户，他们有指定的销售地界，在批零转手中获取利润。这种拍户销酒的经营方式，对官酒库与私营大酒楼扩大酒类产销，对国家增加酒税收入，都是大有好处的。据说，宋宁宗时上演过这样的小品，说临安府尹总想增加当地的酒税，自己煮的官库酒卖完后，就从常州与衢州官库取酒销售。有一天，三个官老爷碰面，按惯例，京尹的地位远在州守之上，但衢州太守这次不买账，常守问理由，衢守说：他可是我们属下的拍户啊！这个故事形象说明，宋代酒类专卖中拍户无所不在，其触角下伸到城乡的各个角落。

拍户酒店属小型酒店，《梦粱录》说这类酒店“兼卖诸般下酒，食次随意索唤”，当然属大众化消费水平。武松醉打蒋门神前，与施恩约定：“出得城去，但遇着一个酒店，便请我吃三碗酒，若无三碗时，便不过望子去，这个唤作无三不过望。”《水浒》对这一路上小酒店的描写是：

> 飘飘酒旆舞金风，短短芦帘遮酷日。磁盆架上，白冷冷满贮村醪；瓦瓮灶前，香喷喷初蒸社酝。未必开樽香十里，也应隔壁醉三家。

看来，这些酒店与武松打虎时景阳冈下那家一样，应该就是所谓的拍户店：

> 当日晌午时分，走得肚中饥渴，望见前面有一个酒店，挑着一面招旗在门前，上头写着五个字道："三碗不过冈"。武松入到里面坐下，把梢棒倚了，叫道："主人家，快把酒来吃。"只见店主人把三只碗，一双箸，一碟热菜，放在武松面前，满满筛一碗酒来。

这种随意索唤，正体现出《梦粱录》所说的特色。至于酒家说："俺家的酒，虽是村酒，却比老酒的滋味"，说明他也许只是当地乡村酒户的拍户。这家酒肆的望子颇具特色，令人过目不忘，在乡村小酒店中还算是比较像样的。宋代话本《陈巡检梅岭失妻记》有几句赞语专说这种乡村酒肆：

> 村前茅舍，庄后竹篱。村醪香透磁缸，浊酒满盛瓦瓮。架上麻衣，昨日芒郎留下当；酒帘大字，乡中学究醉时书。

有的乡村小酒店，酒旆也就十分将就。南宋话本《西山一窟鬼》写道："正恁地说，则见岭下一家人家，门前挂着一枝松柯儿。王七三官人道：这里多则买茅柴酒。我们就在这里买些酒。"《水浒》第四回说鲁智深只见"远远的杏花深处，市梢尽头，一家挑出个草帚儿来。智深走到那里看时，却是个傍村小酒店"。这种小酒店连像样的酒望子都不备，以松柯、草帚为标识。南宋时，楼钥出使金国，在河北见到道旁好几处卖酒的，也都是掘地深阔约三四尺，再垒起土块以御风寒，“一瓶贮酒，苕帚为望”。看来，《水浒》对酒望子的描写，有着现实生活的深厚基础。

（原载《万象》第六卷第五期，二〇〇四年五月）

酒楼茶肆

伊永文

城中酒楼高入天，烹龙煮凤味肥鲜。公孙下马闻香醉，一饮不惜费万钱。　　招贵客，引高贤，楼上笙歌列管弦。百般美物珍馐味，四面栏杆彩画檐。

这是宋话本《赵伯升茶肆遇仁宗》中的一首《鹧鸪天》，是宋仁宗微服来到城中，看见樊楼所发出的一番感叹。这首词并无出色处，可是它的意义在于利用皇帝的视角，突出了酒楼在城市中特殊的地位。

行文至此，笔者不禁想起世界学术界公认的中国经济史研究权威，日本的加藤繁博士，他在二十世纪三十年代初所作的《宋代都市的发展》的论文，就专设“酒楼”一节，深刻指出，宋代城市中的酒楼，“都是朝着大街，建筑着堂堂的重叠的高楼”，“这些情形都是在宋代才开始出现的”。这些精辟翔实的阐述，至今仍富有启发性。

在宋代以前的城市里，高楼并非没有，但都是皇宫内府，建筑供市民饮酒作乐，专事赢利的又高又大的楼房，是不可想象的。只是到了宋代城市，酒楼作为一个城市繁荣的象征，才雨后春笋般发展起来了。

以东京酒楼为例，仅九桥门街市一段，酒楼林立，绣旗相招，竟掩蔽了天日！有的街道还因有酒楼而得名，如“杨楼街”。这的的确确是中国古代城市历史上出现的新气象。

酒楼，它在城市各行业中还总是以数量最多，规模最大，利润最高先拔头筹，它往往决定着这个城市的主要的饮食命脉，而且绝大多数都以华丽宏伟的装饰建筑，雄踞一城。小说《水浒传》中就有对两座酒楼的描写——

先是第三十八回，宋江等三人到浔阳江畔的琵琶亭上，边喝酒边看景色，“四围空阔，八面玲珑。栏杆影浸玻璃，窗外光浮玉璧”。后是第三十九回写宋江在郓城县就听说江州有座浔阳楼，这次亲临，不可错过，他看到：“雕檐映日，画栋飞云。碧阑干低接轩窗，翠帘幕高悬户牖。”这两座酒楼，均位于江南西路的江州，在北宋曾煊赫一时，有人为之赋诗：“夜泊浔阳宿酒楼，琵琶亭畔荻花秋。”以此自恃诗中“有二酒楼”，以压倒那些只用一酒楼入诗而神气的人。江州酒楼竟成了诗人创作的素材和引以为豪的夸耀资本。施耐庵则依据这实际情况写入了小说，这充分显示了酒楼已作为一个都市的代表性的建筑物而引起了人们的普遍注意。

还有不少的文人，在自己的著作里，详细地记述了他们所见到的一些城市的酒楼的情况。像楼钥《北行日录》记他入相州时，见到临街有一雄伟的琴楼，“观者如堵”。

范成大在《入蜀记》（编注：当为《吴船录》）中记鄂州南市时，特别述说的是这里的“酒垆楼栏尤壮丽”，是外郡未见过的。他在《吴郡志》中也记述了此地的五座酒楼，其中跨街、花月、丽景，都是临街巍然耸立的大建筑，在存世的《平江图碑》中仍清晰可辨。

然而，这些毕竟还是各地方的酒楼，它们虽然很壮观，但还不能代表宋代城市酒楼的最高水平。酒楼数量最多、规模最大，首推的还是两宋的都城，这里仅著名者就数不胜数，主要有：

忻乐楼、和乐楼、遇仙楼、铁屑楼、仁和楼、清风楼、会仙楼、八仙楼、时楼、班楼、潘楼、千春楼、明时楼、长庆楼、红翠楼、玉楼、状元楼、登云楼、得胜楼、庆丰楼、玉川楼、宜城楼、集贤楼、晏宾楼、莲花楼、和丰楼、中和楼、春风楼、太和楼、西楼、太平楼、熙春楼、三元楼、五闲楼、赏心楼、花月楼、日新楼、蜘蛛楼、看牛楼……

酒楼中的佼佼者，当属白矾楼。由于它建筑在稠密的店铺民宅区，故向空中发展，其结构为三楼相高，五楼相向，高低起伏，参差错落，楼与楼之间，各用飞桥栏槛，明暗相通，西楼第一层高得可以下看皇宫。宋皇宫是以高大闻名于世的，白矾楼却高过它，这种高度真是骇人！

从《事林广记》图来看，白矾楼确为三层楼，但这种三层大建筑，往往是建二层砖石台基，再在上层台基上立永定柱做平坐，平坐以上再建楼，所以虽是三层却非常之高。王安中曾有首《登丰乐楼》诗可作证：

> 日边高拥瑞云深，万井喧阗正下临。
> 金碧楼台虽禁御，烟霞岩洞却山林。
> 巍然适构千龄运，仰止常倾四海心。
> 此地去天真尺五，九霄歧路不容寻。

诗中所说的丰乐楼就是白矾楼，白矾楼是因商贾在这里贩矾而得名，后改为丰乐楼，自此沿袭下去。到了南宋临安，人们还在西湖之畔又盖起了一座新的瑰丽宏特，高切云汉，上可延风月，下可隔嚣埃的丰乐楼，人们简直把它当作南宋中兴盛世的一个标识。至元代，画家夏永还专画了一幅《丰乐楼图》。

连异邦金国也对丰乐楼倾羡不已。据宋话本《杨思温燕山逢故人》叙述：燕山建起了一座秦楼，“便似东京白矾楼一般：楼上有六十阁儿，下面散铺七八十副桌凳”。酒保也是雇用流落此地的“矾楼过卖”。

市民社会、少数民族，之所以对丰乐楼寄予这么多的仰慕和呵护，就是因为丰乐楼已不单单是一个城市饮食行业的缩影，而且它凝聚着这一时代的文明之光。它体现在酒楼的装饰、环境、服务、酿造、烹调、器皿等各个方面。我们先从酒楼的装饰开始观察——

宋代城市的酒楼，已部分采用了宫室庙宇所专有的建筑样式，这可从门首排设的杈子看出。杈子是用朱黑木条互穿而成，用以拦挡人马，晋魏以后官至贵品，才有资格用杈子。东京御街、御廊，各安黑漆杈子，御街路心安两行朱漆杈子，阻隔行人，宣德楼门下列相对的两阙亭前，全用朱红杈子……

可是宋代城市酒楼门前就可以施用杈子，浔阳酒楼门边甚至设两根朱红华表柱，尤为普遍的是酒楼门首扎缚的彩楼欢门，像供人观赏的艺术品。从上海博物馆藏五代——北宋《闸口盘车图》中酒店门首那全由木料扎成的高大触目的彩楼欢门可知其样式之大概。

又如《清明上河图》左方临近结尾处的孙家正店的两层彩楼欢门最华丽——前面正中突出一个平面作梯形的檐子，每层的顶部都结扎出山形的花架，其上装点有花形、鸟状等各类饰物，檐下垂挂流苏……

彩楼欢门使人未入酒楼前，就感受到了一种华贵的气魄，进入酒楼内，更可感到其壮美，因楼内装饰上了只有皇家贵胄才可以用的藻井，即天花板上凸出为覆井形饰以花纹图案的那种木建筑。

这些酒楼不仅仅是内部装饰雍容华贵，而且渐渐园林庭院化。从东京许多著名的酒楼来看，这种倾向是很突出的，许多酒楼往往冠以园子之名，如中山园子正店、蛮王园子正店、邵宅园子正店、张宅园子正店、方宅园子正店、姜宅园子正店、梁宅园子正店、郭小齐园子正店、杨皇后园子正店……

这种酒楼如《东京梦华录》所说："必有厅院，廊庑掩映，排列小阁子，吊窗花竹，各垂帘幕"，使人一迈入就会感到心旷神怡。这种迥异于富丽堂皇的皇家园林，带有简、疏、雅、野特征的住家式宅园酒楼，是宋代城市私家园林风格的一种变化。

如司马光独乐园，在竹林中两处结竹杪为庐为廊，作钓鱼休憩之所，富郑公园则在竹林深处布置了一组被命名为"丛玉""夹竹""报风"的亭子，错列有致……这种环境，堪称宅子型酒楼的范本。甚至皇家艮岳园林中，也建设了高阳酒楼，以使人更赏心悦目。

市民无不向往在这样的酒楼中饮酒作乐，宋话本《金明池吴清逢爱爱》中几位少年到酒楼饮酒就要寻个"花竹扶疏"的去处，可见市民对酒楼的标准无不以"花竹"为首要——修竹夹牖，芳林匝阶，春鸟秋蝉，鸣声相续；五步一室，十步一阁，野卉喷香，佳木秀阴……

优美的园林环境，加之周到细腻的服务，无不使人流连忘返。不要说普通的市民了，即使那些居止第宅，匹于帝宫的高级官员，也喜欢到市井中的酒楼去饮酒。大臣鲁肃简公就经常换上便服，不带侍从，偷偷到南仁和酒楼饮酒，皇帝知道后，大加责怪：为什么要私自入酒楼？他却振振有词道：酒肆百物具备，宾至如归。

这话一下子道出了酒楼具有魅力的一个方面，那就是无可挑剔的服务。如西湖边上的丰乐楼，门前站着两个伙计，他们“头戴方顶样头巾，身穿紫衫，脚下丝鞋净袜”，对人彬彬有礼，往酒楼里相让。往往本人无意进去喝酒，可见他们拱手齐胸，俯首躬腰的殷勤模样，也就欣然而入了。

只要你一入座，凡是下酒的羹汤，尽可任意索唤，即使是十位客人，每人要一味也不妨，过卖、铛头，记忆数十乃至上百品菜肴，都传喝如流，而且制造供应，不许稍有违误，酒未到，则先设数碟“看菜”，待举杯又换细菜，如此屡易，愈出愈奇，极意奉承……

而且在顾客的身旁，还会有吹拉弹唱之音伴奏助兴，以弛其心，以舒其神。这些吹箫、弹阮、歌唱、散耍的人叫做“赶趁”，经常有市民在生活无着的情况下，就选择了去酒楼“赶趁”这条路。

《计押番金鳗产祸》等宋话本和《水浒传》，都有章节刻画酒楼“赶趁”这一现象，酒楼经营者对唱好唱坏，耍优耍劣不太挑剔，似乎只要会唱个曲儿，能逗个乐，就予接纳，让他们在酒楼谋生，这反映了酒楼对“赶趁”的需求量很大。

精明的酒楼经营者，无不将此视为酒楼生意兴隆之本。苏颂曾举一孙氏酒楼为例：孙起初只是一酒楼量酒博士，主人喜他诚实，借给他钱让他开个小店，不定还钱日期。孙于是自立门户，动脑经营，在酒店壁间装饰图画，几案上列书史，并陈雅戏玩具，都是不同凡响的，市民竞趋此店，久之，孙钱赚多了，就建起了酒楼，渐渐在东京有了名气。

这一真事是很有说服力的，那就是酒楼要想吸引人，必须要有雅俗共赏的文化娱乐。有些酒楼之所以歌管欢笑之声，每夕达旦，就是风雨暑雪也不减少，就是因为酒楼经营者调动了娱乐的手段，终朝唱乐喧天，每日笙弦聒耳。

为了进一步笼络住光顾酒楼的客人，经营者还雇用妓女在酒楼做招待，有的酒楼好似现代的夜总会，一到晚上竟集中数百名浓妆艳抹的妓女，聚坐约百余步之长的主廊上，以待酒客的呼唤……

这些妓女未必全是从事皮肉行当的，她们的作用主要是使酒楼的气氛更加活跃，酒客则潇洒悠闲，各取所需，饮了，亮盏邀当垆美人共话，醉了，醺醺的在花团锦簇中品尝秀色……

文人以敏锐的嗅觉捕捉到了这窈窕连亘、娱情生色的胜况，创作出酒楼体裁的话本《闹樊楼多情周胜仙》，情节离奇，爱情灼热，使人更进一步感受到宋代城市酒楼所特有的波澜不惊、月白风清的优美意境。

好像为了与优美环境匹配似的，酒楼所有器皿均为银质。

若俩人对饮，一般用一副注碗，两副盘盏，果菜碟各五片，水菜碗三五只，俱是光芒闪闪的器皿。明人编定宋话本《俞仲举题诗遇上皇》中，俞良到丰乐楼假说在此等人，“酒保见说，便将酒缸、酒提、匙、箸、碟，放在面前，尽是银器”。看来《梦粱录》所说临安的康、沈等酒楼，使用全桌白银器皿饮酒卖酒，并非虚言。一桌银酒器值百余两，官办酒楼有供饮客用的价值千余两的金银酒器，并不是什么怪事。

酒楼银器的精妙，可从四川博物馆中见到它的侧影。如银瓶、杯俱以小巧取胜，瓶高不过二十一厘米，口径三厘米，杯高五厘米，口径九点五厘米，足径三点九厘米。为最大限度地盛酒，瓶为直口，圆肩，腹斜收而下，底小，盖撇，曲身。为美观，盖及口锤鍱多层，饰以二方连续变形如意纹。杯身则锤成双层菊花瓣形，内底突起珠状花蕊，另一杯身则为直斜下接外展圈足，通体光素无纹。

孟元老特意就这种贵重的银酒器皿记述道：大酒楼见小酒店来打二三次酒，便敢借给它价值三五百两的银酒器皿，即使贫下市民、妓馆来店呼酒，酒楼也用银器供送，有的连夜饮酒，第二天去取回，也不见丢失。偶有酒楼丢失银器，文人就当成新鲜事情记录下来……

仅有美器是不够的，还须有美食相衬，各酒楼明白要想招揽到更多的客人，就须有高超的烹饪技术，推出自己的拿手好戏。有不少的酒楼纷纷以姓氏为名，如郑厨、任厨、陈厨、周厨、沈厨、翁厨、严厨、白厨、郭厨、宋厨、黄胖家、孟四翁，等等。

以姓氏命名，无非是此一姓者有独擅胜场的佳肴绝作，这就像临安后市街每个贵达五百贯的贺家酥一样，以创制精良的烹饪特色的主人姓氏为号召。

据笔者粗略统计，临安的酒楼常备并得到市民公认的“市食”，就可达到五百余种！这尚不包括那些根据顾客自己口味命厨师做出来以不使一味有缺的那些食品，还有那沿街叫售，就门供卖的零碎小吃等。这一数量远远超过今日某些特大城市饮食行业所流行的日常肴馔，即使那闻名遐迩的世界超级大都会的食物种类也难以与之匹敌。

当然，衡量酒楼的标准，名酒是第一位的，宋代城市的酒楼不独卖酒，而且制酒，酒楼均有风味独特的美酒。天圣五年八月，朝廷下诏东京的三千脚店酒户，每日去樊楼即丰乐楼取酒沽卖，这是因为中秋来临，诸小酒店都需卖新酒。这就告诉我们：丰乐楼的酒质量是很高的。

酒楼产酒的量也很大。如南宋无名氏题临安太和楼壁诗说：“太和酒楼三百间，大槽昼夜声潺潺。千夫承槽万夫瓮，有酒如海糟如山。”依此，东京丰乐楼自酿酒，一天可供三千小酒户沽取是有充分根据的。丰乐楼常备的自酿酒名为“眉寿”“和旨”。

东京其他酒楼也都有自己的代表之作，忻乐楼有仙醪，和乐楼有琼浆，遇仙楼有玉液，王楼有玉酝，清风楼有玉髓，会仙楼有玉胥，时楼有碧光，班楼有琼波，潘楼有琼液，千春楼有仙醇，中山园子正店有千日春，蛮王园子正店有玉浆，朱宅园子正店有瑶光，邵宅园子正店有法清大桶，张宅园子正店有仙醁，方宅园子正店有琼酥，姜宅园子正店有羊羔，梁宅园子正店有美禄，杨皇后园子正店有法清……东京的七十二座大酒楼，各有各的名酒，千姿百态，竞芳吐艳，反转影响了酒楼的兴盛，有的酒楼每天可吸引客人达千余，名酒是一大诱因。

临安的名酒则更多，如玉练槌、思堂春、皇都春、中和堂、珍珠泉、有美堂、雪腴、太常、和酒、夹和、步司小槽、宣赐碧香、内库流香、殿司凤泉、供给酒、琼花露、蓬莱春、黄华堂、六客堂、江山第一、兰陵、龙游、庆远堂、清白堂、蓝桥风月、蔷薇露、爰咨堂、齐云清露、双瑞、爱山堂、得江、留都春、静治堂、十洲春、玉醅、海岳春、筹思堂、清若空、北府兵厨、锦波春、浮玉春、秦淮春、银光、清心堂、丰和春、蒙泉、萧洒泉、金斗泉、思政堂、龟峰、错认水、縠溪春、紫金泉、庆华堂、元勋堂、眉寿堂、万象皆春、济美堂、胜茶、雪醅……

这些酒楼自酿酒是否就是蒸馏酒？可以深入探讨。依笔者之见，蒸馏酒至迟在南宋已经产生。其根据是有相当多的宋代典籍，如《续资治通鉴长编》《庆元条法事类》，还有苏舜钦、秦观等人的诗作中，都屡屡出现了“蒸酒”字样。

众所周知，蒸馏酒是一种度数较高的烧酒，南宋《洗冤集录》已有了用含酒精较浓的烈性烧酒消毒的记录。而且，在洪迈《夷坚志》中已出现了“一酒匠因蒸酒堕火中”这样明确的在酿造基础上加热蒸馏酒的叙述。这种酒有别于唐诗中所说的能发出琥珀香的红色“烧酒”。

更为重要的是，黑龙江省阿城市金上京博物馆珍藏着一件上下两层的蒸馏酒铜器，上体为冷却器，下体为甑锅，蒸气是经冷却而汇集，从甑锅一旁特设的孔道输到外边的贮器里。经有关专家试验，每四十五分钟可出酒一斤左右。蒸馏酒铜器证实了蒸馏酒在金代初期已经成熟。

这不由使笔者想起南宋无名氏《题太和楼壁》诗咏酿酒时的一句：“铜锅熔尽龙山雪”，这太有可能就是吟咏蒸馏白酒的流淌了。阿城蒸馏酒铜器与一九七五年河北青龙县出土的一套铜制蒸馏酒铜器是相同的，其年代分别为金熙宗、金世宗在位之时，也就是南宋赵构时代和孝宗赵昚当政期间。

金代蒸馏酒铜器的出现，无可辩驳地证明了南宋酒楼可以酿制蒸馏酒，并行销多方。南宋百科全书式的著作《事林广记》中，就刊布了不少的制酒方子，其中银波酒的方子，对制酒的程序记述十分清楚。方子结尾处总结道：“此酒交冬方可造，蒸酒尤佳，非他酒可比。”这再清楚不过地表明了蒸馏酒在南宋城市的广泛流行。

蒸馏酒因其高度辛辣爽口，对酒楼的销售是有促进作用的，但这不是酒楼生意兴隆的唯一原因。宋代城市的酒楼已不是孤单的几个，而是一片片地形成了一个新兴的行业，大酒楼就像母亲似的，又派生出许多小酒店，它们之间互相映照，互相补充，小酒店如众星望月烘托着大酒楼，大酒楼自身无法实现的一些举措，又依靠着小酒店的灵活去实现。如庵酒店就是对大酒楼经营的一种补充——

有娼妓在内，在酒阁内暗藏卧床，可以就欢，大酒楼的妓女只是伴坐，而这里的妓女是真正地出卖肉体。又如散酒店，主要是以零拆散卖一二碗酒为主，兼营血脏、豆腐羹、熬螺蛳等廉价佐酒菜，是“不甚善贵”的市民常光顾之地。再如直卖店，则专售各色黄、白诸酒，本地酒和外地酒。还如包子酒店、肥羊酒店，一专售灌浆馒头、鹅鸭包子等，一专售软羊、羊杂碎等。

这些小酒店承担了大酒楼不愿和不能承担的经营项目，从而使整个酒楼行业结构更为合理。就如茶酒店，实际它并不卖茶，以卖酒为主，兼营添饭配菜。而之所以被冠以“茶”字，就是因为茶肆是相对于酒楼的另一大类在宋代城市中最为普遍的饮食店，易为广大市民接受。

史实上，由于宋代南方诸路到处都产茶，如北宋建州一年产茶就不下三百万斤，其他可想而知，茶叶已经成为像王安石所说的和米盐一样的民用食物，一天都不能缺少。更何况许多南方的城市就是茶叶的产地，如临安西湖南北诸山及邻近诸邑，出产金云茶、香林茶、白云茶、闻名遐迩的龙井茶等。兼之茶有下气消食、轻身健体的功效，逐渐为市民所认识，故在城市里茶肆的设置就特别多。从宋代主要的大城市东京、临安来看，处处有茶肆，和民居并列，而且分为不同的类型，仅潘楼东街巷就有——

每天清晨五更即点灯做买卖衣物、图画、花环、领抹之类生意的早茶肆；

每天夜晚吸引仕女来游玩吃茶的有仙洞仙桥、设施别致的北山子夜茶肆；

还有中间建有浴池的茶肆，《清明上河图》中所描绘的临河的简易小茶肆……为了使顾客日夕流连，乐而忘返，茶肆均大加修饰，挂名人字画，插四时鲜花，安顿奇松，放置异桧，把一片茶肆装扮得——

> 花瓶高缚，吊挂纸□。壁间名画，皆则唐朝吴道子丹青；瓯内新茶，尽点山居玉川子佳茗。风流上灶，盏中点出百般花；结棹佳人，柜上挑茶千钟韵。

这是宋话本《阴骘秋善》对茶肆所述，环境不可谓不优雅，所以许多有身份的子弟常常在这样的茶肆，习学乐器，或唱叫之类，这叫做“挂牌儿”，炫耀技艺，派头十足。

许多茶肆则是市民住家所开，如宋话本《宋四公大闹禁魂张》中的宋四公家，就是一个小茶肆，雇一上灶点茶的老头帮手，此外就是茶肆主人即家主人。这样的茶肆真是名副其实的市民茶肆。它是由市民在居所中间所开，随时随地和市民对话，专门为市民服务。《水浒传》第二十四回就刻画了一位在自家开茶肆的王婆，她还专依靠些“杂趁养口”，即“为头是做媒，又会做牙婆，也会抱腰，也会收小的，也会说风情，也会做马泊六”。这显然是较为低层的市民茶肆所接触的范围。

高级一点的茶肆只是人员成分清纯一点，但也不能免俗。以临安中瓦内叫做“一窟鬼”的王妈妈家茶肆为例，这个奇怪的茶肆名未知是宋代城市书会才人编撰，还是茶肆主人王妈妈为招揽顾客故意起这个使人耸然的怪名？反正这茶肆虽都是士大夫期朋约友会聚之处，但名称却不雅致。

笔者认为，宋话本《西山一窟鬼》大约在先，说的是一王婆为一位教书的吴教授说媒而引出了一桩蹊跷作怪的鬼事来，后有茶肆以此名标榜，目的是引起更多市民来此吃茶的兴趣。

然而，在记述宋代城市生活的书籍里，对市民喝的茶记述得却显得过少，只有小腊茶、七宝擂茶、葱茶……寥寥数名，相反却用较多笔墨，记述了分茶食店的活动。宋代城市里的大食店都叫“分茶”，实际与喝茶的方式无涉。

笔者以为，分茶是取喝茶方便快捷的寓意而成。从《梦粱录》所记《面食店》来看，所谓“分茶”，则要备有各色羹汤，多种面食，下饭的诸种煎肉、鱼等，用今天的话来说是制成备好的“快餐”。以颇负盛名的东京大相国寺“素分茶”为例，它就是东西塔院的斋食，由住寺僧官操作，每遇斋会，凡饮食茶果，动使器皿，就是三五百份，无不迅速办成。

面食店唤“分茶店”，中小酒店唤“分茶酒店”，却和喝茶关系并不大，但以茶来号召市民光顾，反映了茶肆的兼容性却相当之大。无论高级人物还是来自底层的市民，来茶肆之意并非来专门喝茶，人们首先都将茶肆当成交流感情之地和传递信息的中转之所。

在宋话本中，有这样的场景：一东京和尚为勾引良家妇女，扮成官人，到一家茶肆佯装等人，让一卖馉饳儿的小贩去替他到皇甫殿直家与娘子“再三传语”，结果引起皇甫殿直疑心，休了自己的妻子……宋徽宗看中名妓李师师，便到周秀茶肆，一边喝茶一边使出钱让周秀去李师师处传信，周秀便来往穿梭沟通，使徽宗如愿以偿。

这种不是以喝茶为正，只以此为由，多下茶钱，多觅茶金的茶肆，被《梦粱录》呼为“人情茶坊”。在这样的茶肆里，再有身份的人物也要讲人情，甚至连真龙天子也和普通市民一样。宋话本《赵伯升茶肆遇仁宗》就这样告诉我们：

四川秀士赵旭进京赶考，经宋仁宗亲试，未中，流落于客店。一日，仁宗到状元坊茶肆，见壁上有两首赵旭词作，想起前因，便让太监找来赵旭，又予面试，遂作纠误提升之举，赵旭被任命为成都新制置。

话本歌颂仁宗至明，但背景却为茶肆，这表明有了人情茶肆，市民们可以在这里尽情发泄胸中郁结，寄托情感，或甜或辣或酸或咸或苦，搅翻了五味瓶，混合了一杯茶，这样的茶肆真是中国古代城市文明的一大进步。

然而，值得注意的是，人情茶肆往往藏污纳垢。如名字很好听的“花茶坊”，这样的茶肆则不以喝茶为正，而是娼妓、闲汉之流打聚处。比较著名的还有临安的西坊南潘节干、俞七郎茶肆、保佑坊北朱骷髅茶肆、太平坊郭四郎茶肆、太平坊北首张七干茶肆，等等。名为茶肆，实则卖笑，毒化了社会的氛围。

不过从整个宋代城市茶肆状况来看，健康的茶肆已成为一大行业，它有着严明的规章制度，有着自己的“市语”，培养起了自己的“博士”。如宋话本《万秀娘仇报山亭儿》所述：

襄阳市内一万家茶肆，家养的茶博士陶铁僧，因每日“走州府”，即偷茶肆的钱，被万三官人发现，赶了出去，不上十天钱尽，“又被万员外分付尽一襄阳府开茶坊底行院，这陶铁僧没经纪，无讨饭吃处”。

这样的茶肆，还是为数不少的，是它们构成了宋代城市茶肆的中坚。宋话本《阴骘秋善》就叙说了发生在这样茶肆里的一个感人的故事：

张客在客店遗失一装有锦囊的布囊，内有大珠百颗，被林善甫拾到。林为找到失主，于沿路张贴“拾物告示”，张客见到直奔京城，在一茶肆找到林善甫，林与张客对上遗失的珠数，便将百颗大珠悉数交张，张执意要给林善甫一半，林坚拒，只是恐后无以为凭，让张写一副领状再领去这珠子。张客只得写“领状”领了珠子，林善甫还特意说道：“你自看仔细，我不曾你些个。”

这一故事，据编定者开头交代是“京师老郎流传至今”，可知流传已久。这与史家津津乐道的宋代王明清《摭青杂说》中的那个茶肆还金的故事相仿佛，几乎同出一辙，特别是结尾处，失主李氏为答谢茶肆主人拾金不昧，要将遗失的数十两金子分一半给他，主人说出一通掷地作金石之声的话来：

> 官人想亦读书，何不知人如此！义利之分，古人所重，小人若重利轻义，则匿而不告，官人将如何？又不可以官法相加，所以然者，常恐有愧于心故耳。

这些深得“义利”精髓的话，出自一位茶肆主人之口，它深刻表明了一种有别于传统道德的市民意识正在成长，而且达到了相当高的程度！店主的义行，引得这时聚集在茶肆观看的五十余人，无不以手加额发出赞叹，认为这种风格是世所罕见的。

意味深长的是，王明清记叙的此事，是发生在东京最著名的酒楼樊楼旁边的一家小茶肆里，这是茶肆对酒楼的一种补充，还是茶肆的一种独立的发扬？或二者兼而有之？总之，在宋代城市中，酒楼与茶肆像一对互相影响的伴侣，相辅相成，它们互相依扶着，并肩携手，共同迈进，在一种从未有过的城市天地里，掀起了一种超越前代启示后代的新的饮食风情……

（选自伊永文《宋代市民生活》，中国社会出版社一九九九年版）

我国谷物酒和蒸馏酒的起源

孙机

酿酒在我国已有悠久的历史。根据原料、曲药和酿造及蒸馏方法的不同，酒的名目繁多，风味各异。但大体说来可分三大类，即自然发酵的果酒、酿造酒（如黄酒）和蒸馏酒（如烧酒）。在我国，以上三种酒也正是按照这个顺序依次出现的。

不论何种酒，其中最本质的成分皆为酒精即乙醇。当合成法出现以前，它都是用糖或淀粉在微生物的发酵作用下产生的。如果所用的原料是含糖分的浆果，则原料中的糖分只要经过能产生酒化酶的酵母菌的分解作用就能产生酒精。根据民族志的材料推测，人类在进入母系氏族社会后，已可能有意识地利用这种果酒。在我国，这个社会发展阶段相当于新石器时代初期。不过这时尚未从一般饮食器中分化出专门的酒器来，所以只根据出土的器物无法把自然发酵的果酒之流行的时限判断清楚。

自然发酵的果酒受季节的限制很大，为了突破这种限制，下一步遂采用谷物作为酿酒的原料。谷物的主要成分是淀粉，因此必须先经过能产生出淀粉酶的酒曲的糖化作用，使淀粉分解为简单的糖以后，才能再经过酵母作用产生酒精。这一微生物发酵的过程是相当复杂的，而且酒的香味在很大程度上取决于此过程中所产生之适量的醛和酯；这些东西多了不行，少了则缺乏香味。因此，如果不是在利用自然发酵制果酒的时期中积累了大量的经验，要一下子发明用淀粉造酒的技术是难以想象的。所以如《淮南子·说林训》中“清醠之美，始于耒耜”那种直接把造酒与农业生产相联系的说法，在认识上是不够全面的。

我国用谷物酿酒起于何时？目前对此尚没有一致的意见。现存之最早的谷物酒是在河南罗山县天湖村八号商墓出土的铜卣中发现的。这件铜卣的盖子扣合得十分严密，其中贮藏的液体经过三千多年仍未完全蒸发，经北京大学取样化验，证明是酒。而卣中所盛之酒应是鬯。甲骨刻辞有“鬯一卣”（《战后沪宁所获甲骨集》三·二三二）、“鬯三卣”（《殷虚文字甲编》一一三九）、“鬯五卣”（《戬寿堂所藏殷虚文字》二五·九）等记载，这和古代典籍中的提法如“秬鬯一卣”（《尚书·文侯之命》《诗·大雅·江汉》）、“秬鬯二卣”（《尚书·洛诰》）等是一致的。《左传·僖公二十八年》孔颖达疏引李巡曰：“卣，鬯之尊也。”可见卣是专门用来盛鬯即秬鬯的。秬是黑黍，鬯是香草，秬鬯是用黑黍与香草合酿的香酒，可以敬神。《说文·鬯部》：“鬯，以秬酿郁草，芬芳攸服以降神也。”可是天湖村八号墓的年代相当殷墟文化第二期，谷物酒的出现应较此时为早。但究竟早到何时，也还只能以酒具作为推测的线索。在商代，与卣共存的酒器有爵、斝、觚、尊、盉、壶等多种。有的研究者根据类型学的方法，将这些器物由近及远向上排比，一直推求出其“祖型”，并将此祖型出现的时期视为谷物酒之起始。沿着这条思路，这一时期遂被定在仰韶文化、大汶口文化之中；还有的甚至把它定到磁山、裴李岗、老官台、河姆渡等新石器时代早期文化之中。但何以知作为祖型的那些器物是盛谷物酒而不是盛他种饮料的呢？论者尚未能给出确切的证明。式样相近的器物在不同时期中可以被赋予完全不同的用途。明清时的若干笔筒、唾盂、香炉之造型是从青铜尊、鼎那里演变出来的，可是在用途上却毫无共同点。举这个例子并没有走极端的意思，只是说，此类情况既然存在，论证这样的问题时就回避不开，不能认为凡属在造型方面有渊源关系的容器，其功能必然是几千年一贯制的，都只能盛同一种东西。所以尽管是酒器的祖型，但其本身的用途仍然得有证据才能作出判断。何况将谷物酒出现的时间大幅度提前，势必挤占了以自然发酵法制果酒的历史阶段；而后者如得不到充分发展，也就取消了谷物酒得以发明的前提。还有些论者谈这个问题时只着眼于原始农业，似乎只要能生产一定数量的谷物就会有谷物酒。其实这种论点的根据更不充分。在技术史上，有些地区既有生产某种物品的原料，也存在着对它的社会需求，甚至也拥有与生产该物品之水平相近的技术条件，可就是迟迟做不出这种产品来。比如欧洲的地下蕴藏着瓷土，对硬瓷更极为喜爱，其窑业的发展历史也很长，然而在十八世纪以前却一直不能生产硬质瓷器。技术史上这类例子很多，无烦缕述。对于工业革命以后，东西交往频繁的欧洲尚且如此，更不要说对于作为原生文明的中国新石器时代古文化中的一项无从自外部取得借鉴的新技术了。

但这并不是说，商代各种酒器之类型学的发展序列均不必重视，恰恰相反，如果想根据现有的资料推测出谷物酒出现的大致时期，仍然得由此入手。不过商代甲骨文中提到的酒器，除卣以外，只有爵、斝等数种。其中特别值得注意的是爵。《说文·鬯部》："爵，礼器也，象雀之形，中有鬯酒"，则爵也是盛鬯酒之器。爵的造型很特殊，它有三足和单錾，口部前有流，后有尾，有些爵在流根处还立双柱。铜爵和陶爵在中原地区发现较多，河南的出土点尤为密集，其渊源可以从安阳殷墟追溯到郑州二里岗和偃师二里头。再往前推，则其形制已与典型的爵不同，无法肯定它是否也是盛鬯酒的了。也就是说，根据卣和爵的线索，谷物酒的出现可以推到相当于二里头文化的夏代。顺便说一句，这和传说中禹臣仪狄造酒的时代恰相符合。

在一般印象中，爵是喝酒的饮器，其实不尽然。爵有狭长的流，用嘴对着这样的流喝酒相当不便。试看匜作为同样的带流之器，就是用于注水，而不是用于喝水的。古代的爵本是礼器。《礼记·礼器》说：“宗庙之祭，贵者献以爵。”在祭礼中，爵中的鬯要浇在地上，即所谓“先酌鬯酒，灌地以求神”（《礼记·郊特牲·正义》）。灌地时用带流之器自然比较适合，这也正是爵作为礼器之第一位的功能。据此也可以推知，夏商时用于祭祀的礼器中所盛之酒，大抵都是鬯酒一类高级谷物酒。

祭祀用鬯，普通饮用则多为醴。《诗·小雅·吉日》：“以御宾客，且以酌醴。”醴是一种味道淡薄的甜酒。《说文·酉部》：“醴，酒一宿熟也。”《释名·释饮食》：“醴，礼也，酿之一宿而成，礼有酒味而已也。”又《礼记·内则》郑玄注：“酿粥为醴。”可见这种快速酿成的醴有点像现代的酒酿。它在酿造时不下曲。《吕氏春秋·重己篇》高诱注：“醴者，以蘖与黍相体，不以曲也。”故醴中酒精含量很低。《汉书·楚元王传》说，楚元王刘交敬礼中大夫穆生，穆生不嗜酒，元王每置酒，特为穆生设醴。《晋书·石勒传》说：当时“重制禁酿，郊祀宗庙皆以醴酒。行之数年，无复酿者”。则严格地说醴只能算是一种饮料。在《周礼·浆人》之中，醴被列为“六饮”之一，“浆人掌王之六饮：水、浆、醴、凉、医、酏”。其中除水和醴之外，浆指一种酸浆；凉指和水的冷粥；医和醴的制法相似，但更清些；酏则指稀粥。就已有的认识而言，尚无法断定喝这些饮料时是否各有专用的或习用的饮器。所以纵使把醴也划入谷物酒的范畴，并且承认它的出现应较鬯为早，也仍然不能为谷物酒的起源提供出较清晰的背景材料来。而以卣、爵等为代表的盛鬯酒之器又只能上溯至夏。因此，认为夏代以前我国已有谷物酒的各种说法，目前还都停留在假说阶段，有待进一步拿出证据，才能谈到落实的问题。

我国何时有蒸馏酒，说法也多种多样，归纳起来有以下五种：一、东汉说；二、唐代说；三、宋代说；四、金代说；五、元代说。其中第五种是元、明以来的传统说法，可称旧说；第一至四种都是修改旧说的，可称新说。新说中的二、三两种是今人在古书中查到一些线索而作出的推测，包含着很大的误解成分。黄时鉴先生在《文史》第三十一辑发表的《阿剌吉与中国烧酒的起始》一文对此二说提出的分析和反驳足以澄清事实，这里就不多谈了。新说中的一、四两种则是根据传世和出土的文物立论。作为一名文物工作者，对此想提出自己的一点看法。

不过在讨论新说之前，有必要先介绍一下旧说。旧说称蒸馏酒始于元代，这是有元人的记载为证的。一、忽思慧《饮膳正要》（一三三〇年成书）卷三说："用好酒蒸熬取露成阿剌吉。"二、许有壬（卒于一三六四年）《至正集》卷一六《咏酒露次解恕斋韵·序》说："世以水火鼎炼酒取露，气烈而清，秋空沆瀣不过也。其法出西域，由尚方达贵家，今汗漫天下矣。译曰阿剌吉云。"三、由元入明的叶子奇所著《草木子》卷三下说："法酒，用器烧酒之精液取之，名曰哈剌基。酒极酞烈，其清如水，盖酒露也。……此皆元朝之法酒，古无有也。"此说在明代亦无异议。李时珍《本草纲目》卷二五说："烧酒非古法也，自元时始创其法。"方以智《物理小识》说："烧酒元时始创其法，名阿剌吉。"这些著作中谈的是其当代或近世之事，而众口一词，可见是不能忽视它的权威性的。阿剌吉或哈剌基（亦作轧赖机、阿里乞、阿浪气）为阿拉伯语"araq"的对音。这种酒是从西亚方面传入我国的，因为它的酒度高，早期的记载中甚至说它"大热，有大毒"（《饮膳正要》）；"哈剌基尤毒人"（《析津志》）；"饮之则令人透液而死"（《草木子》）。反映出当时接触此类烈性酒的时间还不长，饮用时还存在着某些思想障碍。

那么，为什么第一说认为东汉时已经有蒸馏酒呢？它的根据是上海博物馆收藏的一件东汉青铜蒸馏器。这件蒸馏器的外形和汉代成套的釜甑相似，但甑的内壁下部有一圈斜隔层，可承接凝集的蒸馏液，并装有导流管以便将液体引出，所以称之为蒸馏器是没有问题的。然而如果说此器系用于蒸馏酒，则尚有可议之处。

一、此器通高五十三点九厘米，甑上部之凝露室的容积为七千五百毫升，甑下部的储料室容积却仅有一千九百毫升，太小，出酒量也必然很少。这一点方心芳先生在《再论我国曲蘖酿酒的起源与发展》（载中国食品出版社编《中国酒文化和中国名酒》）一文中已经指出。而且这件蒸馏器上未设水冷却器，酒精的逸失量太大，作为蒸酒器是不合理的。二、上海博物馆对此器作过蒸酒试验，所得的酒最高为二十六点六度，最低为十四点七度，平均为二十度左右。而汉代早已发明了复式发酵法和连续投料法，这时的“上尊酒”是“稻米一斗得酒一斗”（《汉书·平当传》颜师古注引如淳说引汉律）；投料比这样大，酒醪必然是很浓的。根据现代制黄酒时测试的数据，浓醪中的酒精含量可达百分之十六以上，有的甚至可以达到百分之十九至百分之二十，这和用上述蒸馏器蒸出之酒的度数相近。因此它不但不能生产出比上尊酒的酽烈程度有明显提高的产品，在酒度上不占多少优势，还要承受丢掉传统风味的巨大损失。三、汉代还是一个饮低度酒的时代。这时有人“饮酒石余”（《汉书·韩延寿传》），有人“食酒至数石不乱”（《汉书·于定国传》）。饮用量如此之大，当然不会是烈性酒。而且这时盛酒用大口的尊，以勺酌于杯或卮中就饮，这套酒具也显然不是用来喝烈性酒的。

因此，上海博物馆收藏的这件蒸馏器是否有可能为炼丹术士所用？或为蒸馏他物所用？总之，似尚难以断定必为蒸馏酒的器具。

再看第四说。此说的根据是河北承德市青龙县西山嘴村南新开河道中出土的一件据说是金代的青铜蒸馏器。此器通高四十一点五厘米，由上下两分体套合而成。其下部是一个高二十六厘米的釜，釜的口沿有双唇，中有槽，槽宽一点二厘米、深一厘米，用于承接凝集的蒸馏液。自槽中向外接出一根导流管，以将液体引出。其上部为冷却器，通高十六厘米、口径三十一厘米、底径二十六厘米，底部凸起呈穹隆形，近底处设排水管。当上下两部分套合时，两端的子口扣得很紧密，确为实用之器，见下图。它的基本结构与现代的壶式蒸酒器很肖似。特别是壶式蒸酒器上的冷却桶之底部也呈穹隆形，安放在圆形的槽内，冷却了的蒸液流向四周再汇集到槽中流出；这和青龙出土的蒸馏器的结构几乎一般无二。因此可以认为青龙蒸馏器也是蒸酒用的。元代的蒸酒器许有壬称之为“水火鼎”，表明其上部有注冷水的冷却器，下部燃火。朱德润《存复斋文集》卷三《轧赖机酒赋》（作于一三四四年）中对此物的描写是：“一器而两，圆铛外环而中洼，中实以酒，仍缄合之无余少焉。火炽既盛，鼎沸为汤，包混沌于爵蒸，鼓元气于中央。熏陶渐渍，凝结如炀。滃渤若云蒸而雨滴，霏微如雾融而露瀼；中涵既竭于连熝，顶溜咸濡于四旁。”这和青龙蒸酒器的形制与使用方法正合。又上引许有壬的诗中也说：“火气潜升水气豪，一沟围绕走银涛；璇穹不惜流真液，尘世皆知变浊醪。”这些句子用于青龙蒸酒器也同样贴切。

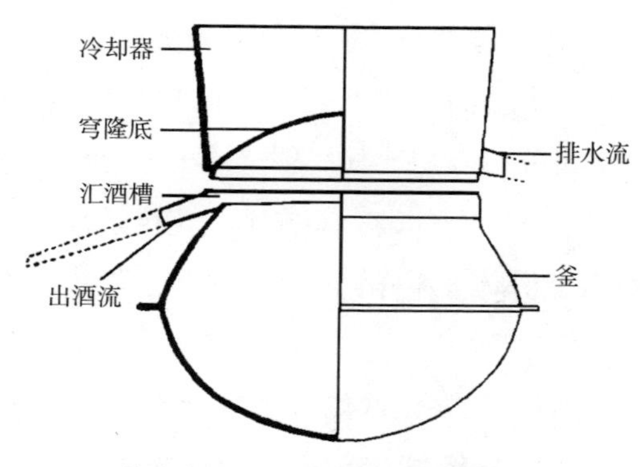

承德青龙出土元代青铜蒸酒器

青龙蒸酒器也作过蒸酒试验："在承德市粮食局综合加工厂制酒车间工人师傅指导下，我们用这套烧酒锅进行了两次蒸酒试验。第一次坯料（稻糠）八市斤，出九点四度酒零点九市斤。第二次坯料（稻糠）六市斤，出九点七度白酒零点六五市斤。"（《文物》一九七六年第九期，页98）酒度如此之低，出酒量如此之少，可以说试验尚不得要领。因为从元代文献看，当时并不是用稻糠蒸酒，而如上文所引，是"炼酒取露"，"用好酒蒸熬取露"。或如《析津志》所说："取此酒（指葡萄酒）烧作哈剌基。""枣酒……烧作哈剌基。"最低限度如《居家必要事类全集》所说，也要用"不拘酸甜淡薄，一切味不正之酒"来蒸馏。则当时是用酿造的酒作为蒸馏的原料，这样自然可以蒸出酒度较高的烧酒了。

还应当指出的是，在青龙县西山嘴村与此蒸酒器同出之物有一件饰花草纹的滴水瓦。林荣贵先生在《金代蒸馏器考略》中说："滴水的形式及其上面的草纹饰，与一九六五至一九七二年北京后英房元代居住遗址出土的颇为相似，但是青龙西山嘴的滴水，形体较大而厚重，花纹繁缛，制作上明显粗糙，没有后英房滴水那样宽平的边缘和简化清秀的花纹。分析这件滴水应是金代或元初遗物"（《考古》一九八〇年第五期，页468）。自拓片观察，这件滴水定为元代物问题不大，它出在僻远的青龙，自然与大都所出者有精粗之别，但时代的特点是一致的。结合元、明两代人言之凿凿的元代始有阿剌吉之说，遂令人感到，青龙蒸酒器不应属于金代。因为不仅找不出证明金代有蒸馏酒的古文献，而且它既然与元瓦同出，本身又不附带其他断代证据，怎么能一定说成是金代的呢？相反，如果将此器定为元代之物，则无往而不合，文献与实物相辅相成，一切都顺理成章了。

（选自《寻常的精致》，辽宁教育出版社一九九六年版）

辑 四

酒界往事

《解忧集》序

吴祖光

何以解忧？

唯有杜康。

——曹操

从很早的年代起，人类就与酒结下不解之缘。酒的发明是聪明人的天才创造，她象征欢乐，亦体现哀愁；能排解寂寞，更能给人幸福；因此她又是文学艺术的诱因和媒介，使人生诡奇美妙，多姿多彩。有鉴于酒对古人、今人、他人、个人的神奇魅力，我接受中国酒文化协会的委托主编一本关于酒的文集，暂定名为《解忧集》。夙仰足下文苑名家、酒坛巨将；文有过人之才，酒有兼人之量，敢祈惠赐宏文，抒写您与酒的一脉深情。为江山留胜迹，为儿女续因缘……

一九三七年八月一日早晨八点钟，我家小小寒舍忽然有一位了不起的人物大驾光临，由于警车开道，扈从随侍，不仅蓬荜生辉，亦且四邻震动。虽然匆匆来去，为时短暂，却把素日见官胆怯的荆妻吓得一病几殆，也急得我几身冷汗。直到晚间妻子思想通了，心情恢复正常，才放下心来。想想为此着急亦属无谓，于是按照我原来的打算，在灯下草拟了上面的一纸为《解忧集》而作的征稿信。这封信是我在头一天定下在次日定要写完的，没有因为突然发生的事情而改变我的计划。

“酒文化丛书”编委周雷同志在这之前不久要我写一本关于酒的书，字数在十万左右，但是被我谢绝了。理由是我完全算不上是个嗜酒者，当个“酒客”都不够格，遑论其为“酒鬼”“酒仙”乎？就如我一生当中为人处世一样，一贯都是被动应战而从未主动出击过。我喝白酒约有半斤之量，但却没有自己独饮的习惯，都是在他人殷殷劝酒之下才举起酒杯来的。

回忆小时在家，父亲是有酒瘾的，晚饭时常常要喝点酒，贤惠善良的母亲能喝酒而很少喝；父亲喝酒会红脸，而母亲酒后脸更发白。我至今记得在我很小的时候父亲用筷子蘸酒，叫我抿一抿，我虽觉得很辣，但却能忍受，连眉都没皱一下。父亲很开心，夸我长大定会饮酒，母亲则反对这样“惯”我，而我心里很觉得意，像得了奖那样快乐。

父亲在家里请客的时候，喝酒时要划拳，平时温文尔雅的伯伯叔叔公公们这时扯开嗓子叫得一片山响，小孩们当然只能扒在门缝往里看，也感到特别高兴。

至今给我留下非常深刻印象的是我家邻居住着一个拉洋车的老王大爷，他是一个孤老头，我上了中学之后，每天下学回家，和一群同学在大门外一片空场上踢小球玩的时候，王大爷也拉了一天车回来休息了。他常常端一个白瓷茶杯，拿一包花生米，杯里装的是白干酒，坐在我家大门前雕刻着兽头的上马石上。把花生米放在衣袋里，喝一口酒，吃一粒花生米，还把花生米去了皮，一扔老高，然后仰起头张开嘴，花生米稳稳当当落进嘴里，扔得非常准，从来没见他失过手。这一手绝技让我和同学们看傻了，连球都忘了踢。然而最叫我不能忘记的是那一阵阵白干酒的香味，怎么那么好闻！到我长大之后，自己也能买酒宴客的时候，即使饮的是茅台、五粮液、特曲、大曲……总觉得似乎也比不上王大爷的廉价白干酒香。

在日寇侵华战争的前一年，我以偶然的机缘参加了一项工作，从此便离开了我只读了一年的大学，再也不能恢复孜孜以求的学子生涯了。“误落尘网中”，一去竟逾半个世纪，老王大爷的白酒回味犹有余甘；而我自己至今尚不知品酒，更没有酒瘾，想想深感惭愧。

但即使如此，我的一生酒史当中竟有三次大醉，使我永远难以忘记。那就是每次醉后都十分难受，像害了一场大病一样。

第一次是在一九四三年我随一个话剧团从抗战陪都重庆来到成都，全团演员及工作人员七八十人住在五世同堂街华西日报社内，过集体的游牧生活。行装甫卸，还没有完全安顿下来，却有友人来访，是由某位长者介绍相识不久的中年人、新任的四川一位县长。他初掌县篆，春风得意，正在和我高谈阔论之时，跑进来一个剧团的女演员，进门也没打招呼，就跑到这间集体宿舍的屋角她自己的床铺前脱下外衣和罩裤，换起服装来。我发现这位县官老爷不断地扫视正在更衣的女郎，话也不说了。直到姑娘换好衣服又匆匆跑出去他才恢复了正常神态。看来他明明是被女演员的风姿镇住了，但是对我说的第一句话却是："你们的生活真是浪漫主义啊！"这句话本不算什么，但不能容忍的是他那低俗的语气和表情，这使我想起当时社会上有那种对戏剧界的轻薄、鄙视的歪风邪气，而对这位友好的来客我竟想不出用什么语言来回答他。

热情的县太爷可能发觉了我的不快，极力邀请我去一同晚餐。川菜举世无双，那家餐馆——"不醉无归小酒家"，每道菜都做得精美无伦，我闷着头喝酒，不知不觉两个人喝了一斤宜宾五粮液，在这之前我从来没有喝过这么多。出门时县长给我叫了一辆人力车，我回到五世同堂下车后只觉得两条腿完全软了，两只脚踩在棉花堆上一般，东摇西晃地跑进自己住的那间水阁凉亭——是用布景片搭起的四面墙和门窗的简陋房间；衣服都来不及脱，倒在床上便人事不知了。直到第二天中午才悠悠醒转，浑身瘫软，有如生了一场大病一般，至少到三天以后才逐渐正常。这是头一次让我领教了酒的威力。

一九四七年秋天，我从全国内战爆发的上海匆匆出走到香港，应聘就任一家电影公司的导演，住在公司总经理蒋先生的九龙界限街的住宅里。同时住在这座宽大的花园洋房二楼上的还有作曲家陈歌辛、著名的女明星孙景璐、李丽华、陈琦、陈娟娟和她的形影不离的婆婆。

总经理在那年冬天举行过一次宴会，在楼下餐厅内摆了两桌酒席，大部分都是公司内外的电影从业人员。很多人都会闹酒，筵席上又是划拳，又是敬酒，十分热闹，小咪李丽华和孙景璐尤其叫得厉害。对于喝酒，我从来是不积极的，但是在这一顿晚宴里，我竟被灌得烂醉如泥，耳边只听见娟娟婆婆的一口四川话说道："吴先生真好酒品。看，他喝醉了一声不响……"又听见她对别人说："他醉了，不要再叫他喝了。"从这以后我便再也没有感觉，直到第二天醒来，发现我睡在二楼房间里自己的床上，头疼得很厉害，我苦苦地寻思，才想起昨天晚上参加的这场宴会……最不可解是我全身换上了睡衣，不知是谁给我换的衣服，脱下来的衣服全都好好地放在墙角的沙发上，这件怪事我连问都不敢问，至今不知道这个细心的好心照顾我的人是谁？当然，像生了一场大病的那个难受劲儿和头一次醉酒完全一样。

一九五六年是我回到新中国做了我既不胜任又不情愿的电影导演的第七年。我最后拍摄的一部电影是已故周恩来总理下达任务的著名京剧演员、四大名旦之一程砚秋先生的名剧《荒山泪》。这个我本来极不想接受的任务由于可爱的天才艺术伙伴程砚秋先生的有效的、愉快的合作而给了我极大的安慰和幸福。热情的、坦率的程先生在摄制工作完全结束的那天忽然提出要由他个人设宴招待摄制组的全体人员，并且一言既出便绝对不能辞谢的。酒席设在颐和园的听鹂馆。

程砚秋先生，这位京剧大师，专工青衣，以扮演贞淑烈女，尤以悲艳形象为擅长：程腔的幽怨哀思、缠绵婉转至今为京剧旦角唱腔艺术的巅峰。而在生活中已临近老年的程先生早已失去往昔的苗条纤细的身材而成为虎背熊腰的彪形大汉，经常口衔比手指还粗的雪茄烟。在这个宴会上，所有比他年轻的客人又发现他是个豪饮无敌的酒家。那天程先生十分高兴，对每一个客人频频劝酒，而我成了他对饮的第一人，结果是待到宴会结束，我连路都走不动了。

由于很多人都醉成了我的模样，那天大家都乘坐了一只大游船穿过昆明湖，然后走出颐和园的大门的；其中唯独我一个是仰天平躺在船头甲板上，眼望蓝天上的白云。后来是怎么回家的，也是至今不知道。

我的醉酒史只有三次，到此为止，再未醉过，弹指不觉三十二年了。我想，在我的有生之年将不会再醉第四次，因为每一次醉后的那几天实在是十分难过。

前面我说过，提起饮酒感到惭愧。为什么呢？只缘半世未断饮酒，而从来没有领略到酒之佳趣何在，以至于分辨不出茅台、五粮液、特曲、头曲、大曲、二曲……之区别，喝酒时未觉过美，喝醉时苦不可言……饮至微醺似乎也有点陶然之味，但舌头却要被辣多次，所以终于未能养成自斟自饮的习惯，辜负了连年以酒相赠的友情。

因此，我内心真是羡慕那些嗜酒如命的朋友们。记得一九五六年著名的词章家许宝驹先生突然来访，并拉我去逛琉璃厂，两人沿着琉璃厂街的古玩店、旧书店一家一家地浏览、闲步，大约一个小时以后我忽然发现宝驹先生讲话时舌头有点大，看他的脸也红了起来，而在我家未出发之前完全不是这个样子，真叫人纳闷，不知是怎么回事。这引起我的注意，才发现他在观看墙上的字画时，伸手从衣袋里掏出一个扁平的酒瓶，打开盖，喝一口，又盖上送回衣袋里了。我想，这才真叫酒瘾发作吧！而我确是未之前见。分手时我感到先生已迈步不稳，是我送他回家的。

还记得在香港时，有一次电影界聚会，敬酒罚酒几成一场混战，好多人都喝醉了。明星陶金醉得寸步难移，由于家住九龙，要乘轮过海，但陶金被剥夺了买二层楼轮渡票的权利。因为他是被人抬上船的，被抬着的东西只能作为货不能算作人，大家只好给他买了货船票过海。大英帝国执法如山，毫无通融余地。

解放前的多年好友话剧作家宋之的，好酒成癖，后来发展到每饭必酒，解放后终以长年贪饮，引起肝硬变，不治而逝，正值壮年，令人思之伤感。

当然也有例外，在好友行列之中的杨宪益先生，当代英文权威，而且是学贯中西，旧体诗下笔成章作得呱呱叫。以我有生经历而言，他当得起当代第一名的酒家。只要你走进杨家客厅，首先是倒一杯酒待客。喝到吃饭的时候，饭桌上再是一杯一杯地喝酒。饭后回到客厅，再喝第三次酒。看来宪益先生对于水已不需要，而全以酒代之。英籍夫人戴乃迭与宪益有同好，对坐对饮是两夫妻的正常生活；真乃是天配良缘，幸福家庭。已经有医学界的专家看准了杨宪益先生这个对象，打算在适当的时候解剖检查先生身体里的酒精含量，查一查他具有什么超人的特异功能使能致人死命的酒精无奈他何！

鉴于衮衮诸公之嗜酒，反顾我行年七十而不知酒中之趣，实为天生鲁钝，缺少慧根而绝不是酒之过。中外历史上酒仙酒神不计其数，酒终于是人类的天才创造，所以在我发出不足百份征稿信之后，竟收到宏文五十余篇，篇篇充溢酒香，令人愧感。不少作者除著文之外，还给我写了信，铭记下这一历史时代的厚意隆情，使人永不能忘。

集子的名字取为《解忧集》曾使我斟酌再四。杨宪益大师信中说："喝酒只为了好玩，无忧可解。"他是反对这个题目的。但我回信给他说："忧国忧民，得无忧乎？"他也就不再反对了。而且写了文章。

文章以收到先后为序。

（选自《解忧集》，中外文化出版公司一九八八年版）

我的酒友

周作人

我是不会吃酒的，却是很喜欢吃，因此每吃必醉，往往面红耳赤，像戏文上的所谓关公一般，看去一定灌下去不少的黄汤了，可是事实上大大的不然，说起来实在要被吃酒的朋友所耻笑的。民九的岁暮我生了一场大病，在家里和医院各躺了三个月，在西山养了三个月，民十的秋季下山来，又要上课了，医生叫我喝点酒，以仍能吃饭为条件，增加身体的营养，这效验是有的，身体比病前强了，可是十年二十年来酒量却是一点都没有进步。有一次我同一个友人试验过，叫了五芳斋很好的小菜来，一壶酒两人吃得大醉，算起来是各得半斤。这是在北伐刚成功的时候，现在已是二十年之前了，以后不曾试验，大概成绩还是一样，半斤是极量了，那么平常也只能喝且说五两吧，这自然是黄酒，若是白酒还得打个三折。这种酒量，以下棋论近于矢棋了，想要找对手很有点为难，谁有这耐性来应酬你呀。

可是我却很运气能够有很好的酒友，一个是沈尹默，他的酒德与我正相同，而且又同样的喜吃糯米食，更是我的同志。又一个则是饼斋，他的量本来大，却不爱喝，而每逢过访的时候，留他吃饭，他总肯同主人一样的吃酒，也是很愉快的。晚年因为血压高，他不敢再喝了，曾手交一张酒誓给我，其文云："我从中华民国二十二年七月二日起，当天发誓，绝对戒酒，即对于周百药[①]马凡将二氏亦不敷衍矣。恐后无凭，立此存照。钱龟竞。"盖朱文方印曰龟竞，名下书十字甚粗笨，则是花押也。马凡将即马叔平，凡将斋是他的斋名，百药则是我那时的别号。

（选自《饭后随笔》，河北人民出版社一九九四年版）

① "周百药"原刊作"孙百药"。

吃酒

丰子恺

酒，应该说饮，或喝。然而我们南方人都叫吃。古诗中有“吃茶”，那么酒也不妨称吃。说起吃酒，我忘不了下述几种情境：

二十多岁时，我在日本结识了一个留学生，崇明人黄涵秋。此人爱吃酒，富有闲情逸致。我二人常常共饮。有一天风和日暖，我们乘小火车到江之岛去游玩。这岛临海的一面，有一片平地，芳草如茵，柳荫如盖，中间设着许多矮榻，榻上铺着红毡毯，和环境作成强烈的对比。我们两人踞坐一榻，就有束红带的女子来招待。“两瓶正宗，两个壶烧。”正宗是日本的黄酒，色香味都不亚于绍兴酒。壶烧是这里的名菜，日本名叫“tsuboyaki”，是一种大螺蛳，名叫荣螺（sazae），约有拳头来大，壳上生许多刺，把刺修整一下，可以摆平，像三足鼎一样。把这大螺蛳烧杀，取出肉来切碎，再放进去，加入酱油等调味品，煮熟，就用这壳作为器皿，请客人吃。这器皿像一把壶，所以名为壶烧。其味甚鲜，确是佐酒佳品。用的筷子更佳：这双筷用纸袋套好，纸袋上印着“消毒割箸”四个字，袋上又插着一个牙签，预备吃过之后用的。从纸袋中拔出筷来，但见一半已割裂，一半还连接，让客人自己去裂开来。这木头是消毒过的，而且没有人用过，所以用时心地非常快适。用后就丢弃，价廉并不可惜。我赞美这种筷，认为是世界上最进步的用品。西洋人用刀叉，太笨重，要洗过方能再用；中国人用竹筷，也是洗过再用，很不卫生，即使是象牙筷也不卫生。日本人的消毒割箸，就同牙签一样，只用一次，真乃一大发明。他们还有一种牙刷，非常简单，到处杂货店发卖，价钱很便宜，也是只用一次就丢弃的。于此可见日本人很有小聪明。且说我和老黄在江之岛吃壶烧酒，三杯入口，万虑皆消。海鸟长鸣，天风振袖。但觉心旷神怡，仿佛身在仙境。老黄爱调笑，看见年青侍女，就和她搭讪，问年纪，问家乡，引起她身世之感，使她掉下泪来。于是临走多给小账，约定何日重来。我们又仿佛身在小说中了。

又有一种情境，也忘不了。吃酒的对手还是老黄，地点却在上海城隍庙里。这里有一家素菜馆，叫做春风松月楼，百年老店，名闻遐迩。我和老黄都在上海当教师，每逢闲暇，便相约去吃素酒。我们的吃法很经济：两斤酒，两碗“过浇面”，一碗冬菇，一碗十景。所谓过浇，就是浇头不浇在面上，而另盛在碗里，作为酒菜。等到酒吃好了，才要面底子来当饭吃。人们叫别了，常喊作“过桥面”。这里的冬菇非常肥鲜，十景也非常入味。浇头的分量不少，下酒之后，还有剩余，可以浇在面上。我们常常去吃，后来那堂倌熟悉了，看见我们进去，就叫“过桥客人来了，请坐请坐！”现在，老黄早已作古，这素菜馆也改头换面，不可复识了。

另有一种情境，则见于患难之中。那年日本侵略中国，石门湾沦陷，我们一家老幼九人逃到杭州，转桐庐，在城外河头上租屋而居。那屋主姓盛，兄弟四人。我们租住老三的屋子，隔壁就是老大，名叫宝函。他有一个孙子，名叫贞谦，约十七八岁，酷爱读书，常常来向我请教问题，因此宝函也和我要好，常常邀我到他家去坐。这老翁年约六十多岁，身体很健康，常常坐在一只小桌旁边的圆鼓凳上。我一到，他就请我坐在他对面的椅子上，站起身来，揭开鼓凳的盖，拿出一把大酒壶来，在桌上的杯子里满满地斟了两盅；又向鼓凳里摸出一把花生米来，就和我对酌。他的鼓凳里装着棉絮，酒壶裹在棉絮里，可以保暖，斟出来的两碗黄酒，热气腾腾。酒是自家酿的，色香味都上等。我们就用花生米下酒，一面闲谈。谈的大都是关于他的孙子贞谦的事。他只有这孙子，很疼爱他。说“这小人一天到晚望书，身体不好……”望书即看书，是桐庐土白。我用空话安慰他，骗他酒吃。骗得太多，不好意思，我准备后来报谢他。但我们住在河头上不到一个月，杭州沦陷，我们匆匆离去，终于没有报谢他的酒惠。现在，这老翁不知是否在世，贞谦已入中年，情况不得而知。

最后一种情境，见于杭州西湖之畔。那时我僦居在里西湖招贤寺隔壁的小平屋里，对门就是孤山，所以朋友送我一副对联，叫做“居邻葛岭招贤寺，门对孤山放鹤亭”。家居多暇，则闲坐在湖边的石凳上，欣赏湖光山色。每见一中年男子，蹲在岸上，向湖边垂钓。他钓的不是鱼，而是虾。钓钩上装一粒饭米，挂在岸石边。一会儿拉起线来，就有很大的一只虾。其人把它关在一个瓶子里。于是再装上饭米，挂下去钓。钓得了三四只大虾，他就把瓶子藏入藤篮里，起身走了。我问他：“何不再钓几只？”他笑着回答说：“下酒够了。”我跟他去，见他走进岳坟旁边的一家酒店里，拣一座头坐下了。我就在他旁边的桌上坐下，叫酒保来一斤酒，一碟花生米。他也叫一斤酒，却不叫菜，取出瓶子来，用钓丝缚住了这三四只虾，拿到酒保烫酒的开水里去一浸，不久取出，虾已经变成红色了。他向酒保要一小碟酱油，就用虾下酒。我看他吃菜很省，一只虾要吃很久，由此可知此人是个酒徒。

此人常到我家门前的岸边来钓虾。我被他引起酒兴，也常跟他到岳坟去吃酒。彼此相熟了，但不问姓名。我们都独酌无伴，就相与交谈。他知道我住在这里，问我何不钓虾。我说我不爱此物。他就向我劝诱，尽力宣扬虾的滋味鲜美，营养丰富。又教我钓虾的窍门。他说：“虾这东西，爱躲在湖岸石边。

你倘到湖心去钓，是永远钓不着的。这东西爱吃饭粒和蚯蚓。但蚯蚓龌龊，它吃了，你就吃它，等于你吃蚯蚓。所以我总用饭粒。你看，它现在死了，还抱着饭粒呢。”他提起一只大虾来给我看，我果然看见那虾还抱着半粒饭。他继续说：“这东西比鱼好得多。鱼，你钓了来，要剖，要洗，要用油盐酱醋来烧，多少麻烦。这虾就便当得多：只要到开水里一煮，就好吃了。不须花钱，而且新鲜得很。”他这钓虾论讲得头头是道，我真心赞叹。

这钓虾人常来我家门前钓虾，我也好几次跟他到岳坟吃酒，彼此熟识了，然而不曾通过姓名。有一次，夏天，我带了扇子去吃酒。他借看我的扇子，看到了我的名字，吃惊地叫道：“啊！我有眼不识泰山！”于是叙述他曾经读过我的随笔和漫画，说了许多仰慕的话。我也请教他姓名，知道他姓朱，名字现已忘记，是在湖滨旅馆门口摆刻字摊的。下午收了摊，常到里西湖来钓虾吃酒。此人自得其乐，甚可赞佩。可惜不久我就离开杭州，远游他方，不再遇见这钓虾的酒徒了。

写这篇琐记时，我久病初愈，酒戒又开。回想上述情景，酒兴顿添。正是“昔年多病厌芳樽，今日芳樽唯恐浅”。

（选自《缘缘堂随笔集》，浙江文艺出版社一九八三年版）

湖畔夜饮

丰子恺

前天晚上，四位来西湖游春的朋友，在我的湖畔小屋里饮酒。酒阑人散，皓月当空。湖水如镜，花影满堤。我送客出门，舍不得这湖上的春月，也向湖畔散步去了。柳荫下一条石凳，空着等我去坐。我就坐了，想起小时在学校里唱的春月歌："春夜有明月，都作欢喜相。每当灯火中，团团清辉上。人月交相庆，花月并生光。有酒不得饮，举杯献高堂"，觉得这歌词温柔敦厚，可爱得很！又念现在的小学生，唱的歌粗浅俚鄙，没有福分唱这样的好歌，可惜得很！回味那歌的最后两句，觉得我高堂俱亡，虽有美酒，无处可献，又感伤得很！三个"得很"逼得我立起身来，缓步回家。不然，恐怕把老泪掉在湖堤上，要被月魄花灵所笑了。

回进家门，家中人说，我送客出门之后，有一上海客人来访，其人名叫CT（指郑振铎。——编者注），住在葛岭饭店。

家中人告诉他，我在湖畔看月，他就向湖畔去找我了。这是半小时以前的事，此刻时钟已指十时半。我想，CT找我不到，一定已经回旅馆去歇息了。当夜我就不去找他，管自睡觉了。第二天早晨，我到葛岭饭店去找他，他已经出门，茶役正在打扫他的房间。我留了一张名片，请他正午或晚上来我家共饮。正午，他没有来。晚上，他又没有来。料想他这上海人难得到杭州来，一见西湖，就整日寻花问柳，不回旅馆，没有看见我留在旅馆里的名片。我就独酌，照例倾尽一斤。

黄昏八点钟，我正在酩酊之余，CT来了。阔别十年，身经浩劫，他反而胖了，反而年轻了。他说我也还是老样子，不过头发白些。“十年离乱后，长大一相逢，问姓惊初见，称名忆旧容。”这诗句虽好，我们可以不唱。略略几句寒暄之后，我问他吃夜饭没有。他说，他是在湖滨吃了夜饭，——也饮一斤酒，——不回旅馆，一直来看我的。我留在他旅馆里的名片，他根本没有看到。我肚里的一斤酒，在这位青年时代共我在上海豪饮的老朋友面前，立刻消解得干干净净，清清醒醒。我说：“我们再吃酒！”他说：“好，不要什么菜蔬。”窗外有些微雨，月色朦胧。西湖不像昨夜的开颜发艳，却有另一种轻颦浅笑，温润静穆的姿态。昨夜宜于到湖边步月，今夜宜于在灯前和老友共饮。“夜雨剪春韭”，多么动人的诗句！可惜我没有家园，不曾种韭。即使我有园种韭，这晚上也不想去剪来和CT下酒。因为实际的韭菜，远不及诗中的韭菜的好吃。照诗句实行，是多么愚笨的事呀！

女仆端了一壶酒和四只盆子出来，酱鸭，酱肉，皮蛋和花生米，放在收音机旁的方桌上。我和CT就对坐饮酒。收音机上面的墙上，正好贴着一首我写的，数学家苏步青的诗："草草杯盘共一欢，莫因柴米话辛酸。春风已绿门前草，且耐余寒放眼看。"有了这诗，酒味特别的好。我觉得世间最好的酒肴，莫如诗句。而数学家的诗句，滋味尤为纯正。因为我又觉得，别的事都可有专家，而诗不可有专家。因为作诗就是做人。人做得好的，诗也作得好。倘说作诗有专家，非专家不能作诗，就好比说做人有专家，非专家不能做人，岂不可笑？因此，有些"专家"的诗，我不爱读。因为他们往往爱用古典，蹈袭传统；咬文嚼字，卖弄玄虚；扭扭捏捏，装腔作势；甚至神经过敏，出神见鬼，而非专家的诗，倒是直直落落，明明白白，天真自然纯正朴茂，可爱得很。樽前有了苏步青的诗，桌上酱鸭，酱肉，皮蛋和花生米，味同嚼蜡；唾弃不足惜了！

我和CT共饮，另外还有一种美味的酒肴！就是话旧。阔别十年，身经浩劫。他沦陷在孤岛上，我奔走于万山中。可惊可喜，可歌可泣的话，越谈越多。谈到酒酣耳热的时候，话声都变了呼号叫啸，把睡在隔壁房间里的人都惊醒。谈到二十余年前他在宝山路商务印书馆当编辑，我在江湾立达学园教课时的事，他要看看我的子女阿宝，软软和瞻瞻——《子恺漫画》里的三个主角，幼时他都见过的。瞻瞻现在叫做丰华瞻，正在北平北大研究院，我叫不到，阿宝和软软现在叫丰陈宝和丰宁馨，已经大学毕业而在中学教课了，此刻正在厢房里和她们的弟妹们练习平剧！我就喊她们来“参见”。CT用手在桌子旁边的地上比比，说：“我在江湾看见你们时，只有这么高。”她们笑了，我们也笑了。这种笑的滋味，半甜半苦，半喜半悲。所谓“人生的滋味”，在这里可以浓烈地尝到。CT叫阿宝“大小姐”，叫软软“三小姐”。我说：“《花生米不满足》《瞻瞻新官人，软软新娘子，宝姐姐做媒人》《阿宝两只脚，凳子四只脚》等画，都是你从我的墙壁上揭去，制了锌版在《文学周报》上发表的。你这老前辈对她们小孩子又有什么客气！依旧叫‘阿宝’‘软软’好了。”大家都笑。人生的滋味，在这里又浓烈地尝到了。我们就默默地干了两杯。我见CT的豪饮，不减二十余年前。我回忆起了二十余年前的一件旧事，有一天，我在日升楼前，遇见CT。他拉住我的手说：“子恺，我们吃西菜去。”我说“好的”。他就同我向西走，走到新世界对面的晋隆西菜馆楼上，点了两客公司菜，外加一瓶白兰地。吃完之后，仆欧送账单来。CT对我说：“你身上有钱吗？”我说“有！”摸出一张五元钞票来。把账付了。于是一同下楼，各自回家——他回到闸北，我回到江湾。过了一天，CT到江湾来看我，摸出一张拾元钞票来，说：“前天要你付账，今天我还你。”我惊奇而又发笑，说：“账回过算了，何必还我？更何必加倍还我呢？”我定要把拾元钞票塞进他的西装袋里去，他定要拒绝。

坐在旁边的立达同事刘薰宇，就过来抢了这张钞票去，说："不要客气，拿到新江湾小店里去吃酒吧！"大家赞成。于是号召了七八个人，夏丏尊先生，匡互生，方光焘都在内，到新江湾的小酒店里去吃酒。吃完这张拾元钞票时，大家都已烂醉了。此情此景，憬然在目。如今夏先生和匡互生均已作古，刘薰宇远在贵阳，方光焘不知又在何处。只有CT仍旧在这里和我共饮。这岂非人世难得之事！我们又浮两大白。

夜阑饮散，春雨绵绵。我留CT宿在我家，他一定要回旅馆。我给他一把伞，看他的高大的身子在湖畔柳荫下的细雨中渐渐地消失了。我想："他明天不要拿两把伞来还我！"

卅七（一九四八）年三月廿八日夜于湖畔小屋

（原载《论语》第一百五十一期，一九四八年四月十六日）

战都酒徒

司马讦[1]

重庆进入半禁酒状态八个月后，我们在报上看见一个绵竹酒店发表的声明。那声明是向“饮者”表示歉意的，但所抱歉的事情是：生意比不禁酒前更好，以致存酒销空，不得不宣告停业了。

但不久之后，我们就看见他复业的声明，说是“为应饮者之需要，已将新酒抢运来渝”了。

在大轰炸以前，重庆居民所呼吸着的，还是一个旧城市的空气。我是一个不喜欢看影戏，而又没有勇气上赌场的人，因此很孤独。每当黄昏，我就走到这家酒店来，饮一杯酒。遇有值得高兴的事，就饮两杯；如果遇有极不高兴的事，我

① 本名程大千（程沧）。——编注

就饮三杯。

这酒店，当日是只有三张桌子的，酒客也很稀疏。我通常是坐第三张桌子的，那里可以从挂炉鸭子的缝隙间，望见对门一座简陋的楼，楼上寄寓着一对青年夫妇。倘非例外，他们每天都要打一架的。我常常想，他们也许不会喝酒。

但坐第三张桌子的，也并非我一个人。另外还有一位老先生，衣服破旧，两鬓已皤了。奇怪的是，他戴着一顶极不相称的小礼帽，大艺术家查理·卓别林式的。他就坐在我的对面，酒量极豪，不甚吃菜，但也不仅止于三颗樱桃或两片笋子。我们几乎同了半年席，起初不过彼此望望，后来互相点点头，终于进步到可以馈赠并接受三五粒花生米的友谊了。有一夜我忍不住问他：

“老先生大约是在教育界的？”

“不，我是一个铁路工程师。”

他看出我眼光中的惊疑，唯恐我误认他多喝了酒，就特别提出证明，用手指着地下说：

“就在这下面，就在这酒坛下面，你注意，我告诉你一个秘密，下面要开凿一条大隧道，是防空用的。我，正是这一段的工程师。”

“啊！”我含醉向他表示敬意。

一入夜，这三张桌子也容易满座的，后来的酒客，都落了柜台。就在那张脱光了漆的柜台上，我又发现了一个老酒客，头发全白了，但还不肯蓄须，身上总是穿着彩色的衫子。这人似乎是忘记了“老”的，他每天只饮一杯酒，看光景断不止这点酒量，但从不肯破例。我起初把这“白头青年”看成一个医生，后来才知道他是唱戏的，少年时唱武生，中年改唱须生，如今老了唱不得了，靠徒弟们赏杯酒吃。

酒客中当得“海量”两个字的，恐怕要算那个老年妇人了。她总是独自来去，拄着一根形状奇丑的手杖。她一饮就是八杯，似乎了无醉意。等到她扶醉出门，面前的白瓷吊盅叠起来已经像一座塔了。听说开战还不到一年，她的两个儿子都为国战死了。

轻寒薄醉摇柔翰，语不惊人也便休。战都的酒徒就是这样的。酒和战争的因缘，是大家熟知的，但又有几个人能从杯底看出民族哀乐呀！

一九四一年十月二十六日

（选自《重庆客》，重庆出版社一九八三年版）

举杯常无忌，下笔如有神

钟　灵

漫画家方成兄为我画了一幅漫像，作为他写的《钟灵外传》的插图，发表在《人物》杂志上，画的是我正在挥笔作画。最有趣的是在我屁股后面的口袋里，装着一瓶白酒，大约为了喝起来方便，居然在瓶颈上还扣着一只酒杯，谁看了也会忍俊不禁。可见我和酒神结下了不解之缘，已经载入报刊，名声在外了。

说起来话也不算太长，我和酒的因缘，却有一个曲折的过程。大致可以分成四个阶段：一曰狂追，二曰苦恋，三曰敬爱，四曰藕断。且听我慢慢地道来。

所谓“狂追”，也和某些年轻人谈恋爱一样，带有一股子疯狂性，实际上还不真正懂得爱。青年和刚刚步入中年时代，嗜酒如命，好酒若狂；如果酒逢知己，更是千杯恨少，一醉方休。在饮酒的方式上，也是杯杯见底，一口喝干，不懂得浅斟慢饮，品味名酒的醇香，类似猪八戒吃人参果一般，实在有伤风雅。更有甚者，闹酒使气，自夸海量，弄得呕吐狼藉，沉醉如泥，毫无乐趣可言。现在回想起来，应该说当时是不懂饮酒的，和酒神的关系并不太正常。

进入“苦恋”阶段，实在是客观环境所迫，并不是自觉自愿的，那就是大革文化命的十年。

三年牛棚，挨批挨斗，喝到白开水都不容易，岂可奢望饮酒，当时是恋酒思念之苦；其实，也没有工夫思念。

下放干校之后，倒是不禁酒的，军宣队就带头喝，也就不管我们。当然，也不能像“狂追”阶段那样，饮酒无度是不行的。开始我当炊事员，后来升了伙食管理员，有经常外出采购的方便，于是白酒豚蹄，供应充足；又靠近减河，活鱼鲜虾，最宜下酒。管理员有自己的小房，单独居住，一天劳动之后，“何以解忧？唯有杜康！”关起门来，自己喝闷酒。

诗人郭小川，作家黎莹，都是当时的酒友。夜静无人，我们就促膝谈心，一面饮酒，一面发牢骚，说得冠冕一点儿，是忧国忧民，滋味并不是甜的。当然，酒神只能给你暂时的安慰（不，实际上是一种麻痹），并不能解除我们根本的苦恼，甚至痛苦。此之谓“苦恋”也。

真正懂得酒的妙处，和酒神建立起成熟的真正爱情，是在十年浩劫之后，得以重新拿起画笔，继续在画坛充当“马后卒”的时候。

先师白石老人有云："作画妙在似与不似之间……"我觉得饮酒也可以说"妙在醉与不醉之间，大醉为亵渎酒神，不醉为冷落仙子"。饮酒微醺，飘飘欲仙，精神振奋，头脑清醒，余香满口，吹气如兰，个中妙趣，有不可言传者。

为什么这个阶段叫做"敬爱"呢？这就是说，好像恩爱夫妻：举案齐眉，相敬如宾，固然亲之近之，敬之爱之；而绝不轻之溺之，侮之辱之，这才是对待酒神这位美人的正确态度。

特别是画兴一起，左手擎杯，时而小啜，右腕挥毫，"下笔有神"。神者，酒神也。她常常为你助兴，帮你创造出意外的神韵。"举杯常无忌"是我杜撰的上联，意思是进入微醺状态，就会平添许多勇气，敢于突破成法，或者说由有法升华为无法，不再受什么清规戒律的束缚，更能把自己的真情意境抒发出来。这似乎是赞美自我表现，既然是艺术，没有自我表现是不可能的；但又不是脱离生活的胡来，世界上岂有什么也不反映之纯自我表现哉？

将近古稀之年，意外地患了脑血栓，右半身不能如意行动。经过治疗，虽然大有好转，遵医嘱却要戒绝烈性酒和香烟。从此步入了"藕断"阶段。

"藕断"也者，丝尚连也。白酒已无福消受，只好以啤酒、绍兴略慰寂寞，"善酿""加饭"固佳，"上海黄"也能凑合，好在无忧可解，解渴而已，"醉与不醉之间"是没有指望了。用阿Q精神自慰的是：前辈古人并没有饮过烈性的白酒；目前世界各国已趋向于低度酒；我戒掉了烈性酒，不但是养生之道，也是合乎时代潮流的。

看来，我与酒神的关系，最好是掐头去尾，只取中段，“敬爱”阶段是最难忘的呵！

（选自《解忧集》，中外文化出版公司一九八八年版）

借题话旧

方成

上中学时，我是老老实实的好学生，不吸烟，不喝酒，除了一次夜里在宿舍偷偷赌牌九，被训育主任抓获之外，再没记过大过。进了大学，因为画漫画，同艺相怜，交了个刻木刻的朋友，他叫季耿。他留着长头发，一派艺术家风度，既吸烟，也喝酒。两人把酒谈心，渐渐知道他刻镰刀锤子（他叫“镰刀斧头”），刻受苦人，是他在重庆时，王大化教他的；也渐渐使我学会喝酒，酒量也见长起来。他还是同学中最出名的话剧导演，拉着我参加“抗研会”（全名“抗战问题研究会”，共产党领导的学生组织）的演出活动。有一次，七个同学在一起吃东西，有他在，总忘不了酒。杯酒下肚，谈得高兴，他提议也和别人那样，办一份壁报。这壁报每周一期，每期必有他一幅木刻或是画，有我一幅漫画，一直办到我们毕业才停止。我画漫画的基本功和喝酒的本事，就是在这两年多时间里练出来的。

那时大学生多从沦陷区来，无经济来源，靠学校贷金度日。过春节时，恰遇大家都十分手紧。于是几个人凑钱打了半瓶酒，买一包炒花生米，聚在宿舍里呼五喝六划着拳喝起来。因为酒少，便一反常规，是赢家才喝一口，准吃花生米半颗。那时也怪，越觉寒酸越感有趣，大家又说又笑，兴高采烈地闹了个通宵，其乐也，不下于山珍海味满汉全席，至今使人怀念。我们七个人，季耿在一九五七年被错划，从北京调去赤峰山区矿里，待再调去邯郸时，他已身患癌症，不久就去世了。另一个也在一九五七年出事，在“文革”中又被打成反革命，戴着手铐脚镣坐了几年牢，平反出狱后，到大学教书去了。还一位在“文革”中被革掉了性命。又一位上美国留学，贫病而死。其他两位至今不知去向。我们是同学兼壁报和演戏的共事者，还是酒友，但现在想起令我黯然神伤。

一九五〇年我在报社工作，晚间读夜校学俄文，在班里结识了画友钟灵。他经常在下课后，随我到报社，帮我画刊头，写美术字，这是他的拿手功夫。画完常去喝酒。他是货真价实的“酒徒”，但好酒却不使气。在抗美援朝期间，我俩合作漫画，多在他家。一开始，准备纸笔之外，又备酒和肴。作画完成，立即移席摆酒谈心议事，待到微醺，舌头发硬，眼皮发沉，才收拾了去睡，这已成惯例了。现在我们都已年逾花甲而近古稀，他酒瘾如故而酒量却一年不如一年。十年前，我不幸丧妻。春节时，他和丁聪、戴浩、白景晟、韩羽、狄源沧各携菜酒，陪我共度佳节。钟灵才喝不足半斤，便烂醉如泥。我们把他抬到床上仰卧，让他怀抱一张小板凳，放上几个酒瓶，然后列队在一旁垂首站立，请老狄拍了一张未亡人“遗体告别图”。记得侯宝林曾来，因事早离，未参加此盛典。一九八六年，我们两人为《邓拓诗文集》这本书画封面。他起了个草稿赶来，两人商议改画加工。饭后天已全黑，画是明天必须交稿的，时间紧迫，他却说：“喝两杯再动手。”我说：“喝得晕头转向，可画不好。”他说：“一分酒一分精神，没事！”我只好让他喝两杯，接着还要，再添一杯。只见他说着说着，就溜到地上，躺下了，鼾声阵阵。我无可奈何，叹了口气，把他扶到床上。这画，只好自己动手了。待到清晨两三点钟，他醒来见灯光通明，忙爬起来抢过笔去。这时他已清醒，两人画了一个多小时，终于按期交稿。

今年七月，我从深圳回来，听说他生病住院了，患的是脑血栓，嘴歪了，说不出话。我和谢添约好同去看望。我先到，找到他住的病房时，只见他正坐在椅子上，和同房病友放开嗓门在说话呢。回头一见我，忙把椅子让出来，推到电扇下面给我坐，高兴得嗓门加大几分。他刚做了一个疗程，嘴已得改正，待谢添来到时，已说了一大车话了。脑血栓，这病非同小可，他却笑着说：“栓别人行，栓不住我！”但他也明白，这病对他是个警告：不能再喝了。他曾有几回戒酒的记录，也几回摔断腕骨和肋条，然而“屡教不改”，足见酒的诱惑力之强，非得把贪杯的嘴弄歪，才使人惊悟。

话说回来，被酒迷得如此之深者，究竟极为少见。酒能醉人，几杯下肚，酒力使人层层解甲，裸现真心，倘非有诈，这样把人间隔阂化开，距离拉近，却是常情。我在天津遇韩羽，上海见张乐平，都是有杜康介绍相知的。五十年代初，华君武是《人民日报》美术组组长，我是他属下组员，两人喜欢夜间跑到报社左近东华门大街旁的小吃摊上喝酒，无话不谈。后来组里人员增多，机构扩大，事情一忙，再也没去了。后来他调到美协，更为少见面，但小吃摊上的旧情仍在，有时去他家，往事重提似的，端上酒来，接着谈下去。

有一回，姜昆相邀，到他家吃饭。进门一看，范曾和王景愚已在座，都是我们朝阳区团结湖的近邻。原来有人送他一瓶法国白兰地，听说价值一百二十元，姜昆舍不得喝，便招我们来共享，举行开瓶大典。事情平常，但觉有趣，每人只喝两三杯。酒味如何，早已忘记，但一想起来，还油然为之神往。

在酒席上，中国多有助兴的游戏。古时行酒令，是文人的习俗，没点旧学是行不来的。我们常见的是划拳、击鼓催花和碰球之类的谁都会的玩法，联句就难一些。最流行的是划拳。现在的饭馆，尤其是高级些的饭店都有明示：禁止划拳。因为划拳喧闹扰人，许多人又常闹得放浪形骸，令人生厌。倘在家里，或其他不扰人的场合，划拳是很有趣的，能使人乐而忘形，倍增酒兴。我是不赞成硬灌人酒的，通由自便，只钟灵无此自由，他喝得差不多，我就会下禁令，所以他在我家吃饭，夫人马利最放心。

老伴陈今言去世后，我终夜失眠。因不愿常吃安眠药，便以酒浇心，趁微醺入睡。久而久之，养成睡前饮酒的习惯，一至于今。现在喝的是度数很低的黄酒，饮量也有限，取其利而避其弊，是合乎养生之道的。

不久前，山西人民出版社惠寄几本《杏花村酒歌》来，集的是古今杏花诗章，其中有我的一句，当然不是诗，仅四个字："大闻酒名"。那是一九八四年七月，我到杏花村酒厂参观时，厂党委书记迎了出来，经介绍后，他笑对我说："久闻大名。"我也笑对他说："大闻酒名。"引众人一笑，这四个字就是这么说出来的。书记一高兴，赏我一大杯汾酒陈酿，至今仍留酒香。

我从事造型艺术创作，不善于写文章，要写只限于叙事，毫无文采。祖光大师嘱写以酒为题的文章，不敢有违，写出的无非是因酒引起的一些片断回忆。文中对钟灵兄有失敬处，我和他是三十年的挚友，知他为人宽厚，不会怪罪，才敢放肆挥笔。但我还得先在此道歉。倘他看后能从此滴酒不沾，我给他磕三个响头，也心甘情愿。

（选自《解忧集》，中外文化出版公司一九八八年版）

喝酒的故事

冯亦代

我少时喜欢喝酒，但又不会喝酒，正如我的父亲一样。

二十年代，有两年父亲在浙江省道局工作，每逢休假的日子，他必带我去杭州西湖边的一家叫陈正和的酒栈喝酒，同行还有我的表姊夫沈麟叔。陈正和酒栈是和他的店名一样古色古香的酒肆，老板是位绍兴人，矮个子身材，胖乎乎的，为人十分和气，看见老主顾到他店去，必定亲自迎客入座，而且熟知来客的好恶，端酒应客。父亲的喝酒不过是为了消闲，那时酒肆里还是老规矩，用小碗计量，父亲的酒量也不过三四碗而已，倒是我那位表姊夫是海量，喝上十几碗也不算一回事。但是父亲是很节制的，如果他们二人带上我去，每次总不过二三氽筒（江浙通用的盛酒器，用薄铁皮制成，可以插入炉子火口里温酒用）。过了这个限度，父亲便说今朝酒已喝过了，回家去吧！那时，我之喝酒只是徒有其名，因为年纪还小，不过我深服喝酒人的豪气，一碗在手，似乎便成了个英雄汉；我尤其信服武松过景阳冈的“三碗不过冈”，而他喝了不止三海碗。可是父亲不让我多喝，最多不到半小碗，不想就此养成我好喝酒的习惯，但酒量却始终不见好起来。父亲常说喝酒不过图个快活，喝醉了便没有意思了。我的表姊夫嗜酒若命，每饮必醉。但是他和父亲去喝酒，总适可而止，不敢多喝。

父亲喝酒喜欢品评，从来不猜拳行令，他说好酒是要人去品评的；浅斟慢酌，娓娓而谈，是人生一乐也。至于那些酒肆恶客，一喝酒便猜拳行令，徒自喧哗，吵闹别人，自己则一点得不到喝酒的快活。所以他到酒肆，总挑那些角落散座，从来不当众踞坐的。

父亲在杭州不过工作两年，便到九江南浔铁路去了，我也从此无缘到酒肆喝酒。有一天我和几个同学到湖滨去，路过陈正和酒肆，不知怎的突然有了冲动，要进去喝酒，几个同学中也有好喝酒的，便一同进了店门。陈老板仍是躬身迎客，还问我父亲的近况。那天我不免多喝了一碗，回家的途中被冷风一吹，竟然呕吐起来。这也是我第一次酒醉。我还几次跟郁达夫先生喝酒，我和他是在湖滨旧书肆里认识的，第一次见面，他便邀我去喝酒。认识知名的文学家还跟他喝酒，我的兴奋心情是不言而喻的。

后来到了上海念书，学校门前有个小酒铺兼卖热炒。我也偶一光临，但“醉翁之意不在酒”，目的是在菜肴上。大学毕业前的一个圣诞节晚上，我们几个喜爱文学的年轻人相约在四马路一家菜馆里会餐。那天我为了自己的订婚破裂，心里十分不痛快，不免借酒浇愁，多喝了几杯，最后是酩酊大醉，自己也不知道如何回的学校：唯一记得的是把菜馆楼头的一只高脚铜痰盂踢到了楼下。第二天醒来，嘴苦舌燥，很不好受；便暗自下了决心，以后绝不多喝酒，即使万不得已须举酒杯，也绝不逾量。

工作了，中国保险公司的业务室主任范德峰，是我沪江大学的前辈同学。他极为好客，一个月中总要邀业务室的小字辈的同事，去十六铺宁波馆子吃饭喝酒。但我自律很严，喝酒不过小酒盅一两杯。若干年后，在喝酒时朋友们取笑我是曹禺戏剧中的况西堂，况西堂每次送礼以二元为度，我之喝酒则以二杯为度，好不吝啬；我也不管他人笑话，我行我素。

一九三八年我到了香港，不久认识了中旅剧团的名剧人唐槐秋，他也是个好喝酒而不懂饮酒的人。在香港无处可买绍兴酒，槐秋是法国回来的，好喝洋酒，我和他常在一起，也养成了喝洋酒的习惯。槐秋盛赞意大利的酒都是多年的佳酿。有次意大利的邮轮“康特凡第号”进港，他不知用什么办法在船上搞到一瓶香槟酒，这是我第一次喝上外国的名酒，可惜如今我已记不起这瓶酒的牌子了。

以后我认识了乔冠华，他一个人住在报馆楼上，居室十分湫隘，又临街，市声透入楼头，使他睡不好觉。为了工作时能集中思想，他经常在写文章时一手写字，一手端杯喝酒。他的酒量是很大的，一口气可以喝半瓶法国白兰地。我劝他工作完了到我家去休息，他首肯了。逢到他为《时事晚报》写社论的日子（一周至少四次），他发了稿便到我家睡觉。睡前他要看上一些时间的外文报刊，一边继续喝酒。我总为他准备一瓶斧头牌白兰地，他喝完酒便去小睡几小时。他是有名的酒仙，这原是我家保姆阿一给他取的外号，因为他记不住老乔的姓，便以酒仙称之，以后这外号便给传开了。但是酒仙并不是说他的酒量，而只是说他到我家休息时，总须喝上几杯。香港的广东酒，最普通的是青梅酒，我嫌有些怪味，而且容易上头，所以不喜欢喝，因此我喝白兰地酒也喝成了习惯。但经常喝的还只是啤酒。

说起啤酒，也有一则故事。有一次我和几个同事在九龙塘俱乐部参加宴会，不知谁在席上发起要比酒量，方法是不用酒杯，直接从酒瓶对口喝酒，比赛一口气谁能喝几瓶。那时我年少好胜，便和一个同样好胜的朋友比试了。结果我一气喝了两瓶，而那位朋友则喝了一瓶半就放下酒瓶认输。我当时觉得这样的比试完全是豪气的举动，但事后想想也只是年少气盛所使然，没有什么意思。真正的喝酒还须慢斟细酌，牛饮不能算喝酒；而且啤酒虽名为“酒”，只不过是含少量酒精的饮料，根本说不上是酒。拿肚子去拼，即使比试胜了，也有点阿Q味道。

一九四〇年春天我到了重庆。这里喝酒又换了一种花样。不是黄酒，也不是洋酒，而是酒香四溢的曲酒，最有名的当然是泸州大曲，好处在于酒度强而喝后不上头。但是第一次喝却绝不习惯，因为火辣辣地似有一线从嘴里直达胃底。我过去很少喝白酒，在上海唯一的一次是在一位表姊家喝的。当时有人带给她两瓶陕西的贵妃酒，她不会喝酒，更不知这种酒酒性的利害，吃晚饭时给我喝了一茶杯，我也糊里糊涂喝了下去。回到寄居处，倒头便睡，午夜为口干舌燥所苦，起来喝水。等到我惊醒时已经坐在地上，小圆桌上的台布和一桌子的茶杯什物全都翻在地上。于是又上床睡觉，第二天起来，脑袋整整疼了一天，以后再不敢喝这种酒了。问懂得喝酒的人，才知道这种酒又名“一线天”，因为喝下去酒的辣味沿食道直透胃里的缘故。

在重庆，我的一个同事是我幼年的同学，听说我到了内地十分高兴，便请我吃饭，但真正的却是喝酒。那时他三十多岁，只比我大二三岁，却已嗜酒成癖，每天工作完毕，便坐在宿舍里，一杯在手，大摆“龙门阵”。等到他“龙门阵”摆完，酒也喝得差不多了，便纳头睡下。我所以特别写到他，因为我之能喝白酒，便是由他熏陶成的。我们都住在同一办公楼楼上的单身宿舍里，一下班便聚在他屋子里喝酒。大曲酒的引诱力是很大的，因为一开瓶酒香四溢，我们在三楼喝酒，一走近楼下便迎面扑来一阵酒香，会使你情不自禁地要喝上一杯。这位朋友名盛霈，如果他还在世的话，也已年届古稀了。可是他后来因喝酒误了事，被机关解职了，不知去向，我也从此少一酒友。回想当年的情景也是十分有趣的。每当工作完毕，便聚在楼头，一杯在手，以四川有名的花生作下酒物，一面看一些男女儿童在我们身旁，嬉戏歌唱。一九八〇年，我去旧金山时遇到画家卓以玉教授，好生面熟，后来谈起，才知道她那时也在重庆，和父母在机关宿舍里，是常到我们三楼来玩的。原来我和她的父亲还是同事。他乡遇故人，别有一番滋味。

除了喝大曲，还第一次喝了茅台。茅台的香味与大曲的不同。茅台的香是幽香，而大曲的香则是浓香；幽香沁人，浓香腻人。所以从酒质而言，茅台与大曲虽各有千秋，但在我心目中，却宗茅台。那时在重庆，茅台也是珍品，大凡请客，很少有摆上席面的；少数人小酌，则又当别论。

在重庆大轰炸期间，我患了急性黄疸病，病后便少喝酒了，偶尔出去应酬，也是浅尝即止。但即使是这样，也免不了喝得酩酊大醉过几次。一次是香港沦陷后，到柳州接逃归故国的安娜回重庆，朋友们为我们夫妻得庆团圆而欢宴。在这之前，有个朋友送了我两篓子装的泸州蜜酒，我便拿到席上分享同好。这种酒，事实上是大曲的浓缩物，饮前必须兑上曲酒才能进口。可是我们一桌子喝酒的人谁也不知这个奥妙，一上来便夸这酒好甜好香，于是相互举杯大喝起来，我一气喝了九十杯便颓然不省人事。第二天清晨醒来，已经和衣睡在床上，喝了几杯酽茶，才算完事。后来问起那个送我蜜酒的友人，他听了大笑，说这种蜜酒必须兑曲酒或水喝，直接喝了，当然受不了。真是见一物长一智，任何事情都是不能充假内行的。这次大醉，使我好几天不想吃饭，胃里好像堵住什么似的，以后便再也不敢狂饮了。

现在上海的名眼科医生赵东升大夫，彼时刚从国外回来，我们也常在一块喝酒。但他是用洋法喝的。他喝惯了外国酒，到重庆只能喝大曲了。便在大曲里兑咖啡、橙汁等等土做鸡尾酒。喝惯了大曲的人视这种混合酒不纯，但喝来别有风味。因为这不是过酒瘾，而是换口味，还有些洋意思。

老乔到重庆来了，但我们很少在一块喝酒，因为他住在新华日报社，行动不可能那么自由自在。每次他到城里来，后面总跟着盯梢的小特务，十分恼人。有一天他酒后微醺，走在路上发现身后有人，他便突然回过身去，把特务申斥了几句，这一来反而使这个特务抱头鼠窜而去，一时传为笑谈。

在重庆喝酒的机会，最经常的是在每次空袭警报解除以后，出得防空洞，满身潮气和霉味，便会有人自动拿出酒来，说“压惊压惊，喝一杯驱驱寒气”。这样一喝，如果空袭是下午来的，便会喝到晚上，因为空袭警报解除以后，大家十分疲惫，又怕还要来空袭，便不再工作了。如果空袭在晚上来，警报解除，大家就睡觉了。有时也有人把酒拿到防空洞去喝，由于凭经验，晚上的警报一定是时间较长而不敢打瞌睡，警报中便在防空洞里喝酒，那时觉得十分罗曼蒂克，一面听着远处闷声闷气的炸弹爆炸；一面一杯在手，海阔天空，乱扯一通，也颇有些视死如归的那种末路英雄气概。总之，只要身入防空洞，便有了护身符，轰炸又算得什么！

那时的酬酢，有三日一小宴、五日一大宴之势。时人以“前方吃紧，后方紧吃”讥嘲当时上层社会的生活。我虽然还不够格到日日赴宴，不过应酬每月总有几次。有应酬必喝酒，酒量似乎大了起来，但我又讨厌这样的生活，一肚闷气，有时亦不免以酒浇愁。愁的是国民党军队节节败退，失地千里，饿殍遍野，这个偏安之局又能维持多少时日。自此便与酒结了不解之缘。

记得在重庆最大一次酒醉，便是日本宣布无条件投降的那天晚上。我听到爆竹声和东京的广播时，正在一个美国朋友处吃饭，因为欢喜，便频频干杯，酒已喝得微醺。回到宿舍来，同事们正在轰饮，我又被拉去喝酒庆祝。那夜的印象保留在记忆中的，一个是我站在椅上大声叫喊，觉得是在演讲，但说些什么，却再也不能想起。另一个印象则是我把大酒壶从三楼的窗口，扔到楼下地上，那闷沉的声音，至今记忆犹新。但我如何回家睡觉的，则已什么也记不起来了。

我是一九四五年年底前回到上海的。八年睽别，亲友们纷纷摆酒接风，这样又喝醉了几次。有次喝醉，完全得归咎于我的大男子主义在作祟。有位朋友在一处私人俱乐部里为我接风，我因临时有事迟到了。进门一看，共设两席，男女分坐。他们见我迟到，便大喊罚酒。我一看男宾席上有的是大酒家，心想要逃过这一关，只能坐在女宾席上，因为女宾们的酒量我自信可以对付，事实是女宾们比男宾们酒量更大。每人罚酒三杯，使我告饶不迭，而且悔之已晚。正因为我小看了她们，最后便败在她们手里。那晚上是朋友们送我回去的，坐在三轮车上，寒风一吹，一路吐到家。从此使我在酒宴上不敢再小觑女宾了。以后还遇到过两位海量的女作家，一位是旅美的李黎，一位是国内的谌容，看她们喝酒如喝水，艳羡煞人。

我有个朋友谢春溥，他身材魁梧，声若洪钟，是有名的酒家，平常喝十斤、八斤绍兴酒不算一回事。我很羡慕他，起初以为他是绍兴人，自幼练就的喝酒功夫。其实不然，据他自己说他每次有宴会，在临去前必先喝两匙蓖麻油，这样油把胃壁糊住了，不再吸收喝下去的酒；因此，他可以多喝不醉；这道理正像是俄国人喝伏特加烧酒佐以鱼子酱，有异曲同工之妙。我和他多年朋友，就没见他喝醉过一次；不过连喝两匙蓖麻油，对我说来却是一件难事。

在上海还喝醉过的一次，是上海解放的那天早上。我当时为了躲避国民党特务的搜捕，避居在中国儿童福利会顾问美国人谭宁邦家里。我们临窗看了一宵马路上的憧憧人影。在天泛鱼肚色时，才认出是人民解放军。上海终于解放了。于是喝酒庆祝。空肚里灌下三杯鸡尾酒，头脑便森森然。但那天喝醉而不觉其醉，还是兴冲冲到陈鲤庭处写欢迎标语去了。

解放后到北京参加工作，因为工作忙，便很少喝酒；但也有可记的几次。一次是朝鲜驻华大使庆祝朝中社中国分社正式成立请客。大家喝酒已经都差不多了，这时大使却拿出朝鲜有名的人参酒来给我们喝，三杯落肚，就有些天昏地黑起来。但我告诫自己，不能露出丝毫丑相而犯了外事纪律，我居然强自镇定了下来，一路平安回到宿舍。

一次是周总理给乔冠华一坛女儿红绍兴酒，乔冠华邀我们去共赏佳酿，据说这酒已窖藏了四五十年了。我们兑了新酒喝了，其味香而醇，的确是好酒。不过我浅尝即止，怕陈老酒的后劲发作，闹出笑话。

最后一次酒醉是在一九六〇年初，那时我刚摘去右派帽子。有两个朋友置酒为我祝贺。做了二三年的“人外人”，我当然深以早日摘掉帽子为庆。那天喝的是为庆祝建国十周年特制的茅台，一瓶酒我大概喝了五分之二，不觉大醉，由朋友送回家。酒席上，我边喝边说，唯一记得的则是我老说一句“我不是有意反党的”，真是酒后吐真言。

自从一九六〇年的一次大醉后，一切似乎到头了，我便不再放任自己狂饮猛喝，到有人招饮时，便以吃菜为前提。过去我虽然总结出一条经验，不空肚喝酒，但到了座上，友辈言语一激，便不顾这条一得之见，放杯大喝起来，结果酒入空腹便不胜酒力，这也可见我的好胜痼疾之不能一旦断绝。

杭州人讥嘲这一类的人为“阿海阿海，旧性不改”，我大概可归入此类人的。

十年动乱，我被“隔离”拘留了四年半之久。前二年独居斗室，饮食起居都有人“照看”，当然无法喝酒。后三年则在湖北沙洋干校劳改，想不到竟因喝了一杯水酒而横遭物议。第一年在干校度新春，每人得买酒半斤，我将这张买酒票转送给人。不图在他们欢度新春时，几位暗中同情我的人在欢饮之余，见我独坐一隅十分可怜，便“恩赐”淡酒一杯。事情过后，不知怎的消息传到唯我独革的人耳里，竟招来了一些闲言碎语，说我不服监督，与“革命”之辈平起平坐，实属可恶，幸而主事的人并未苛责，一场风波也就平息了下去，但给我的刺激却不小。虽未断指明志，却自誓永不再喝酒，以免贪图口腹，贻人话柄。想不到过了这三年劳改生活，我又上升为“人”，获释之后，第一次随友人去镇上赶集，还是禁不住在菜馆里喝上了几杯，聊以自庆。

话说那一天我跟着两位同事来到沙洋镇，事前这两位同事便问我要吃些什么，我说鱼我所欲也，想不到这句话，竟引出了一出闹剧。他们说你要吃鱼可以，但必须听从他们的指挥，不可随便说话，要装作“首长”模样，我也便听从了他们。于是一干人直奔小镇上唯一的大酒馆汉江饭店而去。进了店，同行的老何对这家饭店原是熟客，便问有什么鱼可吃，服务员说，你们来得不巧，鱼都已卖完了，来点别的吧。老何说我们原是为鱼而来，因为“首长”（指我）知道你们店家做的鱼好。服务员和经理都说没有办法，老何便径行进入厨房，他东张张西望望居然搜到了半条大鱼。老何说他们不老实，经理说，这是今晚上准备区委书记请客用的。老何便道“首长”是从北京来的，是你区委书记大还是“首长”大，不吃半爿，也得吃四分之一。店家人看见我高坐餐桌首位，同行的两位又给我倒茶点烟，十分恭敬，看不见其间有什么破绽。大概想想如果真是北京来的“首长”，他们也不敢得罪，便同意卖给我们这四分之一爿的鲜鱼，做出他们的拿手菜来（这家饭店是以善做鱼而闻名镇上的）。这一次我除了喝酒，还吃了美味的鲜鱼。离开店家，三个人不免大笑了一场。这是我当年“充军”沙洋，唯一值得大快朵颐的事，至今铭记不忘；同时深服老何和老关两位同事的巧妙安排。

一九七二年底回到北京后，我很少喝酒饮醉过，有时家里来了客，我也不过陪他们喝杯啤酒或半盏红葡萄酒。但是想不到我这喝酒的故事，到此还不能告一段落。一九八〇年应美国哥伦比亚大学翻译中心的邀请和卞之琳先生一同去美讲学，人从美国东海岸、中西部一直走到西海岸，到哪儿就喝到哪儿。喝酒似乎是美国社交的一种不可或少的形式，我们中国人请客不设宴会不尽礼，吃得到席的人吃不下为止；甚至一餐下来，还有不少原封未动的菜肴，因为往往吃到后几道菜，再也无人动箸了。这种浪费风最近在刹，实是好事；平时有客来，则是烟茶款待，也就足矣。初到美国，你去做客，主人必开一酒会招待，良朋数人，在喝酒中作清谈，似乎气氛较为亲切。即使不以酒会招待，你去拜访时，主人亦必拿出酒来；你应邀去他们家做客时，往往也向主人送酒一瓶。

西方人喝酒等于我们喝茶，名目繁多。一般最普通的是啤酒，其他便是白葡萄酒。下午去做客时（在四五点钟），便请客用鸡尾酒了。鸡尾酒虽非全是烈性，多饮也能醉人，其掺兑法种类不一，坊间有专门讲兑酒的著作。我非酒徒，从不过问其中学问，但知吃饭时喝红葡萄酒佐餐，饭后则是烈性酒如白兰地、威士忌或姜酒等助兴，就看你的酒量了，一般是器皿大而盛酒仅及二三指高的量度，外加冰块而已。至于香槟酒一般是大宴会或特殊庆祝时才喝的，我则很少参与这种场面。

总之，身在国外喝酒从来不敢过量，因为怕喝醉了闹出笑话，自己出洋相还在其次，有损国格则是大事。最后的一次是在哥大翻译中心给我和卞之琳先生举行的庆祝访美成功的酒会上，我和卞老成了近百人举杯欢谈的对象。我一面与人谈话，一面频频举杯，很少吃酒菜或可以果腹的食物，不免有些醺醺然起来。幸而这时酒会已到尾声，宾客逐渐散去，我也强自镇定了下来，白英教授的女友，的是可人，她已为我备下夜宵解酒了。

一九八二年我第二次患小中风（第一次发生在一九七一年湖北沙洋监督劳动中），幸而抢救及时，只落下一个左臂左腿不灵活的后遗症。这也是半生好酒所致，尽管减去多少生的乐趣，我也只能默忍。今日看见许多老友因此病废床第多年，不寒而栗，便真个不敢再以杯中物赌生命了。自此禁酒戒烟，以粗茶淡饭自享，数年以来不羡长寿，但求健康，能偷得余生平安，多读几本书，多写一些抒怀文章，亦晚年乐事也。

（选自《解忧集》，中外文化出版公司一九八八年版）

我的喝酒

王蒙

上

我不是什么豪饮者。“一年三百六十日，一日畅饮三百杯”的纪录不但没有创造过，连想也不敢想。只是“文化大革命”那十几年，在新疆，我不但穷极无聊地学会了吸烟，吸过各种牌子的烟，置办过“烟具”——烟斗、烟嘴、烟荷包（装新疆的马合烟用），也颇有兴味地喝了几年酒，喝醉过若干次。

穷极无聊。是的，那岁月的最大痛苦是穷极无聊，是死一样地活着与活着死去。死去你的心，创造之心，思考之心，报国之心；死去你的情，任何激情都是可疑的或者有罪的；死去你的回忆——过去的一切如黑洞、惨不忍睹；死去你的想象——任何想象似乎都只能带来危险和痛苦。

然而还是活着，活着也总还有活着的快乐。比如学、说、读维吾尔语，比如自己养的母鸡下了蛋——还有一次竟孵出了十只欢蹦乱跳的鸡雏。比如自制酸牛奶——质量不稳定，但总是可以喝到肚里；实在喝不下去了，就拿去发面，仍然物尽其用。比如……也比如饮酒。

饮酒，当知道某次聚会要饮酒的时候便已有了三分兴奋了。未饮三分醉，将饮已动情。我说的聚会是维吾尔农民的聚会。谁家做东，便把大家请到他家去，大家靠墙围坐在花毡子上，中间铺上一块布单，称作“dastirhan”。维吾尔人大多不喜用家具，一切饮食、待客、休息、睡眠，全部在铺在矮炕的毡子（讲究的则是地毯）上进行。毡子上铺上了干净的“dastirhan”，就成了大饭桌了。然后大家吃馕（náng，一种烤饼），喝奶茶。吃饱了再喝酒，这种喝法有利于保养肠胃。

维吾尔人的围坐喝酒总是与说笑话、唱歌和弹奏二弦琴（都塔尔）结合起来。他们特别喜欢你一言我一语地词带双关地笑谑。他们常常有各自的诨名，拿对方的诨名取笑便是最最自然的话题。每句笑谑都会引起一种爆发式的大笑，笑到一定时候，任何一句话都会引起这种起哄作乱式的大笑大闹。为大笑大闹开路，是饮酒的一大功能。这些谈话有时候带有相互挑战和比赛的性质，特别是遇到两三个善于辞令的人坐在一起，立刻唇枪舌剑，你来我往，话带机锋地较量起来，常常是大战八十回合不分胜负。旁边的人随着说几句帮腔捧哏的话，就像在斗殴中“拉便宜手”一样，不冒风险，却也分享了战斗的豪情与胜利的荣耀。

玩笑之中也常常有“荤”话上场，最上乘的是似素实荤的话。如果讲得太露太黄，便会受到大家的皱眉、摇头、叹气与干脆制止，讲这种话的人是犯规和丢分的。另一种犯规和丢分的表现是因为招架不住旁人的笑谑而真地动起火来，表现出粗鲁不逊，这会被责为“qidamas”——受不了，即心胸狭窄、女人气。对了，忘了说了，这种聚会都是清一色的男性。

参加这样的交谈能引起我极大的兴趣。因为自己无聊。因为交谈的内容很好笑，气氛很火热，思路及方式颇具民俗学、文化学的价值。更因为这是我学习维吾尔语的好机会，我坚信参加一次这样的交谈比在大学维语系里上教授的三节课收获要大得多。

此后，当有人问我学习维吾尔语的经验的时候，我便开玩笑说：“要学习维吾尔语，就要和维吾尔人坐到一起，喝上它一顿、两顿白酒才成！”

是的，在一个百无聊赖的时期，在一个战战兢兢的时期，酒几乎成了唯一的能使人获得一点兴奋和轻松的源泉。非汉民族的饮酒聚会，似乎在疯狂的人造阶级斗争中，提醒人们注意人们仍然有过并且没有完全灭绝太平地、愉快地享受生活的经验。食物满足的是肠胃的需要，酒满足的是精神的需要，是放松一下兴奋一下闹腾一下的需要，是哪怕一刻间忘记那些人皆有之的，于我尤烈的政治上的麻烦、压力的需要。在饮下酒两三杯以后，似乎人和人的关系变得轻松了乃至靠拢了。人变得想说话，话变得多了。这是多么好啊！

中

一些作家朋友最喜欢谈论的是饮酒的四个阶段：第一阶段饮者像猴子，变得活泼、殷勤、好动。第二阶段像孔雀，饮者得意扬扬，开始炫耀吹嘘。第三阶段像老虎，饮者怒吼长啸、气势磅礴。第四阶段是猪。据说这个说法来自非洲。真是惟妙惟肖！而在“文革”中像老鼠一样生活着的我们，多么希望有一刻成为猴子，成为孔雀，成为老虎，哪怕最后烂醉如泥，成为一头猪啊！

我也有过几次喝酒至醉的经验，虽然，许多人在我喝酒与不喝酒的时候都频频夸奖我的自制能力与分寸感，不仅仅是对于喝酒。

真正喝醉了的境界是超阶段的，是不接受分期的。醉就是醉，不是猴子，不是孔雀，不是老虎，也不是猪。或者既是猴子，也是孔雀，还是老虎与猪，更是喝醉了的自己，是一个瞬间麻痹了的生命。

有一次喝醉了以后我仍然骑上自行车穿过闹市区回到家里。我当时清醒地意识到自己是醉了（据说这就和一个精神病人能反省和审视自己的精神异常一样，说明没有大醉或大病），意识到酒后冬夜在闹市骑自行车的危险。今天可一定不要出车祸呀！出了车祸一切就都完了！一定要控制住自己的身体平衡！一定要躲避来往的车辆！看，对面的一辆汽车来了……一面骑车一面不断地提醒着自己，忘记了其他的一切。等回到家，我把车一扔，又是哭又是叫……

还有一次小醉之后我骑着自行车见到一株大树，便弃车扶树而俯身笑个不住。这个醉态该是美的吧？

有一次我小醉之后异想天开去打乒乓球。每球必输。终于意识到，喝醉了去打球，不是一个正确的选择。喝醉了便全不在乎输赢，这倒是醉的妙处了。

最妙的一次醉酒是七十年代初期在乌鲁木齐郊区上“五七”干校的时候。那时候我的家还丢在伊犁。我常常和几个伊犁出生的少数民族朋友一起谈论伊犁，表达一种思乡的情绪，也表达一种对于自己所在单位前自治区文联与当时的乌拉泊干校“一连”的没完没了的政治学习与揭发批判的厌倦。一次和这几个朋友在除夕之夜一起痛饮。喝到已醉，朋友们安慰我说：“老王，咱们一起回伊犁吧！”据说我当时立即断然否定，并且用右手敲着桌子大喊：“不，我想的并不是回伊犁！”我的醉话使朋友们愕然，他们面面相觑，并且事后告诉我说，他们从我的话中体会到了一些别的含义。而我大睡一觉醒来，完全、彻底、干净地忘掉了这件事。当朋友们告诉我醉后说了什么的时候，我自己不但不能记忆，也不能理解，甚至不能相信。但是我看到了受伤的右手，又看到了被我敲坏了桌面的桌子。显然，头一个晚上是醉了，真的醉了。

好好的一个人，为什么要花钱买醉，一醉方休，追求一种不清醒不正常不自觉浑浑噩噩莫知所以的精神状态呢？这在本质上是不是与吸毒有共通之处呢？当然，吸毒犯法，理应受到严厉的打击。酗酒非礼，至多遭受一些物议。我不是从法学或者伦理学的观点来思考这个问题，而是从人类的自我与人类的处境的观点上提出这个问题的。

面对一个喝得醉、醉得癫狂的人，我常常感觉到自我的痛苦，生命的痛苦。对于自我的意识为人类带来多少痛苦！这是生命的灵性，也是生命的负担。这是人优于一块石头的地方，也是人苦于一块石头之处。人生与社会为人类带来多少痛苦！追求宗教也罢，追求（某些情况下）艺术也罢，追求学问也罢，追求美酒的一醉也罢，不都含有缓解一下自我的紧张与压迫的动机吗？不都表现了人们在一瞬间宁愿认同一只猴儿、一只孔雀、一只虎或者一头猪的动机吗？当然，宗教艺术学问，还包含着远为更高更阔更繁富的动机；而且，这不是每一个人都做得到的。而饮酒，则比较简单易行、大众化、立竿见影；虽有它的害处却不至于像吸毒一样可怖，像赌博一样令人倾家荡产，甚至于也不像吸烟一样有害无益。酒是与人的某种情绪的失调或待调有关的。酒是人类的自慰的产物。动物是不喜欢喝酒的。酒是存在的痛苦的象征。酒又是生活的滋味、活着的滋味的体现。撒完酒疯以后，人会变得衰弱和踏实——“几日寂寥伤酒后，一番萧索禁烟中”。酒醉到极点就无知无觉，进入比猪更上一层楼的大荒山无稽崖青埂峰的石头境界了。是的，在猴、孔雀、虎、猪之后，我们应该加上饮酒的最高阶段——石头。

好了，不再做这种无病呻吟了。（其实，无病的呻吟更加彻骨，更加来自生命自身。）让我们回到维吾尔人的欢乐的饮酒聚会中来。

下

在维吾尔人的饮酒聚会中，弹唱乃至起舞十分精彩。伊犁地区有一位盲歌手名叫司马义，他的声音浑厚中略有嘶哑。他唱的歌既压抑又舒缓，既忧愁又开阔，既有调又自然流露。他最初的两句歌总是使我怆然泪下。“一声何满子，双泪落君前”，我猜想诗人是只有在微醺的状态下才能听一声《何满子》就落泪的。我最爱听的伊犁民歌是《羊羔一样的黑眼睛》，我是“一声黑眼睛，双泪落君前”，现在在香港客居，写到这里，眼睛也湿润了。

和汉族同志一起饮酒没有这么热闹。酒的作用似乎在于诱发语言。把酒谈心，饮酒交心，以酒暖心，以心暖心，这就是最珍贵的了。

还有划拳，借机伸拳捋袖，乱喊乱叫一番。划拳的游戏中含有灌别人酒、看别人醉态洋相的取笑动机，不足为训，但在那个时候也情有可原。否则您看什么呢？除了政治野心家的“秀”，什么“秀”也没有了。可惜我划拳的姿势和我跳交际舞的姿势处于同一水准，丑煞人也。讲究的划拳要收拢食指，我却常常把食指伸到对手的鼻子尖上。说也怪，我其实是很注重勿以食指指人的交际礼貌的，只是划拳时控制不住食指。

“何以解忧，唯有杜康”“古来圣贤皆寂寞，唯有饮者留其名”“光阴须得酒消磨”“明朝酒醒知何处”（后二句出自苏轼）……我们的酒神很少淋漓酣畅的亢奋与浪漫，倒多是“举杯浇愁愁更愁”的烦闷、不得意，即徒然地浪费生命的痛苦。我们的酒是常常与某种颓废的情绪联系在一起的。然而颓废也罢，有酒可浇，有诗可写，有情可抒，这仍然是一种文人的趣味，文人的方式，多获得一种趣味和方式，总是使日子好过一些，也使我们的诗词里多一点既压抑又豁达自解的风流。酒的贡献仍然不能说是消极的。至于电影《红高粱》里的所谓对于“酒神”的赞歌，虽然不失为很好看的故事与画面，却是不可以当真的。制作一种有效果——特别是视觉效果——的风俗画，是该片导演常用的一种艺术表现手法，而与中国人的酒文化未必相干。

近年来在国外旅行有过多次喝“洋酒”的机会，也不妨对中外的酒类做一些比较。许多洋酒在色泽与芳香上优于国酒。而国酒的醇厚别有一种深度。在我第一次喝干雪梨（dry Sherry）酒的时候我颇兴奋于它与我们的绍兴花雕的接近。后来与内行们讨论过绍兴黄的出口前景（虽然我不做出口贸易），我不能不叹息于绍兴黄的略嫌混浊的外观。既然黄河都可以治理得清爽一些，绍兴黄又有什么难清的呢？

我也不明白为什么中国的葡萄酒要搞得那么甜。通化葡萄酒的质量是很上乘的，就是含糖量太高了。他们能不能也生产一种干红（黑）葡萄酒呢？

我对南中国一带就着菜喝“人头马”“XO”的习惯觉得别扭。看来我其实是一个很易保守的人。我总认为洋酒有洋的喝法。饭前、饭间、饭后应该有区分。怎么拿杯子，怎么旋转杯子，也都是“茶道”一般的“酒道”。喝酒而无道，未知其可也。

而我的喝酒，正在向着有道而少酒无酒的方向发展。医生已经明确建议我减少饮酒。我又一贯是最听医生的话、最听少年儿童报纸上刊载的卫生规则一类的话的人。就在我著文谈酒的时候，我丝毫没有感到“饮之”的愿望。我不那么爱喝酒了。“文化大革命”的日子毕竟是一去不复返了。

这又是一种什么境界呢？饮亦可，不沾唇亦可。饮亦一醉，不饮亦一醉。醉亦醒，不醉亦醒。醒亦可猴，可孔雀，可虎，可猪，可石头。醉亦可。可饮而不嗜。可嗜而不饮。可空谈饮酒，滔滔三日，绕梁不绝，而不见一滴。也可以从此戒酒，就像我自一九七八年四月再也没有吸过一支烟一样。

一九九三年四月写，时居香港岭南学院

（选自《王蒙文集》，华艺出版社一九九三年版）

醉话

吴强

不知道是什么缘故，我家住的市镇上，不过三四百户，人也只千把，酿酒的槽坊竟有五家之多，而且规模很大，每家都养上一群拉石磨的骡马，雇用的酒把子、工人，少的七八个，多的十几二十，自作曲造酒，远销到百里之外的泰州、扬州、镇江以至千里之外的上海，还卖门市。这个市镇叫高家沟或称高沟。据说，高沟大曲不下于远近闻名的洋河，也是驰誉南北的好酒。

大概是酒的出产地吧，镇上吃酒成风，狂饮滥吃的人真多，小酒馆里，哪天哪晚不是划拳闹酒热哄哄的。我在刚刚记事的时候，就常常看到醉鬼疯子在大街上吵闹打架。一年清明节那天，我的一个会唱大戏的扮过杨贵妃的叔父，就喝得酩酊大醉，人事不省，倒在家屋后面青青的麦田里。

在我的意识中，高沟的男子汉一向以善饮自豪：不会喝酒，还算得上高沟的人？

镇上不少人靠槽坊吃饭。有的在槽坊里做事；有的家里养猪，每天要到坊里去买酒糟；好些穷人家的孩子每天要到槽坊后门口去捡煤渣；我爸爸和我爷爷皆在槽坊里当伙计，我爸爸在槽坊公兴字号，我爷爷在东槽坊涌泉字号。我们一家二十几张嘴，就靠他们拿的微薄的工薪，好的时候吃三顿，不好的时候吃两顿。

我八岁才上小学。只上了一年，便跳了一级，升到了三年级。

一个星期天，午饭过后，我和几个要好的同学，聚会在已经十五岁的个子高我一头的唐小和尚家里。在吵嚷中，唐小和尚发起，到河西去，打香椿头吃！他一出口，大家一齐说"好"！于是，一共六个人一溜烟奔到六塘河大王庙前面的码头，上了摆渡船。到了河西岸，见到田头屋后的香椿树，会爬树的就上了树，把香椿头一把一把地摘下来，朝下面扔；在下面的，就朝衣袋里装。不一会儿，几个人的口袋里塞得满满鼓鼓的。

幸好没被树主看见，六个人又一溜烟地奔上摆渡船，回到河东唐小和尚家里。

"我去买千张子（百叶）！"唐小和尚对着我说，"你去搞酒！"

我去搞酒？我瞪着他发愣。

“装孬种！”唐小和尚使用了激将法。

“好吧！”

我奔到北后街么兴槽坊。真巧！柜台上一个人没有。朝院子里看看，两个人在那里说话。我明白：心不要慌，手脚要快。没有装好瓶的，就拿柜台角上的空瓶子现装。说时迟，那时快，我赶紧一手抓过一只空瓶，一手拉开酒缸盖子，眼瞟着外面，手把瓶子按到酒缸里，咕噜咕噜的几下，元干大曲装满了一瓶。于是，朝长大褂下面一掩，把酒缸盖子拉上，拔脚快步出了么兴槽坊的大门，三步当两步走，飞也似的回到了唐小和尚家里。

我将香气窜溢的满满一瓶大曲酒，放在小方桌上，眼光直射到唐小和尚的团胖脸上：“我孬种吗？”

唐小和尚和其他几个家伙一齐竖起大拇指：“算你能干！”

唐小和尚的妈妈是个好酒贪杯的女人。她早把香椿豆和千张子用酱油醋拌好，她把酒瓶上的荷叶塞一拔，随手斟了满满一杯，倒下了喉咙。

“好酒！”她挟了一筷子香椿豆拌千张子放到嘴里，走了。

六个八九岁、十几岁的小家伙，除了唐小和尚，吃酒，都是大姑娘坐轿头一回，又喜又怕。

一口一杯，好汉！两口三口一杯，孬种！

唐小和尚是公认的司令官，他发了命令。

小屋子里吵吵闹闹，杯子碰杯子，你不让我，我不饶你，你是好种，我是好汉，你是武松，我是赵子龙；……一瓶大曲，不过两斤！六个人平摊，一个人不过五六杯；而且，唐妈妈已经吃掉了一杯。

脸红，有什么关系，头晕，算得什么！

天黑了，点了美孚油灯。

醉了没有？

没有！

“谁说我们醉了？”

“我们都没有醉！”

唐小和尚叫大家一同发誓：明天，不许哪个告诉老师，说我们偷人家的香椿豆，吃酒。谁去告诉，谁就是婊子养的！

到东岳庙看打拳去！

兔子一般，十二条腿甩起来直奔东大街栅栏口。到了那里，打拳已经开始，看拳的比打拳的人多得多，我们几个人小，伸头抗肩，钻了进去。弹腿、对子拳、耍单刀，都有，我们看得有精有神。我先是站着看，后来觉得头越来越晕，便坐在地上，再过一会儿，便躺倒下来了。

我迷迷糊糊之中，仿佛听到有人叫着：“回家了！回家了！”

我则仍旧迷迷糊糊地躺在那里，躺在红袍绿袄的泥菩萨面前。

镇上有敲梆子打更的。在迷迷糊糊中隐隐约约地听到了打了三更；再过一阵，又听见外面大街上有敲锣声，叫喊声，在石板路上奔跑的脚步声……

好几个人提着马灯，冲进庙堂佛殿，是我小叔叔的声音："在这里！是他！"

不知是两个人、三个人把仍旧睡得死死的我连拖带抱又夯又拉，从泥菩萨面前的地上弄起来，背到家里。放到床上。真睡得死！直到了这个时候，我还没有醒过来。妈妈吓坏了，以为我真的要死了，一把眼泪一把鼻涕地号哭起来。

"是什么鬼人害得他喝那么多酒！"

"看！醉成这个样子！"

奶奶也哭了，哭得比我妈妈更厉害。她边哭边贬派我的爸爸妈妈。

"你们做什么的？让一个八九岁的娃娃喝高粮大曲！你们喝猫尿狗尿不怕醉，他才九岁呀！……才九岁呀！让一个九岁的娃娃喝醉酒！……"

小叔叔去敲店门买来了山楂糕和一瓶酸醋。

七手八脚的，将酸醋朝我的嘴巴里灌，将山楂糕朝我的嘴巴里塞。

我醒了酒，张开了眼睛。

一半是山楂糕的作用，另一半起作用的是奶奶和妈妈的号哭声与眼泪。

我明白我是喝醉了酒。

第二天，星期一照常上课。

胸口发闷，里外不舒服，只好强打精神，装着若无其事。唐小和尚也醉得一塌糊涂，吃的香椿豆、千张子全从肚子里吐了出来。

大家真的守口如瓶，没告诉老师。我胸口里难受了好几天。奶奶和妈妈都一再说，我自己也发了誓：此后，再也不吃酒了，吃，再也不吃醉了。

十四岁那年夏天，我小学毕业，考取了江苏省立第八师范。我深知家境贫寒，出外上学不易，下决心好好地把四年师范上完，毕了业，可以谋个小学教员当当，一个月有二十几元的工薪，生活过得去；不算出人头地，也算得上有知识的体面人物。

谁知事不由己。学校爆了学潮，打了校长。校长恼羞成怒，开除了一大批学生。那年，我才十五岁，对于学生掀起学潮，我同情、赞成，但我并没有参与殴打校长，可学校竟把我也开除了。

只好回到家里。开头不声不响，后来只好实说："被开除了。"

爸爸慨叹、气愤不解，点着我脑袋："不要再做洋梦了！"

"少说几句！昨儿，他哭了一夜！"妈妈把爸爸推开。

爸爸回过头来："明儿个，到东槽坊站柜台去！"

听了，我全身凉了半截。

这怎能怨爸爸无情，只能怪自己的命运不好。

发誓不吃酒，却落到了酒坛子里。当小学徒，站柜台，卖酒，成天离不开酒。看到的是酒，闻到的是酒，睡觉睡在酒缸酒坛酒瓮之间的床铺上；一天三顿，顿顿有酒，账房先生无酒不吃饭，连早饭吃粥，他也要喝三杯酒，午饭、晚饭不用说，老掌柜的、小掌柜的、酒师傅皆是海量，每顿都得有酒有肴。他们喝酒，我这个小学徒得替他们把壶斟酒，他们酒没吃好，我就不能吃饭、离座。

“你也来两杯！”

酒师傅是我的表叔，姓许，高大的汉子，第一次世界大战期间，法国招华工，他应招去了法国，在马赛港当搬运工，干了八年才回来。他叫我来两杯，老掌柜、小掌柜的也没说不许我吃，我便给自己面前的杯子斟上。这样，就又跟酒结上了缘，时常来上两杯三杯。不能酒醉这一条，我把得很严很牢，一到觉得脸有点儿发烧，我就再也不吃下去了。

六十年风水轮流转。我竟然又得了时，借了本家哥哥的初中毕业证出外赶考，小学徒变成了高中生，进而上了大学。抗日战争爆发之后，又作为一个青年作家，到皖南参加了新四军，着上了戎装，成为一个军人，干的是宣传、文艺工作，有时候，还演演戏。

这个新四军，很不寻常。

大官小官一样，一律灰布军装、小皮带，打绑腿布。上下左右之间，讲平等，讲友爱，工作认真，学习空气浓厚。部队也有个好吃酒、闹酒的风气，逢年过节，或者打了胜仗，少不了吃一顿欢喜酒。

一九三九年元旦，军政治部宣教部派一个工作检查团到前方三支队和老一团去检查工作，叫我当团长，同时配合战地服务团的慰问演出工作。

下晚，元旦聚餐会在住地一家大客厅里举行。摆得有三十几桌酒菜，大家欢欢喜喜，济济一堂。

没有想到。酒过三巡之后，我这个代表团团长，竟成了闹酒敬酒的目标。先是主人三支队司令谭震林敬一杯，他一口喝了，亮亮杯底（事后知道他杯子里是白开水）。我能不干？再是主人一支队的副司令兼一团团长傅秋涛到我的桌子跟前敬一杯，他倒的是高粮白酒，一口下肚。我当然不能不干。好家伙！这个站起来，端起满满的杯子，说代表司令部敬一杯，那个紧跟着站起来，代表政治部敬一杯；这个代表……那个代表，……连续不断地一杯接一杯，大约不下十几杯之多，咕噜咕噜地倒下了我的肚子。头能不晕？脸能不红？二十年前醉酒的戏，竟在这里重演！散了席，朝住宿的地方走去，脚下没了根，摇摇晃晃，歪歪倒倒。来了个矮矮胖胖的段洛夫，一只手扶着我的肩膀，一只手托着我的腰，像跳交际舞似的。

“《钢铁是怎样炼成的》是阁下翻译的？……伟大！了不起！”我一边摇摇摆摆地拖着他走，一边含含糊糊地说。

“伟大的不是我，是保尔！”他说。

“保尔伟大，你也伟大！”

“你醉了！”

“没有！没有！”

“哈哈哈哈！”

到了住处，我一头倒在稻草铺上，呼呼地睡了。

我这个人，九岁那年，二十九岁这年，一样，酒醉之后，不像文学家评论家孔罗荪，酒醉了，满面是笑；也不像明星赵丹，酒醉了，号啕大哭；更不像酒后无德的那路人，吵吵闹闹，打打骂骂，有的还冲到大街上，看见姑娘们就上前搂抱……而是像我的那个叔父，不声不响，像死了似的呼呼大睡。

也像九岁那年那回醉倒那样，一阵急促的脚步声之后，好几个人奔到我躺着的地方，一看见我，就你拉我推，把半醉未醉的我朝外面拖拉。其中的一个朝着我说：“戏就要开幕了，你还在睡大觉！”

“你有角色，忘啦？”又一个说。

我迷迷糊糊跟着他们奔到野外剧场的后台，这个帮我化妆，安胡子，那个帮我换上剧中老铁匠的服装，跟着，就把我从后台推到前台。

我似乎是醉了酒，朝台下一看，哎呀！一大片遮天蔽日的高高大大的白杨树林里，坐满了面前靠着刺刀闪闪发光的步枪的战士，少说也有两千四五百。

演的这部三幕话剧《繁昌之战》，是我参加执笔的。服务团人员不够，缺个演老头儿的，找到我扮演上场不多的老铁匠，在军部已经上演过好几场。今儿，又为繁昌前线的部队演出，事先早就告诉了我，要我早点到场化装，而我却又被灌醉了，躺在住处，将演出的事情搁到九霄云外去了。

这就出了洋相。

台词，全被大曲酒淹没了，三句有两句说不出来，幕后有人提词，可是，我头还有点晕，耳朵也不灵，听不清楚，该我说话，我说不出来。怎么办？只好背向观众，朝布景片子后面喊叫："提词声音大点！"

这是怎么回事？靠在台口看戏的一些人，看到我这个老铁匠怎么朝后台说起话来，于是，跟着我朝后台口喊叫，爆出了一阵哄然大笑。我看见那些哄然大笑的人们当中，有司令谭震林，有副司令兼团长傅秋涛，有服务团团长朱克靖和段洛夫他们。

观众们都笑了，我觉得效果不错，心里挺高兴。

这场戏就这样在笑声中演完了。

回到后台，也是别人七手八脚地朝我脸上乱涂凡士林，帮我卸妆、换衣服。

三天过后，在回军部的路上，我犯了愁。检查工作的任务完成了，几个人已经交谈过，汇总了情况，由我统一向宣教部汇报，这没问题；可是，我是团长，喝醉了酒，又误了上戏，……我心里不免忐忑不安，十五个吊桶打水，……项英副军长下过禁令：谁喝醉了，谁要受处分！这怎么办？

原地休息！在一个小山岭的转角地方，我要检查团的四个团员坐下来，把我在心里盘算好的两句话搬出来：

“回到军部，工作汇报有我了。”我正颜厉色地说下去，“我喝醉了酒，……”

“我们不讲，不讲！”三个人知道我心中有病同声说。

一个人不声不响。

瞪着不声不响的那个，我板着脸下了咒语：“谁讲了谁是王八蛋！”

不声不响的那个也响了：“不讲！不讲！”

阿弥陀佛！

那时候，总算打小报告还未成风，没人敢当王八蛋，使我终于平安无事。

二十年醉两回。

人生难得几回醉，我却从此没再醉过。

孟德诗云：“何以解忧？唯有杜康。”我有何忧？生活中，譬如谈情说爱，与朋友交往，也有不愉快时，但在部队中，在战地，觉得一醉的机会，并不容易。“一醉千愁解”，我也相信。酒醒来之后，还不是照样的愁么？醉，不过是醉蒙眬中那一阵子罢了。所以，我纵有几多愁，也不曾向杜康先生去找寻解除之道。但是，我和杜康先生结下了不解之缘却一直持续未断。每逢友朋聚会、逢年过节，总是要吃上几杯，或茅台，或郎酒、特曲，或绍兴加饭，或洋河，或家乡高沟的桂花露。

经过抗日战争、解放战争到新中国成立以后，我一直将两回醉酒的痛苦和遭人嘲笑又误了事情的教训，牢记在心。任何人的敬酒，或者说激将法，我总是心中有数，最多吃到七成八成为止，所以只有几回半醉：头有点儿晕，晕得不厉害，有点儿迷迷糊糊，头脑还算清楚，走路，脚下发飘，但不是那等摇摇晃晃、歪歪倒倒。我觉得这个半醉的滋味最好，似醉非醉，可以未醉装醉，可以解忧解闷，也不妨照常上班，看看报，吃吃茶，打打瞌睡……

人世间的许多事情，确实是未醉那样装装糊涂的好。不知郑板桥的“难得糊涂”是不是这个意思。什么事情都那么清清楚楚认认真真，打破沙锅问到底，有时候还要仗义执言，当英雄好汉，结果如何？引来一堆黏在身上的麻烦，何苦来哉！酩酊大醉，醉如一摊泥，人事不懂，刮什么风，下什么雨，一概不知，那会弄得事到临头不自由，吃了亏，挨了棒棒还不知是怎么回事，行吗？不行！根据我的经验，我说，半醉比全无醉意和酩酊大醉要好。

烟，有害无益，不吸了，已戒绝了十五年了。

酒，多吃有害，少吃有益。

我给自己定了戒条：
饮必止于半醉。
朋友们以为然否？

（选自《解忧集》，中外文化出版公司一九八八年版）

独饮小记

洛夫

再注满那只空杯吧！

把那满盈的饮干，

我无法忍受的一件事是：

既不满也不空。

这是最近偶然在一本书中读到的一首法国民歌，它配以什么样的曲调，我无法想象，应该不会是悠扬轻快的那一种，语像是友朋之间的劝饮，但又隐隐透露出“欲饮琵琶马上催”一般的豪情。如果由一位低沉的男音唱出，或许会引起你一阵无言的哀伤吧！

昨晚一时兴起，独自小饮两杯，浅斟慢酌，自得其乐，将一日的疲惫，千岁的忧虑，在一俯一仰之间化为逝去的夏日烟云。如说饮酒是一种艺术，独饮则近乎一种哲学。一杯在手，适量的酒精有助于思想的飞翔，如跨白鹤，如乘清风，千秋与万载，碧落与黄泉，都在一小杯一小杯之间历尽；既无人催饮，也没有人猛拉你的衣袖听取他那高蹈而无味的独语，更不虞有人会把烟灰弹在你的菜盘中，头发上。独饮通常微醺而罢，如一时克制不及，弄得个酩酊大醉，那就更有了不必洗澡换衣的借口，倒头便睡，享受着“众人皆醒我独醉”的另一番乐趣。

对，就是这个主意，说着说着我已干了第三杯，而且自己居然笑了起来。当注满第四杯时，不知为什么突然又想起了这首民歌的词儿，竟然放下杯子，认真地思索起来。

谁说不是？酒杯不是满的便是空的，亦如门不是开着便是关着，花不是绽放便是凋落，这其间似乎没有妥协的余地。门不开也不关，花不放也不谢，这算一种什么逻辑？中国有所谓“半”的人生哲学，既深奥而又逗人，那是诗的境界，非高人难以企及。譬如李密庵有一首《半半歌》，小时候不知所云，但念得朗朗有声，至今我还记得若干句：“看破浮生过半，半之受用无边，半中岁月尽幽闲，半里乾坤开展。……衾裳半素半轻鲜，肴馔半丰半俭，童仆半能半拙，妻儿半朴半贤，心情半佛半神仙，姓字半藏半显……”不过，话说回来，饮酒固然半酣正好，吃饭可不能半饥半饱，花可以半开偏妍，人不可能半死半活，姓字或许可以半藏半显，为人处世却不能半真半假。最重要的是，时间绝不会半流半驻；人生最无可奈何的一件东西，恐怕就是时间了，许多人追求永恒而不可得，殊不知永恒一直握在我们手掌中，当我们刚一悟到它的存在时，它已从我们的指缝间溜走了。

这么一想，自以为还真有些道理，便举杯饮了一口。

许多人曾为“永恒”作诠释，引古人之经，据洋人之典，且往往以诗为证，杜老如何如何说，莎翁如何如何讲，最后的结论无非是永恒是时间中的空间，空间中的时间，形而上在形而下之上，形而下在形而上之下，左手心是心灵，右手心是物质，两手紧紧一握，生命于焉不朽之类。说的人口沫横飞，听的人点头称是，但细加揣摩，又像是行过一场浓雾，似真似幻，一片迷茫。前两天，浴室的自来水龙头发生故障，水电工三次电召不至，白昼市声鼎沸，尚不觉得如何，一到深夜便滴滴答答，不绝于耳，听得我由烦躁不安而到心惊肉跳，但也因此使我悟出一个新的想法：一切对“永恒”的定义，注释，辩解，都不如那水龙头的漏滴所说明的来得更为周延，更为确切，因为滴答之间，便是永恒。

我不禁为这自圆其说的推理而莞尔起来，侧脸看一眼墙上的影子，向他举一举杯，把剩下的半杯一仰而尽，然后低吟着“莫使金樽空对月”啊！可是向窗外一望，外面正在下着雨。

这时，妻正陪着孩子在灯下做功课，室内一片沉寂，远处传来卖烧肉粽的叫唤，拖着苍凉的尾音，立刻又被一阵掠过屋顶的喷射机的轰轰声所掩盖。望望盘中凉了的剩菜，伸出去的筷子又缩了回来。书房门槛旁搁着一把雨伞，明知是一把伞，却总以为那里蹲着一只黑猫，前两天买了一包“猎鼠”，一包“猎鼠”至今仍是一包“猎鼠”，这年头耗子也学得很狡猾了。窗外还在下雨，早晨妻把几盆素心兰搬到铁栏杆架上，说是沾点雨露可以长得更清秀些。我认为这是迷信，就如她说上床之前一定要刷牙一样。有人说开花的兰草不算上品，我将信将疑，总觉得这种话有点晦涩。前些日子朋友送我一株阔叶兰（不知有没有这个名词），一共四片青叶，鲜油油地挺神气，栽在一只深灰的瓦钵中，日夜浇水，殷勤灌溉，其中一片叶子居然抽了金线，足证这是一株异种，日久愈来愈黄，内心窃喜不已。据说如此品种每株可值数万元，可是，利欲方萌，第二天早晨发现它竟枯死了，想起这件事就生气。

无趣之事不想也罢，还是喝酒吧。我无法忍受的一件事，也是既不满又不空，干脆倒满些。酒杯边沿浮起一圈小小的泡沫，闪烁了一阵子便什么也没了。这也算是一个小宇宙的幻灭吧！多年前有段时期，境遇诸多舛蹇，心情极坏，经常有一种孤悬高空的惊惶。听人说读书可以治这种病，但也许药下得太猛，越读越觉得虚弱无力，就像患了那种说出来便会使你矮了半截的男性病。当时我坚认这个世界上所有的人都是一堆闪烁发光的泡沫，所不同的只是大泡沫与小泡沫之别而已。我写信把这个想法告诉南部一个朋友，不料他在回信中引经据典地骂了我一顿，指责我太颓废，最后借海明威的一句话刺激我：

“人可以被消灭，但不可以被击败！”

其实，问题并没有他想象的那么严重，在没有适当的条件之下，通常人是绝对不会妥协的，但被击伤是难免的；有时甚至于会在一棵树下被一片叶子，一朵花所击伤。人最容易受伤恐怕是照镜子了，“春不能朱镜里颜”，生命留都留不住，还能使苍白的变得红润吗？据说只要你连续照一个月镜子，包你会瘦成一架骷髅。无论如何，泡沫终归是泡沫，如能闪烁发光，哪怕是极其短暂的一闪而灭，泡沫也就有了永恒的意义。记得二残先生在一篇文章中引用亨利·詹姆斯的一句话说：“人生充其量只不过是一种绚丽的浪费”（Life at its best is but a splendid waste），并认为这是一个可怕的句子，读来触目惊心。我倒觉得这没有什么，的确没有什么，因为这是无法改变的事实。蒋坦在《秋镫琐忆》一文中说的话才真令人无可奈何，甚至手足无措：“人生百年，梦寐居半，愁病居半，襁褓垂老之日又居半，所仅存者十一二耳，况我辈蒲柳之质，犹未必百年者乎。”

这些话真叫人泄气，读到这里，大多数人恐怕都难免冷汗直流。但就算如此吧，生命只有浪费得很绚丽，很潇洒，很壮怀激烈，而且每滴汗每滴血都洒得心安理得，这岂不比那些生命的守财奴坐着等死显得更为豪气！

问题虽很冷酷，但仍很高兴我的“泡沫论”与亨利·詹姆斯的想法不谋而合，值得浮一大白，于是我自劝自饮地又干了一杯。

天气凉了，桌上的萝卜煨排骨汤尚温，喝了半碗，顿感通体舒泰，酒意恰到微醺程度，如再多饮几杯，萦回胸中的那些严肃问题，也许就会在过量酒精的燃烧中化为一股轻烟，这倒不失为一个逃避的好办法。这时，我抬起头来环顾室内，发现所有的家具摆设都已掩上一层迷蒙，墙上那幅庄喆的抽象山水更是满框子的烟雾氤氲，放下满过而又空了的酒杯，我望着那株已绕室一匝，迄今犹无倦意，且仍然在作无限延伸的锦藤出神。多么虎虎有劲的生命啊！但爬行得似乎太快了些，亦如人过中年后那汹涌而来的岁月。

（选自《名家笔下的烟酒茶点》，中国国际广播出版社一九九五年版）

父亲醉酒

叶至诚

有位读了我父亲的《日记三钞》的文友兼酒友，不无赞赏和羡慕地对我说："您家老太爷可是每日必酒呀！"在我的印象里，父亲也好像果真是无日不酒的。去年抄写父亲在抗日战争期间的日记，方才澄清：其实不然。一九三九年八月十九日，我们家在乐山被炸以后，父亲的日记里常有"过节（或者祭祖）所剩之酒，今日饮完，明将停酒""（某某）所赠酒昨已尽，连饮半月，该止酒矣"这类记载；而且，当年我们家买酒，甚至于不能够一斤一打，而是以一元钱为度，打几两来，供父亲喝上三四天；即使在有酒喝的日子，限于一天一次，不过一两多点儿，微醺而已。上述情形，按说我都曾经耳闻目睹，后来却被一般的印象全淹没了。可见大而化之的回忆，往往与事实有许多出入。

在我的印象里，父亲几乎是从来不醉的，看来不少人都以为是这样。然而，读了他老人家从十七岁生日那天开始写的二十二册日记，发现父亲跟我一样：青少年时代不免也有喝得酩酊大醉的事情。由此推想，这大概是好酒而非酗酒者必然要经历的一个阶段。到我记事的时候，父亲喝酒早已很有自制了；我所记得的父亲醉酒仅仅只有两次。

一次就在乐山被炸以后，我们家在乐山城外张分桥竹公溪旁雪地头的时候。有位在武汉大学教基本英语的英国教授雷纳，听说我父亲颇有酒量，特地请我父亲到他的宿舍里去喝酒，其中当然有较量一下的意思；这一天父亲应邀去了。直到午后的太阳光不再那样刺眼，母亲忽然连声喊道："三官，快点，爹爹吃醉了！"只见我家茅屋前，横穿旱地那条灰白灰白的土路上，父亲正一脚低一脚高，摇摇晃晃地往这边走来。我连忙蹿出竹篱笆门，迎上前去；父亲却没事似的对我笑笑说："我呒啥（吴语'我挺好'的意思）。"扶他进屋里躺下，不多一会儿就入睡了。后来得知，那回雷纳也喝醉了。只是雷纳就在自己的宿舍里，我父亲却要从文庙近旁的武大宿舍走出城外，再走四五里路回家。

我对雷纳教授的印象原来就不好。乐山被炸之前，武大附小的学生中间盛行集邮，我也迷得厉害。有一天和几个同学商量，居然想到雷纳教授的字纸篓里去找外国邮票，擅自走进了他的宿舍。雷纳本来在外间跟别人聊天，一眼瞧见，跨进门里，厉声喝道："谁叫你们进来的？出去，出去！"尽管讲一口地道的中国话，可是那直角三角形似的高鼻梁，好像立着两条深沟一样瘦削的面颊和落在眼潭里的蓝眼珠子，完全非我属类，煞是可怕，煞是可恶！我随同几个同学飞奔出门，心里不由得愤愤地想：那么，谁叫你进我们中国来的？倒是你自己该出去，出去！所以，父亲跟雷纳教授比酒的结果，叫我兴奋得憋不住四处宣传。在我当时的想象里，甚至把事情描摹成这样：雷纳醉得不省人事躺倒在地上，父亲却若无其事地走回家来；竟跟先前时流行的爱国主义影片《武林志》《东方大魔王》……之类的故事相仿佛。

父亲还有一次醉酒，是在一九四六年十一月三十日。抗日战争结束，我们一家子乘木船东归，定居上海，将满一年。那不到一年的时间里，震动心怀的事情接连不断：二月里的重庆校场口惨案；四月夏丏尊先生发出了“胜利，到底啥人胜利”的疑问，与世长辞；六月，又有南京下关事件；七月，李公朴和闻一多两位先生相继被刺……这许多事情的背景，则是第三次国内战争日渐从局部扩大到全面。十一月三十日是朱德总司令的生日，一九四六年恰好逢六十大寿，尚未撤离上海的中国共产党办事处，邀请各界民主人士到马思南路办事处所在地去喝寿酒，我父亲也在被邀之列。下午一点半钟左右，一辆黑色的小轿车开到福州路开明书店旁边停下，两位中共办事处的工作人员把我父亲扶下车来。当时我还在开明书店当职员，又恰好轮到在门市部值班（开明书店曾经规定：其他各部门的青年职员都要轮流到门市部去值班，以便了解书店与读者的关系)，同事中有眼快的立刻指着告诉我：“叶先生醉了！”这一次父亲可醉得半倚在一位工作人员的肩上，头也竖不直了。我和同事们急忙上前；父亲转倚在我的肩头，口齿不清地再三向那两位工作人员致谢告别。这时候正在编辑部午休的母亲和哥哥都闻讯赶来，大家簇拥着把父亲扶进弄堂，扶上楼梯，扶到编辑部外间会客室里的长沙发上躺下，七手八脚地绞来热手巾，端来热茶。我只道父亲一会儿会睡着的，就回门市部了。谁知道没过多久，却听说父亲在楼上哭呢。原来他躺下以后，嘴里一直不停地在说，只是“呜噜呜噜”听不清说些什么，说着，说着，竟哭了起来……到四点钟光景，我嫂子带了六岁的三午上街买东西，路过福州路，来编辑部里打个转；父亲大概迷迷糊糊睡了些时候，醒来看见小三午，招手让他到自己身边去，然后从口袋里掏出一只硕大光彩的苹果来，对三午说：“看，这是烟台来的苹果，你知道吗？这只苹果是从烟台来的。烟台，你可晓得，那里是什么地方？”(烟台当时是解放区。)他把苹果塞在三午手里，却又关照三午不要吃；过了一会儿，又说：“我们为朱德总司令庆祝六十岁生日。你可知道，为什么我们要给朱德将军祝寿？为什么不给蒋介石祝寿？……”他反反复复、含含糊糊地只管这样讲，由此，我们推断，方才他讲的大概也就是这些。

父亲这一次醉酒，不仅给我留下了深刻的印象，更加深了我对他当时那种复杂心情的理解。尽管父亲后来没有讲起，我总以为那天他并不一定喝过了量。何至于一醉至此？只因为抗战结束以后牵心挂肚的无数大小事件，交织在他心里，一个经历了辛亥革命、北伐战争、十年内战、抗日战争这许多次大兴奋和大失望的、开明却不激进的知识分子，对于蒋介石国民党所寄希望的幻灭，对于中国共产党的敬佩与期望，尽在那一醉之中，一哭之中。

（选自《解忧集》，中外文化出版公司一九八八年版）

酉日说酒

李 準

酒到底是谁创造的？其说不一：一说是大禹时候仪狄创造的，但更多的说法是周人杜康创造的。杜康是河南人，河南关于杜康的传说也就多一些。据说杜康是个奴隶，平日行乞，把行乞来的馍块，吃不完暂储于树林的大树洞中，后来天下了雨，那些碎馍块被淋湿又发了酵，便产生了酒。现在河南有些农村还有个老风俗，就是“酉日不用酒”，据说杜康死在酉日，为纪念杜康，凡酉日均罢酒不饮。

这个传说当然是有几分荒诞了，但酒的产生过程，却颇尽情理。酒是不是杜康所发明且不管它，但中国造酒的历史，确是很早的了。从五千年前的陶器来看，酒器已有很多种类，《诗经》就有“既醉以酒，既饱以德”。《周礼》也有“昔酒”的多处记载。再从象形文字来看，“酉”字很像一个酒坛子。所以说，中国有酒，最少说也是有文字以前的事情了。到了殷代，有“酒池肉林”的记载，做酒已经是很发达的行业了。

我的故乡豫西也产酒。旧社会最流行的酒是“宝丰酒”，是用高粱烧成的六十度白酒。这宝丰酒也有千把年历史了，最繁荣的时期大约是在北宋。当时国都在开封，东京繁华，酒楼林立，酒的销量相当大。可是开封水质较差，烧酒的作坊大多在豫西。因此，当时的宝丰一带有“千村立灶，万家飘香”的记载，每天往东京运酒的小车，数十里“络绎于道”。

当时还没杜康酒，杜康酒兴起是近二十年的事情。是日本前首相田中角荣有一次在北京宴会上提及“杜康酒”，后来便风行起来。现在较大的杜康酒厂就有两家：一是“汝阳杜康”，一是“伊川杜康”。这两种杜康我都尝过，质量还算上乘。

我这一生，也算与酒有“缘”。首先我父亲就是“豪饮”者。他可以喝一斤白酒不醉，拳也划得好。他在镇上开了个南货店，兼卖酒醋，所以从宝丰县来的贩酒农民，经常落脚在我们家中。这些酒贩大多推一辆木轮红车。红车是槐木做的大独木轮。车上两边装两大篓酒，每篓一百二三十斤。这种篓子是用荆条编成，里边糊以桐油纸，车攀是用黄麻编成，很长，车把手下边还留着一尺来长的缘穗子，所以这种酒车推起来，再加上吱吱哇哇的叫声，给人感觉有几分豪爽的味道。

父亲一生卖酒，对品酒很内行。一盅白酒，他只消放在唇边略呷一口，就能说出这酒是六成、五成或五成半，分毫不差。有时他先尝一尝，再用个小酒杯把酒点燃，结果往往与所推测相符合。

父亲卖酒自然有好多老主顾，我记得每天要到父亲店中喝酒的是南街蔡老三。蔡老三在镇上开了个剃头铺。他好像是外乡人，娶过一个老婆，后来被人家拐跑了，他也不去找，每天只是喝酒。

蔡老三每天喝酒，每次只喝二两，也不要什么菜，就那么干喝。在喝酒以前总是先用无名指在酒杯蘸一下弹在地上，以表示对鬼神的尊敬。蔡老三能讲很多故事，大多是讲冯玉祥的，有冯玉祥练兵、冯玉祥扒庙等等。蔡老三不识字，一辈子不和文字打交道，但在腊月二十七这天，却总要拿来一张梅红对联纸，要我写一副对联。那对联的内容是他背熟的："进门来乌头学士，出门去白面书生"。每年老是这一副对联，内容从不更换。

解放前的小理发店，最讲究的是"刮脸"。因为当时农民大多剃光头，不光头剃得锃亮，脸还要刮得雪白。蔡老三不大会用推剪和剪刀，但一把剃刀却用得极为娴熟，一刀剃下去，最少有三寸长，那种快感是很特别的，连剃时的声音也清脆悦耳。

蔡老三不但会剃头，还会"掐火"。"掐火"就是按摩一类技术。是理发的最后一道工序。所以当街上人听到蔡老三有节奏的拍起顾客肩膀时，就知道他这一个活又做完了。

豫西的酒风没有豫东酒风利害，这是我在"文化大革命"中下放到农村时体验到的。

我下放的那个县是西华县，是黄泛区，这一带是大平原，历史上黄河经常泛滥的地方。因此，民性豪爽粗犷，再加上豫东产高粱，酒坊也多，所以饮酒之风甚盛。那里有首民谣：“收了麦，淹了秋，好面馍卷鲤巴藕。”意思是说即使黄河把秋庄稼全淹了，也还要吃烙饼卷小鱼。豫东人穿的很破烂，住房都是茅草房子，极不讲究，但在吃喝方面，却极不俭省。喝酒是很平常的事，过年时候，农民们每家都要用粮食换几十斤酒。

我到西华县当农民的时候，正值农村生产已接近停滞的边缘，农民每年平均的口粮，大约是二百多斤红薯干，七十斤小麦，还有十斤左右豆类杂粮。但即使在这样穷困的情况下，酒风仍然盛行。粮食酒是没的喝了，因为没有粮食了。但红薯干酒，家家户户的却要换十斤、八斤。到了冬春月，谁家修房缮房顶时，都要摆酒场。菜是很简单的，炒四盆粉条豆腐和萝卜之类蔬菜，酒却备得很充足。

中国人有个习惯，家里不管再穷，请客喝酒劝酒却是非常殷勤诚恳。有时诚恳得非让你一醉方休。我刚到西华农村时，不熟悉这里的风俗，第一次给一家农民修房子当小工，上梁那天就喝醉了。开初，我自以为还能喝几杯白酒，不大拘束。谁知猜拳、行令，什么“大葫芦、小葫芦”“说七”“猜心事宝”一大串儿的粗俗酒令，弄得我眼花缭乱。那里农民劝酒也利害，有时跪在地上，头上顶着一杯酒，使你非喝不可。

从那次以后，我算领教了豫东农村闹酒风之盛。后来，在农村过了两个春节，更是开了眼界。一进入腊月，到处是酒摊子，村前村后都响起猜拳行令之声。村路上经常看到倒在地上的醉汉。人喝醉了把酒、食物吐在地上，狗吃了狗也醉了，所以还经常在街上看到蹒跚而行的醉狗，这在别处，是很少见到的。

豫东这种酒风，恐怕算是不正之风了，比之古代“家家扶得醉人归”更甚，因为全家都醉倒了。据周口一带来京的同志说，现在好多了，没有那么多人酗酒了，原因是一来人都忙了，忙着做买卖，搞副业，二来酒的烧坊也少了，因为红薯干价钱和粮食一样贵，没有人用它烧酒了。

除了以上原因之外，我想还有另外一个原因，人的心情变了。在“文化大革命”的年月里，不管农民、干部，都“噤若寒蝉”，一肚子话不敢说，连大声咳嗽一声也不敢，所以只好“借酒浇愁”，用猜拳行令声来发泄郁闷的感情，可倒真是“何以解忧，唯有杜康”了。

自古以来，诗和酒总是很接近的。“李白斗酒诗百篇”，苏轼醉草“水调歌头”，那些名篇绝唱，大多和酒有关系。从某种意义来说，酒是打开人们天性的钥匙，人们在半醉之中，往往流露出一个无拘无束的灵魂。

李白的《金陵酒肆留别》写道：“风吹柳花满店香，吴姬压酒唤客尝。金陵子弟来相送，欲行不行各尽觞……”有美酒，有漂亮的“吴姬”，本来要走却不走了！多么坦白，多么直爽，使读者看到这位大诗人的心房跳动。

“明月几时有，把酒问青天。……不应有恨，何事长向别时圆？人有悲欢离合，月有阴晴圆缺，此事古难全，但愿人长久，千里共婵娟。”苏轼这首《水调歌头》，是他四十一岁时在山东诸城（宋为密州）作的，那天是中秋节，他喝得大醉。当时喝的什么酒，现在不得而知。不过倒真应该感谢那几杯酒，要不这首豪迈悲凉、千古绝唱的词出不来，文学史上将留下一块不小的空白。

前年美国诗人金斯伯格来中国，他也喜欢喝酒。据说他是每饮必醉，每醉必诗。脱口而出，洋洋洒洒数百行，佳句不断出现，使四座为之动容。

其实我想李白、杜甫、岑参、高适之流，当年即兴赋诗，可能也有这种风采，没有天马行空的不羁气概，很难写出自由奔放的诗。诗倒不一定非用酒来启迪引发，但诗必须在自由的灵魂中流出。“醉翁之意不在酒”，我呼唤着共产主义的“人性复归”。

（选自《解忧集》，中外文化出版公司一九八八年版）

我与酒

常任侠

酒的发明，不知始于何时何人，一般都归之杜康。但在商代的甲骨文中，已有“酒”字。传说纣作“酒池肉林”这可以推测，至少已有五千年的历史。在我幼小的时候，每年旧历新年，必须用自己家酿的黄酒来祭祀天地祖先，不用烈性的白酒。自酿的醴酒，用小米蒸熟发酵，味甜而淡，酒精度甚低。习俗自古相传，年年如是。我想，我们的古代祖先，大概所饮用的是甜酒，与现在的白干是不同的。

在我童年的时代，最喜欢的是糯米酒酿，味甜而浓，晒干时酒汁可以结成白片，至今煮元宵还用这样的酒酿，它深得儿童和成人的共同喜爱，因此酿造者每日沿村叫卖，到处都受到欢迎，我常买来存贮在床头，芳香浓郁，数日不变。食其糟而饮其醨，甘沁齿牙，香萦梦寐，至今思之，可以说是我在童年时的故乡，所尝到的最美的佳酿了。

我在何时试饮烈性的白酒，今已忘记；但有一事永不能忘。大约在十四五岁时，南村的表兄辈结婚，我去闹房。新房中放着一瓦瓶强烈的白酒，新郎说：这好酒你敢喝么？我是天不怕地不怕的性格，说是新娘来酌酒，我就喝。不料这位羞羞答答的新娘，从坐床走来，新郎拿来一只大碗，她把起酒壶，斟满了一大碗，放在我的面前，新娘持壶立在旁边。新郎说喝吧！我明知这像是预谋陷害，但也绝不示弱，拿起大碗，咕嘟嘟一气喝完，掷碗扬长而去。在月下步行两里，一路大声放歌，回到家里，和衣倒头便卧。这一卧，睡了三天才觉醒，浑身蒸发着酒气，连便溺都有酒汁的味道。家人说恐怕要醉死了，不能再醒了；然而阎王不收酒汉，第四天不呕不吐，却醒转来也。

从此我对酒有了新的认识，既不可以逢场作戏，也不可以独酌解忧。如陶潜、李白那样与酒联系起来，作出美好的诗篇，我既无此才情，也不敢学步，自己决定止酒为佳。尤其在轰饮的场面，喝五呼六，震耳可厌，我就决不介入。有些年不亲杯中之物，可以说是在闹新房之后所得的体会。

一九二八年我进入南京中央大学之后，吴梅和汪东、汪辟疆、胡小石、胡翔冬、黄季刚以及其他几位老师，结“潜社”、填词、作曲、打诗钟，都在秦淮河上的多俪舫中，往往到深夜才散。我曾有诗记述当时的情形：

座中酒客皆年少，一笑酡颜各解衣。
半日豪情成放浪，四筵雄辩有从违。
转舟泊岸楼阴静，远市初灯树色微。
长板桥西歌管盛，夜凉明月送人归。

我们学生辈如唐圭璋、唐桐荫、李一平、王季思、李吉行、周士钊、卢冀野等，都在青年，以瞿安师为社长，其他的教授常只偶一参加，所以以作散曲为主。有时旭初先生来，改作填词；有时辟疆先生来，也打诗钟，但散后，仍须将社作曲词补上。曲终张筵，往往设宴饮酒，以吴师年最高，饮少辄醉，在家出门时，师母往往以此相嘱，保护先生，勿令醉倒。我常任保护之责。记得某次打诗钟时，"一他"首唱，我曾作一联云：

一画开天垂象数；
他山攻玉诵风诗。

吴师评为卷首。即又作一联云：

他人有心规酒过；
一春无事为花忙。

吴师看了笑一笑，他说这不过是想当然耳。在一九三五年时黄季刚师以病酒早逝。一九三七年时，我到湘潭的桔园去问候吴瞿安师，他因酒结喉癌，不久逝于大姚。虽规酒过，也已来不及了。

一九三五年我到日本东京帝大，爱上了菊正宗、樱正宗，常去银座小饮，但以一杯为限。一九四五年我到印度的国际大学，爱上了白兰地和威士忌，但每月只限一瓶，若果二十天饮完，后十天便不再饮了，一年以十二个空瓶为准。自一九四九年返国到京以后，柜中虽则经常贮酒，但很少饮用。自七十以后，转喜茹素。八十以后，极少攀杯。近年来，造假酒而害人者，时有所闻，茅台空瓶，居为奇货，因此望而生畏，不敢尝试，庶乎保我天年，不如止酒了。

（选自《解忧集》，中外文化出版公司一九八八年版）

饮酒记

北岛

一

夜深了，我关上灯，在噼啪作响的壁炉旁坐下，打开瓶红葡萄酒，品酒听风声看熊熊烈火。

这是我一天最放松的时候。

酒文化因种族而异，一个中国隐士和一个法国贵族对酒的看法会完全不同。当酒溶入血液，阳光、土壤、果实统统转换成文化密码。比如，汉语中描述白酒的词，如“醇厚”“绵”，根本甭想找到对应的英文。反之亦然。我跟两个美国酒鬼到加州的葡萄酒产酒区那帕品酒，他们透过阳光虔诚举杯，抿一口，摇唇鼓舌，吐掉，跟着吐出一大堆英文术语。我估摸这多半来自法文，在转换过程中被清教徒粗野的饮食习惯简化了。可译可不译，恐怕跟理性非理性有关。一般来说非理性的部分不可译，比如酒，比如幽默。

有人把古文明分成两大类型：“酒神型”和“日神型”。汉文化本来算“酒神型”的。夏商就是醉生梦死的朝代——“酒池肉林”。君王喝，老百姓也跟着喝，喝死算。据说那时候灯油昂贵，黑灯瞎火，不喝酒干吗去？后来必然败给了一个比较清醒的国家——周。周公提出“制礼作乐”。一戒酒，中国人的文化基因跟着变了。

我酒量不大，但贪杯，说起来这和早年的饥饿有关。三年困难时期，我常去我家附近的酒铺买凉菜。食品短缺，酒铺改了规矩：卖一盘凉菜必须得搭杯啤酒。那年我十岁。至今还记得那个位于北京平安里丁字路口的小酒铺，门窗涂成浅蓝色，脏兮兮的，店里只有两张小桌、几把方凳，玻璃柜又高又大，摆着几盘凉菜。我把一卷揉皱的纸币递上去，接过凉菜，倒进铝饭盒，再小心翼翼端着酒杯，站在门口看过往车辆。啤酒凉飕飕的，有一股霉味。回家路上我两腿发软，怎么也走不成直线。当时并没体会到酒的好处，以为那是免于饥饿的必要代价。

头一次喝醉是在“文化大革命”初。我和同学们到北京周口店附近爬山，在山坳背风处露宿。那是四月夜，冷，“罗衾不耐五更寒”。睡不着，大家围坐在月亮下，瑟瑟发抖。有人拿出两瓶劣等葡萄酒，转圈传递。我空腹喝得又猛，很快就醉了，那一醉终生难忘。山野间，暮色激荡，星星迸裂，我飘飘欲仙，豪情万丈。我猜想，所谓革命者的激情正基于这种沉醉，欲摆脱尘世的猥琐生命的局限，为一个伟大的目标而献身。

如果说沉醉是上天堂的话，烂醉就是下地狱。我烂醉的次数不多，原因是还没等到烂醉，我先睡着了。这恐怕是一种本能的自我保护。我有自知之明，喝酒前，先勘测地形，只要有床或沙发我就放心了。

一九八六年春我和邵飞去内蒙古，朋友带我们到草原上做客。那里民风纯朴，唯一的待客方式就是饮酒唱歌。轮流唱歌喝酒，唱了喝，喝了唱，直到躺下为止。蒙古包比较方便，往后一仰，就睡进大地的怀抱。醒了也赖在那儿装死，免得又被灌倒。蒙古人实在，不会像美国警察测试酒精度，倒了就算了。我发现他们唱歌方式特别，酒精随高频率振荡的声带挥发而去，不易醉。如法炮制，我们大唱革命歌曲，驴叫似的，竟把陪酒的生产队长给灌倒了。这在当地可算得奇耻大辱。第二天中午我们刚要出发，队长带来七八个壮小伙子，估摸是全队选拔来的。他们扛着好几箱白酒啤酒，连推带搡，把我们拥进一家小饭馆。我的几个朋友虽是汉人，但土生土长，这阵势见多了。杯盘狼藉方显英雄本色，双方磕平。队长只好作罢，挥挥手，带众人磕磕绊绊为我们送行。而我早就钻进吉普车，呈水平方向。

二

车过东胜市。市长没闹清我何许人，设宴招待。那小镇地处边疆，竟有燕窝鲍鱼之美味，吃了好几天手扒羊肉，不禁暗喜。谁知道按当地风俗，市长大人先斟满三杯白酒，用托盘托到我跟前，逼我一饮而尽。我审时度势，自知“量小非君子”，人家“无毒不丈夫”，这酒非喝不可，否则人家不管饭。作陪的朋友和当地干部眼巴巴盯着我。我心一横，扫了一眼旁边的沙发，连干了三杯，顿时天旋地转，连筷子都没动就一头栽进沙发。醒来，好歹赶上喝了口汤。

中国人讲“敬酒不吃吃罚酒”，古已有之。“敬酒”是一种礼数，一种仪式，点到为止。“罚酒”是照死了灌，让你在大庭广众之下丢人现眼。“敬酒”在京剧中还能看得到：“酒宴摆下”——其实什么都没有。如今只剩下“罚酒”了，这古老的惩戒刑罚如此普及，大到官商，小到平头百姓，无一例外。说来那是门斗争艺术，真假虚实，攻防兼备，乐也在其中了。好在猜拳行令也弘扬了中国文化。我女儿刚学说话时，就从她姥爷那儿学会了行酒令：“螃蟹一，爪八个，两头尖尖，这么大个儿。”多么朴素的真理，这真理显然是被酒鬼们重新发现的。

一九八三年春，我参加遵义笔会，跟着众人去“董酒”厂参观。午餐很丰盛，每桌都有个姑娘陪酒。作家们起了歹心，纷纷跟那陪酒女干杯。起初她们半推半就，继而转守为攻，挨着个儿干，先一杯对一杯，后三杯对一杯，最后那些想占便宜的男人纷纷求饶，出尽洋相。一打听，这都是酒厂专门挑出来的女工，特殊材料造就的，喝酒如喝水，从不会醉。酒厂设此圈套整治一下色迷迷的男人，也好。

漂流海外，酒成了我最忠实的朋友，它安慰你，向你许愿，告诉你没有过不了的关；它从不背叛你，最多让你头疼两天——开个玩笑而已。头几年住在北欧，天一黑心就空了，只有酒陪我打发那漫漫长夜。

在欧洲各有各的喝法。南欧人以葡萄酒为主，从不暴饮，纯粹是为了享受生活，让阳光更明亮爱情更美好。北欧人酷爱烈酒，是追求加速度，好快点儿从孤独中解脱出来。俄国人就更甭说了，冰天雪地中的绝望非得靠伏特加，被一棍子打闷才行。我当时找的就是这感觉：被一棍子打闷。

我一九九〇年在挪威待了三个月，从秋到冬，好像胶卷曝光过度，一下全黑了。好在挪威水力发电过剩，鼓励用电，白天黑夜全点着灯。我住学生城，和五个金发碧眼的挪威小伙子共用一个厨房。我刚放进冰箱的六瓶啤酒，转眼少了四瓶半。挪威的酒类由国家管制。啤酒分三级，一级几乎不含酒精，二级的酒精也少得可怜，只有这两级啤酒可以在超级市场买到，三级啤酒和其他酒类全部由国家控制的酒店专卖。啤酒贵不说，一到晚上七点，哐当当，所有超级市场都用大铁笼子把啤酒罩起来，再上锁，就连经理也别想顺出一瓶。每逢周末，酒鬼们趁早买好酒，先在家把自己灌个半醉，再上街进酒吧，否则要想喝醉，非得破产不可。在挪威造私酒的特别多，在酒精专制下，那些游击战士倒也没什么远大抱负——“但愿长醉不愿醒”。

我看过一部有关动物世界的电影。一群猩猩吃了从树上掉下来的烂果子，步履蹒跚，东倒西晃，最后全都躺倒在地，呼呼大睡。要说这就是我们文明的起源，基于一种因发酵而引起的化学反应，直到今天，仍在影响着我们观察和梦想的方式。

三

我的老朋友力川住巴黎。所谓“老”，其实倒不在于相识的年头，更重要的是共饮的次数，每回来巴黎，都少不了到力川家喝酒。力川东北汉子，本是喝白干的，结果学法国文学学坏了，爱上了昂贵的红酒。他对酒具的重视显然是受法国文化中形式主义的影响。酒杯不仅认真洗过，还要用餐巾纸逐一擦干，不留一丁点儿水痕。红葡萄酒要提前半个小时开瓶，让它透气。他太太是杭州人，做得一手好菜。好友三五，对酒当歌，此乃人生之乐事也。喝法国红酒也有一种仪式：斟上，看颜色，晃动杯子，让酒旋转呼吸，闻闻，抿一口，任其在牙缝中奔突，最后落肚。好酒？好酒！酒过三巡，牛饮神聊，海阔天空。

我今天喝得猛，先飘飘然，转而头重脖子硬，眼前雾蒙蒙，再细看力川变成两个，想必是喝多了。力川的声音忽远忽近：“古人说，酒不醉人人自醉……”我连连点头。人总是需要这么一种状态，从现实从人生的压力下解放出来。酒醉只忽悠一阵。坐直了，别趴下，跟着众人傻笑。不久力川又变成一个。

我从北欧不断往南搬，像只候鸟，先荷兰、法国，然后越过大西洋奔美国，从中西部又搬到阳光明媚的加州，我逐渐摆脱了烈酒，爱上红酒。细想，这绝对和阳光有关。有阳光的地方，人变得温和，和红酒的性格一致。

我喝红酒的启蒙老师是克莱顿（Clayton），美国诗人、东密歇根大学英语系创作课的教授。他喜欢烹饪，最拿手的是法国和意大利菜。我住在安纳堡（Ann Arbor）时是他家的座上客。佳肴当然得佐以美酒。他边喝边告诉我一些产地年份之类的基本知识，至于品味则不可言传，非得靠自学。喝得天昏地暗时，我会产生错觉，他家那长长的餐桌是流水线，克莱顿一瓶一瓶开下去，空瓶子在桌的尽头消失。墙上的那些墨西哥面具全都活了，狞厉而贪婪地盯着我们……

他家地下室虽有酒窖，但喝得太快，数目总也上不去，有时只剩下百十来瓶。于是他开车到处去买酒，把我也叫上。我们常去的是另一个小城的酒店“皇家橡木”（Royal Oak），得开一个多钟头。老板摩洛哥人，小个儿，眼睛贼亮。我们一般中午到，他备上小吃，再开上几瓶红酒，连吃带喝。他进的多是一些名不见经传的法国酒。买酒的确是一种发现，有的价格不贵，但很棒。克莱顿兴致所至，不顾他太太卡柔的反对，一口气买下四五箱。我也跟着凑热闹买一箱，本打算存放在克莱顿的酒窖里，想想不大放心，还是扛回自己的小窝。

一九九六年五月我到台北开会。有天晚上，《杀夫》的作者李昂领我到一家酒店。店面不大，顾客多是律师、医生、名画家，三五成群，围坐在空木箱上，开怀畅饮。空酒瓶排成队，一看都是极昂贵的法国名酒。在台湾喝红酒成了新时尚，好歹比餐桌上灌XO强多了。饮酒居然也和强势文化有关，明码标价，趋之若鹜。其实法国红酒根本配不上中国菜，特别是川湘菜，味重，舌头一木，好酒坏酒没区别。

我忽悠一下打了个盹儿，赶紧正襟危坐，装没事人儿一样。时间不早了，由力川夫妇督阵，让一个半醉的朋友开车送我回家。巴黎街头冷清清的，偶尔有酒徒叫喊。我到家，磕磕绊绊上楼，掏出钥匙，却怎么也插不进锁里。我单眼吊线，双手合作，折腾了半天，才发现拿反了钥匙。咔嗒一声，门开了。

（选自《失败之书》，汕头大学出版社二〇〇四年版）

酒与补品的故事

柯翠芬

我小学四年级那年，母亲在连续生了我们五个女儿之后，终于如愿以偿地生下了弟弟。全家都高兴极了。尤其是父亲，简直不知要如何和人分享他的喜悦才好。于是，除了亲朋好友之外，家里的每一个学生都分到了两个红蛋。

那个时候，父亲经营的英数补习班正在全盛时期，学生总数超过一千。两千多个红蛋准备起来可不是件容易的事。外婆，以及住在家里帮佣的阿婆姊，为此足足忙了好几天。厨房里那两个和我腰部等高的竹篓子里，堆满了淡灰带蓝的鸭蛋。也不记得究竟经过什么样的过程了，只晓得它们仿佛在不知不觉间就都变成了红蛋似的。粉红的红着，很喜气的样子。

台湾民间风俗，妇人坐月子的时候，是要吃麻油酒鸡的。在当时的社会之中，男孩女孩的分量毕竟不可同日而语；听说妈妈生了弟弟，亲戚朋友、学生家长捉了活鸡来送给我们的，真是多得数不清了——平均每一两天就有一只，最高纪录好像是一天四只。那一段时间里，家里的阳台上头，总是养着两三只公鸡。一只只生猛活泼，鲜冠怒羽，在阳台上神气活现地走来走去，害得我们这些小孩连阳台都不敢接近。只怕万一惹着了它们，后果不堪设想。本来眼不见为净，也就罢了；偏偏每天早上，它们还很尽责地报晓呢。喔喔喔喔的，说多吵就有多吵。天，那时我真恨死了鸡。

虽然说来可怜，这些神气漂亮的鸡，到了我家以后，其实都已经活不了好久了，原也用不到我来恨它们。可是母亲自己是吃不了这许多鸡的，所以就叫我们帮着吃。偏偏我们家的人又不爱吃肉。虽说食指浩繁，母亲在餐桌上又采取了军事教育的硬性配给制，却仍然三两天也吃不了一只鸡。可是不努力又不成，否则家里要鸡满为患了。饮食这种东西，本来就应该要有点变化才好。同样的东西，天天吃，顿顿吃，再怎么样的山珍海味也免不了要吃腻呀，更何况每一只都给煮成了麻油酒鸡，足足吃了两个月！

大概就是为了这个缘故，我对补品一直没有什么好感。

不幸的是，我们好像没有什么拒绝补品的权利。爸妈都在战乱的年岁中长大，经历过极度困乏饥馑的日子；等到经济宽裕起来，自然便对我们的饮食和调养多方留意了。而且家中七个小孩里，颇有几个是从小体弱多病的。我的毛病还算小，只不过是有些贫血，三天两头的头痛感冒，常常要上保健室去报到；但二姊和弟弟的情况却来得严重许多。如果早生十几二十年，他们俩早就注定夭折，连救都没得救了。弟弟的情况尤其吓人，净患一些骇得死人的病：日本脑炎啦，急性肺炎啦，肾脏炎啦，膀胱炎啦，气喘病啦……一直到升上初二以前，他几乎没有一年是平安度过的。花在他身上的医药费，真是数也数不清了。他有时会自嘲说："有什么办法？谁叫我是'贵子'呢！"

在这种情况之下，为了调养我们的身体，自然教妈妈费尽了心思。可是当时的我们年纪还小，对妈妈的用心是全然不懂的。每到吃饭时间，只要母亲宣布"今天有人参鸡"，或是"今天有炖鳗"，餐桌上立时响起一片唉叹之声。母亲怒道："有这种好东西吃，你们还有得嫌啊！真是不懂什么叫饿！想当年……"一面说，一面很公平地替每个人都盛上满满一碗。大家知道抗议无用，尽管肚子里嘀咕不休，脸上怪相百出，到底都还是乖乖地把分配到的东西给一一解决。这么些年来，人参当归四神枸杞，也不知吃下多少斤在肚子里了。

其实这些补品都是十分美味的。只不过孩童的口味实在简单。而人参枸杞正如苦瓜橄榄，需要一点段数才懂得咀嚼。但是孩提时候如何晓得这些？对那些补品已经够讨厌的了，更何况不管妈妈炖的是鸡是鸭，每一盅里总要放上一大堆酒！

唉，酒。父亲对酒倒还挺喜欢的。夏天夜里冰得透凉的啤酒，外加一两碟小菜，是他最喜欢的消夜。但那也是我最最不能了解的事情。这么难喝的东西，怎么有人会想到要喝它呢？当然啦，甜甜的果子酒，混了果汁汽水的鸡尾酒倒还挺讨人喜欢的。可是用来炖鸡炖鸭的，偏又不是这一种。有时妈妈下手重了，蒸得一屋子都是酒气；莫说是喝，光闻闻味道都已教人醺然薄醉起来。弟弟的情况最惨：炒菜时放了一茶匙酒下去，就可以吃得他满脸发烧。因此每补必醉，向来是吃完鸡汤就上床去睡的。总算他个性和顺，来什么吃什么，从不啰唆，多少年一直相安无事。

老五的情况就不同了。她的酒量若和弟弟相比，那是五十步笑百步，再好也好得有限。只是她性子倔强得多。有一回，妈妈灌了她一碗烧酒鸡；丫头醉意醺然地坐在沙发上，人家说什么她全听不见。她自己着慌起来，嚷着说她聋掉了。爸妈忙叫她吃枇杷，说是可以解酒。说也奇怪，几颗枇杷下了肚，她的耳朵就没事了。老爸睨着眼看她，若有所思曰："敢情这是某种骗枇杷吃的伎俩？咱们上这个丫头的当了！"不管那是不是我家老五骗枇杷吃的伎俩，这个丫头从此对沾了酒的补品视若雠仇，誓死抵制。可是母亲大人也不是好应付的。软劝硬逼，连哄带骗，总要把那些补品弄进她肚子里才肯甘休。搞到最后，只要补品一上桌，我们就等着看家庭剧场。

比较起来，我这个吃点活醉虾、烧酒鸡还能不面红耳赤的人，也就算得上是个有酒量的了。长大以后进了中文系，虽然还是觉得这个东西甚是难喝，但是吟风咏月之余，不免在它身上装饰了无数浪漫的联想。每遇有喝酒的场合，总忍不得要练习一下酒到杯干的豪气。可是结果总是惨不忍言。一直到很久以后，年少时那种自以为是的豪气，才终于随着因事实而来的了悟烟消云散。毕竟豪气不豪气、清逸不清逸，都只关乎性情，与酒无干。性情是用来浸润自身的，不是用以外铄的；然则借用外物来彰显某种自以为是的特质，也就很可以不必了。话虽如此，我当年在旧货市场上买来的陶质酒瓶，依然安安稳稳地高踞在我书架上头，标志着我年少时对浪漫情致的执着。即使我后来已知道自己其实不能喝酒，还是忍不住去买了一只同质的酒杯来配它。这只酒杯倒也不是摆着好玩的。买它，其实有一大半是为了妈妈替我准备的那些酒。

母亲一直相信，少量的酒对身体是有好处的。她因此有事没事便酿些葡萄酒搁着，嘱咐我们睡前喝上一些。只是家里头七个孩子，结婚的结婚，出国的出国，早已经各自星散；只有我，因为一直留在中部念书，待在家里的时间比任何人都长，受妈妈疼爱的机会比任何人都多，这些酒嘛，结果都只进了我一个人的肚子。

妈妈让我喝的酒大致有两种。早先那一种是不加糖的。酿好之后，又在里头浸泡龙眼干。因为酒精的纯度高，又没有甜味，这种酒我顶不爱喝。唯一的解决之道是：每天吃早餐的时候，放一两匙酒在咖啡里，再调上奶精和糖，拿它当鸡尾酒来应付。不知道是本人的确有点发明的天分，还是味蕾有问题，总之是觉得这种加料咖啡喝起来还蛮香的，所以我每天都乖乖地喝。有时吃消夜点心，也照样喝它一杯。妈妈见得瓶子里的酒日渐减少，大为欣慰。每回见到我在厨房里拿着汤匙量酒泡咖啡，眼角便露出温柔的笑意来。

在那几年之间，我研究所毕了业，到了台南去待了一年，而后出了国，又回了国……那种不加糖的葡萄酒，也不知怎的就没了。不知道是不是父亲喝光了呢？妈妈好像也没再去酿它。上次回国，她改让我喝一种甜葡萄酒。我把那酒装在自己的陶质酒瓶里，放在书架上。每天晚上在灯下读书的时候，就小小地喝它一杯。我那只小酒杯，就是那时候买来的。杯质温润，酒如琥珀，在柔黄的灯光下浅啜轻尝，便觉得心底极其温暖。

虽然，说老实话，也不知是酿造或贮藏的过程中出了什么问题，这酒尝来其实已经没有什么酒味了。兼以甜得像蜜，我差不多是拿它当糖果吃的。究竟补不补身体，只有天晓得。但要是我乖乖地喝，妈妈总是安心得多吧。我们这些小孩的身体状况，也真是教她操心了大半辈子。

最近几年，家里的小孩一个接一个地移居到美国来，远离父母膝下。妈妈在鞭长莫及之余，对我们的身体免不得要操上更多的心思，有事没事便大包小包地寄中药补品来，殷殷叮咛：“一包药炖一只小鸡，一碗酒对一碗水……”可是一伙人忙功课忙得天昏地暗，连煮饭的时间都快没了，哪里还有精力去炖鸡汤？除非是妈妈到美国来看我们，否则真是一年也吃不到一回。那些中药在柜子里堆得久了，每每惹来小虫小蚁在里头做窝。大家后来学得乖了，晓得把药贮放在冰箱里头；可是那些被无辜扔去的药包，怕已经不少了吧？

虽然，年纪大了些后，我们慢慢开始能品味出补品的美味，对它不再有童年时的那种排斥了。前年夏天，我到美国之后，幺妹有时居然会向我撒娇："三姊，我好久没吃炖鸡了！"至于那个与补品有着深仇大恨的老五，因为血气不旺，一到冬天就冰手冰脚，冻得直叫，渐渐也就与之和解，不再跟掌厨的人闹别扭。只有弟弟自恃是个大男人了，一看到鸡汤就鬼叫："喂喂，那是你们女生吃的呀！"不过只要把妈妈给抬出来，小子立刻变得很安分。毕竟一群人身在异地，相濡以沫，原是没有权利不去好好照顾自己的。

今年冬天，我们炖鸡汤的次数比以前多得多了，家里的酒也耗得比以前快得多了。每次写信回家，提及这些琐事，都仿佛可以看见母亲温柔微笑的眼神。为此之故，几个礼拜以前，我开始盘算着：每个星期要给他们炖一次鸡了。自己想想亦觉得好笑。怎么一个人自幼至长，对同一类食物的好恶，竟会产生这样翻天覆地的变化呢？只是啊，或许一直到了现在，我才能约略体会出母亲的心情。

（选自《文学的餐桌》，广西师范大学出版社二〇〇四年版）

酒和酒的往事

陈若曦

我生长在烟酒不沾的家庭里，成年到头不见酒影。只在炎炎夏日时，父亲做了一日苦工回来，母亲怕他中暑，相信啤酒有解暑祛瘀的功效，才买来给他当药喝。五十年代很少人家有冰箱。我家贫又买不起整瓶的冰啤酒，母亲就把啤酒瓶放在水缸里浸泡，一瓶分三天喝完。

父亲喝酒是件大事，我常在旁边仰望着。

父亲干的是架梁盖屋的木匠工作，脸上被太阳晒得黑里透红，还晒出了一粒粒的黑斑。因为长年累月要眯起左眼看绳尺，那左眼就永远处在半睁半闭的状态中，而且明显地下斜，像无形中拖着个秤锤。他常把一口啤酒含在嘴里老半天，这才眨巴着斜眼咽下去，那样子活像吞服中药汁。

这个印象太深刻了，以致我每次看到啤酒，总以为它是工人喝的，而且是苦的。

可能是缺乏对酒的接触，家兄踏入社会工作时，第一次碰到酒就被灌得烂醉如泥。看到他人事不省的样子，父亲气得咬牙切齿，大有“万恶酒为首”的神气。

“女孩子尤其不能喝酒！”

他借机狠狠地教训了我一句。

也许他不教训我，效果还好些。我是家庭里五个孩子中唯一的“叛徒”，常常违逆他的意愿。譬如他要我读历史，我偏偏读了外文；他要我留在台湾，我不但出了国，而且走得远远的，把自己关进所谓的“铁幕”。

对于酒亦然。他越是禁忌，我对它越是憧憬和向往。小时读李白《将进酒》:

古来圣贤皆寂寞，唯有饮者留其名。

我甚至担心，不会喝酒，这辈子不但留名无望，怕还要抑郁以终。

这清教徒式的生活好不容易挨到大三才结束。我和同学办起了《现代文学》杂志。因为拉稿的关系，有幸邂逅了蓝星诗社的一群诗人。他们个个能饮，活着似乎只为了三样东西：烟酒，诗与爱情。诗要天才，爱情是可遇不可求的（彼时，有些诗人真是爱得错综复杂，关系是“剪不断理还乱”；局外人如我者，只有瞠目结舌的份儿，遑论其他）。唯一可望学到手的，只剩烟酒一项。

于是我拜痖弦、楚戈和郑愁予等为师，向烟酒进军。

第一次喝酒是去拜望覃子豪的事。据说他藏有美酒，但等闲不肯拿出来。

好像是楚戈，他最精灵，用了激将法：

“人家陈若曦专程来看望你，好意思不招待一口好酒哇？”

大家跟着七嘴八舌。覃子豪寡不敌众，终于弯腰在床底下摸索了半天，到底摸出一瓶金门高粱来。

二十年前的金门高粱，比之今日，更加稀奇名贵。覃子豪连酒杯也稀少，只有两三只，倒了酒大家轮流喝。

主人赐佳酿，还先让我品尝，受宠若惊之余，我接过杯子便赶紧喝一口，然后传给别人。

谁知道一口就叫我作声不得。这酒像酒精点了火般，直向我喉头烧过来。一时舌尖发麻，七窍冒烟似的，不好意思吐出来，但又怎么咽得下去呢？

偷眼看旁人，只见个个喝得津津有味，还直嚷着：“好酒！”

“怎么样？这金门高粱不错吧？”

主人问我。

开口不得，我无言地点点头。忽然，我把心一横，微蹙起眉，硬吞下这口酒，默默忍受它一路烧到胃底的煎熬滋味。

那个年代，我是《现代文学》唯一和这些大部分来自军中的诗人有交往的一位。怕丢自己杂志社的脸，硬是不敢示弱。

痖弦谈起那段日子时，总说我那时有一股野气，像男孩子，不甘雌伏。其实，除了天生桀骜不驯外，维护杂志社尊严也有关系。

倒是这一口酒使我有了自知之明，很长一段日子都小心谨慎地避开着它。

至于抽烟，那更狼狈。

有一回，我随诗人们去林口玩。白日在镇上逛累了，晚上到赵君安排的一所空房子里过夜。那房间很大，但空荡荡的，只地上铺了几张草席。大家便席地而坐，点燃了烟，拔开了酒瓶盖子，海阔天空地谈了开来。

“抽不抽烟？”

罗马问我。

我说不会，但跃跃欲试。

“容易得很！”

罗马那时正浴在爱河里，当然觉得天下没有不可征服的事物。

我接过点燃的烟，慢慢吸了一口，居然很顺利。等到我吞进去，事情便急转直下了。首先被烟呛得鼻涕眼泪都滚出来，接着脸颊发烫，还咳得心口作疼，真是出尽了洋相。

到午夜时分，男女老幼继续吞云吐雾，酒喝得正到气氛，个个精神旺盛，正是谈锋最健时刻。我那时没有熬夜的习惯，已经哈欠连天，身子摇摇欲坠，于是到处打听：

“床呢？床在哪儿？”

烟雾缭绕中，诗人们正在穷究生命的虚实，一下子难以听懂这人间俗物的意义。有的眨巴着迷离的眼，不解地瞪着我，像在审视来自另一个星球的怪物。

还是赵君解了围。他去后面一个小房屋腾挪了半天，清出一张小竹床来。罗英也来加入，于是我们俩人和衣躺倒，共挤一张小竹床。

诗人们继续追究生命和宇宙的奥妙无穷，我自己却呼呼大睡去了。

那林口之会后，我痛苦地发现，自己与诗无缘。显然浑身上下没有一粒诗的细胞，就是把骨肉拆开再重新组合，也无济于事。正因为如此，我对特殊材料做成的诗人便永远崇拜着，对那诗酒爱情的生活哲学永远有一份偏袒。听过郑愁予酒后大抖恋爱史的人，读他的作品《错误》，体会便与众不同。诗人难做，我看诗也不易了解。

一九六二年，我到美国念书，仍然是不会喝酒。这时，喝酒的场合偏偏增多。未能免俗时，我就喝一两口葡萄酒。情况同样糟，一滴酒下肚，便像煮熟的虾子，满脸通红。我对饮酒留名的事，完全绝了希望。

一九六六年去内地，正赶上“文革”大乱时期，先就在北京做了两年多的无业游民。住的华侨大厦在王府井北端，与沙滩斜眼相望，确是交通要道。那时华侨吓得不敢回来，红卫兵那义和团式的排外情绪也使洋人裹足，于是华侨大厦成了国民大厦，经常住满了各省各市来此开会或串联告状的干部和造反派。这一阵子倒接触了许多大江南北，东北和西南，包括塞外的同胞们。

说也奇怪，这两年里我竟无师自通，见了酒就喝起来。也非出于彷徨和颓废，所谓“今朝有酒今朝醉”的心理，而是见怪不怪，一种茅塞顿开，不过如此的淡然心态。喝就喝吧，人家死都不算什么，你喝口酒又算啥？

北京的小酒铺，去的人很多，顾客各行各业，且男女老幼都有，最多的当然是工人。我对工人一向好感，也许跟祖父兄三代都是工人有关系（这大概是所谓的“阶级”和“阶级分析”的教条唯一在我身上的应验）。那时候，挤在工厂下班或上京告状的工人和农民间，买一杯啤酒或打二两葡萄酒，买两毛钱一碟的猪头肉或香肠粉肠之类的下酒，很快就混过一个下午。

起先，我只浅尝啤酒和葡萄酒，后来就转入竹叶青和汾酒。后两种不是一般酒铺都有的，于是，为了喝某种酒，有时还得专程上某个馆子叫点菜才行。后来，利用人际关系，也弄来了莲花白和金奖白兰地之类的酒。当然，渴望最殷的是茅台，可就是七年如一日，不见芳踪。我直到快离开内地了，才在人民大会堂吃了一顿大餐，尝到了茅台。那年邓小平第一次复出，当时还即席作了有关华侨政策的演说。当时会堂人多，可惜只闻其声，不见人影。

华侨大厦的菜太单调，如同每日困居旅馆的生活一样，缺少变化。那时候思想很“前进”，硬是把供应我们的甲种饭票换成丙种。丙种伙食也很丰富，每天可以见到猪肉或猪肝或猪心，但整年见不到鸡（我生孩子时，厨房师傅破例为我炖了一只老母鸡，那完全是自发自动的，思之仍然由衷感激）。因我小时家贫，一年只有大拜拜和过年才有鸡吃，因此对鸡一向垂涎三尺。这毛病到美国念书，由于那里鸡价最贱，一年吃下来便望鸡生畏，总算彻底治疗好了。不料到了内地，慢慢地又复发了。

喜爱美食是人类的同好。我有个女友住在郊区，经常进城来找我玩。王府井的“稻香村”卤菜最有名。我们有时去买只烧鸡，一瓶西凤酒，然后遮遮掩掩地拎回旅馆，关了房门，和世尧三人打牙祭。所以要偷偷摸摸，就是怕服务员——那时可都是雄赳赳气昂昂的革命造反派——发现。怕他们骂我们饱食终日犹不知足，竟还这么小资产阶级作风，万一来张大字报，那该多难堪！

我女友的丈夫当时也是造反派，今日回想，颇有“四人帮”味道。所以，像这样的打牙祭聚会，也不是常常有得享受。偶尔和其他朋友聚饮一次，心情是甜酸苦辣，诚一言难尽。

有一回，我上街排队，买到了一大包鸭翅膀，又打了一瓶玫瑰葡萄酒。晚上便约了几个朋友来喝酒聊天。那是七月的夜晚，窗户敞开，屋里仍是热乎乎的。大家一面喝酒啃翅膀，一面手中的蒲扇挥个不停。

正吃到一半，窗外忽然喊声震天。赶到窗口下望，街上几时已人山人海，几十万人的游行队伍正潮水般淹过。

“绞死陈再道！”

“砸烂百万雄师！”

那紧迫和愤慨的呼叫显示着事件的不平常。

“喂！发生了什么事呀？”

我探头去问一个很熟的服务员。

“不好！”他悄声回答：“武汉发生了兵变！”

兵变？多么难以想象的事啊！屋里人面面相觑，不知如何是好。

谁都说自己是造反派和左派，而军队奉命要支持左派。硬说你支持错了，怎么说得清呢？那年头根本就是非混淆，令人不知所从。狗急跳墙，人急自然反叛。

明天会演变到什么地步呢？似乎没有人知道——包括毛泽东在内。

鸭翅膀在我嘴里顿时味同嚼蜡。

“想起以前的日子，不管是美国还是台湾地区，都有恍如隔世的感觉。”

有人悄悄这么说了一句。

“喂，这种话以后可不要再说啦！”

警告随之而来。于是，人人噤若寒蝉，静听窗外杀声震天，彻夜不休。

那两年，我喝最多的是玫瑰葡萄酒，艳红清香也很爽口。直到我住的五楼发生了一件案子，才改变了我对它的偏好。

一九六八年秋，“清理阶级队伍”的整肃运动开始。我们这一楼忽然住进一位年约三十岁的男子，长得五官端正，眉眼间透着一股俊秀又刚毅不屈的神气。一身蓝布中山装十分整洁，像个知识分子，也像个干部。

我们那时住走廊中央；这个人住西端，紧挨着走廊尽头大窗户旁边的房间。他整日埋在屋里，三顿饭都让服务员端进去吃。黄昏时刻才见他露脸，反背双手在房门口和大窗户之间的咫尺地带来回转步——大概就是在散步吧。

他偶尔也瞄我一眼，神色冷冷的，有这么一刹那的好奇眼光，但迅即消逝。不看人的时候，他的神色倒是复杂又特异，既愤怒，又无奈，而且不胜委屈。他这么转来转去，像是要打开一个发泄的缺口而不可得，怅望窗外，无语问苍天状。我记得他面色苍白，但唇如满弓，而且色泽红润如丹。

“这个人干吗呀？”

我向一个比较要好的服务员打听。

“外省来的。八成是个造反派头头，现在正逼他交代材料。”

可怜，原来挨了整，正被隔离审查中。我不禁暗中同情起来。

当时，给我们大厦做饭的一位厨子也正挨整中。他手艺很好，从前曾被派到北京通蒙古的国际列车上掌厨。现在，斗大的标语刷满了一墙，说他是“蒙古特务”。大厦不许他做饭，整天叫他交代问题，中间穿插着在后院子做粗活。我有时走近他，想打个招呼或微笑一下来表示我的同情（我压根就不相信他是特务），但他总是低垂了头，坚决地避开。

那时我怀疑他是高傲，不屑于我的同情，自己颇为难过。以后他没事了，这才搞清楚，完全是为了我好，生怕把我牵累进去。具有五千年文明的中国人，竟弄到彼此要遮掩虚伪否则无以自存，有比这个更大的悲哀吗？

眼前这个年轻人，虽然不知他被指控何罪，但离乡背井，被单独关在一个旅店中写悔过书之类的文字，怎么说情况也是很凄惨的。

对于他，我甚至连表示同情的机会都没有。

大概是他来后第五天吧，早上我下去吃早点，发现客人们正交头接耳地窃窃私议着。每个人囫囵吞下稀饭和馒头后，就趿着拖鞋往外跑。我问了厨房，原来是五楼有人跳楼自杀。我情知不妙，丢了碗，跑去一看，就是这位青年。

有好心人已经拿了一块破草席把他头和上身盖上了。一双拖鞋挨着下身，两只光脚丫子由蓝布裤管里撑出来，脚趾朝天叉开，好像龇牙咧嘴地向苍天做着最后的抗议。血从头部地位向四周流出来，已经被早霜冻住了，呈暗红色，浓烈而凝滞。

我凝视着那血沟，嘴里忽然起了浓腻而甜甜的感觉，恰像喝了葡萄酒。

那以后，我对任何红色甜酒都没有胃口。

（选自《文学的餐桌》，广西师范大学出版社二〇〇四年版）

酒人酒事

李硕儒

一

我不是酒中人，却也积下了不少酒情酒事酒韵，这其中有那么多的汪溢温润心动，也有那么多的号啕苦于无奈。

六十年代初叶，也就是那场举世闻名的“大革命”的前夜，我所供职的《人民日报》通知我说我将被调往内蒙古某旗（即内地的县），为表神圣严肃，通知再三声明，这是组织决定，绝无反复！这于时年二十六岁、事业爱情正处上升阶段的我不啻晴天霹雳、天塌地陷，懵懂中我似乎感觉正从云天向地底坠落，坠落……可“组织”是威严的，尽管我满腹话语，想申述想问个究竟，一旦决定下来也只好停止工作，打点行装，准备启行。就在上路的前两天，漫画家方成邀我去他家坐坐。没想到，当我如约去他家时，桌子上已经摆满酒菜，他笑迎我说：

“……老婆上班，孩子上学，中午都不回来。今天就咱们两个，好好喝喝……”

我不禁满身热流，涌到喉头的什么紧堵着，半晌说不出一个字。论年龄，他与家父同庚；论成就，他已是当年画界宿将。所以有这份情这份理解，是因为在不久前的“四清”工作队期间，我们曾一起组建了四清工作宣传队，当时他画我写同住一条炕，在两部自制自创的幻灯剧创作中，我们曾那样默契，相处得慨然陶然，今后他将继续在画坛驰骋，我则发配边塞不知所终……感于此叹于此，我这从没饮过白酒的黄发小儿也不禁在这位谦谦长者面前举起酒杯，说：

“……我知道您的心意，我喝……”

这以前也曾喝过酒，但从来都是啤酒，与同学与同伴。有时为了赌豪气显气魄，还曾每人抱一升或一瓶，相约不许缓冲只能一气喝干。可与方成，我们饮的是白兰地，尽管这洋白酒度数较低于中国白酒，乍饮之下，有缕缕醇香，可香味过后，就剩一个辣与呛。我有些不胜酒量，有些晕晕眩眩。

“别急，慢慢来，”方成笑望着我，“酒能助兴，酒能谈心，你就要走了，所以我才……”

“是啊，就要走了，拖着一些未完的事，带着一些未了的情……”说到这些我不禁眼眶发热心如火焚，随手又举起酒杯，奇怪，这口酒下肚就不再觉辣，而是一身熨帖。

“人生是一条河，一条长长的河。”他也呷了一口，“你这条河刚刚开始流，未来长得很。眼前可能低回蜿蜒，未来也可能遇到激流险滩，可再往后，说不定你要流成一条奔腾澎湃的大河……”

尽管毫无信心，我还是不能不为他的这番祝愿与希冀干杯。于是又喝，他又说了些更切实更慰藉的鼓励与安慰的话。

从他家出来已是下午四点多了，看着满街车流，看着一张张熟悉又陌生的面孔，即将赶往发配路的我还是感到人世间的一丝温馨与理解，是那酒的力，还是方成的一腔情？迷蒙中我辨不清也不想辨，只口中呐呐道：

“劝君更尽一杯酒，

西出阳关无故人。

…………”

二

那年的六月下旬，我背着行李提着箱子来到组织指定的内蒙古的一个边陲小镇陕坝。说它小，倒也有一段“古老”的历史。那就是抗日时期，傅作义将军曾带领所部退守此地，并曾以施放黄河水水淹日本兵，致使日军铁蹄从未踏入此处，至今在陕坝镇杭锦后旗旗委礼堂的匾额处还高悬着“塞上别墅”四个大字。即便如此，这小镇也未改当初的荒寂。可荒寂自有荒寂的好处，是时，从北京到全国各大中城市，“文革”的烽火已势若狂飙，所到之处，破“四旧”，批斗当权派、牛鬼蛇神、地富反坏右，已经是“摧枯拉朽”处处肃煞；唯这里，“四清”尚未结束，“文革”刚刚学步，其势也就温良得多。白天，学校里也有标语有口号声；入夜，仍是蛙鸣狗吠，一派僻远的田园状。

我被分配到这里仅有的一家文化单位——旗晋剧团做编剧。说是编剧，在那样的年代也着实无剧可编无剧敢编，只拣选了红极一时的《收租院》改编一下权且上演。转眼到了旧历七月十五，此时，陕坝的白天清爽宜人，入夜，竟有几分寒凉几分清瑟。不知为什么，我这从未沾过白酒的人那天却非常想饮酒。于是找了一只半斤装的空瓶，装满六十三度白酒，又买了一把刚上市的小水萝卜、半碗黄酱、两个糖油饼，只等月下独酌。何以只等月下？因为这里的夜着实独具情致。这小镇不在铁路线上，更无高压电线通过。为解决照明和小型工业用电，只好自建一个小小的火力发电站。也是出于自给自足勤俭办事的方针，子夜十二时整即停止发电，全镇皆黑。这时，只见星野寂寂，月悬高空，高处，幽冥闪烁；大地，苍苍寂寂，狗吠零落……

待到是夜此时，我的小屋灯光顿逝，皓月清辉渐渐爬满窗棂。看着它的清清与淡淡，不禁酒欲更起，于是边饮边嚼边体味，也便进入无人之境的一个世界。起初，只觉那酒的辣与呛，辣呛中勾起我二十多年的人生际遇、生存况味、旧人旧事、所爱所愧……回首往事，恍如昨日；看看今天，独坐边城……微醺中我不能不赞美这辣呛的酒的神力，它缩短了时空的距离，它开启了压抑困顿的闸门，它填充了孤独苦闷的空间，它提供了宣泄胸中块垒的天地，它找到了酒韵与情韵的共同旋律……再喝，就觉辣呛之后有了底蕴，因为它能使我对自己说出平时不敢说不便说或说也说不清的话，它也能使我想出平时不敢想不愿想或想也想不透的事。于是不再觉辣，只觉那酒是如此熨帖如此丰饶如此亲切，可不知为什么，待到瓶干底净时我哭了，满脸是泪。泉涌般地，过去读过的关于写酒的诗句纷纷攘攘涌来嘴边，我喃喃着，不知是背给酒听，还是背给自己：

"对酒当歌，人生几何。"

"有道难行不如醉，有口难言不如睡。"

"而今何事最相宜？宜醉、宜游、宜睡。"

…………

三

光阴荏苒，在内蒙古，已待了七个春秋。那时，我已调到巴盟（即内地的地区）盟委机关报《巴彦淖尔报》做记者，主管文艺版。"文革"还在继续，但已转向"抓革命，促生产"

的阶段。为了体现“促生产”，巴盟最大的牧业区乌拉特中后联合旗于一九七三年秋天举行了多年少有的“那达慕”大会。那达慕乃蒙古语，即庆丰收的意思。许是蒙古族的信仰和习惯，历来的那达慕都是远离城市与乌素（村落），而是选择一块最丰美的草原，一夜之间就搭起帐篷与蒙古包，组成几条商业街，组成一座商城，那达慕期间，有市场交易，有商业往还，但更多更显眼的，除了蒙古族崇尚的摔跤、赛马、骑射，就是“跳鬼”。“跳鬼”者，其实酷似化装舞会，锣鼓喧天中，往往各人化装成各种鬼怪动物，舞蹈狂欢，庆贺丰收，其状纷纭，其情陶然。“文革”期间，破除迷信，“跳鬼”自然没有，隐遁多年也孕育多年的商业活动、赛马骑射与摔跤却更其狂放，再加内蒙古各歌舞团、各种各样乌兰牧骑的演出，倒也气象斐然、隆盛繁华。

一天黄昏，我正边观览边采访，忽听见西面传来一阵阵若断若续若隐若现的长调，它们或悠远苍凉，或狂放热烈，随着那清爽劲烈的秋风，朝着那红如火圆如盖的落日，我寻声问迹寻找歌源。穿插错落间，闻那歌声起自一座洁白的蒙古包。我揭帘窥望，不意间蒙古族作曲家美丽其格的眼神正与我相撞，他立即起坐迎门：

“啊——老李，请进请进，我们正好对酒当歌。”

美丽其格是著名作曲家，五十年代，留学苏联柴科夫斯基音乐学院，归国后曾以一曲《蓝蓝的天上白云飘》享誉海内外。“文革”初期以反动学术权威、苏修特务等罪名被打入“牛棚”，“解放”后，我们曾分别以作曲家、词作家身份汇集呼和浩特共同从事过一段歌曲创作，其间也自然有几次把盏共饮。我知道他的海量，更知道蒙古族的“酒规”——客人到来必须劝酒，方显出主人的热情好客；客人一旦表现出稍有酒量，主人即要尽力敬劝。敬劝不饮即献歌劝酒，歌劝仍不饮，主人即边跪边歌，非把客人饮醉才肯善罢甘休，也才充分表达了主人的热情。有鉴于此，我不得不对他耳语：“我不会喝酒。”

“谁说？”他瞪起眼，“我们喝过。”

“我怕你们的规矩，”说到这儿我不得不使劲捏他的手，“就说我不会，求求你。”

他终于会意，拉着我的手坐于桌首：

“我来介绍，这是北京来的贵客——记者老李。”

话音未落，一位蒙古族姑娘即手托银碗，满满斟上一杯举到我的眼前。

“对不起，我不会喝酒，是来看你们饮酒唱歌的。”

“不会也要喝，不喝就是瞧不起我们。”姑娘执意不放酒杯。

“这，这……”我不得不向美丽其格求援。

感谢老美的宽容，他终于拔刀相助：“他的确不会。”之后又转向我：“不会也要接酒嘛，少喝些，少喝些。”

我从盘桓而坐到跪地接酒，终于以虔诚的姿态突出困境。

美丽其格一一介绍了在座诸位，与我并排而坐的是内蒙古自治区歌剧团的女导演，面西而坐的是草原上三位男歌手（其中一位已白发飘然），面东而坐的是草原上两位女歌手。他们每人面前摆着一只吃饭用的大白瓷碗，里面斟满了白酒；桌子上摆着热腾腾的奶茶，香味扑鼻的手扒羊，炸得焦黄的油饼、馓子，白晶晶的奶酪，炒得硬且脆的黄米……

我说不会喝酒，他们也就把我放在一边，继续起他们的采歌采风活动，只见他们摆着膀子，边饮边唱。你唱一支，我和一曲，悲凉处涕泪交流，欢快处或击节而歌或以舞助唱。奇怪的是，他们的歌屡唱不尽，他们的喉百唱不哑……看看蒙古包里已经点起蜡烛，我不得不悄悄退出包房。

第二天中午遇到美丽其格，见他仍是睡眼惺忪，面带赤红，我问：

“昨晚喝到几点？”

“凌晨四点。”

“喝了多少？”

“你猜。”

我想了想：“一碗就得一斤，三碗到家了吧？”

他哂笑说：“你不了解蒙古人，半天一夜，何止那么些！”

“到底多少？”我实在缺乏想象力。

“十一碗！”他用手比比说。

“那不把你烧死？！”

“你别忘了我们一边喝酒一边喝茶一边撒尿！”

“噢，原来你有这个绝招！”我正色问，“采了多少风？”

“少说也有二百多首民歌。”

“人家说舍不得孩子打不着狼，你是舍不得酒醉采不着风啊！”

他哈哈大笑，颇有“曲罢不知人在否，余音嘹亮尚飘空”之美。

那达慕大会闭幕时，我为了赶回报社发稿，临时抓了一辆军用吉普乘着夜色疾驰。不知动了哪根筋，巴盟歌舞团团长乌力吉也要搭车而行。他本来喝了太多的酒，却偏要坐在前面与司机并排处。

草原上本没正式的路，朦胧夜色中那路更是无所谓有也无所谓无。军用吉普像撒缰的野马，沟沟坎坎、山包野谷，它一路飞驰如入无人之境。那乌力吉也着实了得，颠簸之中他竟鼾声大作，睡意沉沉，不料，一个大的颠动，他头碰扶手，血流如注，我和司机都慌了。在这前无村后无店的茫茫草原上，何处去包扎伤口？可伤口不包扎，万一有个闪失，后果也就难于设想。还是司机路熟，他看看方位，知道不远处有个公社卫生院，于是径直朝那方向开去。到了那里，一番猛烈的砸门喊人，唯一一位医生才被从床上喊起。他看看伤口，说是裂开的口子很大很深，必须消毒、刮皮、缝合，可眼下没有麻醉剂，病人如何忍受？

“有酒吗？”躺在病床上的乌力吉朗声问。

“草原上的人哪能没酒！”医生不解其意地说。

“这就行，”乌力吉现出一派兴奋，“拿两瓶来。”

医生遵命而行。

乌力吉咬开瓶盖，“咕嘟咕嘟”一饮而尽，之后稳稳躺在床上：“开始吧，随便你刮皮随便你缝合。”

“受得了？”医生有点迟疑。

“你要不放心，就把那瓶酒也放在我手边。”

“好的。”医生遵意，麻利地依序而行。待四十分钟后，已经缝合完好包扎而毕。

“疼吗？”我问。

“当然有一点，不过迷迷糊糊，一忍也就过去了。”那口气，好像疼在别人身上。

“我看你还是住两天，好些再走。”

“为什么？”

“万一路上再疼，或者有什么危险……”我忧心忡忡。

“怕什么？”他提起那未开启瓶盖的酒，“有了它，我什么都不怕。”

我们只好重新上路。不过这次，我无论如何也把他拉到了后座上。奇怪的是，到盟府所在地巴彦高勒镇他也没说一声疼，是酒的魔力？还是乌力吉的毅力？至今不得而知。或者真如诗仙李白的诗句：

“三杯通大道，一斗合自然。”

四

七十年代末，随着国运国风的变化，我终于回到阔别十三年的北京。似乎是否极泰来，几天之间我的命运就起了个翻天覆地的变化：重返文学界，分得一套三室的公寓楼，一直住在北京爷爷奶奶家的一儿一女也搬到楼上，与妻和我共享天伦，时年三十九岁的我似乎可以从此安然笔耕养儿育女合家安乐了。不想，时隔一年多，妻即携儿女去美国探亲而且一去不归。他们原本是要我同往的。奈我一因正做文学梦，二想离家多年没聊尽孝敬父母之心，故而未与同行。悠悠两年之后，妻说为培育儿女不再思归，要我尽快赴美。为人夫为人父的我也就顾不得其他，只能遵意而行。也是为了减少磨折，妻经其在非洲经商的八叔允诺，叫我取道非洲赴美。

在非洲的八叔经营进出口贸易，于西非一带也算声名显赫、资财颇丰。为了居家方便，也为商务应酬，在号称西非的日内瓦—洛美公司所在地还开了一家名“中华楼”的饭店。按照妻的安排，于一九八三年末，我经香港地区、欧洲远赴洛美。未料，因赴美签证的艰难，竟一下困在非洲，做了一年多的海外寓公，真真实实的有家归不得的海外游子。也是平生第一次，我成了时间的富翁、苦闷的伴侣、无聊无奈的兄弟。

一日黄昏，我正同八叔在饭店前厅同坐，一对白人男女亲亲密密地挽臂而入。八叔立即趋前迎接：

“噢，安东尼！”

他们热情握手。在安东尼介绍了那法国女郎后，八叔也把我介绍给他们。

安东尼的精神分外矍铄欢悦，无论如何也要拉八叔和我与他们一起入座，说今天是他远在威尼斯的老母七十五华诞，为祝贺老母生日，他请客。为不扫他的兴，我们只能尊便。刚刚坐完，他却用法语告诉我们，这位法国女郎是他太太。八叔听罢做了一个夸张的惊讶状，之后转用英语调笑说：

“请问，这是你的第几任太太？”

我为八叔的唐突捏了一把汗。不料，这安东尼却几乎把这带有敏感性忌讳性的问话当成一种夸耀，他夸张地翻了翻眼睛，掐着指头数数说：

“噢，第九位。”

他说的是法语，毫未忌讳。而那法国女郎却为他满满斟了一杯玛梯尼酒送到他的唇边。他一饮而尽，然后热吻那荡然而笑的红唇。

我实在不解这两个人的来历，更不解这一男一女对情爱与性爱所持的观念和态度。

可能八叔看出了我的困惑，他乘隙用中文告诉我，那安东尼是一名意大利珠宝商，他不停地穿梭于欧洲、美洲、非洲，他行踪诡秘身上带枪，他赚了大笔的钱也挥霍无度，对女人他朝爱夕改从没有固定的太太；那法国女郎是洛美有名的交际花，她美貌风情谁有钱跟谁厮混……

他们热吻后才正襟危坐，想起为老母的寿诞祝酒。知道了他们的身份后我也便找到适当的应酬词句：

“安东尼先生，为令堂大人的祝寿酒已经喝过，我想老夫人的第二件喜事更应该满满地喝一杯。”

“请问第二件喜事是什么？”安东尼望着我。

“为她儿子替她娶了一位美丽、贤良、孝顺的儿媳！”

此话一发，那法国女郎立即狂喜地尖叫一声，她用力吻了一下我的脸颊，即与安东尼同时饮尽杯中酒，然后眨着汪汪泪水的蓝眼睛夸张说：

“李先生真是个天使！”

八叔早已笑得前仰后合，喘息稍定说：“他不是天使，倒是我们中国的一位作家。”

“难怪他这么善解人意，说得我心里痒痒的。”那法国女郎又要举杯。

我像是鬼使神差，顿时又想起一个凑趣的提议：“且慢，为了高兴，我想再提一个建议。”

“凡是李先生的提议，我一概赞成！”安东尼拍拍法国女郎的背，法国女郎使劲点头。

“今天是三喜临门。一是老夫人七十五华诞，二是九姨太与安东尼先生新婚之喜，三是鄙人有幸认识二位，宴会又设在中华楼，为尽兴尽欢，我提议下面的酒改饮最有后劲的一种。”

“什么酒最有后劲？”安东尼跃跃欲试。

“当然是中国茅台。”

“茅台，茅台？”安东尼眨着他的绿眼睛，“好建议，饮茅台！中国的！”

“那么李先生，请问中国的茅台到底有什么特点？”法国女郎问得虔诚。

酒杯换了中国景德镇的白瓷小杯，每杯都斟满清莹的茅台酒。

“要问特点嘛，请先闻闻它的味道。”

那一男一女果然同时把鼻子凑向酒杯，女士说：“果然芳芬不凡。”

“现在，我们举杯同饮。”

话音落地，我们同时一饮而尽。

“辣，辣！”法国女郎已经辣出眼泪；安东尼也咧起大嘴；八叔则在一旁笑而不语。

“先别喊辣，请诸位闭上嘴。只要你稍闭半分钟，就会感到有一股馥郁的芳香绵绵而生，从舌尖到口腔，随着芳香的扩散通体舒畅，神清气爽……所以这茅台素有‘风来隔壁千家醉，雨过开瓶十里芳’的美称，所以早在两千多年前，它已经被中国皇帝列为宫中佳酿了……”

随着我的解说，这一对男女不断做着尝试，终于安东尼十分折服：

“有劲，的确有后劲，中国酒，厉害！”

法国女郎又饮一杯，神情更加兴奋：

“今天真高兴，我做了一晚的中国皇后！”

“为中国皇后干杯！”

“为中国皇帝干杯！”

“哈……”

“嗬……”

午夜时分，那瓶打开的茅台已所剩无几。安东尼和他的法国女郎相扶相携恋恋难舍地走出中华楼，临行又带了一瓶茅台酒。

在他们，也许正是：

“人生得意须尽欢，莫使金樽空对月”吧！

在我则是：

“三更酒醒残灯在，卧听潇潇雨打篷。”

在这不期而遇的酒席宴上，我似乎谈笑风生且有几分玩世，可内心里却是苦闷的宣泄，无奈与期待的厮拼。那天酒醒后，外面下着非洲独有的瓢泼大雨，“哗哗啦啦”像是天河倒灌，可我在迷蒙中似乎真的不知身在何处，又将身归何处？

（选自《解忧集》，中外文化出版公司一九八八年版）